唤醒沉睡的资产

WAKE UP SLEEPING ASSETS

公募REITs实操指南

翟晨曦　张　霖　袁中圆　著

SPM
南方出版传媒
广东人民出版社
·广州·

图书在版编目（CIP）数据

唤醒沉睡的资产：公募 REITs 实操指南/翟晨曦，张霖，袁中圆著. —广州：广东人民出版社，2022.1

ISBN 978-7-218-15357-5

Ⅰ.①唤… Ⅱ.①翟… ②张… ③袁… Ⅲ.①房地产投资—中国—指南 Ⅳ.①F299.233.53-62

中国版本图书馆 CIP 数据核字（2021）第 220805 号

HUANXING CHENSHUI DE ZICHAN：GONGMU REITs SHICAO ZHINAN

唤醒沉睡的资产：公募 REITs 实操指南

翟晨曦　张霖　袁中圆　著

出 版 人： 肖风华

策划编辑： 赵世平
责任编辑： 赵瑞艳
责任技编： 吴彦斌
出版发行： 广东人民出版社
地　　址： 广东省广州市海珠区新港西路 204 号 2 号楼（邮政编码：510300）
电　　话：（020）85716809（总编室）
传　　真：（020）85716872
网　　址： http://www.gdpph.com
印　　刷： 广州市浩诚印刷有限公司
开　　本： 787mm×1092mm　1/16
印　　张： 26　　**字　　数：** 360 千
版　　次： 2022 年 1 月第 1 版
印　　次： 2022 年 1 月第 1 次印刷
定　　价： 108.00 元

如发现印装质量问题，影响阅读，请与出版社（020-85716849）联系调换。
售书热线：（020）85716826

序一

今天 REITs（不动产投资信托基金）已经成为金融市场的一个重要金融工具。理解REITs的意义，就要理解金融领域的变化和发展趋势，而做到这一点，就必须理解金融的本质，特别是要理解金融与经济之间的互动关系，理解创新经济的出现及其深远影响。

一、创新经济的特征

今天的社会进入了我们称之为“创新经济”的社会。创新经济具有特定的含义，必须准确地定义，不能用新经济或数字经济等概括。创新经济不同于传统经济，传统经济是适应刚性需求的延续性经济，相当于熊彼特所说的循环经济。创新经济是从生产、分配、交换到消费各个环节都不同于以往的新的经济形式。但是目前多数人仍然把这个时期看作是以往经济的延续，认识经济的思维方式没有改变，这是因为大多数经济学家没有制度演化的思想，更没有认识到其实亚当·斯密所说的“看不见的手”就是“交换和博弈”这一人类社会的基本范式。这就是亚当·斯密所指出的“与他人交换、谈判和交易的倾向”。① 斯密认为分工是人的交易倾向的必然结果：“分工有这么多好处，但它却不是人类智慧预见到它会带来普遍繁荣而主动选择的结果。它是人类天性中某种倾向的必然结果，虽然这种倾向发展得非常缓慢，这种倾向没有强烈的功利色彩，就是用一种东西交换另一种东西。”② 市场无

---

① 亚当·斯密：《国富论》，陈星译，陕西师范大学出版社 2006 年版。

② 亚当·斯密：《国富论》，陈星译，陕西师范大学出版社 2006 年版。

非是交换和博弈的场所，交换使市场参与者实现“共赢”；而制度就是博弈的规则，均衡就是博弈的结果。因此，市场和制度就是交换和博弈的表现形式，是硬币的两面。制度分为演化制度和构建制度。虽然亚当·斯密没有明确提到制度，但是他说的自然秩序，实际上就是演化制度。市场产生演化制度，演化制度规范市场。自然秩序和演化制度就是我们现在说的习惯、文化和惯例等经济的软实力。经济史学家诺斯把演化制度定义为非正式制度，而把构建制度如法律、组织、司法、警察、政府等定义为正式制度。演化制度和构建制度都是受个人理性和动机支配的交换和博弈的结果。前者偏重于博弈的结果，后者偏重于共识的结果。理解市场和制度的统一性，对于理解营商环境的重要性极为重要。中国南北方文化的差异可以在很大程度上说明当前经济的差异。

古典经济学家大都是学习道德法学和自然法学出身的。亚当·斯密以自然秩序为思想基础，认为人们从个人自由思想出发，遵循社会的自然秩序，就会通过市场和分工使社会财富得到增加。后来的经济学家意识到这个过程必然引起社会动荡和不平衡发展，亚当·斯密的乐观主义经济学被悲观主义经济学所取代。亚当·斯密以后又出现了马尔萨斯的人口论，经济萧条和经济周期理论，垄断阶段和阶级斗争理论，但是不久后以门格尔为代表的主观价值理论①和边际价值理论又使经济学燃起新的希望。边际学派认为各种生产要素都会在边际上为产出做出贡献，因而劳动的数量并不构成增长的约束。在大萧条以后产生的凯恩斯革命，提出了行为和心理对于市场和消费的影响，为政府干预和财政货币政策的使用奠定了基础。凯恩斯提出了关于消费心理的思想，也成为行为主义经济学的先驱。新古典经济学家的增长理论在资本和劳动以外增加了全要素增长率，强调了技术的作用。此后，卢卡斯的人力资本理论和罗默的知识增长理论，认为知识的增长可以突破经济边际递减的局限。但是道格拉斯·诺斯等新制度经济学家认识到技术和知识的进步受到制度进步的制约。

亚当·斯密以后的经济学家意识到了经济增长存在内在的矛盾，因而把经

---

① 主观价值理论最早在中世纪的经院哲学中就出现了，被18—19世纪法国经济学家所崇尚，后来由奥地利学派统一到边际价值理论中。

济看成是一个周期波动的过程。但是只有熊彼特揭示了这个过程的本质特征。早在20世纪初，熊彼特就提出了创新和企业家的作用，并把经济看作一个过程："我们可以把经济过程相应地分为不同的三类：循环体系过程，发展过程，阻碍发展未受干扰的过程。"① 在熊彼特看来，发展过程就是创新过程。在创新经济中，生产、分配、交换和消费都有了新的内容。金融加入生产、分配、交换和消费中间，成为再生产的一个环节，而资本，如熊彼特所说，是企业家和生产要素的中间环节。换句话说，金融是生产力，而不仅仅是购买力。②

二、创新经济的基础是体验化消费和知识化生产

改革开放40年来，我们从缺衣少食的状态，逐渐进入丰衣足食的状态，解决温饱问题，需求是刚性的，没有弹性。进入小康社会以后，我们的需求差异化了。这时的特点是供给创造需求。因为厂家不断提供新型产品、迭代产品。厂家考虑到了消费者的偏好而设计产品。消费需求变成体验需求、品牌需求、价值需求等。但是消费者没有看到新产品以前，并没有对于这种产品的需求。因此，是供给创造需求，是产品主导（productout），而不是市场主导（market in）。创新经济具有供给创造需求的特点，符合"萨伊定理"。供给创造需求时期的核心问题是产品创新的问题，而不是产业的问题。这就是说，供给侧改革要落实在能产生消费需求的新产品上，而不是落实在产业结构上。产品结构的变化会影响产业结构的变化。

创新时代的需求特点，影响市场、商业乃至整个经济的性质。创新时期经济具有垄断竞争的特点，与完全竞争的传统经济不同。因为完全竞争经济的产品是非差异化的，企业生产的是不同品牌的相同产品，这样消费品生产企业就成为技术创新、产品交付创新为主要特征的企业。供给创造需求的特征表现为生产知识化、销售渠道化。生产消费品的部门通过产业链的延伸影响生产资料生产的部门。制造业成为生产中间产品的部门。中间产品是知识的凝结，数据则是中间产品的副产品。从而企业的投入不再是资本和劳动，而是中间产品和

① 熊彼特：《经济发展理论》，李默译，陕西师范大学出版社2007年版。

② 熊彼特认为，货币资金是购买力，而不是资本。

知识劳动。中间产品是过去的知识投入，而知识劳动是现在的知识投入。无论生产消费品的部门还是生产生产资料的部门，都是知识化的生产。知识包括不可交换的管理技能知识、生产技能知识和可交换的科技知识、产品交付知识和管理知识。企业家依靠管理技能知识，是创新者，团队是以知识劳动分工为基础的合作集体。

由于互联网技术、信息技术的出现，产业链不再是线条，而是网络，多边市场的平台成为企业的创新形式。平台企业成为联结人和商品（淘宝、京东）、人和服务（网约车）、人和人（微信）等的多边市场，从而改变了生产和消费的传统商业关系。超级城市群所造成的人口和生产积聚，降低了企业的内生交易成本和外生交易成本。消费体验以线上和线下的方式结合，使消费体验不断翻新。

经济中的创新领域是一直存在的，但是在经济发展不同阶段，创新领域和在经济中所占的比重是不同的。今天，在消费体验化和价值化的时期，创新经济比重会迅速提升，成为经济中的主导领域，从而改变经济的性质。在创新经济中，企业家的作用尤其突出。企业家的力量在于管理技能和企业家精神，而产生企业家的环境是良好的营商文化。用道格拉斯·诺斯的话来说，文化就是非正式的制度。推动创新就是培养企业家，在培养企业家的过程中，非正式制度比正式制度更为重要。由于创新经济存在于金融深化和金融化的时期，实现创新经济时期的增长，就是要实现企业家和金融家①的融合。

三、创新经济时期的金融是量身定制的服务金融

金融不是资金的融通，而是与货币支付有关的民事法律关系的跨期安排。金融活动可以是标准化的，也可以是非标准化的，可以是基于市场的，也可以是不基于市场的。金融体现了社会性、法律性、货币性、标准性、时间性和服务性。金融通过分工、组织进步和标准化（证券化）不断深化，从银行业到证券业，再到量身定制的投资银行业务。金融深化是一个不间断过程，并没有止境。古老的金融模式可以翻新赋予新的内容和生命力，起决定性作用的是需

---

① 所谓金融家，就是金融领域的企业家，是金融领域的创新者。

求、技术和交易成本。交易成本决定组织的形式，公司、市场、网络、平台都是不断变化的组织形式，而技术既可以降低生产成本，也可以降低交易成本。既可以降低外生交易成本，如物流成本；也可以降低内生交易成本，如谈判、沟通和讨价还价的成本。因此，互联网、人工智能和大数据的应用为未来金融领域的支付、产品、工具和组织形式提供了无限的发展空间。

货币经营业是商业和金融业的联结点。中世纪的意大利出现了西亚那银行，佛罗伦萨的美蒂奇家族为教会管理财产的银行等。美蒂奇家族的银行还是股份制银行。中世纪在金融领域具有重大影响还有在意大利出现的有限合伙企业，以及在威尼斯武器仓库出现的复式记账管理。马克思认为，最早的国债也出现在中世纪的意大利。不能不说，这些都是由于意大利在中世纪已经成为世界商业中心，而且罗马法，特别是民法典，以及博洛尼亚大学作为世界第一所大学和其最早的法律系对于法理的研究，对金融和市场经济制度发展产生了巨大影响。因此，在资本主义出现以前，金融和市场经济制度已经早于工业革命就出现了。

没有经济思想的进步，就不会有资本主义的出现。意大利文艺复兴对于欧洲文明产生了深远影响。最主要通过启蒙主义的产生推动了理性主义和科学主义的发展。与此同时，在基督教传播的基础上形成本土化的新教，成为资本主义在欧洲形成的重要思想基础。英国的保守主义不仅导致了政治上贵族与皇权的联姻，而且产生了演化主义的制度进步，这就是英国习惯法、案例法的法律体系的出现。英国的个人主义思想主要体现在民法的义务由个人承担而不是集体和家庭承担。这无疑奠定了法理思想和经济思想的方法论个人主义。

亚当·斯密时期，英国的自由思想和自然秩序形成欧洲特有的道德法律体系。在此基础上亚当·斯密强调市场和分工的作用。技术的进步加速了分工的过程。亚当·斯密以后的经济思想，最重要的是主观价值理论、边际革命，一般均衡理论、动态均衡理论，凯恩斯革命和制度经济学的进步。今天经济学已经失去了方向，因为建立在理性经济人基础上的主流经济学和物理学原理的经济模型，不能有效地发现、解释经济中不断出现的新问题。因此导致了回归奥地利学派思想和亚当·斯密传统的新的经济学的反思。经济思想的核心是理解知识、技术和制度之间的互相作用。

主流经济学为金融工程和金融产品定价做出了重要贡献，但是在主流经济学的框架上不能理解金融的本质。而不理解金融的本质，就不能理解金融的发展规律。金融本身是通过演化形成的制度安排。

中世纪的意大利之后，荷兰首先在资本主义前夕出现了阿姆斯特丹股票交易所，郁金香期货和拍卖等现代金融的萌芽。这些金融思想被带到了曼哈顿，荷兰殖民者为了防止英国人入侵建立了围墙，从而形成了现在的华尔街。二战以后，从英国到美国的金融革命汇聚了金融产品多样化、金融创新和金融自由化，使金融体系不断深化，经济不断金融化。以上可见，金融深化是制度演化的结果，不是理性构建的结果。金融从银行发展到证券资本市场，再发展到量身定制的金融服务，既是金融内在本质的展现，也是经济和市场的分工，以及技术进步在金融领域的体现。金融不断发展自己的产品和构建适应经济和技术的进步。

熊彼特最伟大的贡献不是他关于创新的“创造性毁灭”，或者他关于企业家的解读，而是他关于资本的思想。熊彼特认为，资本不是生产要素，而是企业家和生产要素的中间环节。在熊彼特看来，资金只是购买力，而资本是内嵌于企业中的。因此，资本在企业中的表现形式，是一个社会的经济本质特征。在资本主义这一社会形式下，美国出现了银行资本主义、公司资本主义、金融资本主义、管理资本主义和股权资本主义等不同的形式。社会的经济形式，是金融资本和产业资本的结合方式，这一重要思想对于理解金融的本质和金融的发展规律是非常重要的。

四、伴随创新经济的是金融深化和金融化

改革开放以前，中国有金融业，但是没有金融市场。实行的是资金两条线，统一吸收存款，统一安排贷款，由国家统一提供资金，统一确定利率水平。没有金融市场、没有中央银行。除了银行和保险以外，没有其他金融机构。直到1990年，中国的金融仍属于金融学家称为“金融萧条”的状态。

1990年两个证券交易所分别在上海和深圳建立，1991年国债开始市场化改革，到1996年国债实现了市场化招标发行，无纸化、多品种和长期附息国

债的发行，建立了现代意义的国债市场。这样在20世纪90年代，中国初步建立起具有现代意义的金融市场。2000年以后证券监管体系逐渐完善，《证券法》《公司法》和《信托法》颁布，为证券市场健康发展奠定了制度基础。随着金融脱媒和公司债券市场的发展，债券市场得到了迅速发展。债券市场从个人市场变成机构市场。直到2010年，随着利率市场化的初步实现，中国金融市场逐步完善，并具有世界级的规模。

2010年以后，金融市场不断向深化的方向发展。银行混业经营，影子银行和非标准化业务有了迅速增长。债券衍生产品市场，特别是国债、期货市场有了新的发展。私募股权基金和私募证券基金发展迅速。

资产管理和财富管理成为金融市场从银行业到证券业，再到量身定制服务的重要标志。奥地利学派认为，储蓄是消费者的“生存维持基金”。这一深刻思想改变了过去储蓄是闲置资金，由银行使用，取得利息的概念。作为“生存维持基金”，储蓄必须进行专业化管理，使其在消费者年老时，储蓄的本金和回报能够补偿时间偏好的要求加上物价侵蚀的损失。养老保险基金是解决这个问题的方向之一。由于银行很难做到这样的回报，因此，证券基金、公募基金等在一定程度上解决了这个问题。美国居民储蓄已经转为144A账户。不同收入阶层会有不同的偏好及对金融产品和金融工具的需求。创新经济时期消费者最需要的就是量身定制的财富管理。

为什么创新经济时期资产管理更为重要？因为创新时期，没有创新的传统企业，会被延续性创新和毁灭性创新企业所颠覆，因此其资产价值就会贬值，资产管理这一行业就显得非常重要。证券化是金融所体现的法律关系的标准化过程，主要是为了降低内生交易成本。资产证券化正在向不同的领域延伸，从银行资产证券化到抵押贷款证券化，发展到全部能产生现金流的资产的证券化。当普遍的资产证券化出现的时候，经济呈现出明显的金融化的特征。当今社会，由于金融化的普遍渗透，公司持有的资产更多是金融资产。这样的好处是资产流动性增加了，不好的地方是资产稳定性下降了。不管怎样，金融的深化和经济的金融化是经济，特别是创新经济不可阻挡的趋势。顺应这个形势，中国的资产证券化得到了突飞猛进的发展。盘活存量资产，是创新经济时期，解决传统经济存量资产的方法，更是使传统经济融入创新经济必由之路。

实现金融深化和经济的金融化，要依靠金融领域的企业家，即金融家。金融家不仅要了解金融的本质和发展规律，也要了解经济，特别是创新经济的发展规律。在国债市场化改革的20世纪90年代，财政部建立了国债市场，为债券资本市场和利率市场化奠定了基础。20世纪90年代后期的国家开发银行一直是债券市场的引领者和债券品种的创新者。中国第一笔银行资产证券化ABS就是国家开发银行设计和完成的。2010年以后，更多的市场创新来自金融市场的参与者，这是金融意识提高的表现，市场参与者金融意识的提高，又进一步增加了对于金融知识的需求。

我之所以涉猎上述经济学原理，就是因为我们传统的金融思维至今仍然制约于金融和实体经济关系的理解，因而制约创新时期的经济发展，而理解金融的本质和发展规律，必须回归经济学的传统。

理解金融的本质和发展规律，有助于理解创新金融工具的作用和意义。金融创新不同于金融套利，创新是打破原有的均衡，而套利是发现市场漏洞而实现过去的均衡。作为金融深化的产物，基础设施建设REITs，可以以公募和私募的形式与基础设施等资产证券化结合，使投资人直接和证券化资产对接，不仅可以促进传统资产的流动，也可以实现投资人对不同风险偏好的资产配置和不同阶层的财富管理的直接对接，在我国具有广泛的应用前景。

新华基金最近完成的《唤醒沉睡的资产：公募REITs实操指南》一书是一本系统介绍REITs的理论和实践的专业书籍，该书深入浅出地阐述了REITs的性质、特点、产品逻辑、交易结构、定价及税务等问题，内容丰富。书中包含丰富的国际经验和案例，可读性强，是一本专业性很强的好书。地方政府的管理人员、有盘活资产计划的企业、投融资金融机构、普通投资者及其他需要了解金融发展规律和创新金融工具的读者，定会在阅读此书过程中有所裨益。

国家开发银行原副行长　高坚

2021年10月26日

序二

改革开放以来，我国经济实现了年均近10%的快速增长，国内生产总值跃居全球第二位。就经济增长的动力看，此前阶段我国经济的高速增长主要是由投资驱动，固定资本形成对于经济增长的贡献超过70%，这符合经济起飞阶段的一般规律，也契合我国在人口红利和城镇化空间等方面的显著优势。投资在驱动我国经济快速增长的同时，也积累了一定的金融风险，尤其是房地产和地方隐性债务这两大“灰犀牛”。2013年以来，随着人口红利逐步退去，宏观杠杆率也攀升至较高位置，依靠投资扩张已难以为经济发展提供持续动力，我国经济开始进入增速换挡期。这既需要通过转型升级和扩大内需等方式为经济寻找新动能，也需要稳妥化解存量风险、积极盘活存量资产、提高使用效率，为经济的转型升级赢得时间窗口、保持经济韧性。在这样的转型背景下，基础设施公募REITs作为重要的大类资产类别，具备成为我国经济“稳定剂”的潜力，助力我国经济转型升级，推动经济实现高质量发展。

具体来看，在经济步入新常态、追求高质量发展的时代背景下，基础设施公募REITs历经十余年的探讨最终落地，至少具有以下几点重要的意义：第 ，基础设施公募REITs的推出有助于盘活大量基建存量资产，解决其流动性不足的问题并有助于化解地方政府隐性债务风险，化解信贷市场的期限错配和高杠杆风险，有助于宏观杠杆率保持稳定；同时基础设施公募REITs有助于提高投资效率，在财政支出向民生和转型倾斜的同时仍能够保持一定的投资力度。第二，公募REITs作为重要的直接融资形式可以解决不动产企业长期持有运营所需要的长期资金，进一步加强

5G、人工智能、工业互联网、物联网等新型基础设施建设的投资，推动基础设施建设和房地产行业投资结构的优化。第三，基础设施公募 REITs 通过公募基金管理人的信息披露、奖惩机制的设计和监管，有利于项目公司完善治理机制，提升基础设施运营效率，有利于发现并鼓励社会优质基础设施运营商扩大生产和经营，有助于社会整体效率的提升。此外，国际经验表明，规模化的公募 REITs 市场能够拓宽税基，增加税收收入。

2021 年 1 月 30 日，沪深两市交易所正式发布基础设施公募 REITs 业务配套规则，为基础设施公募 REITs 业务明确了相关业务流程、审查标准和发售流程，密集的政策和规则发布标志着公募 REITs 市场的正式起航。在助力经济转型的同时，发展中国基础设施公募 REITs 市场也是深化金融供给侧改革、促进经济双循环发展的重要举措。继科创板、创业板试点注册制后，基础设施公募 REITs 成为金融供给侧改革的一次有益探索。公募 REITs 的长期权益资金，可以帮助企业着眼于长期利益，提升底层资产运营管理水平，促进企业的升级转型，由粗放的“开发—销售”模式向“持有—运营”转型。另外，公募 REITs 作为一种高比例分红、高收益风险比的长期投资工具，和股票债券的相关性较低，可以为投资者提供新的大类资产选择，实现资产配置多元化。其长期持有获得稳定收益的性质也契合保险、养老金等长期资金的需求，为机构投资者提供了新的资金去向。

公募 REITs 在美国、日本和新加坡等市场已经较为成熟，在我国探讨也有十余年时间，可以说公募 REITs 并非新鲜事物，在公募 REITs 推出前，私募 REITs也已经迎来了蓬勃的发展，但截至目前，相关的工具类书籍并不多见，尤其是结合中国实践的系统性介绍较为稀缺。本书三位编者分别具有十多年的资本市场投研经验及资产证券化研究和实操经验，对公募 REITs 的发展、实操和资产定价都有着较为深刻的认识。本书基于最新和最贴近市场的研究，不仅致力于讲透公募 REITs 投资决策体系，还结合中国实践的最新案例给出点评。内容编排上，本书兼备“全面 + 重点突出 + 高时效性”等特点，囊括公募 REITs的历史沿革、国际市场对比、产品原理及交易结构、投资估值、实践痛点和多个最新案例等。

本书共分为八章。遵循由浅入深、循序渐进的原则，逐一阐述：

第一章是关于 REITs 的基本内涵、起源与发展、优势与意义、特征分类等。

第二章是关于 REITs 的国际经验借鉴，该章详细论述了美国、亚太、欧洲和印度的 REITs 市场发展情况，以及 REITs 创设至今在全球经历的四个主要发展阶段。该章首先对全球最大、最重要、最成熟的美国 REITs 市场展开分析，详细论述了其市场概况、发展历程及关键事件、中美 REITs 产品模式比较。除了美国，亚太（市场规模约占全球 15%）也是值得关注的市场。其中，澳大利亚、日本、新加坡和中国香港地区是比较成熟的市场，相关发展经验值得借鉴。

第三章是关于公募 REITs 操作流程、运作模式、交易结构及创新，共分三节。第一节介绍公募 REITs 操作流程及运作模式，介绍了相关发起机构、中国香港和内地的具体操作流程，以及从政策层面讲述境内对公募 REITs 的探索和呼吁。第二节介绍了国内已发行类 REITs 产品交易结构，公募 REITs 的交易结构设计上目前试点方案选择“公募基金 + ABS”的模式。同时，我国出现了一批在功能上与海外成熟市场 REITs 产品具有一定相似性的类 REITs 产品。第三节介绍 REITs 产品的创新问题。

第四章阐述了 REITs 产品的盈利预测、估值及风控，分为三节。第一节介绍 REITs 投资逻辑与估值方法，包括符合国际惯例的 REITs 和境内类 REITs 的投资逻辑、常用估值方法和指标等。第二节介绍 REITs 的定价机制与盈利预测，包括成熟 REITs 市场具有价格发现功能、类 REITs 市场的定价问题、商业物业与 REITs 的估值和盈利测算。第三节从 REITs 风险分析及控制角度，一方面分析不同类型物业风险收益特征，另一方面探讨 REITs 投资所涉及的风险问题。

第五章是关于从博弈论视角看国内公募 REITs 痛点及政策体系完善。从博弈论角度来看，该章首先从博弈论角度对 REITs 发行过程中的主体行为进行建模，构建收益矩阵，得出主体行为，并据此给出政策建议。继而指明痛点：从国内实践来看，目前我国基建 REITs 存在的问题主要体现在优质资产挖掘难度大、存在来自传统股权及债权类资产的竞争、多层嵌套的产品结构复杂等。从政策层面来看，我国公募基础设施 REITs 政策体系初步建立，试点项目开始申报，公募 REITs 正式登上市场舞台，为我国资本市场带来了股票、债券、现金以外的标准化另类投资产品，是深化金融供给侧结构性改革的重要举措。该章第三四节，探讨了 REITs 发行过程中的税收问题，随着公募 REITs 的试点政策的落地，财政部和国家税务总局已经在积极研究针对公募 REITs 的有关税务政策。本部分将结合公募 REITs 的产品结构和其全生命周期的重点税务问题，在现行税务政策的前提下进行公募 REITs 税务问题的探讨。第五节，介绍了中国公募基金 REITs 从战略规划走向落地实施中的政策体系。

第六章 Pre－REITs 是产业链上获取超额收益的秘诀，该章第一节从投资视角对 REITs 进行了阐述，认为 REITs 亦股亦债，但又非股非债，可概括为“另类固收＋”。第二节从投行角度看，认为 REITs 业务属于“资管业务投行化”或者“前期投行业务＋后期资管业务”。第三节阐述了 Pre－REITs，认为 Pre－REITs 是产业链上获取超额收益的秘诀。从理论和案例的角度力求对 Pre－REITs有一个全面的概括。

第七章讲了我国首批公募 REITs 的发售情况、看点解析及如何挑选优质公募 REITs。该章首先介绍了我国首批公募 REITs 最新发售情况并进行了看点解析，然后从首批 REITs 项目概括入手，从发起人、底层资产和基金管理人三个维度分析了公募 REITs 的投资价值。对于发起人而言，要选择实力强劲、知名度较高的发起人，从源头上保障项目质量和现金流的稳定。其次，要像精选股票一样甄别公募 REITs 的底层资产，只有对所投资 REITs 产品的底层资产充分了解，才可以做到游刃有余。最后，优先选择股东背景雄厚、集团联动优势显著的基金公司，这样可以全方位对底层资产进行管理和支持，更好地履行基金公司主动管理职责。

第八章结合实践，通过对我国 9 个公募 REITs 案例的实践情况展开分析，试图通过分析当前市场案例把脉我国 REITs 市场发展现状和成果，对每个案例进行点评，对比其与发达市场产品的异同，为今后我国公募 REITs 发展提供一些思路。

林华

北京紫金智能金融研究院院长/链证数科实验室主任

2021 年 5 月 20 日

CONTENTS 目录

第一章
公募REITs是唤醒沉睡资产的魔法棒

传统类 REITs 是一种通过发行收益信托凭证/股份汇集资金，由管理人进行不动产投资、经营和管理，并将投资综合收益分配给投资者的证券，是实现不动产证券化的重要手段。20 世纪 50 年代发源于美国，90 年代迅速发展扩张，目前已日渐成熟。REITs 具备金融属性，将不动产实现证券化，并可融入并购、融资等资本运作方式实现规模扩张。

我国公募 REITs 是一种通过发行收益凭证汇集资金，交由公募基金公司进行基础设施为主的投资经营管理，并将投资综合收益按比例分配给投资者，使其能够在承担风险的条件下享受投资收益的基金形式。目前投资领域主要包括：仓储物流、收费公路、信息网络、产业园区等，不包括住宅和商业地产。公募 REITs 可以让投资者们用较少的资金参与到大型基建项目中，从而分享项目的基础收益和资产升值。

二者一脉相承，前者是后者的形成基础，而后者是前者结合我国国情的一种金融形式。是对现有投融资品种的有益补充、演进、丰富和发展。

本章分为三节，第一节介绍 REITs 的概念，包括基本内涵、起源与发展、优势与意义等；第二节介绍 REITs 的分类，按照不同方式分类可将 REITs 分为权益型、抵押型和混合型，公募或私募型等等；第三节介绍 REITs 的主要特征，主要划分为六个方面。

第一节

REITs探秘

1.1.1 REITs 是神奇的金融工具，有待唤醒万亿资产

不动产投资信托基金（REITs）是一种通过发行收益凭证/股份汇集资金，交由专门投资机构进行不动产投资经营管理，并将投资综合收益按比例分配给投资者，使其能够在承担风险的条件下享受投资收益的信托基金。与其他金融工具相比，REITs 能够作为不动产证券化的重要方式之一，将流动性较差的、非证券形态的不动产投资，直接转化为资本市场上的证券资产。一方面 REITs 是一种使不动产重新体现其价值的金融交易过程；另一方面对于中小投资者而言，他们能够从较低的门槛进入不动产投资领域。

REITs 为投资者提供由持有或租赁不动产而获得的稳定可预期的现金流，同时具备普通股票流动性的优势，以租金收入和不动产升值为投资者提供定期收入。由于 REITs 容易进行融资，因此能够得到并建造更多的不动产项目作为其经营业务的组成部分。图 1－1 展示了目前市场上 REITs 持有物业的类型。

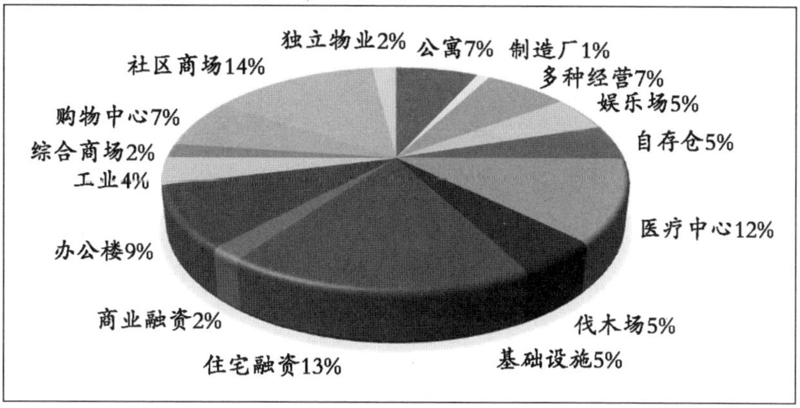

资料来源：Wind、新华基金

图 1－1 REITs 持有物业的类型

总的来说，REITs 首先是一种分享实体资产投资收益的股权工具。REITs 可实现特定物业资产组合在二级市场上的打包上市。REITs 投资人通过持有该资产组合的权益份额（基金份额）分享租金收入和资产增值收益。REITs 最大的特点是需要充分派息，并且在满足一定派息比率和其他运营条件下可以享有税收优惠。对于一般投资人来说，这是以小份额参与实体资产投资的理想工具。

REITs 的底层资产一般需要满足两大基本条件：

其一，底层资产必须是产权清晰完整的实体资产，即原始权益人应享有完全所有权或经营权利，不存在重大经济或法律纠纷，且不存在他项权利设定。清晰的产权界定能够有效地保护投资者的权益。

其二，底层资产必须能够产生长期、稳定的经营现金流。这可以是各类经营性的不动产产生的租金（不包括销售型物业），或是基础设施项目产生的运营收入，REITs 需要背靠长期稳定的经营现金流来兑现充分派息，以使得产品得以成立。

基础设施作为底层资产，是对经济活动的某个环节的稳定价值分享和捕捉。美国 REITs 协会定义的“不动产公司”的范围在近年来先后囊括了各类基础设施供应商（包括信号塔、数据中心、能源管道等）。因此在考虑 REITs 工具的本质时，应将其视为服务“广义实体资产”经营管理业务的平台。

海外的底层资产以商业地产为主，但近年来基础设施资产扩容明显。

工业地产（主要指仓储物流和产业园区）和基础设施类资产是近年来REITs市场扩容的主力。美国、日本、澳大利亚和新加坡 2016—2020 年工业类 REITs 的市值复合增长率分别达到 26%、13%、16% 和 19%，总体上看是所有资产类别当中增速最快的品类。此外，亚太地区发展基础设施REITs已有一定经验。主要市场公募 REITs 底层资产结构分布见图 1－2。

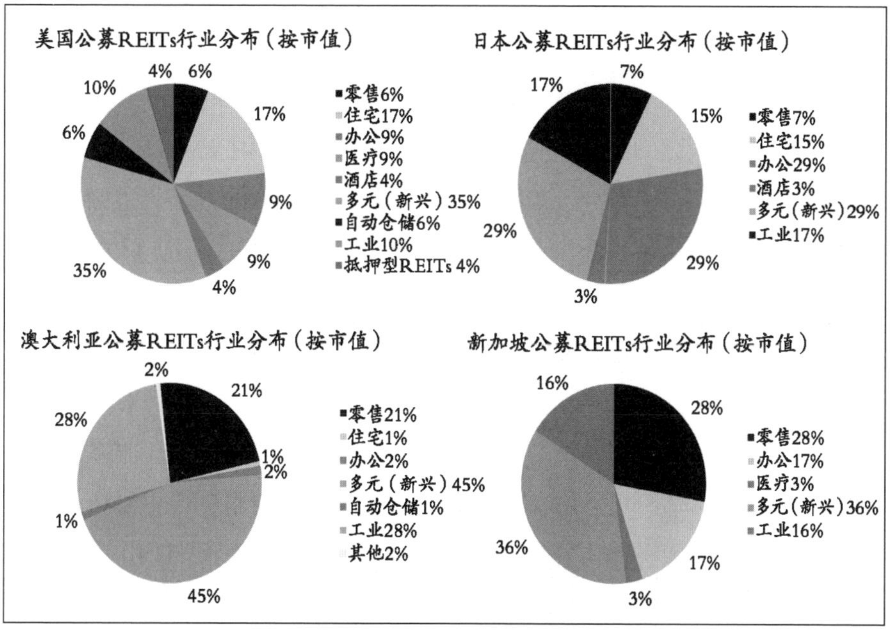

资料来源：彭博资讯、中金公司

注：数据截至 2020 年 11 月 27 日

图 1－2　主要市场公募 REITs 底层资产结构分布

根据中国证监会于 2020 年 8 月 6 日发布的《公开募集基础设施证券投资基金指引（试行）》，基础设施证券投资基金（以下简称基础设施基金、基础设施公募 REITs），指同时符合下列特性的基金产品。

“本指引所称基础设施基金，是指同时符合下列特征的基金产品：

（1）80% 以上基金资产投资于基础设施资产支持证券，并持有其全部份额；基金通过基础设施资产支持证券持有基础设施项目公司全部股权。

（2）基金通过资产支持证券和项目公司等载体（以下统称特殊目的载体）取得基础设施项目完全所有权或经营权利。

（3）基金管理人主动运营管理基础设施项目，以获取基础设施项目租金、收费等稳定现金流为主要目的。

（4）采取封闭式运作，收益分配比例不低于合并后基金年度可供分配利润的90%。"①

中国商业地产发展相对滞后，资产多样性弱于海外市场，但基础设施资产整体储量丰富，且具有一定特色。中国REITs目前支持的资产品类包括仓储物流、产业园区、公路、铁路、地铁、互联网数据中心、污水处理、垃圾焚烧等，目前初步估算上述资产目前存量总计约35万亿元，见图1-3。

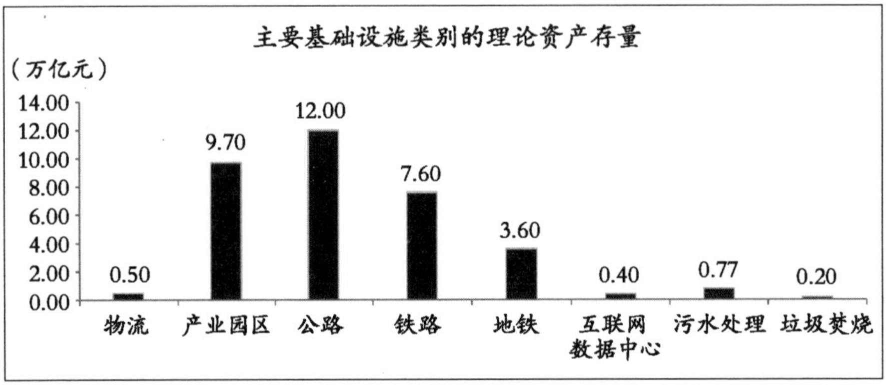

资料来源：国家统计局、新华基金研究部

注：仓储物流、公路、铁路、地铁、互联网数据中心数字截至2019年年底，其他截至2018年年底。

图1-3 中国REITs支持的主要基础设施类别的资产存量汇总

1.1.2 REITs的起源与发展

美国国会在1960年创造了一种新的投融资手段——REITs，起初目的是为投资者提供同时持有不动产资产权益和传统信托份额的机会，将持有

① 中国证监会：《公开募集基础设施证券投资基金指引（试行）》，2020年8月6日。

不动产的风险和信托的规范性结合起来，在获取高收益的同时降低投资风险。由于当时的法律禁止 REITs 直接经营或者管理房地产，使第三方通过经营管理获利的努力又不甚有效，同时由于当时通过有限合伙方式获得的税收利益大于 REITs，早期的 REITs 发展比较缓慢。20 世纪 70 年代的经济衰退进一步打击了房地产投资信托通过不断管理地产获得平稳成长的能力。1986 年的《税收改革法》直接推动了美国房地产投资信托的复苏。该法案大大削弱了合伙企业通过产生账面亏损为其投资者进行税收抵扣的能力，取消了房地产的加速折旧记账方式，同时放松了房地产投资信托的准入标准。从这一时期开始，房地产投资信托不仅可以拥有而且可以在一定条件下经营管理房地产。而且，大多数房地产投资信托的相关文件都增加了保持低负债的条款。

20 世纪 90 年代房地产投资信托的繁荣产生了超过 300 个房地产投资信托基金，1990 年全球 REITs 市值为 70 亿美元，2002 年以后 REITs 增长迅猛，截至 2020 年 4 月，全球 REITs 净市值已经达到约 1.49 万亿 ~ 1.73 万亿美元，其中美国是全球 REITs 发展最成熟的市场，FTSE 美国 REITs 净市值达 0.99 万亿美元（包括 219 个 REITs），其中 186 个 REITs 可在纽交所交易，交易市值达 8641 亿美元。

从全球视角看，REITs 仍是相对年轻的资本市场品种，但是已经是相当重要的一部分。

目前世界上已有 44 个国家和地区推出 REITs 产品，但大部分创设于 21 世纪，整体历史不长。截至 2021 年 5 月 17 日，全球公募 REITs 市值约 2.2 万亿美元（其中美国是主体市场），见图 1 – 4。从各国家和地区公募 REITs市值对当地股市总市值的角度来看，截至 2021 年 5 月 17 日，该比例最高的国家是新加坡（REITs 市值占股市总市值 15.9%），澳大利亚、美国、英国的占比分别在 6.8%、3.1%、2.5%，日本、法国、加拿大等国家的该比例在 2% 左右，已经不低，见图 1 – 5。

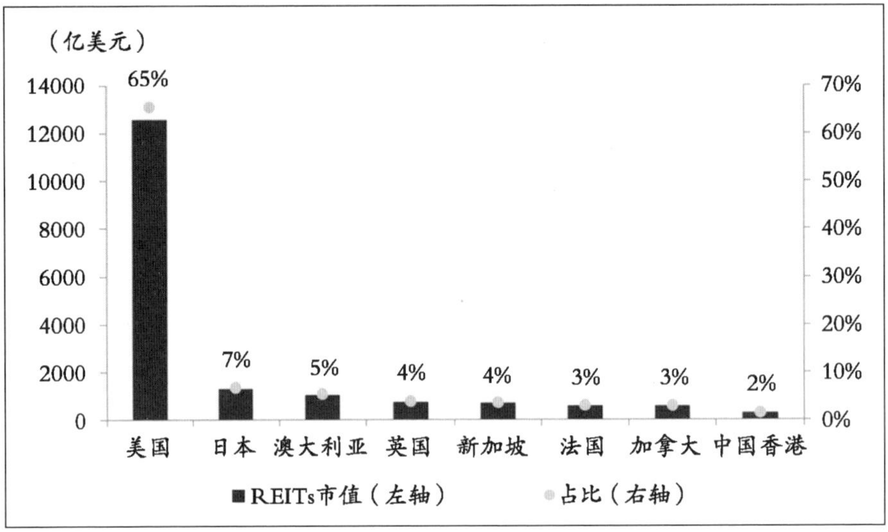

资料来源：彭博资讯

图1－4　全球主要国家和地区 **REITs** 市值及其占比

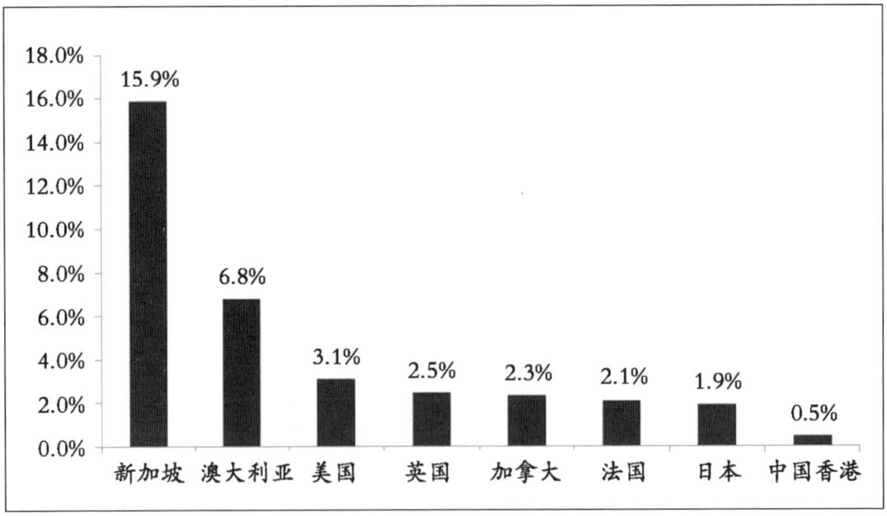

资料来源：彭博资讯

图1－5　全球主要国家和地区 **REITs** 市值占股市总市值比重

我国 REITs 市场起步相对较晚，直到 2003 年才进入香港房地产资产市场。2005 年 11 月，领汇 REITs 在香港上市，成为中国第一支 REITs，其基础资产为香港公营机构房屋委员会下属的商业物业。

从内地来看，国家商务部于 2005 年 11 月明确提出了“开放国内 REITs 融资渠道”的建议；2006 年，中国证券监督管理委员会（下称证监会）与深交所启动国内交易所 REITs 产品的准备工作，中国保险监督管理委员会（下称保监会）发布《保险资金间接投资基础设施项目试点管理办法》；2009 年，央行联合中国银行监督管理委员会（下称银监会）、证监会等部门成立 REITs 试点管理协调小组，明确信托基金可投向已经使用且具有稳定现金流的不动产物业；2014 年 11 月，在北京、上海、广州、深圳 4 个特大型城市首先开展 REITs 发行和交易试点工作；2015 年 1 月，住建部发布《关于加快培育和发展住房租赁市场的指导意见》；2020 年 4 月 30 日，中国证监会公布《公开募集基础设施证券投资基金指引（试行）》（征求意见稿）克服诸多现实难点，开创性地以“公募 + ABS”最小阻力架构实现了中国基础设施 REITs 试点启动，以发展的眼光推进和完善中国基础设施 REITs。

1.1.3 REITs 的优势与意义，激活万亿级投融资市场

REITs 最初的创设目的是通过将不动产转化为流动性较强的标准化金融产品，从而有助于盘活存量资产。作为不动产证券化的一种特殊方式，REITs 最早的定位为“多个受托人作为管理者，并持有可转换的收益股份所组成的非公司组织”。随着税法的发展，REITs 在美国经历了数次重大调整，但其作为不动产投资基金的本质仍然没有改变，特别的是，REITs 不仅能够取得一定的税收优惠，也需要满足一定的设立条件。REITs由于具有其他传统投资渠道没有的优势，已经成为全球大类资产配置的重要选

择。下面将从 REITs 的融资优势、对资产的影响、对金融市场以及对我国资本市场和实体行业的影响四个方面分别讨论 REITs 的优势与意义。

一 双重特性、融资优势

REITs 不仅能够获得来源广泛的资金，在资金规范、管理模式以及投资方案制订上都具有相对优势。

对于投资者而言，REITs 在风险低的前提下具有稳定的收益回报。首先，REITs 通常是以专业的不动产公司发起并且管理的，通过专业人员进行项目的投资选择并进行科学运营管理，于我国大部分由信托投资公司发起并管理的不动产信托而言，在资金管理等方面具有较低的投资风险。其次，REITs 具有较大的基金规模，能够广泛投资于各种类型的不动产项目，风险相对而言比较分散。最后，稳定的租金收入能够作为 REITs 稳定的现金率，故能够保证可观的收益率。综上所述，REITs 的收益率较高且稳定，同时风险要小于一般的不动产投资项目。

对于不动产企业而言，REITs 不同于债务融资的是，其能够以股权形式进行投资，因此不会以增加企业的债务负担为代价。一方面，当不动产企业选择从银行贷款时，需要按照利率分期还贷，财务压力较大，并且对于短期内回报低的项目，银行并不愿意为企业提供贷款。另一方面，由于 REITs 能够分散投资各种类型的项目，投资的风险能够降低；而其在一个不动产企业的投资不会超过基金净值的规定比例，因此不动产企业也不会丧失对企业的自主控制权和经营权。

REITs 具体的融资优势有以下两点：

（一）同时兼备金融与不动产双重属性，具备独特优势

REITs 同时拥有金融属性和不动产属性。前者是指 REITs 作为一种金融投资产品，能够将不动产证券化，通过融资、并购等资本运作方式实现企业的规模扩大；后者是指 REITs 能够投资并且运营管理不动产资产，包

括定期收益性不动产以及土地和在建工程等。REITs 正是由于具有金融和不动产双重属性，一方面能够充分利用不动产的价值，增加资金流动，从而进行扩大再生产；另一方面能够使该金融产品具有普通金融产品不具有的优势，如流动性强、相关性低、风险性低等。

1. 流动性强

不动产本身的基础资产严重缺乏流动性，REITs 能够将不动产资产分割为较小的份额，让中小投资者能够参加规模庞大的不动产项目投资，增强了不动产的流动性，同时投资者所持有的股权能够上市交易并转让，故金融产品的流动性以及变现性强。在公开交易时股票大多数情况下是流动性资产，在投资和资产管理领域，流动性是投资者做出投资决策时需要考虑的重要因素，具有强流动性的 REITs 产品从而具有吸引力和竞争力。

整体来看海外 REITs 交易机制多和股票相同。美国、日本和新加坡的 REITs 作为股票上市，而中国香港的 REITs 则作为信托基金上市。以美国为例，投资者可以通过以下三种方式购入 REITs：①通过做市商购入公开上市发行的 REITs；②通过做市商参与非公开发行的 REITs 的认购；③通过投资 REITs 基金或者交易型开放式指数基金（ETF）的方式购入。美国要求 REITs 持有人最低为 100 人，符合标准才能享受税收优惠待遇。上市 REITs 的交易结算制度与其他普通证券基本相同，交易集中在纽交所或美国证交所，由美国证券托管结算公司负责清算和交收，交收期为 T+3。

海外 REITs 市场流动性较好。近年来随着美国 REITs 市场的整体扩容，美国 REITs 的日均成交金额由 2009 年的日均 39 亿美元提升至 2020 年的日均 97 亿美元。美国 REITs 日换手率自 2009 年的 1.93% 下滑至 2012 年的 0.75% 之后稳定在 0.7% ~0.8% 左右。2020 年新加坡REITs的日换手率由 2019 年的 0.19% 提升至 0.33%。

2. 相关性低

相关性是资产管理和财务规划领域的一项标准衡量工具，通过比较两

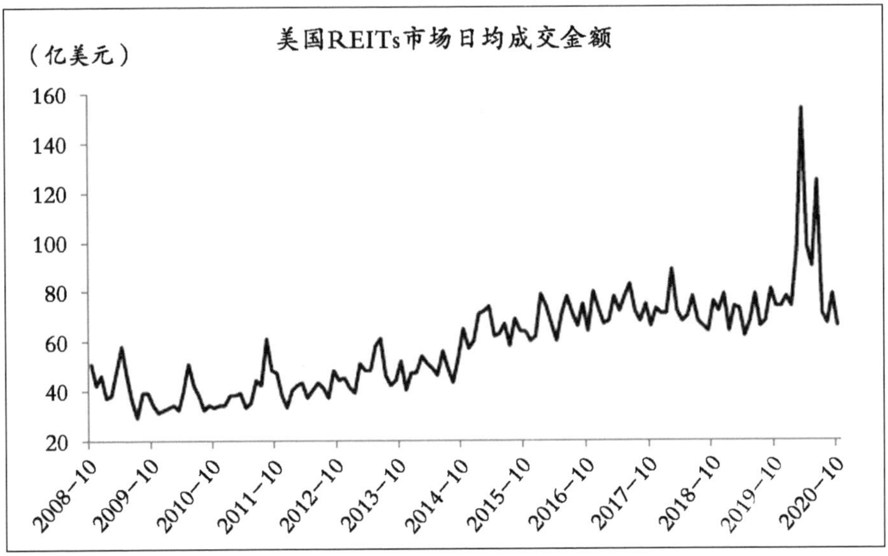

资料来源：NAREITs、中金公司研究部

图 1–6　美国 REITs 市场日均成交金额呈逐年增长态势

类资产来预测每种资产未来的价格走势。相关系数的取值区间是 –1 到 +1，–1 表示两类资产的价格走势完全相反，+1 表示两类资产的价格走势完全相同，当相关性越低时，由这两种资产形成的资产组合的波动性就会越低，低相关性能够反过来提高整个资产组合的收益率。

低相关性是 REITs 确立地位的一个重要因素，REITs 与市面上的大多数股票和债券的相关性较低，如表 1–1 所示，2000—2010 年 REITs 与股票标准普尔 500 指数（下称标普 500）的相关性为 0.66，与纳斯达克指数的相关性为 0.53，与标普 UUliUes 指数的相关性为 0.38，与道琼斯工业指数的相关性为 0.61，与美林公司/政府债券的相关性为 0.10，同时 REITs 能够投资有形资产和实物，具有较高的风险调整收益。当经济下行或市场低迷时，REITs 不会扩大资产组合的损失，反之，当标普 500 指数等指数上涨时，REITs 并不会额外提高资产组合的收益。

表 1－1　2000—2010 年 REITs 与股票的相关性

可比的总回报投资相关性						
	FTSE 美国 REITs 协会 Equity	标普 500 指数	纳斯达克指数	标普 UUliUes 指数	道琼斯工业指数	美林公司/政府债券
FTSE 美国 REITs 协会 Equity	1.00	0.66	0.53	0.38	0.61	0.10
标普 500 指数		1.00	0.91	0.56	0.96	-0.10
纳斯达克指数			1.00	0.40	0.83	-0.17
标普 UUliUes 指数				1.00	0.55	0.14
道琼斯工业指数					1.00	-0.12
美林公司/政府债券						1.00

资料来源：拉尔夫L. 布洛克：《REITs：房地产投资信托基金》，机械工业出版社 2014 年版。

全球各市场 REITs 指数走势正相关，和主要股指相关性适中。如表 1－2所示，2012 年以来全球主要 REITs 市场指数大多呈正相关，相关系数均值为 55%，其中美国、日本、澳大利亚和中国香港等成熟 REITs 市场之间的相关性更高（基本在 80% 以上）。同期全球主要 REITs 市场指数与股票指数的相关系数平均为 51%。

3. 收益与股票相比更加稳定，风险性低

投资者往往喜欢波动性更低的投资项目，股票的波动性越低，其风险性就越小。现实中由于存在种种不确定性，投资不可能是无风险的，REITs也包含某些投资者不可控的风险，包括不动产市场供需因素的变化、国家税法政策的变化等。特定 REITs 的风险取决于所属行业，比如医疗类 REITs 需要考虑医疗行业存在的风险，如医疗保险补偿率降低等；零售类 REITs 则必须面对消费者偏好的变化。但是与其他投资工具相比，业界普遍认为 REITs 的风险性相对较低，能够通过分散租户构成、业务的行业范围以及资产所处地域等，获得更好的收益。根据图 1－7 对比 2012—2019 年各地市场 REITs 和主要股指年化总收益，可以看到投资 REITs 的收益与股票市场相比更加稳定，风险性相对较小。

表 1－2　2012—2020 年全球主要 REITs 市场指数与主流股票指数相关性分析

相关系数	美国 REITs	英国 REITs	日本 REITs	新加坡 REITs	中国香港 REITs	澳大利亚 REITs	法国 REITs	加拿大 REITs	标普 500	富时 100	日经 225	海峡时报	恒生指数	标普/澳证 300	CAC40	标普/TSK
美国 REITs	100%															
英国 REITs	47%	100%														
日本 REITs	81%	65%	100%													
新加坡 REITs	74%	-1%	45%	100%												
中国香港 REITs	85%	25%	56%	79%	100%											
澳大利亚 REITs	89%	60%	81%	52%	80%	100%										
法国 REITs	36%	79%	52%	-8%	20%	61%	100%									
加拿大 REITs	61%	23%	45%	63%	63%	68%	46%	100%								
标普 500	80%	20%	51%	80%	81%	57%	-9%	31%	100%							
富时 100	51%	46%	42%	30%	58%	63%	64%	59%	32%	100%						
日经 225	76%	48%	57%	63%	76%	63%	15%	26%	91%	45%	100%					
海峡时报	-4%	25%	1%	4%	11%	14%	54%	49%	-21%	67%	-5%	100%				
恒生指数	51%	30%	26%	60%	73%	48%	29%	48%	61%	72%	69%	55%	100%			
标普/澳证 300	83%	38%	66%	80%	82%	74%	25%	65%	84%	64%	81%	20%	71%	100%		
CAC40	81%	60%	65%	64%	81%	77%	42%	50%	81%	70%	90%	22%	76%	90%	100%	
标普/TSK	82%	40%	61%	72%	77%	66%	22%	50%	86%	61%	83%	14%	72%	92%	87%	100%

资料来源：彭博资讯、中金公司

注：REITs 指数和股票指数均为价格指数。统计时间为 2012 年 11 月至 2020 年 11 月

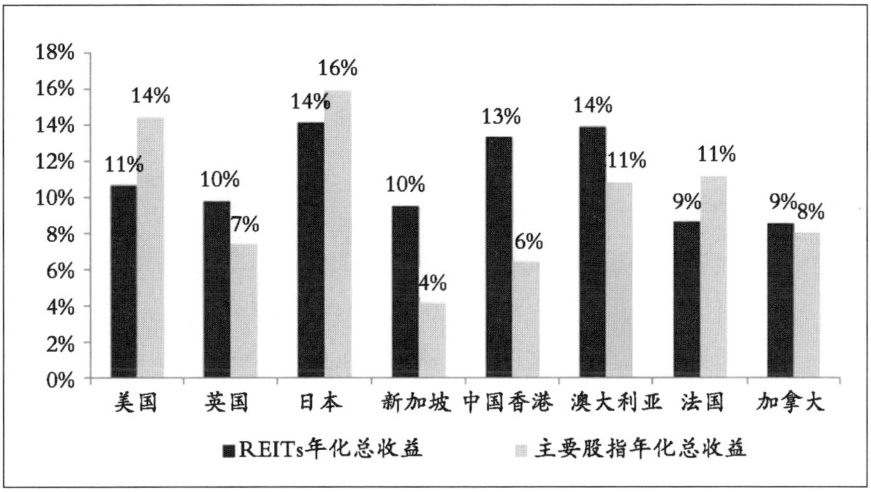

资料来源：彭博资讯、中金公司

注：总收益包括股利再投资收益

图 1－7　2012—2019 年各地市场 REITs 和主要股指年化总收益

（二）预期回报相对可观

根据法律要求，REITs 必须以股利的形式将至少 90% 的税前收入分配给投资者，所以投资者能够踏实依赖于这项投资。因此 REITs 支付的股利作为自由现金流的比例倾向于比其他公司的比例要更高。REITs 的份额通常而言都是以一个更高的股利比例进行交易，如图 1－8 所示，可以看到 REITs 的股息收益率远高于标普 500 指数。

持有 REITs 资产的一个由股利支付要求带来的好处是份额持有人在法律上有权每年至少分配 90%，这使得持有人能够参与收入再分配的投资决策当中。他们能够将股利收入取出并且购买更多的份额，或投资于其他资产，或进行消费，而非 REITs 股票的持有人不得不接受公司董事会对股利分配政策的规定，无法自主决定投资分配。

1. 投资者以长线机构为主

REITs 主要是由长线投资机构持有的产品。我们认为 REITs 在投资者

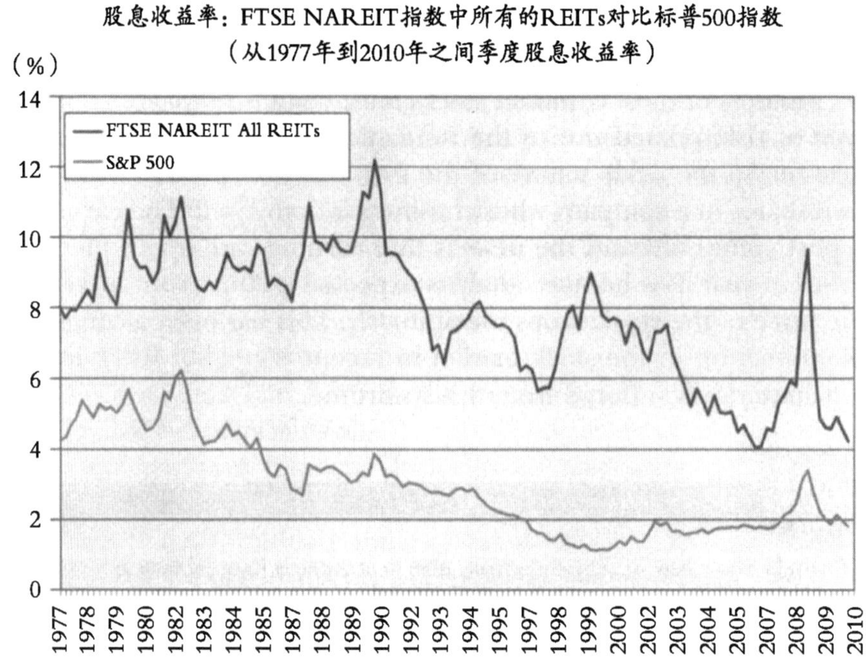

资料来源：拉尔夫L. 布洛克：《REITs：房地产投资信托基金》，机械工业出版社 2014 年版。

图 1－8　1977—2010 年 REITs 与标普 500 的股息收益率

结构上的一大特色是个人投资者占比不高，而主要是由以养老金、保险为代表的长线机构持有。以美国为例（如图 1－9 所示），REITs 的投资者中养老保险等机构投资人占 34%，非 REITs 专项基金占 24%，REITs 专项基金占 20%，个人投资者占 16%，REITs 公司及内部人持股占 6%（主要是作为内部管理的激励机制）。

2. REITs 兼顾存量资产运营与主动成长能力

公募 REITs 的有效成长需同时借助内生增长和资产扩容。长期来看，REITs 市场规模可实现持续增长。以美国为例，其 REITs 市场自 20 世纪 90 年代以来蓬勃发展，2020 年年末美国公募 REITs 市值已达 1.4 万亿美元，1990—2020 年复合增长率高达 19%。

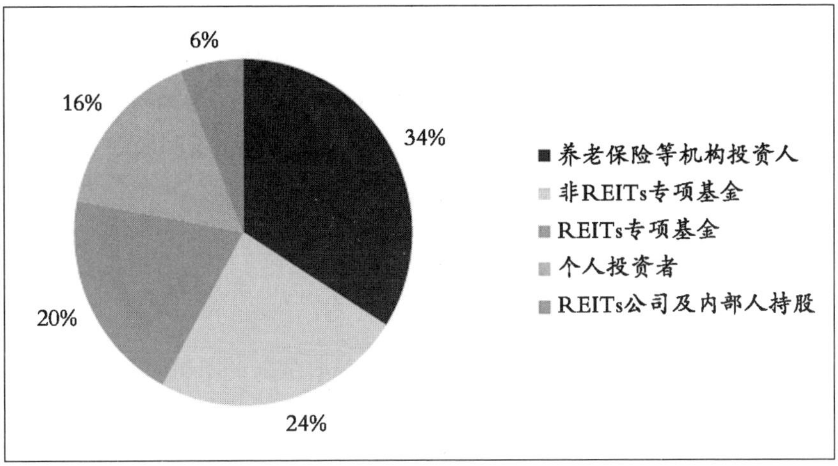

资料来源：标准普尔全球市场情报（S&P Global Market Intelligence）、彭博资讯
注：数据截至 2019 年

图 1－9　美国公募 REITs 投资者构成情况

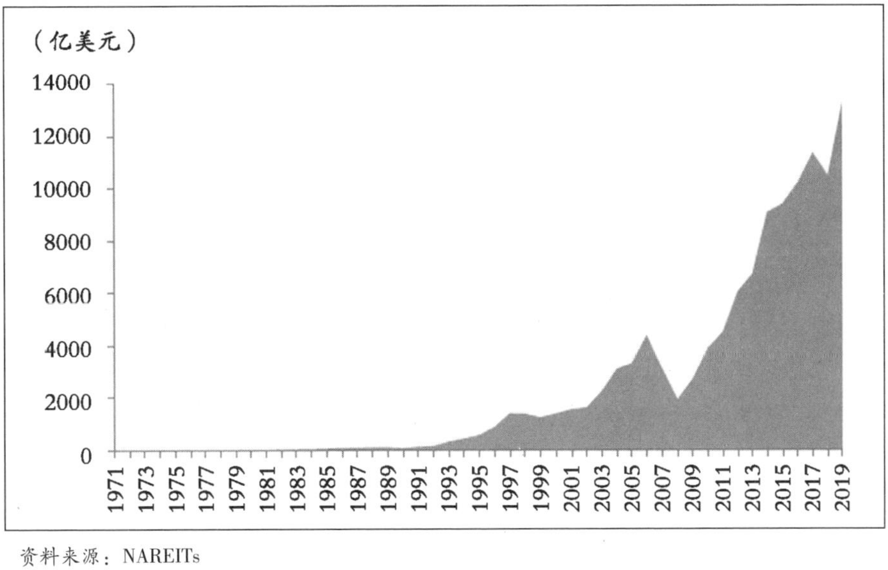

资料来源：NAREITs

图 1－10　美国公募 REITs 市值

内生增长和资产扩容均是 REITs 成长的手段。2008 年金融危机结束后，美国权益型 REITs 通过内生增长（存量资产的运营提升）和资产扩容（新上市与收购等）带动总净运营收入（Net Operating Income，即 NOI）由 2010 年的 356 亿美元提升至 2020 年的千亿美元，年 NOI 复合增长率为 12%。其中，同店 NOI 同比增速维持在 2%~4%，为 NOI 贡献稳定增量。

二 对资产而言，降杠杆、盘活存量以破解地方债难题

在没有 REITs 产品的市场中，轻重资产混合经营存在两方面问题：一方面由于资产庞大且无效，现金流占比庞大，导致资产的流动性不强；另一方面资本沉淀损耗，使得净资产收益率较低。如果将重资产装入 REITs 中，从而进一步发展公司的多元业务，轻、重资产分开后，重资产能够进行投资循环，资产上市后可以构建 REITs 平台，同时保留资产管理权，发行人通过再投资能够将资产投资孵化。轻资产能够进行回报循环，主业平台获得“利润+估值”双重回报，发行人通过投资项目对业务进行拓展，剥离重资产从而提升净资产收益率，具体路径如图 1-11 所示。

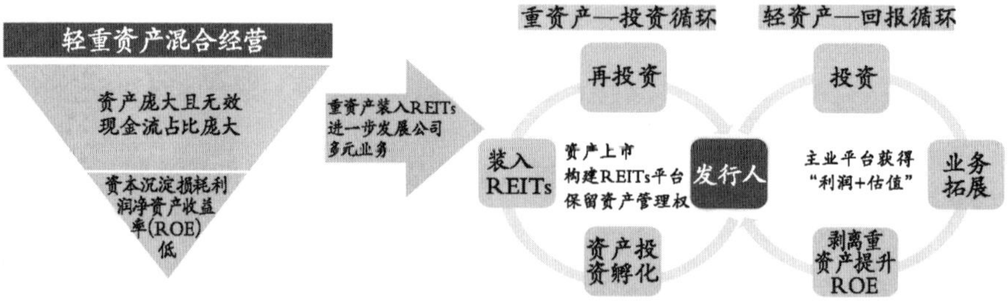

资料来源：Wind、新华基金

图 1-11 公募 REITs 对资产的影响

（一）政府公共资产证券化，化解地方债务困扰

目前我国地方债务不断扩大，存在融资和还息困难，但地方债务的

70% 以上都是用于基础设施建设，是有资产保证的。对于进入运营期、具有稳定现金流的项目，可尝试通过资产证券化，将还债压力和债务风险通过公募 REITs 市场进行化解。

（二）重资产向轻资产模式转变，降低杠杆率与财务压力

在发债空间有限以及中国未来需要建设更多基建和公共福利项目的背景下，我们认为通过中国不动产投资信托基金（C－REITs）向这些项目注入权益资本，将有助于解决这个两难局面。除不动产以外，REITs 还可通过资产证券化帮助缓解其他高负债和/或重资产行业（如能源、电信、公用事业和工业）的债务负担。

权益属性与交易本质使得 REITs 对于发行企业而言，不仅可以解决财务与投融资问题，还会影响其战略模型与商业模式，对于重资产商业运营模式而言，资产证券化与 REITs 能够帮助企业盘活存量资产，实现轻资产运营。

（三）盘活存量资产，带动新项目建设

公募 REITs 作为一种战略性资本工具，能够有效解决轻重资产混业经营中重资产对发行人的负担。通过发行基础设施 REITs 盘活资产，将收回资金用于新的基础设施补短板项目建设，新的项目获得的收益回报能够再次投入资本市场，因此公募 REITs 的存量资产的帮助具有乘数效应，以良性循环的方式促进经济健康运行。

三 为金融市场创新融资渠道、丰富优质投资品类

（一）创新融资渠道

REITs 投资产品的出现使得房地产投资由传统的重资产、不动产投资转化为轻资产形式的证券投资，投资者能够从拥有不动产变为直接拥有证券，实现了房地产价值从固定资本形态向流动性更强的证券形态的转化，

投资者可以通过买卖证券来收获房地产行业的收益。REITs 将资金规模较大的房地产转化为分散、小价值的证券，使得中小投资者能够参与REITs中，同时通过二级市场交易，使得证券价格能够反馈给一线的房地产投资决策者，从而避免投资过热、产生泡沫、分散金融市场的投资风险。

在美国，REITs 已经取代直接的房地产投资，成为美国投资者获得房地产市场收益的重要工具，美国本土 REITs 的覆盖率如图 1－12 所示，可以看到美国本土 REITs 平均覆盖率已经超过 50%。大量投资者使得 REITs 成为房地产价格的风向标，REITs 的资本化率（Cap Rate）、价格/运营现金流指标，以及资产的收购和转让行为等都成为房地产投资决策者分析房地产价格的重要依据。

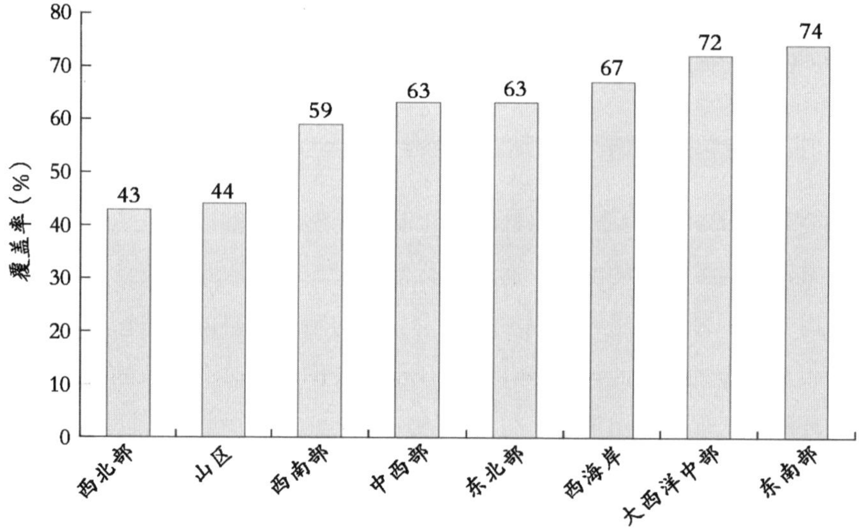

资料来源：林华：《中国 REITs 操作手册》，中信出版集团 2018 年版。

图 1－12　美国本土 REITs 的覆盖率

（二）提供高收益低风险的投资工具

由第一部分 REITs 的融资优势可知，由于 REITs 与其他市场的相关性更低、波动性更小，因此其风险也更小，与股票和债券相比，REITs 波动性较小，更加受益于经济增长，具有更好的投资回报。REITs 产品的投资门槛更低、更具有流动性，因此 REITs 产品所投向的不动产项目范围更广、资产也更加分散，从而降低投资者获得信息的成本以及投资风险。图 1－13为 2000 年到 2015 年美国权益型 REITs 的分红占净收入的比例，可以看到该比例基本高于 50%，虽然在 2008 年金融危机时下降较为明显，但随着经济复苏，该比例又恢复到了正常的水平。

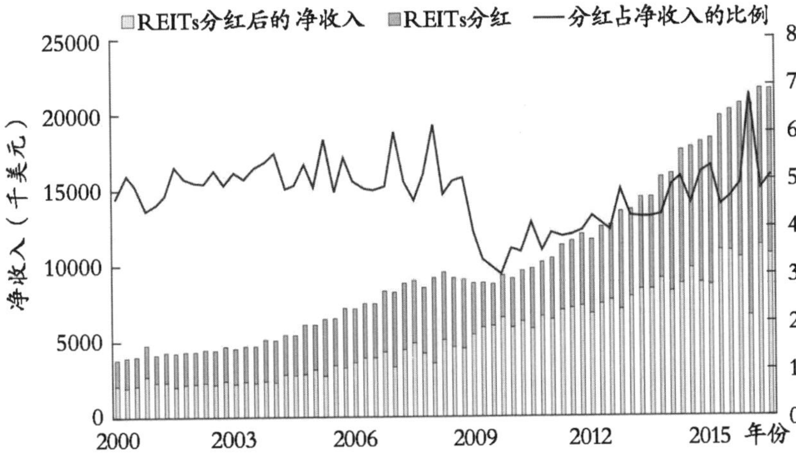

资料来源：Wind、新华基金

资料来源：林华：《中国 REITs 操作手册》，中信出版集团 2018 年版。

图 1－13　美国权益型 REITs 的分红占净收入的比例

由于 REITs 是以持有的成熟物业作为投资载体，因此不具有投机价值，REITs 产品的内在价值与其具有的物业质量和管理水平直接相联系，成熟的物业资产拥有更加稳定的长期现金流，虽然租金收入也会受到经济周期、国家政策等外界因素的影响，但在短期内不会具有较大的波动性，因此价格运行区间较为稳定。目前国内抵押型、过户型的类 REITs 产品，投资回报仍然来自租金收入，相对于一般债券，租金收入的波动性较小，故收益分配更加稳定。REITs能够反映不动产市场供需因素的变化，其良好的流动性、租金收入的稳定性以及定价的独立性，使得它成为一款提供高收益低风险的投资工具。

（三）降低价格非理性波动程度

资产价格波动主要受供需关系的影响，而投资需求受到的外部因素影响较多，包括经济因素、政治因素、市场预期等，投资需求的波动程度较大且变动速度较快。例如，商业地产脱离了原有的使用需求转变为投资商品，投资者会更加迫切希望通过投资不动产获得增值收益。事实上目前国内一些地区不动产价格过热是由多种因素共同导致的，包括非理性预期、投机行为等，地产价格上涨也会对投融资活动造成不利影响，增加资金运作风险。

不动产投资资金的门槛较高，对运营管理水平的要求较高，除专业机构投资者之外，其他投资者很难把其作为配置资产的投资工具。REITs能够盘活存量，为之赋予流动性，为投资者提供分散化、多元化的投资方式，收益主要是租金收入、地产增值等，有助于分流实物资产投资。

REITs产品使得投资者更加关注长期租金收益，而非短期的投机行为。现实中一些投资产品定价失效主要是由于缺少对照合理价格的理性标杆，对于直接投资流动性较差的不动产资产而言更是如此。如果将商业地产作为投资产品，投资者在进行价值评估时通常会根据相似产品的情况来进行定价，这容易将历史价格、周边价格作为投资决策的参考依据，造成跟风投资、过度投资。因此，需要建立能够通过市场价格调节机制形成地产行业价格的合理标杆，减少盲目投机行为，降低价格非理性波动程度。发展公募REITs市场可以使中小投资者以较低的成本参与不动产投资，盘活存量资产，加快去库存进程，追求长期稳定的租金回报，而非短期的投机行为，促进服务实体经济发展。

中国居民家庭实体资产配置比例已经触顶，未来更多配置金融资产是大势所趋，而 REITs 将是其中一个必选项。2019 年中国居民家庭资产配置当中住房占到 59.1%，未来居民家庭资产配置将向金融资本市场作更多倾斜。参考海外经验，具备稳定收益性质的 REITs 产品也将是未来中国居民家庭资产配置中的重要组成部分。

中国投资机构资产配置仍以传统股债为主，对类实体资产配置比例有限，未来亦有潜力上升。海外主要机构投资者目前对于类实体资产（如基础设施 REITs 等）的配置比率平均可能已经达到 8% ~10%，个别甚至更高。中国投资机构目前对这一块涉猎尚浅，这和市场开发程度不够有关。未来看好中国 REITs，以及其可能带动的整个基础设施投资市场的发展，为中国投资机构的资产配置创造新的可能，并完善其整体资产配置。

四 是我国资本市场高效配置资源的金融工具

（一）具备推行基础、有效服务实体经济

我国对于 REITs 产品的探索历时已久，在近 20 年的时间内，不动产政策的变动客观上影响了REITs的发展进度。但我国仍陆续出现了具有 REITs 色彩的信托产品、赴海外上市的 REITs、银行/交易所发行的类 REITs 产品等多类 REITs 相关实践。

目前我国境内资产在境外发行 REITs 的数量和规模都已经很大，既有传统的商业地产资产（商场、写字楼、综合体等），也有基础设施类资产（如物流中心），都展现出了非常好的历史业绩和市场表现，表明我国具备推出 REITs 产品的资产基础。

产品实践上，我国也具备了多年的类 REITs 产品发行经验，为推出公募 REITs 产品进行了有益的探索。截至 2020 年 12 月 17 日，根据中国资产证券化分析网（CNABS）数据，我国私募类 REITs 市场发行规模为 1704.18 亿元，涉及资产类型包括写字楼、物流仓储、商业综合体、租赁住房、公路和酒店等。

其中，基础设施类 REITs 自 2018 年开始发行，近两年发行规模保持快速增长。如图 1－14 所示，2020 年至今我国包括仓储物流在内的基础设施类 REITs 产品发行额达到 100.43 亿元，占 2020 年总发行金额的 29.5%。

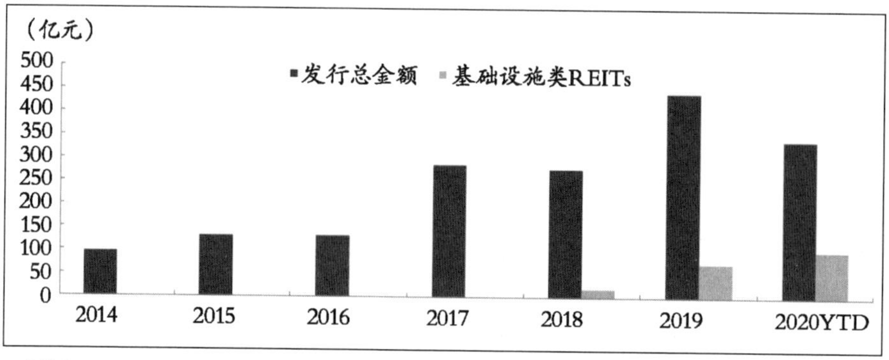

资料来源：CNABS、新华基金

注：统计时间截至 2020 年 12 月 17 日

图 1－14　我国私募类 REITs 总发行规模及基础设施类 REITs 发行规模

2020 年 4 月 30 日，参考海外成熟市场的实践经验，结合中国经济金融环境的特色，中国证监会、国家发展和改革委员会（下称国家发展改革委）联合发布《关于推进基础设施领域不动产投资信托基金（REITs）试点相关工作的通知》，同时，证监会推出了《公开募集基础设施证券投资基金指引（试行）》征求意见稿。两份文件的推出标志着筹备近 20 年的中国版 REITs 正式进入了试点阶段。

我国的基础设施公募 REITs 是以基础设施项目为底层资产的公募 REITs 产品，是权益性质、平层设计、不设“票面利率”、依赖基础资产产生的现金流进行分红的产品。与类 REITs 产品相比，产品真正实现了收益完全与基础资产挂钩，剥离了主体信用，是权益性质的资产管理产品。从回报特征来看，公募 REITs 产品是分红率稳定但不确定的、介于股债之间的品种。

基础设施 REITs 的推出对于我国的资本市场具有重大的意义，是资本市场服务实体经济的重要一环。

对于宏观经济和基础设施行业来说，产品通过将流动性较低的基础设施项目转换为流动性较好的作为金融产品的等额的 REITs 份额，能够盘活基础设施存量资产，助力降低企业杠杆率，保持基础设施补短板力度，促进基础设施建设高质量发展。

当下地方政府以及主要从事基础设施投资的国有企业可用于投资的财力进一步受到制约且来源单一，基础设施 REITs 盘活存量资产、直接弥补投资资金不足，在当前形势下，其意义和作用十分重大。长期来看，发行基础设施 REITs 可以改善基础设施行业长周期、高负债、重资产运营模式，打造“资金 + 资产”“建设 + 运营”可复制模式的良性循环。运用基础设施 REITs 盘活存量资产收回的资金，也可以用于新的补短板项目建设，形成新的优质资产。

对于持有基础设施资产的企业来说，基础设施 REITs 通过转让部分项目权益，可盘活长周期、大规模的存量资产，募集资金用于新项目的投资建设，实现资源的高效配置。从资产估值的角度来看，基础设施 REITs 根据税息折旧及摊销前利润（EBITDA）估值，可不考虑折旧摊销及财务费用的影响，对资产估值提升更有利。同时，资产出表也能降低集团综合资产负债率。

而对于我国资本市场的投资者而言，基础设施 REITs 以公募基金的形式公开发行，预计将呈现出中等风险、流动性较好、收益较稳定的特征，是介于股票和债券之间的新大类投资品种，能够有效地拓展投资边界，提升投资的风险收益比。

中国版 REITs 产品先以基础设施 REITs 的形式进行试点，既符合我国当前的国情，也有益于在实践中不断探索中国特色的 REITs 制度。展望未来，相信在监管机构的不断推动、试点产品的顺利发行之后，更多的基础资产类别有望纳入 REITs 的体系中来，成为盘活存量、高效配置资源的重要金融工具。

（二）为资本市场创立了新产品、新市场，引导实体资产理性定价

1. 建立基础设施市场和定价标准将是重要创举

中国 REITs 的一大重要意义在于为基础设施建立市场。一些偏不动产的资产类别（比如仓储物流和数据中心）在中国已经具有相应的一级和二级市场，但在基础设施领域可以认为市场建设基本空白。中国 REITs 的一大重要意义在于为中国广阔的基础设施资产建立市场（尤其对政府而言是完成多种资产退出渠道从无到有的构建），而这是谈论未来这些资产保值增值的前提，也是令基础设施开发投资和管理得以市场化的前提。

中国 REITs 为基础设施设立定价标准将具有深远意义。和海外市场对经营性实体资产普遍实行了收益率定价法则不同，中国基础设施的定价方法目前仍存在很大的不确定性，而实际上中国基础设施的交易案例也相对稀缺，因此在目前阶段仍未形成普遍适用的定价体系。中国 REITs 将加速这一进程，而这对于未来中国广大的基础设施（甚至包括土地）形成价值中枢、公共部门规划基础设施投资建设、资本市场对基础设施进行资产配置等方方面面都将具有深刻影响。

2. 建立基于收益率法则的定价体系有益于实体资产价值稳定

海外市场经验表明基于收益率法则下的经营性资产定价更趋合理稳定。海外市场的运行经验显示基于收益率法则下的资产定价因锚定于宏观利率水平，实际上整体较传统一级市场更多用比较法则定价要更加稳定。以日本为例，日本房价就经历过从 20 世纪 90 年代泡沫化定价（资产价格缺少锚定，而是随流动性条件波动，容易形成单边循环上涨），到 21 世纪最初 10 年（伴随经济下行）的向下修正，以及到 21 世纪第二个 10 年至今以收益率为定价中枢的稳定期（至今东京都公寓资产的租金收益率在 4% ~5%）。而观察美国市场，也可以发现 REITs 涵盖的主要商业地产和基础设施资产类别的一级市场定价在大部分时间都相对稳定。

中国有必要通过 REITs 发展先行建立二级市场收益率定价法则。先以

REITs 二级市场引导收益率定价法则的形成非常有必要，这将有利于中国广大实体资产的保值增值和金融稳定，同时亦可能为一部分公共资源定价（包括但不限于土地、各类基础设施收费标准等）设立更合理参照，推进市场化进程。

3. 关注二级市场工具本身伴生的正向功效

建立二级市场对于提升行业透明度有益，而透明度是 REITs 市场可持续发展的命脉。基础设施资产本身具有较高的异质性（体现在资产类型、区位条件、市场环境、收费机制等方面），一旦打包形成 REITs 后，管理人则需要遵循资本市场的披露要求，为投资者及时提供市场和资产运行信息，令投资者可以有效跟踪基本面变化。从海外经验来看，二级市场设立有倒逼基础信息质量提升和披露水平提升的作用，长期来看信息的充实化、有效化、及时化也将促进 REITs 管理运营水平的提升，实现优秀管理人和投资者的双赢。更长远一些来看，中国 REITs 做好信息披露工作，打造较好透明度将有利于吸引国际资本投资，进一步扩大影响力。

二级市场流动性更优，较发展一级市场是更好的选项。一级市场在透明度、流动性等角度整体不及二级市场，因此在发展选项上我们认为先期推行公募 REITs 二级市场将更有利于引导广泛投资。长期来看，我们认为二级市场的发展也将带动相应一级市场的进一步活跃，二者形成良性协同关系，从资产布局、疏解风险等角度形成更优格局，但先期需要二级市场来带动。对于投资者而言，在目前整体基础设施市场透明度和成熟度有限的当下，二级市场投资也无疑是更加安全可行的选项。

（三）发展 REITs 符合居民家庭和投资机构长期资产配置需要

1. 中国 REITs 适合居民家庭配置

人口老龄化趋势下，配置 REITs 产品是优选项。近二三十年来，海外养老金、保险等长线机构管理资产规模持续提升，同时对广义实体资产配置比例亦明显提升，我们相信除了和实体资产自身较为优异的风险收益特性相关外，人口老龄化带来的“稳定收益”的诉求提升也可能是重要（被动）原因之一。比如新加坡在创设REITs市场之时就明确考虑需要为当地逐步老龄化的人群提供更加符合其稳定收益需求的产品，而REITs是一个理想的选项。

海外居民家庭配置REITs比例已较为可观。以美国为例，据相关统计约40%～45%的美国家庭直接或间接参与REITs投资（主要方式是养老金间接投资，少数直接投资相关ETF或REITs相关公募基金）。考虑美国权益类REITs占整个股票市场市值的比重仅3%～4%，实际上美国居民家庭对REITs这类产品的配置可以认为非常普遍。

中国居民家庭实体资产配置比例已经触顶，未来更多配置金融资产是大势所趋，而REITs将是其中一个必选项。如图1－15所示，2019年中国居民家庭资产配置当中住房占到59.1%，参考海外经验，具备稳定收益性质的REITs产品也将是未来中国居民家庭配置中的重要组成部分。对不动

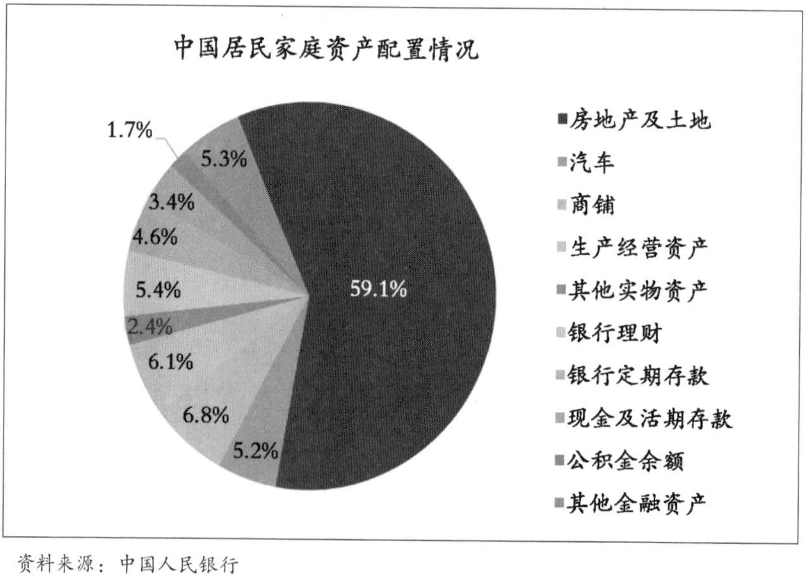

资料来源：中国人民银行

图1－15　2019年中国居民家庭不动产配置占比接近60%

产领域而言，中国居民家庭目前仅能通过直接购房来进行资产配置，而未来中国 REITs 如向商业地产扩容则也将给居民家庭提供更多元、更轻资产化、更具流动性的方式来参与实体市场投资。

2. 中国投资机构配置广义实体资产领域大有空间

发达国家投资机构近二三十年来对广义实体资产配置比率大幅上升。目前西方主要长线投资机构（主要包括养老金、保险、主权基金、社保基金等）对广义实体资产（主要包括商业地产和基础设施）的配置比例平均在 8%～10%，其中头部机构可以达到 15%～20% 甚至更高，而这一比例在二三十年前几乎可以忽略不计（国际学界和业界呼吁该比例应至少达到 15%）。往前看，随着低利率环境大概率长期延续，国际资本对实体资产的配置意愿当有增无减。而即便是在公募基金领域，我们也看到头部基金对实体资产进行了积极配置，甚至有专门从事实体资产领域二级市场投资的机构。中国投资机构资产配置仍以传统股债为主，对实体资产配置比例有限，未来亦有潜力上升。即便观察中国头部长线机构，我们认为其对实体资产的直接配置比例（不包括以非标产品等形式进行类债投资）不足 1%～2%，这和市场发展不充分有直接关系。我们看好中国 REITs 以及未来其可能带动的整个基础设施投资市场的发展，为中国投资机构的资产配置创造新的可能，并完善其整体资产配置。

（四）以发展 REITs 为契机全面推动中国相关资产管理行业升级

1. 中国需要在实体资产领域建立多层次投融资体系

中国实体资产投资债性过重有投融资模式相对落后的原因。中国之所以在不动产和基础设施领域投资出现债性过重的问题，和投融资本身的基础设施不够发达有直接关系。延续上文对海外资产管理人模型的分析，以基金、REITs 等基本工具来实践实体资产投资可以更好地起到引导直接融资、实现有效风险隔离（和投资主体充分分层）、对接资本市场资金、鼓励专业运营能力建设等正面功效。当前我国不动产和基础设施建设仍多停留在“资产负债表+债务融资”的传统模式上，实际上难以应对未来市场环境和投资标的日趋复杂情形下的精细化管理，也难以起到资产风险合理分散布局的效果。

通过资本市场路径形成多层次投融资体系是破局关键。基础设施行业有必要通过改善基础投融资模型，通过大力推动REITs的发展来构建更加灵活适用和轻巧的投融资体系，这实际上同时代表了实体市场和资本市场供给侧改革的重要方面，而对于需求方来说也将是扩大投资多样性、改善资产配置的重要机遇。中国的存量资产规模可观，能否有效通过资本市场创新盘活资产，实现供给和需求侧的双赢，当取决于投融资的工具和模式创新。

2. 借助资本市场推动实体资产运营和投资管理能力进阶

推动以REITs为代表的投融资工具发展亦有促进管理能力提升之效。综合上文所述，推动中国REITs发展将能在很大程度上推动实体资产领域管理能力的提升，而管理能力又包括基础的物业运营能力、产品能力、市场能力和投资能力等方方面面（对于REITs而言还包括二级市场投资者关系能力）。当前中国不论是不动产开发商还是基础设施供应商，在很大程度上，运作模式和质量仍是相对比较粗放的，未来迈向精细化运营管理阶段，通过资本市场进行一定倒逼是有效的。

中国实体资产供应方的能力边界亟待拓展。中国实体资产供应方的能力边界和海外公司相比仍有差距。以仓储物流行业为例，中国目前高标仓行业的主体供应方仍是外资企业，而中资企业在投融资水平、产品标准、企业战略等维度仍与外资企业有明显差距，这主要是起步相对较晚的原因。但往前看，中资企业有良好的商业样本可循，具备一定的资源优势，同时可借助REITs发展带来的契机，实现自身商业能力的边界拓展。

3. 中国REITs产品本身尚处初创期，但值得开始考虑未来整体资产管理体系

中国REITs目前的设立目的主要还在于资金回款。中国REITs目前的

设立目的尚集中在实现基本的退出职能，在当前环节更需要关注的问题可能在于资产质量与合规性、产品收益率、市场建设和投资者教育等问题。但若只关注于退出职能本身，可能较难实现中国 REITs 长期管理水平的有效提升。

中国目前就可开始考虑未来实体资产整体投资和运营管理体系的构建。一方面设立和发展 REITs 市场的长期目标仍是在于培育相应的投资管理能力和市场，而中国语境下投资管理模式的搭建也会和 REITs 市场能否成功有千丝万缕的关系。另一方面，也可以开始思考从地方政府的角度，如何结合 REITs，甚至参考海外投资管理人模型，来积极探索公共投融资在特定资产类别上的创新。例如中国地方政府也可以考虑采用凯德的模型来进行自身范围内的基础设施资产投融资，从更高的体系思考 REITs 的工具定位，并规划好 REITs 平台的可持续发展。

1.1.4 我国公募 REITs 与传统 REITs 的演进与传承

不可否认的是，长期的类 REITs 产品发展为我国公募 REITs 的推出打下了良好的基础，包括在产品架构、税收筹划、资产权属等多方面的经验。但类 REITs 产品仍然无法跳出传统的思维范畴，没有真正地实现以资产和资产现金流为基础的投资。如果以债务融资的视角去看，类 REITs 产品的发行欠缺广泛的吸引力。而公募 REITs 本质为股权转让，具备更为广阔的投资基础也更广受欢迎。但是为了更深入地了解公募 REITs，我们也在后续几个章节里，从传统 REITs 特征、案例、国际经验等方面进行了对比分析。

公募 REITs 与传统私募 REITs 的主要区别如表 1－3。

表 1-3　公募与私募 REITs 对比

	公募 REITs	类私募 REITs
发行方式	公开募集	私募发行
二级市场流动性	较强	较弱
产品属性	以权益型 REITs 为主	以固定收益产品为主
入池资产	通常为多个资产，强调分散性，产品存续期入池资产或有扩募机制（会有对应限制）	目前主要为单一资产，存续期内资产为静态，资产构成不发生变化
资产管理	进行主动管理	对物业以被动管理为主
投资范围	基础设施类项目	项目公司股权及债权，监管部门规定的合格投资项目
融资方式	基金发行	产品本身不融资，可分级
产品期限	长期（20—50 年左右）	有存续期，且有效久期相对较短
投资者退出方式	以二级市场证券交易为主	到期通过主体回购或物业处置退出；也可通过二级市场交易退出，但市场流动性较弱
增信措施	目前国内公募 REITs 产品暂未增信	多有租金差额补足增信，大部分产品还通过主体回购为本金偿付增信

资料来源：Wind、新华基金

我国在 2021 年首批试点项目落地。这会在本书最后一章探讨。类 REITs与 REITs 主要有以下六大不同点：

（1）债/股：类 REITs 本质是债，和商业不动产抵押贷款支持证券（CMBS）最为接近，REITs 是纯股权投资工具。尽管近年来新发行类 REITs 的劣后级占比有所提升，但主要由类 REITs 原始权益人自持。虽然个别类 REITs 中的劣后级成功出售给了第三方权益投资人（这部分通常不作收益保障），但这类案例也是少数，因此仍和真 REITs 相去甚远。中国 2021 年推出的首批公募 REITs 是一种完全的权益类投资工具，没有分级之说，亦没有既定收益率。

（2）私募/公募：类 REITs 是私募产品，主要在交易所、银行间市场、机构间私募产品报价与服务系统等交易场所挂牌交易；REITs 是公募产品，可直接在证券交易所公开上市交易。因此，类 REITs 与 REITs 在流动性、投资人规模和交易规则等方面有根本差异。

（3）控制权是否真正转移：类 REITs 和公募 REITs 都会涉及到底层资产的过户和转让，传统类 REITs 产品虽然也涉及资产的过户，但是原始权益人（融资方）并未失去资产的控制权，虽然会计上也会实现出表，但大多数情况下，原始权益人仍可以通过优先回购权利等方式实现资产的控制；但是公募 REITs 强调基金管理人的主动管理权限，在资产日常的运营和管理上，基金管理人具备完全主动的管理权限，而原始权益人则是通过认购基金份额或参与战略配售，在基金持有人大会层面行使作为份额持有人的权力，并不能直接控制底层资产，当然，如果原始权益人持有绝大多数的基金份额，则可以通过持有人大会对基金的重大决策具有控制力，但是日常的管理主动权是基金管理人。

（4）收益属性：类 REITs 投资的收益主要是固定票息，而 REITs 投资的收益是“分红 + 资产增值收益（以股价或基金净值来体现）”。其中，分红可能相对稳定，增值收益的多少则由商业周期、物业本身经营质量等因素变化驱动。

（5）适用规模：类 REITs 适用范围相对狭窄，对于物业本身的资质要求也比较高，在中国，更多是由不动产从业者（包括开发商、私募基金管理人等）使用。多数情况下背靠少量优质物业作为底层资产来实现发行，其主要目的是获得尽可能优惠的融资成本，实质是发债行为。而 REITs 的作用是实现更大规模的资产组合的退出，属上市行为，目的是盘活存量资产，实现股权资本变现回收。

（6）管理模式：类 REITs 产品的计划管理人和基金管理人主要负责监督基础资产的运营情况、归集分配现金流、披露投资者信息等工作，但对基础资产的运营管理参与度较低；REITs 通常采用主动管理模式，管理人需要对基础资产的运营管理负主要责任。

中国类 REITs 市场已初具规模，且近年来呈快速发展态势。如图 1－16 所示，自 2014 年以来，类 REITs 产品累计发行约 1650 亿元。发行规模自 2017 年起显著提升，并于 2019 年创下 504 亿元的历史新高，同时在底层资产类别上亦进一步丰富。类 REITs 市场的快速发展已经表明中国具有各类实体资产投融资基本诉求，且伴随存量市场扩大该诉求应呈增长之势。

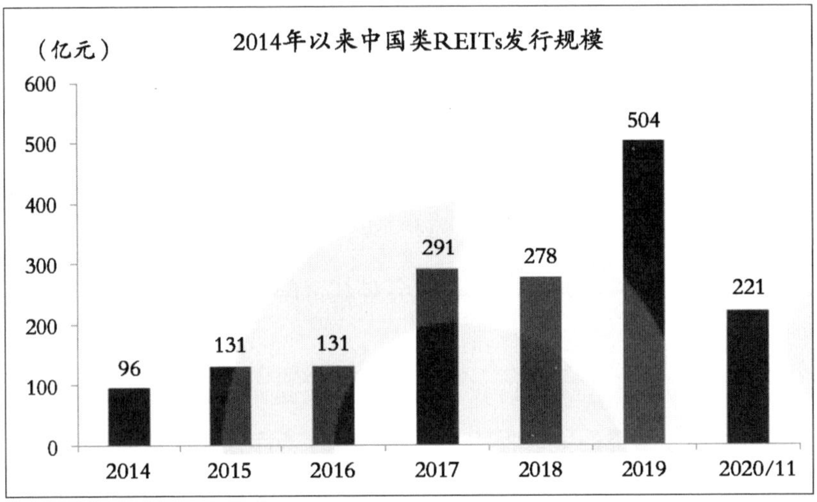

资料来源：CNABS

注：统计时间截至 2020 年 11 月 30 日

图 1－16　2014—2019 年中国类 REITs 发行规模显著提升

如图 1－17 所示，2019 年以来中国类 REITs 产品的股性已经有所增强，权益投资需求初现。中国类 REITs 产品也经历了从早期的几乎纯债性产品（本质上类似 CMBS）向近年来股性边际增强的发展趋势，体现为产品劣后级的比例有所增大，以及部分劣后级能够由外部投资人因自身投资需求购置，而非传统实践中完全由发行人兜底作为增信措施，表明股权投融资需求也已经逐渐萌芽。

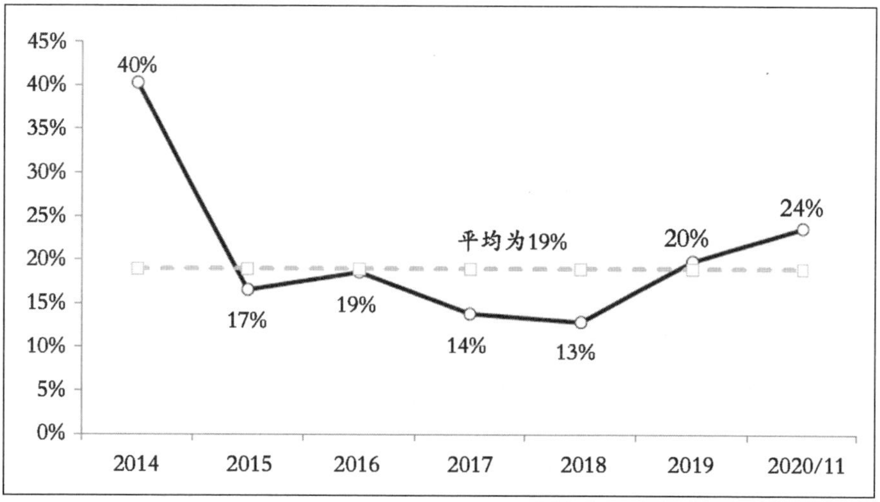

资料来源：CNABS

注：统计时间截至 2020 年 11 月 30 日

图 1－17　2014 年以来中国类 REITs 权益级占比

未来 REITs 与类 REITs 市场都将蓬勃发展，但权益投资应由 REITs 引领。REITs 与类 REITs 的发展并不矛盾，二者代表了股和债两类项目退出方式，也代表两种投资工具各有需求，未来市场都有望逐步扩容。以美国为例，美国公募 REITs 市场和 CMBS 市场均在 20 世纪 90 年代蓬勃发展，体现的是资产证券化浪潮下该类工具的广泛发展。尽管从体量上说类债市场可能大于股权市场，但从提升直接融资比例、发展权益类资本市场的角度，未来中国 REITs 版图更应由 REITs 而非类 REITs 来引领和开拓。

第二节

REITs的分类

温故知新，了解传统REITs，有助于更立体、全面地熟悉并运用公募REITs这一金融工具。REITs的分类方式可以从不同角度划分为多种，具体如图1－18所示。

而根据行业以及物业资产类型，以上还可进一步细分，如办公类、住宅类、零售类、医疗类、工业类等。

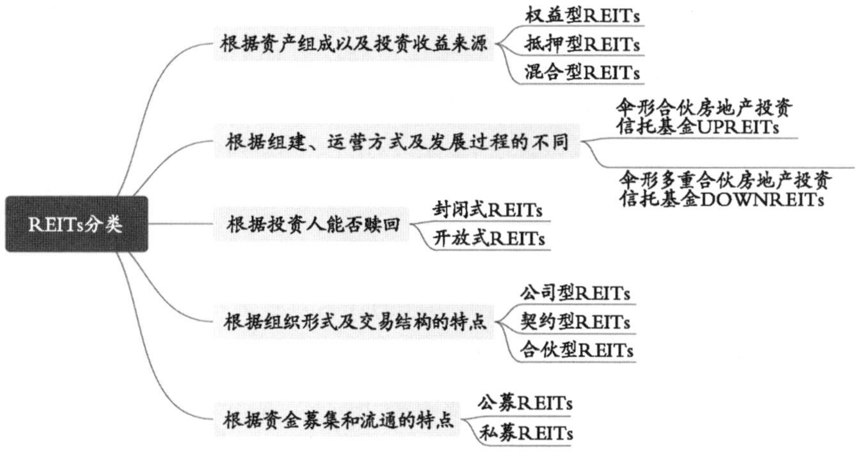

资料来源：Wind、新华基金

图 1－18　REITs 的分类方式总览

1.2.1　根据资产组成以及投资收益来源分类

在此角度下，REITs 可大致分为三类：权益型 REITs、抵押型 REITs 及混合型 REITs。权益型 REITs 对可以产生收益的不动产资产——如公寓楼、自主存储中心等——进行持有并运营管理从而获得产出；抵押型 REITs 则是直接贷款给不动产业主、买入贷款和与其他抵押贷款相关的证券；混合型 REITs 则可以视为上述二者的综合，即在持有并运营管理一系列可以产生收益的物业资产的同时，贷款给其他不动产业主。

一　权益型 REITs

权益型 REITs 是指投资者拥有不动产并对其进行运营以获得收入，投资者收益来源于两部分：租金收入以及不动产的增值收益。权益型REITs 可以持有各种类型的物业，具体包括酒店、医院、购物中心、仓库、住宅和公寓等。可以成为权益型 REITs 资产的界定较为宽泛：只需一座建筑物拥有墙和屋顶且可以买卖，就有可能成为权益型 REITs 的资产。另外，权益型 REITs 的资产可以覆盖不同的地域范围，不同的不动产。然而，两者存在一点最根本的区别：权益型 REITs 购买和开发自持物业，而不单纯建造和销售房地产。

权益型 REITs 为投资者提供差异性，其投资策略有时还存在竞争性。不同的权益型 REITs 之间可能具有不同的优劣点：某些权益型 REITs，如经营三净租赁业务的权益型 REITs，资产增值的潜力较小、速度较慢，但是能稳定地提供高收益率。其他权益型 REITs，如开发新物业的权益型 REITs，虽然提供的收益率较低，但是有很强的增值潜力。

二 抵押型 REITs

抵押型 REITs 又被称作债权型 REITs。它直接向不动产所有者、物业或开发企业发放贷款，或者投资于抵押贷款的二级市场，拥有的是不动产的债权。其收益来源主要是手续费和抵押贷款利息。大多数抵押型 REITs 仅向现有物业发放抵押贷款，并利用抵押型证券和对冲型工具管理风险。抵押型 REITs 不会为投资者提供很高的资产增值收益，因为它并不持有可能增值的实体性物业资产。事实上，抵押型 REITs 的市价与利率水平密切相关，当利率水平稳步下降时，抵押型 REITs 才会出现显著的市价上涨；反之，当利率水平上扬，抵押型 REITs 的市价便有可能下跌。

三 混合型 REITs

混合型 REITs 一定程度上结合了权益型 REITs 和抵押型 REITs 双方的特点。它既是权益投资者，也是抵押贷款经营者，同时拥有不动产和抵押贷款作为其投资资产。因此，从理论上说，混合型 REITs 在向股东提供具有增值空间的物业的同时，也能获得稳定的贷款利息。显然，混合型 REITs的收益率与增值潜力等均介于权益型 REITs 与抵押型 REITs 之间：混合型 REITs 的收益率往往高于权益型 REITs，但低于抵押型 REITs；同时，混合型 REITs 的增值潜力比权益型 REITs 低，但高于抵押型 REITs。在美国，医疗行业是混合型 REITs 涉足较多的领域，REITs 向医疗机构和医院管理者发放抵押贷款，同时收购如医疗产业园之类的物业，出租给医疗机构。

混合型 REITs 倾向于给投资者提供混搭型的投资结果，这种混搭的价值往往被投资圈质疑，比如其投资可能过于分散。抵押型和权益型 REITs 的投资策略存在内在差异，所以当一只 REITs 结合这两种不同的投资策略时，会面临收益被稀释的风险。三者比较如表 1－4。

表 1－4　权益型、抵押型、混合型 REITs 对比

	标的资产	收益来源
权益型 REITs	拥有和管理能够产生现金流的不动产项目，包括商铺、办公楼、高档公寓等	以标的资产组合的租金收入作为主要收益来源，此外还包括标的资产升值收益和可能的资产注入
抵押型 REITs	向不动产管理者和开发商提供抵押贷款，或购买不动产抵押证券	以所提供的抵押贷款的利息收入作为主要收益来源
混合型 REITs	资产组合中既包括实物不动产项目，也包括提供的抵押贷款	以租金收入和抵押贷款的利息收入作为主要收益来源

至于对投资者而言，这三类 REITs 该如何抉择，这可能取决于特定投资者的投资目的——是追求较高的股价升值潜力，还是追求稳定的高收益率，还是介于两者之间。

根据美国不动产投资协会（NAREITs）披露的数据，自 20 世纪 70 年代起，抵押型 REITs 占有绝对优势，其吸引的投资者数量与权益型 REITs 投资者的比例约是 3∶1。在 1970 年，约有 70% 的投资者选择抵押型 REITs，20% 的投资者选择权益型 REITs。但在接下来的 30 年，这一比例发生了变化，主要是因为美国经历了数次商业和住宅市场繁荣。到20世纪80年代中期，抵押型和权益型REITs的投资者比例变成了1∶1，而在20世纪90年代及21世纪的第一个10年，偏好权益型REITs和抵押型REITs的投资者比例反转成3∶1。

抛开投资者偏好这一因素，NAREITs的报告称，自20世纪70年代起，权益型REITs获得的投资回报率高于抵押型REITs。因此，如今的投资界一致认为，权益型REITs对保守投资者来说是更好的选择，尤其是考虑到金融危机前后，抵押贷款行业面临着前景难料的严峻局面。

1.2.2 根据组建、运营方式及发展过程来分类

美国伞形信托结构（UPREITs）的建立可能是20世纪90年代REITs市场得以高速扩张的最重要技术支撑，值得参考。美国在90年代前后对REITs法案进行了一系列的关键改革，从而激发了市场活力，促进了REITs市场实现大发展，其中最关键的改革之一是建立了UPREITs结构。另一个常见的结构是DOWNREITs。

一 伞形合伙不动产投资信托基金UPREITs

伞形合伙不动产投资信托基金产生于美国20世纪90年代，UPREITs是Umbrella Partnership REITs的简称。该模式相对易于运作。

伞形合伙不动产投资信托基金是指一家或者多家不动产发展商作为发起人，用他们所持有的若干收益性物业出资成立有限责任合伙公司，并将所拥有的资产换取合伙股权凭证（OP单位），投资者用现金购买其中的股份来实现信托融资目的。这家有限责任合伙公司除了已持有收益性物业，还将使用信托形式筹集的资金购买其他收益性物业或不动产项目并管理这些收益性物业和不动产项目。

三 伞型多重合伙不动产投资信托基金 DOWNREITs

所谓多重合伙指的是在伞形合伙基金基础上，合伙人可以成为多个企业的股东。不同之处在于伞形多重合伙基金既能直接拥有和经营大部分不动产，又能以经营性合伙公司的普通合伙人身份拥有和管理其余不动产（一般是新收购或有限责任合伙人出资形成的不动产），因此更具灵活性。

伞型多重合伙基金融资所得资金交给合伙公司之后，合伙公司可用于归还债务以及购买其他不动产等用途，这就使得 REITs 管理者与股东之间的利益冲突得以最小化。

由于伞型多重合伙基金充分吸纳众多投资者的股份，管理者可以与普通公众股东一起按一定比例分享所有权，还可以享受 REITs 带来的其他收益。这样，REITs 的管理水平便与股东利益紧密地联系在一起。

1.2.3 根据组织形式及交易结构的特点来分类

一 公司型 REITs

公司型 REITs 是指一批具有共同投资理念的投资者依法组成投资于特定对象的、以盈利为目的的股份制投资公司，该类公司通过发行股票的方式募集资金，是具有独立法人资格的经济实体。在组织形式上，公司型 REITs 与股份有限公司相似，其资产为投资者（股东）所有，由股东选择董事会，由董事会选聘 REITs 管理公司，REITs 管理公司负责管理 REITs 业务。公司型 REITs 的设立一般要得到相关机构的批准，或在工商管理部门和证券监管机构注册，同时还要在股票发行和交易所在地登记。在美国、比利时、法国、德国、日本、韩国、土耳其、英国等国家和地区，REITs 的典型结构是公司型。公司型 REITs 的组织结构如图 1－19所示。

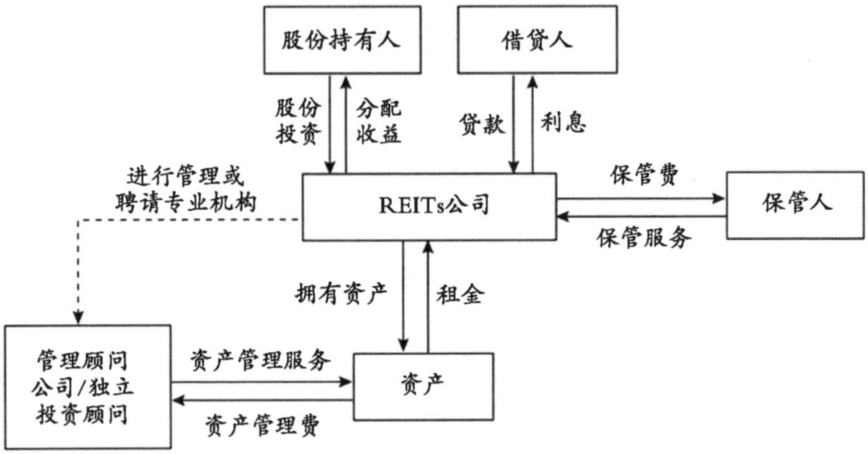

资料来源：Wind、新华基金

图1－19　公司型REITs的组织结构

二　契约型 REITs

契约型REITs是指投资者与投资公司或REITs管理人签订信托契约，后者又与REITs托管人订立信托契约，通过发行受益凭证而组建的投资信托基金。REITs管理人是REITs的发起人，通过发行受益凭证将资金筹集起来组成信托资产，并根据信托契约进行投资；REITs托管人根据信托契约保管信托资产，具体办理证券、现金管理以及有关的代理业务，一般由银行担任。在澳大利亚、加拿大、马来西亚、新加坡、中国香港和中国台湾等国家和地区，REITs的典型结构是契约型。契约型REITs的组织结构如图1－20所示。

三　合伙型 REITs

在美国，还有合伙型REITs，它一般是由有限合伙人（Limited Partner，简称LP）和普通合伙人（General Partner，简称GP）组成。有限合伙人向

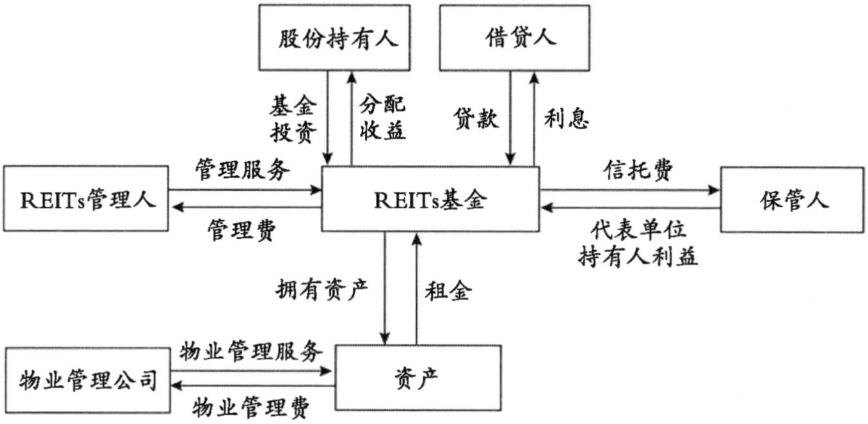

资料来源：Wind、新华基金

图 1 – 20　契约型 REITs 的组织结构

REITs 投资、分享 REITs 的收益，但不参与 REITs 的事务管理，并且仅仅以其投资额度对 REITs 债务承担有限责任，普通合伙人管理 REITs 事务并对 REITs 债务承担无限连带责任。

对以上三种类型的 REITs 的主要区别如表 1 – 5 所示。

表 1 – 5　公司型、契约型、合伙型 REITs 对比

组织形式	公司型	契约型	合伙型
资金属性	公司财产	信托财产	合伙企业财产
资金使用	按公司章程规定	按信托契约规定	按合伙协议规定
与投资人关系	股东与公司的关系	信托契约关系	合作协议关系
与受托人关系	本身即受托人	以受托人的存在为前提	本身即受托人
收益分配	依据股权凭证分配股利	依据受益凭证分配信托受益	依据合同约定
经营主体	股份有限公司、信托协会	股份有限公司、信托协会	合伙企业

1.2.4 依据资金募集和流通的特点来分类

一 公募 REITs

公募 REITs 是指以公开发行方式向社会公众投资者募集信托资金的 REITs，其投资者人数一般不受限制，每个投资者的最低投资数量一般也没有限定。公募 REITs 是国际资本市场不动产金融产品的主流形式，与股票一样具有高流动性，可以上市交易，一般我们也将其称为标准 REITs。公募 REITs 的典型交易结构如图 1－21。其中 SPV 为特殊目的载体。

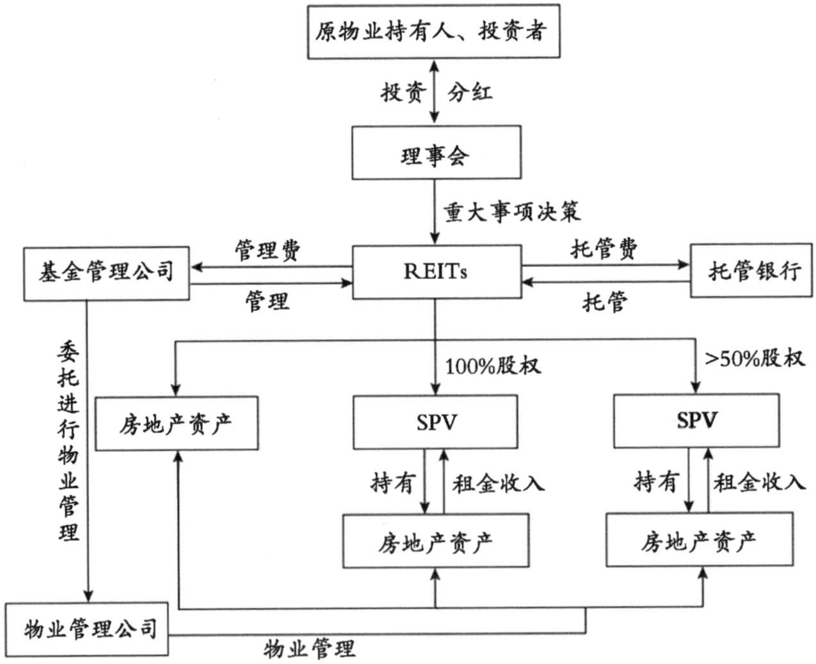

资料来源：Wind、新华基金

图 1－21 公募 REITs 的典型交易结构

二 私募 REITs

私募 REITs 是指以非公开方式向特定投资者募集 REITs 资金并以房地产为投资对象的投资信托。REITs 发起人通过电话、信函、面谈等方式，直接向一些机构投资者或资金充裕人士推销 REITs 单位并募集 REITs 资金。私募 REITs 对投资者的风险承受能力要求较高，监管相对宽松，各国的法律法规明确限定了私募 REITs 持有人的最高人数（如 50 人、100 人或 200 人）和对投资者的资格要求，不满足要求的私募 REITs 不得设立。国际市场上，私募 REITs 占比较小，尤其是在美国，其市场占比一般不到 5%。2013 年，中国已经开始出现“专项计划类 REITs”的特殊产品形态，它是一种债务融资产品，目前发展比较迅速。

第三节

REITs六大主要特征

1.3.1 亦股亦债、管理专业

投资 REITs 的历史总回报中枢在 11% ~13%。我们统计了美国、日本等主要 REITs 市场 2012 年来的整体市场表现，如图 1-22 所示，显示板块总回报率（分红+资本增值）年化 11% ~13%左右。以美国自身的长历史周期表现看，各个地产市场周期内权益类 REITs 的总回报中枢平均在 13%，方差不大。我们认为某种程度上体现了 REITs 亦股亦债、变债为股的特性：在一定时期内如果股价上涨较快（可能由底层物业资产估值提升拉动），那么分红收益率相对下降，反之亦然。可以认为 11% ~13% 的总收益率是在二级市场上进行实体资产大类投资可获得的合理回报中枢。

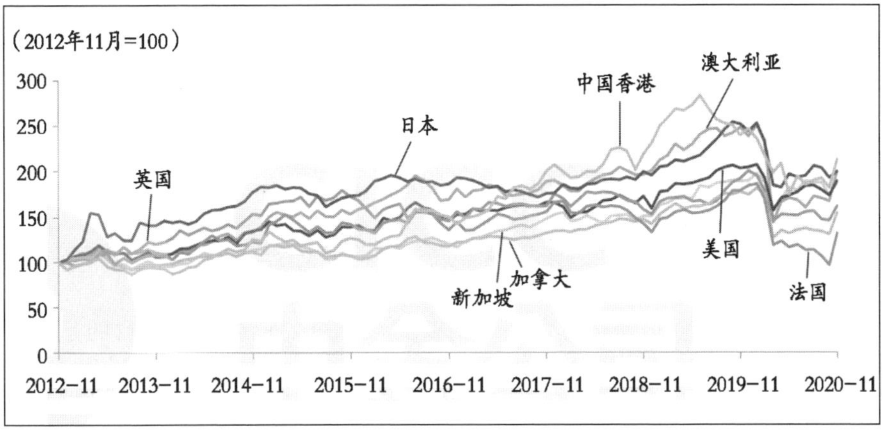

资料来源：彭博资讯、中金公司

注：总回报指数含股利再投资收益；统计时间为 2012 年 11 月至 2020 年 11 月

图 1-22 全球主要 REITs 市场总回报指数

REITs 基金财产交由专业性较强的基金管理机构投资运作，这些机构具有专门的理财专家和市场分析人员，他们专门对国内外经济形势、各个行业，甚至某一公司的运营状况和潜力，进行科学系统的分析审计并委托专业第三方或原资产权益人运营。因此相对于个人投资者来说，可以安心资产运营管理分享较高收益。不动产基金经营权与所有权高度分离，为不动产专业化经营管理奠定了基础；专业化的经营管理，可以使不动产营运绩效大幅度提高，使投资者可以分享不动产专业投资的成果。

1.3.2　积少成多，筹资迅速

REITs是专门为中小投资者设计的一种间接投资工具，其风险低、价格低的优点吸引了众多投资者，因而能筹集社会闲散资金，迅速将小钱汇成大钱，积少成多。我国居民手中有大量闲散资金，因此面向社会公众能迅速筹到巨额资金，若将资金投向不动产，在社会大众间接获得大规模不动产投资利益的同时，可大大缓解不动产企业资金紧张的局面，促进不动产产业发展。

1.3.3　基金财产独立运作

基金财产独立运作是投资基金制度的一个重要特征。主要目的是为了保证基金财产的安全和独立运作，保护投资者的合法利益。通常情况下，基金财产的独立性体现在以下几个方面：

◇ 基金财产虽然由基金管理人管理，但基金财产在基金托管人手中，基金管理人并未实际掌握基金财产，也没有权利从基金托管人手中取走基金财产。同时，基金托管人虽然掌握基金财产，但并不能具体进行投资运用。

◇ 基金财产独立于基金管理人、基金托管人的自有财产，不得归入基金管理人、基金托管人的自有财产。基金管理人、基金托管人因依法解散、被依法撤销或者被依法宣告破产等原因进行终止清算的，基金财产不属于其清算财产。

◇ 基金的债权与不属于基金的债务不得相互抵销，不同基金的债权债务不得相互抵销。

◇ 非因基金本身承担的债务，债权人不得对基金财产主张强制执行。

◇ 基金托管人对其托管的不同基金应当分别设置账户，确保每只基金的完整与独立。

1.3.4 高比例派息，低杠杆运作

正如定期存款所产生的稳定收益，同样可以预期 REITs 的稳定分红。如果不愿将资本长期闲置，投资 REITs 可以定期收到一些分红。在美国等成熟市场，法律要求 REITs 必须将绝大部分收益（通常为 90% 以上的利润）分配给份额持有人。当然，分配比例在不同的国家有不同的要求。

同不动产上市公司一样，REITs 同样是杠杆经营，但 REITs 的杠杆率较为适中，一般低于上市不动产公司，美国的 REITs 资产杠杆率长期低于 55% 。在大部分国家和地区，法律对 REITs 有明确的最高杠杆率限制，比如新加坡规定 REITs 的杠杆率不能超过 35% ，中国香港证监会明确 REITs 的杠杆率不能超过 40% 。

1.3.5 具有税收中性优势

REITs 不因本身的结构带来新的税收负担，某些国家和地区还给予 REITs 产品一定的税收优惠。REITs 的主要优势就是其在税收上享受优惠待遇，这一点在美国尤为明显。REITs 结构的关键在于能够避免双重征税，

相关税法的特别规定及修订是推动 REITs 诞生、调整和发展的最重要因素。

REITs 的最终应税收入为原始应税收入减去已经向投资者分配的股息，如果 REITs 将应税收入全部支付给 REITs 份额持有人的话，它就无须缴纳 REITs 层面的税费。因此，REITs 的认定就显得尤其重要。美国 REITs 享受税收优惠的要求如表 1－6 所示。

表 1－6　美国 REITs 享受税收优惠的要求

主要方面	具体要求
组织结构	必须采用公司、信托或者协会的组织形式； 必须由一个或多个受托人或董事管理； 征税时视为国内公司法人； 不能是金融机构或保险公司
股权结构	其所有权益是由可以转让的股票或受益凭证来体现的； 股东或受益人不得少于 100 人； 在一个纳税年度的下半年，5 个或 5 个以下的个人持有的 REITs 股份不得超过 50%
资产结构	REITs 总资产价值的 75% 以上应由不动产资产、现金或现金等价物（包括应收账款）、政府证券组成； 除了上述政府证券之外，投资于证券的总资产不得超过 25%，投资于不符合公开交易 REITs 债务工具的比例不得超过 25%，投资于应税 REITs子公司（Taxable REITs Subsidiary）证券的总资产不得超过 25%； 除了上述政府证券及应税 REITs 子公司之外，REITs 持有单个发起人的证券不得超过总资产的 5%，不得超过该发起人已发行有投票权证券余额的 10%，持有单个发起人的证券不得超过发行在外证券价值总和的 10%
收入结构	下列收益之和必须占到总收入的 95% 以上：不动产租金、利息、股票、证券和不动产处置收益、不动产相关税种的减税或退税、符合条件的不动产拍卖所得等； 下列收益之和必须占到总收入的 75% 以上：不动产租金、不动产或不动产抵押担保债务滋生利息、不动产处置收益，从其他 REITs 投资中所得收益、不动产相关税种的减税或退税、符合条件的不动产拍卖所得、符合条件的处置不动产收入、符合条件的临时投资收入
利益分配	每年 95%（2001 年 1 月 1 日起降低至 90%）以上的应税收入必须作为股利分配给股东

资料来源：美国国内税收准则

美国 REITs 有明显的税收优惠驱动特征，根据税收法律条款形成了美国模式，亚洲国家和地区大多是在借鉴美国模式的基础上，调整和修改了投资及信托等有关方面的法律，从而对 REITs 的设立、结构、投资目标、收入及分配等做出明确的规定。表 1 - 7 简要对比了美国模式和亚洲模式的不同。

表 1 - 7　美国 REITs 和亚洲模式对比

	美国模式	亚洲模式			
		新加坡	日本	韩国	中国香港
立法角度	税收法律	专项法规	专项法规	专项法规	专项法规
产品结构	公司	信托单位或共同基金	投资信托或投资公司	公司	信托单位
不动产区域限制	无限制	无限制	无限制	无限制	仅限香港地区
资产最低持有年限	无	无	无	无	2 年
对股份持有的限制	最大 5 个股东不可持有 50% 以上的股份	如股东持有 5% 以上的股份，必须通知 REITs 管理人	最大股东不可持有 75% 以上的股份	单个股东不可持有 10% 以上的股份	无专门限制（若上市，必须满足上市公司最低流通股数要求）
不动产投资比例	至少 75%	至少 70%	至少 75%	至少 70%	至少 90%
分红比例	至少 90%	至少 90%	至少 90%	至少 90%	至少 90%
最高负债比例	无限制	总资产的 35%	无限制	不可通过信贷进行投资	净资产的 35%
税收优惠	对分红有优惠	对分红有优惠	对分红和交易有优惠	对分红（只对REITs）和交易有优惠	无

资料来源：Wind、新华基金

1.3.6 REITs在估值方法上自成体系

首先需要理解资本化率（Cap Rate）和收益率法则。Cap Rate是一种定价的锚。对REITs的估值要先着眼于底层资产价值。对于广义不动产资产（包括仓储物流、数据中心等泛基础设施品类）而言，首先存在一级市场成交价格，即资本化率（Cap Rate）。理论上Cap Rate = 杠杆前收益率 - 成长率，和股利定价模型（Dividend Discount Model）原理相通，到二级市场上REITs的股息收益率，本质上都是收益率概念。

实体资产定价（包括REITs）适用收益率法则是现代资产组合理论发展的结果。国际市场普遍使用收益率法则来为REITs，或者说为广义实体资产定价，是在机构投资人（尤其是公募基金等非传统地产投资人）需要运用资产定价模型（Capital Asset Pricing Model）将实体资产纳入现代投资组合模型统一评估所促进形成的。即便在美国，20世纪90年代以前各类机构投资人对于实体资产的估值方法可能也不具备高度的统一认识。

二级市场REITs股息收益率可以从概念上认为和一级市场Cap Rate从概念上相通，但中间体现若干层次差别。通常将单体REITs在二级市场上的股息率看作其定价水平（至少作为参考的一个维度），但二级市场估值和一级市场Cap Rate在若干方面有差异，主要体现在资产组合价值（一个资产组合因为风险合理分散的效应，其价值可能大于单体资产价值的简单加总）、管理人价值（管理人可否通过其能力兑现超额盈利增长）、二级市场整体估值环境、投资者结构（风险偏好和投资诉求可能不同）等方面。

除了上述的股息收益率之外，通常还关注两项指标：一是净资产价值（NAV）；二是营运现金流（FFO）倍数。

NAV估值是通行方法，但实际上具有较高的复杂性。相信国内投资者对NAV的概念已经非常熟悉，用NAV作为开发商估值的参照指标也已经是通行方法。但不同市场间的 NAV 含义及其可参照性有明显差异，尤其不能直接跨市场（包括跨物业品种）简单比较 NAV 的溢价或是折让幅度。这其中包括不同财务准则下的 NAV 生成方法不同、是否对底层资产采用公允价值估价等问题。

FFO 倍数和市盈率概念相通。FFO 是用来衡量经常性现金收益的指标（但并非标准化的财务科目），从净利润出发，加回折旧摊销（如有），扣除资产处置和公允价值变动损益（如有），并对其他一些非现金和非经常性项目作出调整后形成。NAREITs 对 FFO 的计算有标准规则，是 REITs 需要披露的核心业绩指标之一。此外，美国市场还更多关注 AFFO（Adjusted FFO），可以简单认为是 FFO 扣除经常性资本开支，在衡量绝对经常性收益的同时还考虑了为了维持这一水平所需要的资本代价。股价对 FFO 或 AFFO 的倍数都是最常用的估值指标，在本质上和一般公司的市盈率概念并无差别。

REITs 估值需结合各项指标系统考虑。REITs 的估值需要综合参照这些指标，并且需要注意无论是股息率、NAV 还是最终隐含的 FFO 倍数，都直接受利率水平的影响。此外，管理能力溢价、同样收入水平下的成本代价（包括资本开支和后台成本）和债务情况也都是影响估值的因素，当系统考虑。

不论是 REITs、开发商，还是基金管理人，所有实体资产领域上市企业的估值逻辑最后都可穿透理解为“资产权益价值” + “管理人价值”。尽管很多情况下两者难以严格区分予以分别估值，但通常管理人价值会间接地体现在 REITs 的估值当中，而内部管理和外部管理 REITs 估值水平有差异也可以理解是一定程度上体现了管理人的内置与外置的区别。又比如领展房产基金的估值在香港市场上一枝独秀，除了和其资产规模、特性以及流动性相关外，对于内部管理人价值的肯定也是支持其估值的重要因素之一。

第二章

REITs的国际经验借鉴

关于REITs的国际经验借鉴，该章详细论述了美国、亚太、欧洲和印度的REITs市场发展情况，以及REITs创设至今在全球经历的四个主要发展阶段。该章首先对全球最大、最重要、最成熟的美国REITs市场展开分析，详细论述了其市场概况、发展历程及关键事件、中美REITs产品模式比较。除了美国，亚太（市场规模约占全球15%）也是值得关注的市场。其中，澳大利亚、日本、新加坡和中国香港地区是比较成熟的市场，相关发展经验值得借鉴。

第一节

全球REITs市场蓬勃发展

20 世纪 60 年代，美国推出了第一只 REITs。截至 2020 年年底，全球已有 42 个国家和地区推出 REITs 制度，既包括发达经济体，也包括发展中经济体，不同市场 REITs 的发展程度差异很大。除已经建立 REITs 制度的国家以外，中国、阿根廷、葡萄牙等十几个国家正在积极推进出台 REITs 制度。各国家和地区建立 REITs 市场的时间如图 2－1 所示。

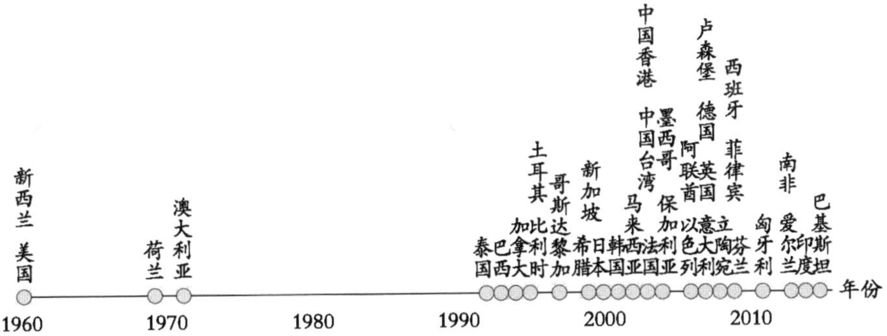

资料来源：Wind、新华基金

资料来源：林华：《中国 REITs 操作手册》，中信出版集团 2018 年版。

图 2－1　各国和地区建立 REITs 市场的时间

海外成熟市场的 REITs 品种以权益型为主，持有的物业类型既有传统商业地产资产，也有基础设施类资产。至今全球共有 30 多个国家发行过 REITs 产品，从历史数据来看，REITs 品种也为投资者带来了可观的长期回报。

REITs 在全世界范围的发展进程大致分为四个阶段。

第一阶段（1960—1990 年）：只有美国、新西兰、荷兰、澳大利亚等少数几个国家出台了与 REITs 相关的法律政策，与之配套的法律法规并不完善，REITs 主要被用于不动产行业的被动型投资，没有真正发挥其价值，因此并未成为不动产投融资的重要手段。截至 1990 年年末，世界各个国家和地区只有 58 只公开发行的权益型 REITs，总市值约 56 亿美元。

第二阶段（1991—1998 年）：为增加 REITs 的市场活力，1986 年美国国会通过了《税收改革法》，一方面放开了对于 REITs 的诸多法律上的限制，允许REITs单独运营管理房地产投资；另一方面，给予REITs税收优惠，鼓励REITs发展，并为其提供制度保障。在这种背景下，REITs在美国市场从20世纪90年代起开始爆炸式增长，由于杠杆率的大幅度提高，房地产企业利用REITs进行投融资的需求也不断增强，投资者对于REITs投资兴趣高涨，美国REITs市场开始蓬勃发展。之后，泰国、巴西、加拿大、比利时等国家陆续引入REITs制度，实现REITs在全球范围内的初步发展。

第三阶段（1999—2007年）：REITs在亚洲和欧洲实现爆炸式发展，在亚洲金融危机爆发的背景下，新加坡、日本、韩国、中国香港、中国台湾等地区陆续引入REITs制度。21世纪初欧洲经济的不景气也推动了欧洲国家引入REITs制度，如法国、英国、意大利陆续出台了REITs相关的法律法规，全球REITs市场建设稳步发展，走向成熟。

第四阶段（2008年至今）：在2008年金融危机爆发之后，REITs的潜在价值被越来越多的国家认可，许多发展中国家也开始推出REITs制度，如中国、印度、沙特阿拉伯、南非等国家都在进行REITs相关的政策研究，希望REITs能早日在国内推广。

由于各个国家和地区REITs市场建立的时间和背景各不相同，成熟度以及市场规模也差异很大，目前只有美国的REITs市场属于成熟市场；加拿大、澳大利亚、法国、德国、日本、新西兰、荷兰、新加坡、英国和中国香港等国家和地区的REITs市场属于初步成熟市场；比利时、芬兰、爱尔兰、意大利、马来西亚、墨西哥、南非、韩国、希腊和土耳其的REITs市场属于新兴市场；其他国家和地区的REITs市场则属于雏形市场。

2020年末全球公募REITs市值约2万亿美元，美国是主体市场。截至2020年底美国公募REITs市值约1.3万亿美元，占全球公募REITs总市值的比重高达65%；日本和澳大利亚公募REITs市值均超千亿美元，占比分别为7%和5%；英国、新加坡、法国和加拿大公募REITs市值则在500亿~1000亿美元之间。

从产品来看，根据彭博资讯（Bloomberg）提供的数据，截至2021年2月25日，全球市场上已上市的REITs产品已有超过900只，分布于45个国家和地区。其中美国就有产品251只，总市值合计超过1.35万亿美元。欧洲与亚洲分别有REITs产品263只与199只。目前来看，REITs产品主要集中在美国、加拿大、澳大利亚、英国等国家，亚洲REITs产品则以日本、新加坡等国家和地区的为主。

表2-1　全球各国REITs产品数量及总市值

	国家或地区	数量	总市值（亿美元）		国家或地区	数量	总市值（亿美元）
美国	美国	251	13568.11	亚洲及大洋洲	日本	61	1493.94
欧洲	英国	54	984.54		新加坡	34	717.96
	法国	25	606.06		中国香港	12	321.84
	比利时	19	237.91		印度	3	78.98
	西班牙	73	226.97		泰国	48	78.74
	德国	7	67.13		马来西亚	16	63.72
	土耳其	28	66.10		中国台湾	7	45.63
	希腊	3	27.14		韩国	13	36.41
	荷兰	4	20.26		新西兰	2	33.29
	爱尔兰	3	19.88		菲律宾	1	6.95
	意大利	4	8.47		巴基斯坦	1	1.40
	根西岛	1	9.19		尼泊尔	1	-
	保加利亚	41	3.21		澳大利亚	55	1067.62
	芬兰	1	0.47	加拿大	加拿大	38	617.77
其他	墨西哥、南非、沙特阿拉伯等17个国家和地区有95只产品						

资料来源：Bloomberg、申万宏源研究

注：以上统计为已上市且可查询到的产品数据，总市值因部分产品数据缺失存在微小误差，不影响最终结论

海外 REITs 市场以房地产为主要资产类别，且证券化比率已经不低。头部公募 REITs 市场对本地投资级不动产的证券化比例可能在 50% 左右（基础设施领域该趋势仍在相对初级阶段）。我们测算头部市场公募 REITs 总市值（目前仍主要由商业地产构成）对当地投资级不动产市场规模的比率在 30% ~40% 之间，若粗略考虑 30% ~50% 的杠杆率，则公募 REITs 持有资产占当地投资级不动产市场规模的比例可能在 50% 上下（这主要包括美国、新加坡和澳大利亚）。二线公募 REITs 市场该比例可能在 20% 或更低。如图 2 –2、图 2 –3 所示。

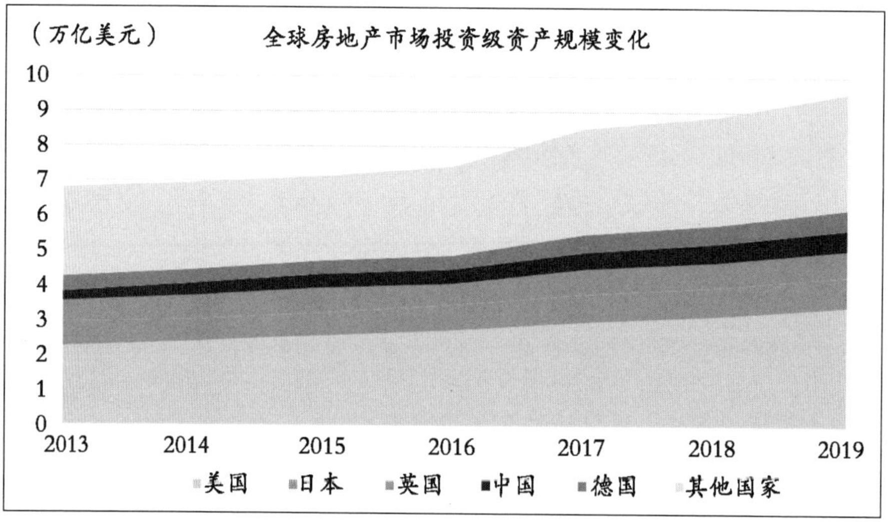

资料来源：MSCI、中金公司研究部

图 2 –2　全球投资级不动产资产规模及结构

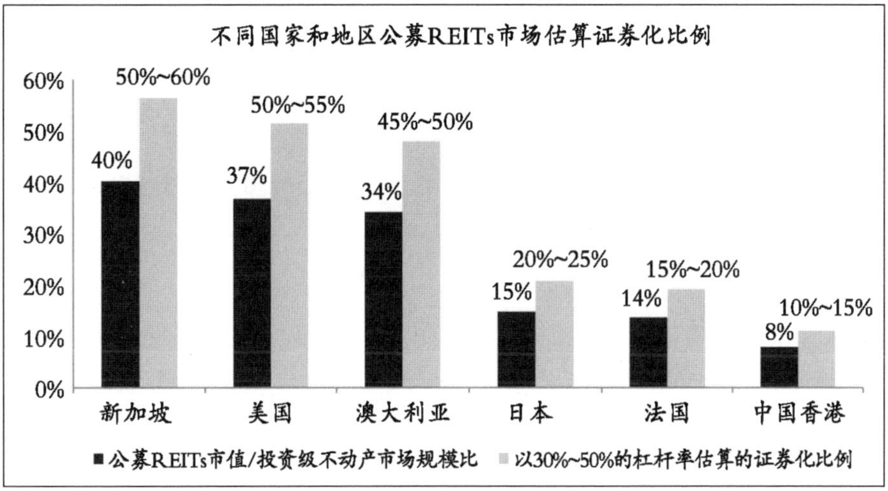

资料来源：彭博资讯、MSCI、中金公司研究部

图 2－3　不同国家和地区公募 REITs 对当地投资级不动产证券化比例的初步预算

主要市场的 REITs 均被纳入主要股指，能够吸引资金被动配置。REITs作为重要的大类资产类别已经被多数市场纳入主要股指，2001 年标准普尔（S&P）将当时市值 120 亿美元的最大房地产投资信托（Equity Office Properties）纳入标普 500 指数。2003 年，MSCI 日本指数首次纳入 J－REITs，此时距离 J－REITs 创设仅 2 年。值得注意的是，2016 年房地产被归类为全球行业分类标准（GICS）中的第 11 个大类资产类别，标普、道琼斯指数和 MSCI 将权益类 REITs 及上市房地产公司（其中主要是权益类 REITs）从金融分类中转出，移动至房地产行业分类（也包含了基础设施），充分说明这一资产类型的重要性。纳入主要股指后，指数基金出于对股指的跟踪将被动配置相关标的，进一步增加了公募 REITs 市场的流动性和资金量。US－REITs、J－REITs 主要指数情况如表 2－2、表 2－3 所示。

表 2－2　US－REITs 纳入主要指数情况一览

时间		重大事项
1960 年	—	美国首只 REITs 经美国国会批准设立
1972 年	1 月	首个为投资者提供 REITs 表现和回报率的指数 NAREITs REITs 指数发布，并首次确定了 REITs 产品分类：权益型 REITs、抵押型 REITs 和混合型 REITs
1985 年	1 月	首只致力于 REITs 和其他房地产证券的开放式公募基金国家房地产股票基金 The National Real Estate Stock Fund 成立
2000 年	6 月	IShare Dow Jones 美国房地产指数基金成立，首个 REITs ETF 基金产品开始在市场出现
2001 年	10 月	NAREITs、EPRA 与 Euronext 合作推出 EPRA/NAREITs 全球房地产指数
	10 月	标准普尔（S&P）将当时市值 120 亿美元的最大房地产投资信托（Equity Office Properties Trust）纳入标准普尔 500 指数
2004 年	5 月	美国 401K 企业年金计划的最大赞助公司 IBM 将 REITs 指数基金纳入自己的年金投资计划
2005 年	6 月	MSCI 美国 REITs 指数首次发布
2016 年	8 月	房地产成为全球行业分类标准（GICS）中的第 11 个标题行业，标普道琼斯指数和 MSCI 将权益性 REITs 及上市房地产公司从金融分类中转出，移动至房地产行业分类

资料来源：NAREITs、中金公司研究部

表 2－3　J－REITs 纳入主要指数情况一览

时间		重大事项
2001 年	9 月	日本最早两只 J－REITs 首次在东京证券交易所挂牌上市
2002 年	6 月	日本首个房地产投资信托指数 QUICK REITs 指数发布
2003 年	4 月	东京证券交易所发布 REITs 指数
	5 月	MSCI 日本指数首次纳入 J－REITs
	7 月	日本投资信托协会允许 J－REITs 基金成立
2008 年	9 月	首个东京证券交易所 REITs 指数 ETF 基金上市
2010 年	10 月	日本银行采取了“全面货币宽松政策”，并设立基金用于购买包括日本房地产投资信托基金投资单位在内的资产
2014 年	4 月	政府养老金投资基金（GPIF）开始投资 J－REITs

资料来源：东京交易所、中金公司研究部

从最新全球资产表现（2021 年 3 月）来看，全球 REITs 配置价值凸显。具体来看，美元计价下，股 > 大宗 > 债；比特币、全球 REITs、标普 500、欧洲股市、美元指数等上涨；VIX 多头、A 股、天然气、债券类资产、黄金等落后。

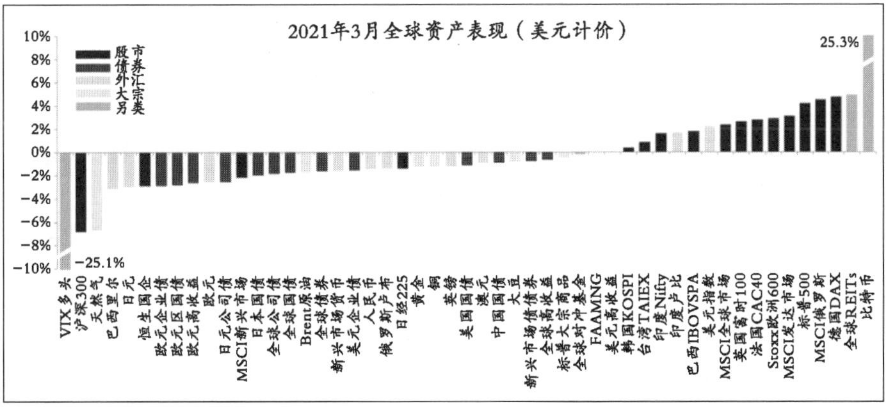

资料来源：Bloomberg、Factset、中金公司研究部

图 2－4　不同国家和地区公募 REITs 对当地投资级不动产证券化比例的初步预算

下面各节将分别介绍美国、亚太地区以及其他地区的 REITs 市场，通过学习借鉴海外 REITs 的发展历程，为我国境内 REITs 的发展积累经验。

第二节

美国REITs市场：全球最早起源地且是目前最大最成熟市场

2.2.1 市场概况总览

全球 REITs 最早起源于 1960 年的美国。目前全球最大、最重要、最成熟的 REITs 市场就是美国 REITs 市场，其市场规模占全球市场总规模约 2/3，截至 2020 年 3 月 31 日，FTSE 美国 REITs 净市值达 0.99 万亿美元（包括 219 个 REITs），其中全权益型 REITs 市场高达 0.92 万亿美元。美国 REITs 市场经历了一系列立法、税收政策调整和多轮经济周期，过去 12 年，美国 REITs 通过收购或出售等运作，为不动产市场提供了超过 4000 亿美元的流动性。图 2－5 为 1971—2019 年美国各类型 REITs 回报历史数据，从图中可以看到权益型 REITs 的累计回报率高于抵押型 REITs 和混合型 REITs，2008 年金融危机时 REITs 市场显著下滑，后随着经济复苏，REITs 快速恢复至金融危机前的回报率并逐年递增，享受了经济上行带来的回报反弹。

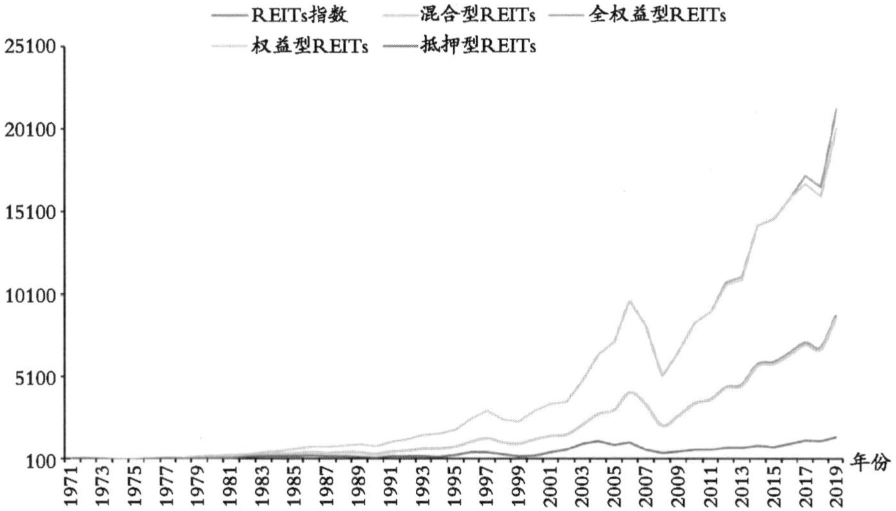

资料来源：Nareit、新华基金

图 2－5　1971—2019 年美国各类型 REITs 回报历史数据

美国REITs投资范围广泛，包括办公、住宅、医疗、住宿、零售、基础设施、数据中心等，具体各种类份额如图2-6所示，截至2020年3月31日，美国全权益型REITs中基础设施类比重最大，达19.83%，主要投资于交通运输基础设施、能源、水资源等；住宅、工业、数据中心、零售分别占市场总规模的14%、11%、10%和9%。

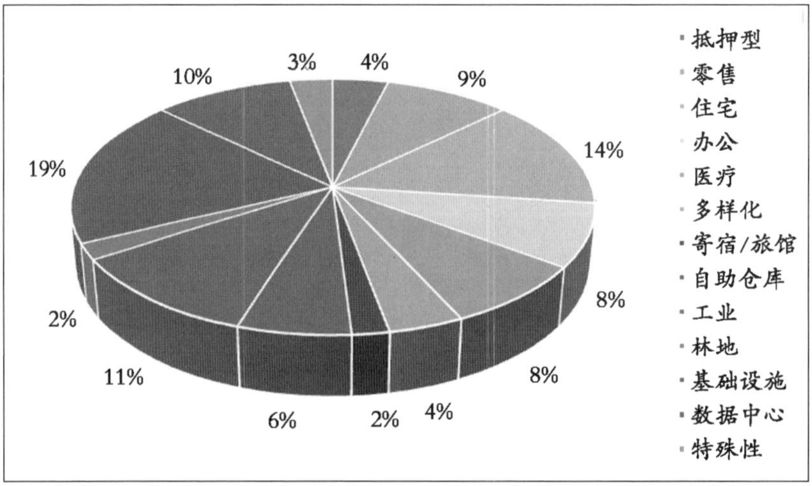

资料来源：Nareit、新华基金

图2-6　美国REITs各种类份额

美国REITs产品的股息率大多分布在2%~6%区间内。在公布股息率的产品中，有19只产品的股息率超过了12%，其中9只产品属于抵押型REITs产品。抵押型REITs产品的平均股息率最高达31.64%，中位数则达到9.34%。而在非抵押型REITs产品中，投资于区域性购物商场的REITs产品的股息率最高，平均为19.01%，中位数达8.90%。而投资于工业/工厂类型资产的REITs产品的股息率最低，平均仅有3.34%，中位数为2.32%。

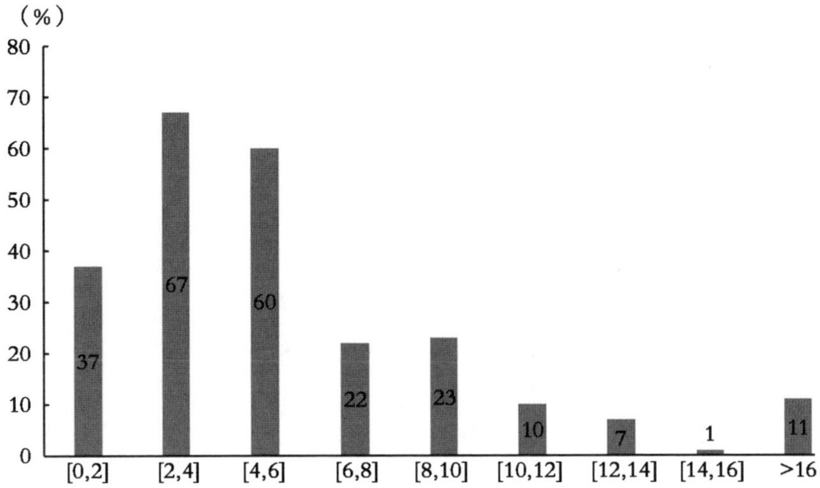

资料来源：Bloomberg、新华基金

图 2－7　美国 REITs 产品股息率分布情况

表 2－4　美国股息率前三位和后三位投资资产类型 REITs 产品的股息率统计

投资资产类型	股息率均值（%）	股息率中位数（%）
抵押型 REITs	31. 64	9. 34
区域性购物商场	19. 01	8. 90
单一承租人	7. 12	4. 54
购物中心	4. 25	3. 82
储藏	4. 14	3. 41
工业/工厂	3. 34	2. 32

资料来源：Bloomberg、新华基金

美国各类投资资产类型的 REITs 产品的波动率存在明显差异，公共事业属性越强的 REITs 产品类型波动率越小。以 2020 年为例，在美国各类型 REITs 产品中，储藏和医疗机构是波动率最小的两种产品投资资产类型，平均波动率分别为 19. 60% 和 22. 48% ，活动房屋和工业/工厂波动率也较低；而商业属性较强的区域性购物商场和住房则波动率较高，分别达

57.96%和57.16%。同时，对比波动率和股息率中位数，股息率较高的资产类型倾向于拥有较高的价格波动率。

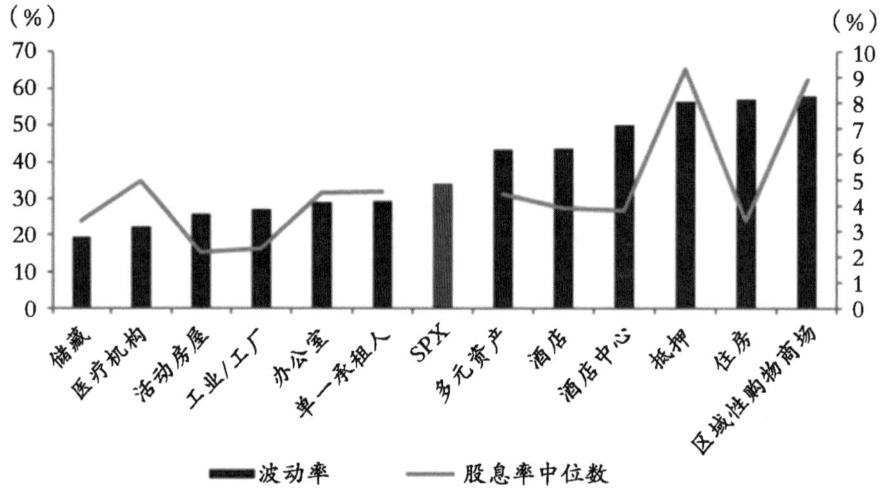

资料来源：Bloomberg、申万宏源

注：已剔除部分缺失数据及异常值

图2-8 美国各资产类型的REITs产品2020年内平均波动率与股息率中位数统计

美国REITs市场能够吸引众多投资者很大程度是由于REITs二级市场的活跃度，由NAREITs提供的《REITs Watch》显示，从2006至2016年，美国上市REITs的日交易量从不到30亿美元快速上升至超过80亿美元，日均换手率为0.7%~0.8%，大致与美国股市持平。美国REITs的日均交易量如图2-9所示，可以看到从2006年开始，美国REITs的日均交易量增速显著上升，虽然同年内波动范围较大，但始终持上升趋势。

在2016年全年美国发行的REITs中，只有两只进行了首次公开募股（Initial Public Offerings，简称IPO），融资规模为14.82亿美元。与之对比，美国REITs的再融资规模相对较高，全年增发的普通股规模达233.91亿美元，增发的优先股规模为45.22亿美元，发行的债券规模则达到323.61亿美元。近年来，美国REITs的IPO和再融资规模如图2-10所示，可以看

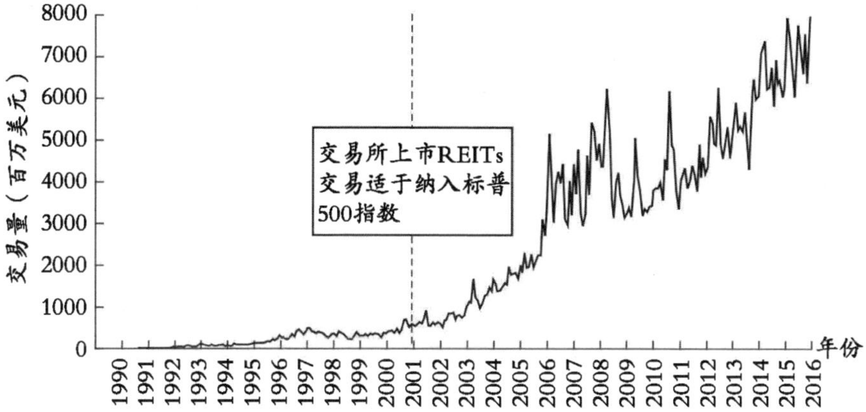

资料来源：林华：《中国 REITs 操作手册》，中信出版集团 2018 年版。

图 2－9　美国 REITs 的日均交易量

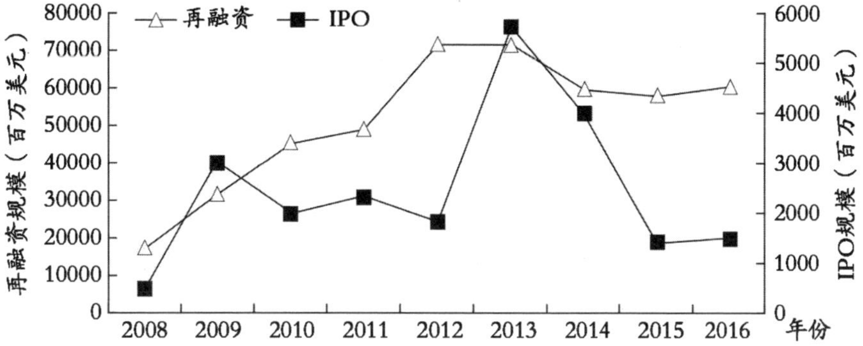

资料来源：林华：《中国 REITs 操作手册》，中信出版集团 2018 年版。

图 2－10　2008—2016 年美国 REITs 的 IPO 和再融资规模

到除 2009 年和 2013 年之外，基于各年美国 REITs 的再融资规模均远高于 IPO 规模。

1990 年以来美国 REITs 整体股性有明显加强。我们以标普 500 指数的日度收益作为市场收益，对 1990 年以来每五年（首个区间 1990—1995 年为 6 年）的 UNUS 指数的 Beta 做估算，结果如图 2－11 所示。2006 年前的三个区间内的UNUS指数的Beta均低于0.5，可见此区间内美国REITs产品的债性相对较强，而在2006年后的三个区间内，Beta有明显增高，2016年至2020年区间内Beta值增加至0.92。

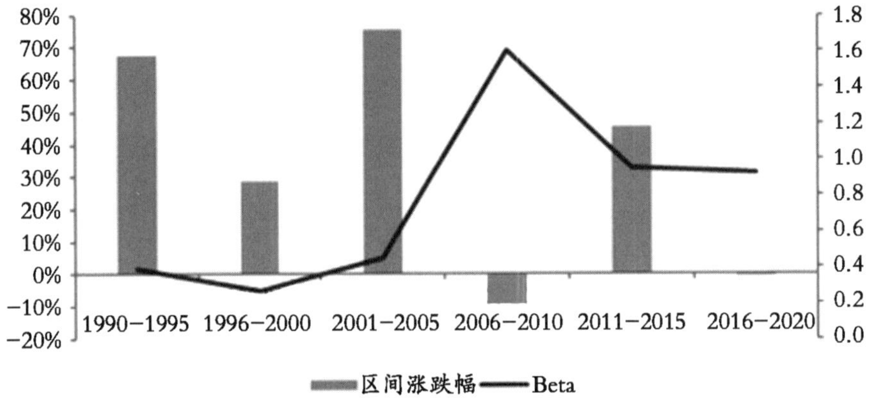

资料来源：Bloomberg、申万宏源

图2-11　UNUS指数每个区间Beta与区间涨跌幅统计

无论是在一级市场还是二级市场，REITs市场的内在驱动力是REITs作为新型投资产品，具有相对稳定的收益率，具有更好的投资回报；并且由于REITs与其他市场的相关性更低、波动性更小，因此风险也更小。从长期来看，美国REITs的收益率要明显高于其他股票和债券，如图2-12、图2-13所示，1989—2016年，美国权益型REITs指数收益平均而言高于标普500以及罗素2000指数收益，并且也显著高于10年期国债收益，因此美国REITs仍有很大的发展空间。

作为全球REITs市场的领头羊，美国REITs市场的快速发展受益于REITs产品专业化的运营管理、低负债的经营模式以及不断优化的金融属性，同时由于美国金融市场的成熟、完善法律对REITs市场的支持和投资者的理性参与，美国REITs市场为带动全球REITs市场发展做出了巨大贡献。

资料来源：林华：《中国 REITs 操作手册》，中信出版集团 2018 年版。

图 2－12　REITs 的投资收益和股票市场整体收益的对比

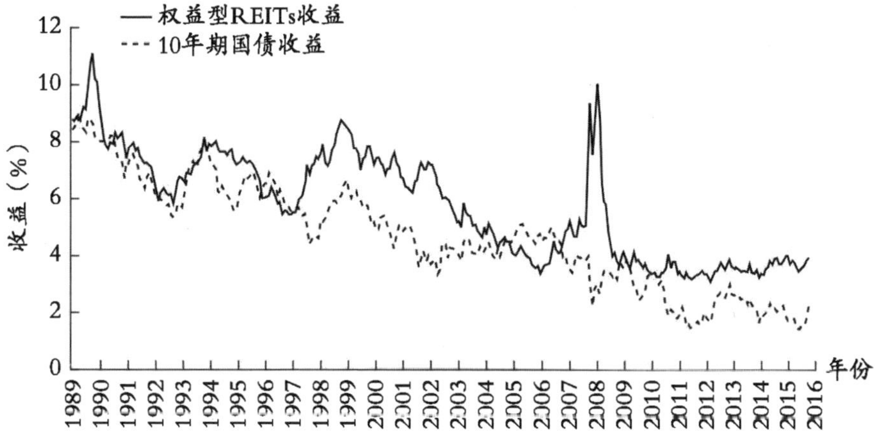

资料来源：林华：《中国 REITs 操作手册》，中信出版集团 2018 年版。

图 2－13　REITs 的投资收益和 10 年期国债的收益对比

2.2.2 美国市场发展历程与里程碑事件

美国 REITs 在过去 60 年的发展历程大致可以分为下面 7 个阶段：起步阶段（1960—1968 年）、第一个繁荣期（1969—1972 年）、迅速萎缩阶段（1973—1979 年）、逐步恢复阶段（1980—1985 年）、第二个繁荣期（1986—1991 年）、第三个繁荣期（1992—2007 年）、新 REITs 阶段（2008 年至今）。图 2－14 为美国 REITs 市场规模变化，可以清晰地看到每个阶段 REITs 市场规模的显著扩大以及衰退阶段市场规模的阶段性下降，下面将分别介绍各个阶段美国 REITs 具体的发展情况。

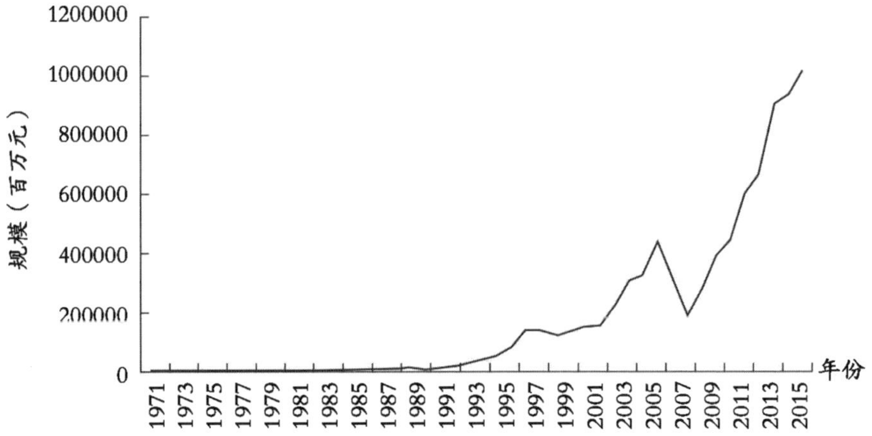

图 2－14 美国 REITs 市场规模变化

一 起步阶段（1960—1968 年）

美国 REITs 的立法始于 1960 年的《国内税收法》（*Internal Revenue Code*），该法典在企业所得税层面给予符合要求的 REITs 与共同基金同等的税收中性待遇，在此之前，REITs 在信托基金层面需要缴纳高昂的所得税，税收负担极大限制了 REITs 与其他投资产品的竞争。同年，美国国会通过《房地产投资信托基金法案》（*Real Estate Investment Trust Act of* 1960），该法案一方面使房地产物业资产原拥有者能够从个人投资者手中募集资金，另一方面使个人投资者能够参与并享有由专业运营团队管理的高价值物业地产的收益，这标志着 REITs 制度的建立。

《国内税收法》的推出历经诸多波折，当时很多人对税收中性待遇持反对意见，比如一些人认为税收中性待遇会减少国家的税收收入，会让部分人损失利益，因此该法案在当时被时任总统艾森豪威尔多次否决。后来因为美国经济面临严重的下行压力，需要吸收更多的社会资本参与投资，在权衡税收减少给经济带来的短期负面影响和税收改革促进投资对经济的长期正面影响后，同时在全球经济一体化的大环境下，建立REITs市场能够吸引外资，因此美国政府最终决定推出该法案。

《房地产投资信托基金法案》颁行初期，并没有对美国市场产生很大的影响，直至 5 年后，大陆抵押投资者（Continental Mortgage Investors）成为第一只在纽交所挂牌的 REITs。由于法律的限制，当时的 REITs 只能持有物业资产，被限制管理和运营，并且美国当时仅允许设立权益型 REITs，而权益型 REITs 与当时类似的另一种投资产品房地产有限合伙（Real Estate Limited Partnership，简称 RELP）相比，竞争力较弱，RELP 可以使用加速折旧的记账方式使合伙企业产生账面亏损，从而为投资者提供税收抵扣。因此 REITs 行业发展较为缓慢，从 1960 年到 1967 年美国只成立了 38 只权益型 REITs，1968 年行业的总市值仅约为 10 亿美元。

二 第一个繁荣期（1969—1972 年）

美国 REITs 市场的第一个繁荣期发生在 1969—1972 年，随着抵押型 REITs 的开放，美国 REITs 市场规模增加至超过 50 只抵押型 REITs 创立，行业资产总市值增加至 18.81 亿美元，抵押型 REITs 通过低成本的公司债券、商业票据和银行信贷等进行融资，获得利差收益。高杠杆提高了每股盈利（EPS），使得REITs能够通过提高新增股份的发行价格进行融资从而扩大发行规模。

20世纪60年代是美国房地产公司的瓶颈期，由于房地产公司信贷问题、银行和信用社等抵押贷款提供者吸收储蓄能力受到限制等原因，造成房地产公司资金短缺，资金的需求和供给无法达到平衡，抵押型REITs的出现恰好弥补了这一融资缺口。70年代初期爆发石油危机，美国通货膨胀严重，而当时的法律对银行存款的利率设定了上限，低利息鼓励个人投资者的资金大幅流向证券市场，REITs产品由此受益，有能力募集足够的资金向资金紧缺的房地产公司提供高利率贷款，这一阶段REITs的发展十分繁荣。

三 迅速萎缩阶段（1973—1979年）

美国REITs在20世纪70年代逐渐萎缩，REITs行业总市值从1972年的18.81亿美元大幅下降至1974年的7.12亿美元。20世纪70年代，金融市场融资成本增加，1973年石油危机导致美国经济出现严重的通货膨胀。1973年，美国消费者物价指数（CPI）高达6.22%，之后CPI一直居高不下，1979年甚至达到11.27%，过高的通货膨胀率大幅增加了REITs的融资成本，发放固定利率贷款的REITs资产组合的价值也大幅下降，这些均是导致REITs行业迅速没落的原因。

同时由于前期的快速发展，许多REITs公司过度乐观进行高度财务杠杆运作，短期扩张过速；而当时REITs的法律监管又禁止公司自行管理资产，只能由第三方进行管理，早期资产管理公司的运营管理资产水平不高，随着银行信贷利率不断高升、房地产开发过度、开发回报率高估、风控不力等一系列原因，此阶段REITs产品结构本身的劣势被不断放大。房地产市场供给过剩和REITs的过度房贷共同导致大量抵押贷款违约和房地产公司破产，抵押型REITs的不良资产率上升，资产实际价值下降，负债高升。1981 年，美国颁布《经济复苏税收法案》（*Economic Recovery Tax Act of* 1981），允许业主利用房地产折旧进行避税，REITs 的避税功能弱化；加之同类产品的竞争品种不断出现，REITs 对投资者的吸引力开始下降，最终很多 REITs 被迫清算，产品仅作为被动管理型产品中的一种投资组合存在，缺乏外延式的成长空间。

1976 年美国政府修改了税收制度，要求 REITs 的总收入必须有 75% 来自租金或抵押利息，次年要求净收入中分配给股东的部分由原来的 90% 提高至 95%，希望能够避免市场继续弱化。因 REITs 是 1976 年美国税法改革的一部分，时任总统福特签署《REITs 简化修正案》，允许 REITs 在原有信托的基础上以公司的形式成立。陷入困境的抵押型 REITs 通过各种方式回暖，包括重新安排银行贷款、出售抵押物业和改善投资组合等，还有一些抵押型 REITs 通过受让抵押物的方式转换为权益型 REITs，或者通过降价被权益型 REITs 收购的方式进行产品外延。

四　逐步恢复阶段（1980—1985 年）

REITs 行业在 20 世纪 80 年代初期逐渐恢复，一方面，美国房地产行业在此阶段逐渐复苏；另一方面，限期房地产投资信托（Finite Life Real Estate Investment Trust，简称 FREITs）的兴起刺激了 REITs 行业的整体复苏。与抵押型 REITs 不同，FREITs 的存续期有限，产品有确切的终止日期，故受到美国市场中公开上市、存续期有限且到期自行解散的有限合伙企业的欢迎。FREITs 属于应需而生，临近终止日期将收回抵押贷款或出售资产，并将本金和投资利润返还给投资者，最终在明确的终止日自行解散清算。

对于 REITs 行业本身而言，前一阶段的危机冲击，使得 REITs 的运营公司更加重视风险管理和多样化投资，大多数 REITs 都增加了保持低负债的条款以降低运营风险，REITs 的负债率由 1973 年的 70% 降低至 1985 年的 50%。并且属于中短期负债的银行借款和商业本票融通仅占 REITs 总负债的25%，财务杠杆的应用主要是资产本身的中长期抵押担保，对于大多数属于长期性质的REITs而言，能够降低负债的流动性风险。

经济形势好转下房地产市场的复苏以及REITs行业风险管理的提升使得这一阶段REITs市场逐渐恢复，1980—1985年，美国REITs行业总市值从22.99亿美元迅速增长至76.74亿美元。

五 第二个繁荣期（1986—1991年）

1986年，美国国会通过《税收改革方案》（*The Tax Reform Act of 1986*），使REITs的税收优势再次彰显，并且允许REITs自主管理收租类业务，标志着权益性REITs快速增长期的到来，美国REITs行业进入第二个繁荣期，截至1991年年末，REITs行业总市值已经达到129.68亿美元。

《税收改革方案》从以下几个方面促进了REITs的发展：

首先，该法案对有限合伙企业向投资者结转亏损的能力做出限制。1986年以前，由于前文所述RELP的减税优惠，而权益型REITs不能抵减亏损，因此竞争力较弱，当法案取消房地产的加速折旧记账方式后，房地产投资中的损失不再用于抵消其他领域的收入，故削弱了合伙企业通过产生账面亏损为其投资者进行税收抵扣的能力。从1986年开始，REITs逐渐取代了RELP，表2-5为美国历年投资于RELP与REITs的金额变化。从中可以看到1987—1998年RELP金额由10.1亿美元下降至0.17亿美元，与之相反，REITs金额由2.9亿美元上升至20.2亿美元，1989—1991年RELP和REITs金额均下降是由于此阶段美国经历了自1930年经济大萧条以来最糟糕的一次房地产行业低迷期。

其次，该法案放松了REITs的准入标准，REITs不仅能够拥有房地产，还能在一定条件下经营管理房地产，使得权益型REITs在所有权和资产经营上具有更强的基础。该法案出台之前，REITs主要由商业银行、抵押银行或保险公司等金融机构设立，1986年后许多房地产开发商和运营商参与管理REITs的积极性显著提高。

表 2-5 美国历年投资于 RELP 与 REITs 的金额变化（单位：10 亿美元）

年份	RELP	REITs
1987	10.1	2.9
1988	5.8	3.1
1989	3.2	1.5
1990	1.5	1.2
1996	0.25	12
1997	0.21	30.3
1998	0.17	20.2

资料来源：梅建平，廖咸兴，李阿乙：《不动产投资概论》，上海人民出版社 1999 年版。

最后，该法案允许 REITs 直接经营管理自己的资产，不再需要通过第三方，引导 REITs 从被动管理向主动管理转型，更加看重投资策略和管理模式，鼓励用权益型资产代替抵押贷款资产，降低负债率，从而降低风险，提高 REITs 的稳定性。

六 第三个繁荣期（1992—2007 年）

受 1997 年亚洲金融危机的影响，美国房地产行业再次遭受打击，许多房地产公司由于难以获得资金而破产倒闭，此时许多房地产商选择上市来缓解资金压力，因此迎来了 REITs 产品的巨大改革。REITs 开始在私人资金市场寻找资金来源，通过私募或者机构投资者和个人合办企业的方式解决资金短缺的问题。

陶布曼中心（Taubman Centers）有限公司于 1992 年在纽约证券交易所（简称纽交所）上市，这标志着一种新型 REITs 产品——伞形 REITs（Umbrella Partnership REITs，简称 UPREITs）的诞生。UPREITs 是指房地产公司和个人业主将自己的物业用股份兑换替换出售的方式来纳入 REITs 中，不是直接持有物业资产，而是通过投资成为经营性合伙企业的普通合伙人，该经营性合伙企业实际持有物业资产。UPREITs 的优势在于避免缴纳因出售物业获得资本收益的所得税，以有限合伙人权益凭证而不是现金取得物业，增加对卖家的吸引力。

许多传统 REITs 认识了 UPREITs 的优势，开始转化成 UPREITs，或在 REITs 纳入新的物业资产时另外设立一个经营性合伙企业，形成 REITs 项下有多个经营性合伙企业的结构，即伞形下属合伙 REITs（DOWNREITs），其具有类似的税收延迟优势。随着 REITs 运行模式的创新，凭借 UPREITs 的税收递延功能和在物业收购中的“货币支付”功能，美国 REITs 市场开始逐渐走向繁荣，REITs 规模不断扩大。

1993 年，时任美国总统克林顿签署《1993 年综合预算统一调节法案》（*Omnibus Budget Reconciliation Act of* 1993），将养老金投资者视为持股计算单位，有效避免了养老金投资人违反“前五大持股人不得持有超过 50% 的股份”规定的风险，使养老金更容易投资 REITs。1996 年，美国国税局允许住宅类 REITs 向承租人提供有限电视服务，使得 REITs 开始能够为承租人提供延伸性增值服务，扩大 REITs 拓展收入的范围。1997 年，时任美国总统克林顿签署的《1997 年 REITs 简化法案》（*REIT Simplification Act of* 1997）作为《纳税减免法案》（*Taxpayer Relief Act of* 1997）的一部分，进一步拓宽 REITs 增值服务的范围。美国财政部修改税收条款，规定所有美国以外的投资者仅需支付 15% 的 REITs 投资所得税，为美国 REITs 吸引海外资金创造条件。1999 年，时任美国总统克林顿签署的《REITs 现代化法案》（*REIT Modernization Act of* 1999）作为《1999 年工作许可证与工作奖励促进法案》（*Work Incentives Improvement Act of* 1999）的一部分，允许 REITs成立子公司，使得 REITs 能够开展房地产以外的附加业务，但会限制其经营比例。2003 年，美国和英国签订了互惠税收条款，允许英国的养老金投资美国 REITs 且不需对红利缴纳税收，在之后美国与日本也签订了相同的税收条款。2004 年，时任美国总统乔治 · 沃克 · 布什签署《2004 年美国就业机会创造法案》（*American Jobs Creation Act of* 2004），要求所有国外投资者在美国投资 REITs 产品时接受无差别对待，且放松有关法律法规，过去如果违反了《REITs 税收条例》会被取消 REITs 注册资格，现在更改为允许改正错误或进行罚款。

除了上述美国法案对 REITs 发展的支持之外，20 世纪 90 年代以后，美国投资者的投资理念也发生了改变。首先，人们持有上市权益型 REITs 不再是为了获得资产增值和避税待遇，而是为了分享由长期租金收入形成的现金流；其次，REITs 管理模式也有不同，从主要聘请外部人员管理转为实行内部管理，通过股权激励的方式鼓励管理者谨慎处理 REITs 对债务杠杆的运用，减少公司组织结构和管理带来的利益冲突；最后，税法进一步提高了 REITs 分配给投资者的比例，REITs 扩张资金短缺促使其进入资本市场来获得低利率债务资金，进行股权融资、原有资产的整修以及新资产的收购扩展等。此阶段，美国 REITs 在 15 年间增长了约 20 倍。

七 新 REITs 阶段（2008 年至今）

随着美国金融危机的爆发，REITs 进入了一段艰难的阶段，REITs 行业总市值在 2008 年年末同比减少 38.57%。但美国 REITs 在金融危机期间快速调整，2009 年上半年通过去杠杆和再融资的形式强化资产负债表，提高收益率的稳定性，从而收获投资者的认可，REITs 在短时间内快速反弹并以不亚于繁荣期的增速继续扩张。

2008 年美国发布了《REITs 投资与多样化法案》（*REITs Investment and Diversification Act*）。一方面，REITs 除了投资传统的零售和购物中心、写字楼和住宅等之外，开始更多地倾向于基础设施、仓储、农业、林地和医疗保健等非传统领域投资，在增加回报率的同时能够分散风险，进一步扩展了 REITs 的发展空间。另一方面，REITs 的发展呈现出募集资金规模扩大、回报率更加稳定的趋势。在金融危机之后，美国 REITs 的收益率逐步提高，甚至高于其他主要指数基金的收益率，股权募集自基金规模占比不断提高，杠杆率逐渐降低，使得 REITs 资金结构更加合理，风险性降低。

2013 年，奥巴马政府开始调整美国税收计划，提高对年收入较高人群的股息税和长期资本利得税税率，使得 REITs 投资者的收益下降，但随着美国经济的复苏，REITs 将继续改善全球的商业地产形式。

2.2.3 美国前五大 REITs 产品介绍

美国前十大 REITs 产品信息如表 2－6 所示。前十大产品的总市值达到了 5099.41 亿美元，占所有 REITs 产品的 37.58%，其中最大的产品美国电塔（American Tower C）总市值达到998.5 亿美元。在前十大产品中，有 6 只产品的投资资产为多元资产，其余 4 只则分别投资于工业/工厂、储藏、区域性购物商场和医疗机构。

表 2－6　美国前十大 REITs 产品

代码	简称	投资资产	总市值(亿美元)	股息率
AMT US Equity	AMERICAN TOWER C	多元资产	998.50	2.02
PLD US Equity	PROLOGIS INC	工业/工厂	762.51	2.29
CCI US Equity	CROWN CASTLE INT	多元资产	695.27	3.09
EQIX US Equity	EQUINIX INC	多元资产	570.55	1.67
PSA US Equity	PUBLIC STORAGE	储藏	424.14	3.29
SPG US Equity	SIMON PROPERTY	区域性购物商场	408.00	5.23
DLR US Equity	DIGITAL REALTY	多元资产	389.69	3.33
WELL US Equity	WELLTOWER INC	医疗机构	307.19	3.84
SBAC US Equity	SBA COMM CORP	多元资产	275.11	0.77
WY US Equity	WEYERHAEUSER CO	多元资产	268.45	1.48

资料来源：Bloomberg

仔细查阅美国前五大 REITs 产品的资料后可以发现，这五家 REITs 公司的资产均与基础设施相关。第一大 REITs（美国电塔）以及第三大REITs（冠城国际）资产均主要由通信设施构成；第二大 REITs（安博）则是经营物流基础设施的工业 REITs 公司；易昆尼克斯（Equinix）和公共存储公司（Public Storage）则分别从事数据中心和仓储等领域的房地产投资和服务。上述五家公司存续时间较长、规模较大，同时均投资于基础设施相关资产，对我国推进基础设施公募 REITs 项目有较大的借鉴意义。

一 美国电塔：全球领先的独立通信地产拥有者和运营商

美国电塔（American Tower Corp，下简称 ATC）成立于 1995 年，于 2012 年转型成 REITs 的商业结构，并启动了股息计划，开始向股东定期发放股息分红。美国电塔是全球领先的独立通信地产拥有者和运营商，在美国国内以及世界其他近 20 个国家和地区拥有资产，规模仅次于中国铁塔。公司绝大部分收入来源于通信资源租赁和管理服务。

美国电塔在 2015 年 1 月 2 日至 2021 年 1 月 2 日的价格表现如图 2－15 所示。在不考虑股息分配的情况下，该区间内美国电塔的价格涨幅达 153.66%，年化收益率为 16.36%，区间内表现超越标普 500 指数（同期年化收益率 10.64%）。从风险指标上来看，美国电塔区间内的年化波动率为 24.99%，最大回撤 －30.29%（因疫情出现在 2020 年 3 月），与同期标

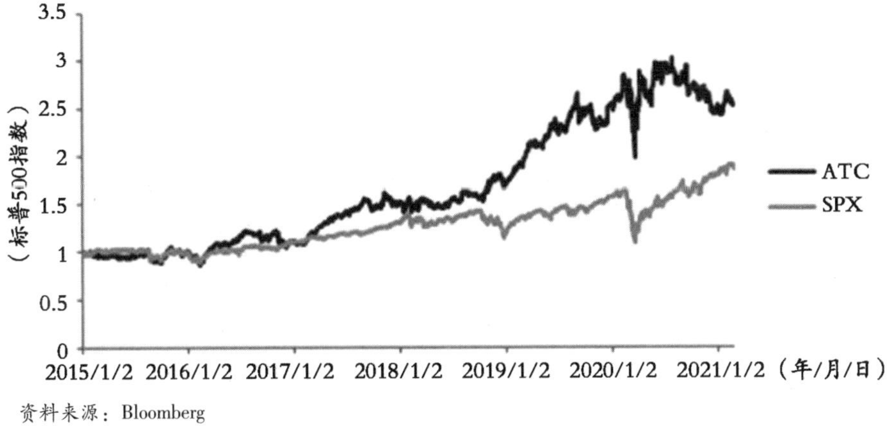

资料来源：Bloomberg

图 2－15　美国电塔历史价格变化趋势

普500指数-33.92%的最大回撤相比较小。

由于疫情之下居民对通信的需求不降反增，电塔基础设施的特殊性质使ATC在疫情冲击后价格迅速反弹，仅14个交易日就初步修复了因疫情带来的最大回撤，修复速度大幅领先标普500指数的103个交易日。

分年度来看，美国电塔2015年以来相对标普500指数年度胜率较高，6年中有4年收益领先标普500指数，且2017—2019年三年年度涨跌幅大幅领先标普500指数。风险指标上来看，美国电塔的波动率相比标普500指数较高，回撤控制整体较差，但2018年与2020年回撤控制较好。

表2-7　ATC与SPX分年度表现对比

年	涨跌幅		波动率		最大回撤	
	ATC	SPX	ATC	SPX	ATC	SPX
2015	-0.82%	-0.73%	20.20%	15.49%	-13.80%	-12.35%
2016	11.51%	9.54%	20.79%	13.00%	-15.16%	-9.30%
2017	37.11%	19.42%	15.79%	6.64%	-9.00%	-2.80%
2018	14.56%	-6.24%	20.38%	17.03%	-9.57%	-19.78%
2019	49.23%	28.88%	18.17%	12.46%	-14.31%	-6.84%
2020	0.09%	16.26%	43.84%	34.42%	-30.29%	-33.92%

资料来源：Bloomberg

二　安博：全球物流基础设施领导者

安博（Prologis）为美国纽约证券交易所上市公司，其前身安全资本实业信托公司（Security Capital Industrial Trust）成立于1991年。安博的业务覆盖南北美洲、欧洲和亚洲，在全球范围服务制造商、零售商、运输公司、第三方物流企业和其他具有大型物流配送需求的企业。

安博在2015年1月2日至2021年1月2日的价格表现如图2-16所示。在不考虑股息分配的情况下，该区间内安博的价格涨幅达180.81%，年化收益率为18.3%，区间内表现超越标普500指数。从风险指标上来看，安博区间内的年化波动率为 26.11%，最大回撤 -36.16%（因疫情出现在 2020 年 3 月）。

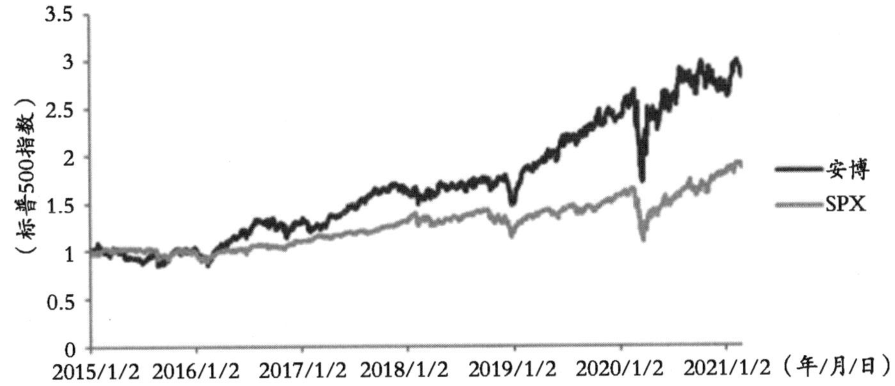

资料来源：Bloomberg

图 2-16　安博历史价格变化趋势

分年度来看，安博自 2015 年以来相对标普 500 指数年度胜率较高，6 年中有 5 年年度收益领先标普 500 指数。风险指标上来看，安博的波动率相比标普 500 指数较高，大部分年度的最大回撤也相对较高。2018 年和 2019 年虽然回撤控制较好，但较标普 500 指数领先幅度不大。

表 2-8　安博与 SPX 分年度表现对比

年	涨跌幅		波动率		最大回撤	
	安博	SPX	安博	SPX	安博	SPX
2015	2.64%	-0.73%	20.62%	15.49%	-21.29%	-12.35%
2016	30.46%	9.54%	22.43%	13.00%	-16.85%	-9.30%
2017	25.92%	19.42%	15.96%	6.64%	-10.48%	-2.80%
2018	-5.52%	-6.24%	21.76%	17.03%	-17.91%	-19.78%
2019	60.48%	28.88%	17.75%	12.46%	-6.73%	-6.84%
2020	15.70%	16.26%	46.10%	34.42%	-36.16%	-33.92%

资料来源：Bloomberg

三 冠城国际：无线基础设施运营商

冠城国际（Crown Castle International Corp）创立于1994年，总部位于美国得克萨斯州休斯敦，是一家多元化通信服务公司，从事共享无线基础设施的运营和租赁。冠城国际主要投资并租赁天线系统、基地台等无线通信基础设施，并为其客户提供相关设施的后续服务。

冠城国际在2015年1月2日至2021年1月2日的价格表现如图2－17所示。在不考虑股息分配的情况下，该区间内冠城国际的价格涨幅达151.1%，年化收益率为16.17%，区间内表现超越标普500指数。从风险指标上来看，冠城国际区间内的年化波动率为23.91%，最大回撤－29.85%（因疫情出现在2020年3月）。由于投资房地产的类型与美国电塔相同，冠城国际的价格变化趋势和回撤修复效率与美国电塔也较为相似。

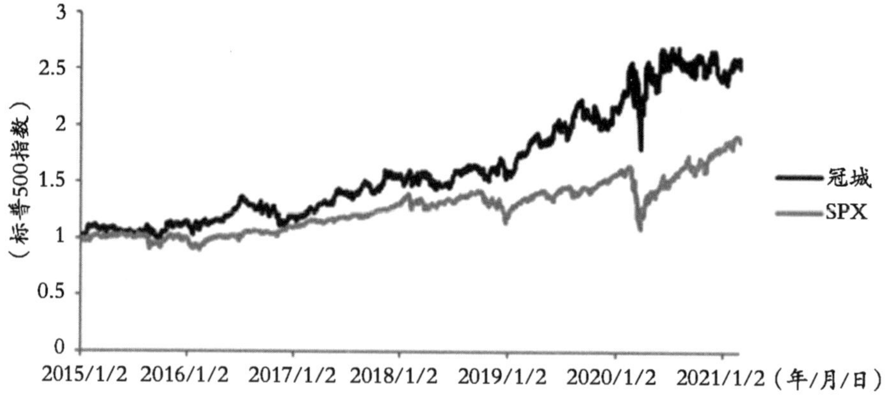

资料来源：Bloomberg

图2－17 冠城国际历史价格变化趋势

分年度来看，冠城国际2015年以来相对标普500指数年度胜率较高，6年中有4年收益领先标普500指数。风险指标上来看，冠城国际的波动率相比标普500指数较高，但2015年、2018年、2020年的最大回撤控制较好。

表2-9　冠城国际与SPX分年度表现对比

	涨跌幅		波动率		最大回撤	
	CCI	SPX	CCI	SPX	CCI	SPX
2015	13.22%	-0.73%	16.85%	15.49%	-11.04%	-12.35%
2016	5.81%	9.54%	19.02%	13.00%	-19.73%	-9.30%
2017	32.92%	19.42%	15.64%	6.64%	-7.34%	-2.80%
2018	3.70%	-6.24%	20.05%	17.03%	-10.71%	-19.78%
2019	38.88%	28.88%	18.09%	12.46%	-11.63%	-6.84%
2020	15.87%	16.26%	42.60%	34.42%	-29.85%	-33.92%

资料来源：Bloomberg

四　易昆尼克斯：网络连接与数据中心服务提供商

易昆尼克斯（Equinix）创立于1998年，是一家专注于网络连接设施和数据中心的美国公司，于2015年转型成REITs。该公司在全球多个国家和地区设有205个主机托管和数据中心，主要通过提供网络连接基础设施服务和数据中心平台获取收益。

Equinix在2015年1月2日至2021年1月2日的价格表现如图2-18所示。在不考虑股息分配的情况下，该区间内Equinix的价格涨幅达232.65%，年化收益率为21.61%，区间内表现大幅超越标普500指数。从风险指标上来看，Equinix区间内的年化波动率为26.13%，最大回撤-29.35%（出现在2018年12月）。

由于投资资产为网络连接设施以及数据中心等新型基础设施，Equinix在近六年的表现优于其他美国REITs公司以及标普500指数。同时，

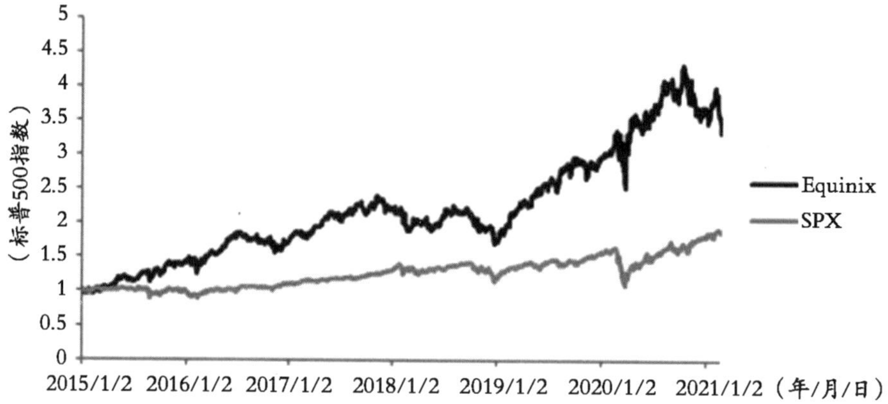

资料来源：Bloomberg

图 2－18　Equinix 历史价格变化趋势

Equinix在 2020 年的疫情中受影响也较小，没有出现明显的回撤，且在不到 15 个交易日内就完成了修复。

分年度来看，Equinix 2015 年以来相对标普 500 指数年度胜率较高，6 年中有 5 年收益领先标普 500 指数，且领先幅度均相对较大。风险指标上来看，Equinix 的波动率相比标普 500 指数较高，2016 年至 2019 年的年度最大回撤也较大，但在 2020 年 Equinix 的最大回撤控制优于标普 500 指数。

表 2－10　Equinix 分年度表现对比

	涨跌幅		波动率		最大回撤	
	EQIX	SPX	EQIX	SPX	EQIX	SPX
2015	42. 35%	－0. 73%	22. 88%	15. 49%	－12. 09%	－12. 35%
2016	23. 27%	9. 54%	24. 20%	13. 00%	－16. 14%	－9. 30%
2017	28. 72%	19. 42%	16. 99%	6. 64%	－9. 91%	－2. 80%
2018	－19. 29%	－6. 24%	24. 12%	17. 03%	－24. 73%	－19. 78%
2019	70. 10%	28. 88%	21. 22%	12. 46%	－10. 38%	－6. 84%
2020	25. 15%	16. 26%	40. 54%	34. 42%	－25. 13%	－33. 92%

资料来源：Bloomberg

五　公共存储公司：美国最大的自助储物空间公司

公共存储公司（Public Storage，下简称 PSA）创立于 1972 年，于 1995 年转型成REITs。PSA 是美国最大的自助储物空间公司，也是当前规模最大的储物 REITs 公司，业务遍及美国、加拿大以及欧洲。公司收入主要来自自助储物空间的租赁和管理。

PSA 在 2015 年 1 月 2 日至 2021 年 1 月 2 日的价格表现如图 2－19 所示。在不考虑股息分配的情况下，该区间内 PSA 的价格涨幅为 60.88%，年化收益率为 8.05%，区间内表现弱于标普 500 指数。从风险指标上来看，PSA 区间内的年化波动率为 22.57%，最大回撤 －37.64%（因疫情出现在 2020 年 3 月）。

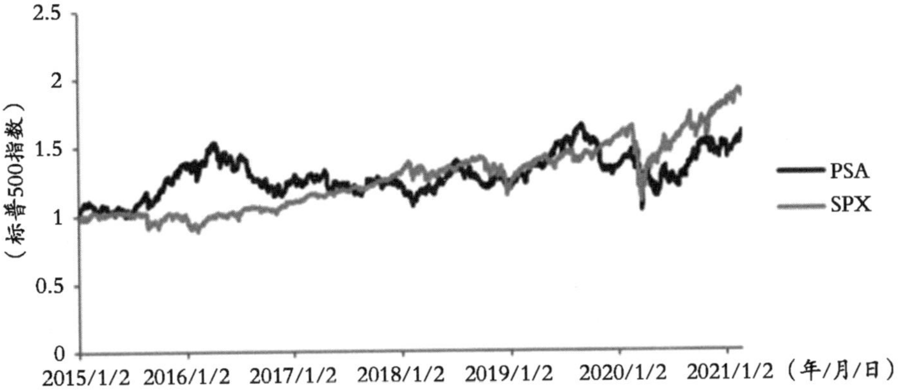

资料来源：Bloomberg

图 2－19　PSA 历史价格变化趋势

分年度来看，PSA 2015 年以来相对标普 500 指数年度胜率较低，6 年中有 4 年收益均低于标普 500 指数。风险指标上来看，PSA 的波动率相比标普 500 指数较高，2016 年、2017 年和 2019 年回撤控制明显较差，但 2020 年的回撤控制相对较好。

表2-11 PSA与SPX分年度表现对比

	涨跌幅		波动率		最大回撤	
	PSA	SPX	PSA	SPX	PSA	SPX
2015	36.64%	-0.73%	17.94%	15.49%	-10.11%	-12.35%
2016	-5.61%	9.54%	22.16%	13.00%	-25.75%	-9.30%
2017	-2.90%	19.42%	17.10%	6.64%	-14.27%	-2.80%
2018	-1.93%	-6.24%	18.75%	17.03%	-15.11%	-19.78%
2019	13.07%	28.88%	15.99%	12.46%	-21.48%	-6.84%
2020	13.51%	16.26%	36.44%	34.42%	-37.64%	-33.92%

资料来源：Bloomberg

总体来看，美国龙头REITs公司在近六年的表现均较为可观。除了成长放缓的PSA以外，其余四家龙头公司表现均超越了标普500指数。四家公司所投资的房地产资产类型均较为贴合近期的市场需求，部分基础建设资产的特殊性质也赋予了公司较市场更强的抗风险能力（Equinix的网络通信与数据库）或回撤修复能力（美国电塔和冠城国际的通讯基础设施）。

表2-12 美国REITs龙头公司价格表现对比

	区间涨跌幅	年化收益率	年化波动率	最大回撤	最大回撤修复速度
美国电塔	153.66%	16.36%	24.99%	-30.29%	14个交易日
安博	180.81%	18.30%	26.11%	-36.16%	85个交易日
冠城国际	151.10%	16.17%	23.91%	-29.85%	19个交易日
Equinix	232.65%	21.61%	26.13%	-29.35%	12个交易日
PSA	60.88%	8.05%	22.57%	-30.24%	尚未修复
SPX	86.05%	10.64%	18.59%	-33.92%	103个交易日

资料来源：Bloomberg

2.2.4 中美 REITs 产品模式比较

REITs 与其他类型的不动产融资工具相比，具有重要的三个特性：一是实现基础的资产的“真实出售”和“破产隔离”；二是实现了基础资产的份额切割和公募化；三是实现了税收中性。以前我国的类 REITs 仅是一种变相的债务融资工具，并未真正实现这三个方面的功能。下面将从五个方面对比中美 REITs 的产品模式，以获得经验借鉴。

一 核心结构

美国 REITs 是一个由董事会或受托人管理的公司、信托基金或者协会，具有很强的灵活性，在实操中，美国 REITs 以公司型结构为主，在此基础上形成了 UPREITs、DOWNREITs 等较为复杂的结构。公司型 REITs 的组织结构是由投资者作为股东，具备独立的法人地位，一般通过常设董事会管理公司来管理不动产物业，实现资产管理内部化，投资者以股东分红的方式获取收益。公司型 REITs 投资方式灵活主动，能够有效利用公司的基金财产进行投资，符合市场长期发展需求。

UPREITs 结构下，原始权益人以其持有的不动产出资成为有限合伙人，拥有合伙收益的分配权，按照投资份额承担企业债务，但不参与企业管理经营，同时通过公开募集的方式形成 REITs。在该模式下，基础资产并不在 REITs 名下，而在合伙企业名下。原始权益人用资产置换来的合伙企业份额，根据约定可以随时转换为 REITs 的上市股票，剩余权益的流动性大大提高，UPREITs 具体结构如图 2－20 所示。

美国 REITs 核心结构的关键在于能够“破产隔离”，即在资产证券化中实现基础资产的风险和其他资产风险隔离。原始权益人在 REITs 完成基础资产交易后，基础资产权益由 REITs 直接或间接持有，与该部分权益所

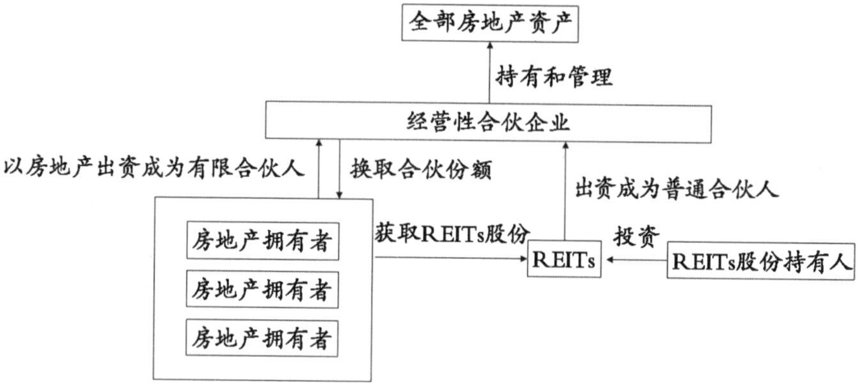

资料来源：Wind、新华基金

图 2－20 UPREITs 结构

对应的所有收益必须与原始权益人完全切割，因此特殊目的载体（SPV）的作用十分重要。在美国，无论 SPV 是信托还是公司，其法律主体地位都非常明晰，因此资产风险和原始权益人风险能够有效隔离。

相比之下，我国类 REITs 形式比较单一，大部分采取“专项计划＋私募基金”的双 SPV 核心结构，投资人认购资产支持专项计划，专项计划认购私募基金，私募基金通过股权收购、债权投资持有以及控制拥有基础资产的项目公司。一方面形成股债结合的投资结构，从而合理筹划项目公司层面的企业所得税，另一方面使底层资产与产品期限减少发生期限错配的可能性，具体结构如图 2－21 所示。

二 收益模式

美国 REITs 投资者数量庞大，对通过 REITs 配置资产至不动产领域认可度高，二级市场交易活跃。在有良好投资者基础的条件下，美国 REITs 通常采用“同股同权”的模式，即投资者以获取底层不动产的租金和增值收益为目标，不需要任何外部的增信措施。根据历史数据，美国 REITs 确实为投资者带来丰厚收益，FTSE NAREITs REITs 权益类指数在过去 25 年

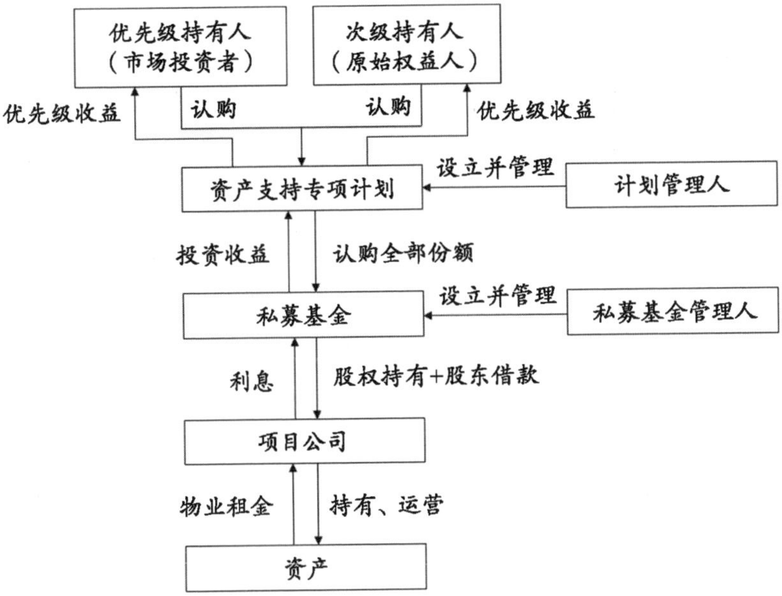

资料来源：Wind、新华基金

图 2-21　我国类 REITs 结构

中有 16 年跑赢了标普 500 指数。

而我国类 REITs 产品主要的投资者是银行类金融机构，凭借产品的信用评级、发行主体或外部机构提供的信用增级措施等对投资进行评判。为了获得资金，我国类 REITs 普遍采用了资产支持型证券（ABS）产品中的“结构化”模式，次级产品主要由发行企业支持，而优先级产品向市场进行发行，只获得固定的本息收入，没有增值收益，也不承担不动产的贬值风险。

三　存续期限

美国 REITs 产品模式按照存续期限不同可以分为开放式和封闭式两种。开放式产品的投资者可以在基金运行期间的固定时间以净值水平对基金份额进行认购或要求赎回，因此基金规模会出现改变；封闭式产品在募集成立之后规模不会发生改变，投资者只能持有到期或在二级市场以市场价格转让自己的 REITs 份额。

我国类 REITs 产品也有两种存续期限形式——偏股型类 REITs 和偏债型类 REITs。前者也称为权益型、处置型类 REITs，通常期限较短且设置延期条款，如存续期限为“3 +2”年，前 3 年为固定存续期，后 2 年为资产处置期，在资产处置期需要对基础资产进行转让，以履行对投资者的最终偿付。后者也称回购型、主体型类 REITs，期限较长，可达 18 ~24 年，通常以每 3 年为周期，设置不同档位优先级产品的开放申购和赎回以及有限回购，并由发行人或高评级关联机构通过流动性支持、差额补足等方式变相兜底，以满足投资人的流动性要求。偏债型类 REITs 只适用于国内主体评级不低于 AA + 的强主体企业，由企业本身承担增信责任，以获得市场投资者的认可。

四 产品性质

根据产品性质的不同，美国 REITs 的产品模式可以分为公募和私募两种模式。公募型产品面向公众投资者发售，份额能够在证券市场自由交易，具有流动性。私募型产品只面向特定投资者，不具有上市作用，通常作为一种能够有效节税的资产持有手段使用。美国法律规定合法REITs需拥有超过 100 个受益人，前五大股东的总持有比例不能超过 50%。美国 REITs 大多数采取开放式的公募模式，具有流动性强、投资者群体分散广泛、可扩募等特性。

我国类 REITs 主要以建立在资产支持专项计划载体之上的交易所商品为主，目前共发行 52 单，发行总量为 1064 亿元，全部为私募性质，只能面向合格投资者发行，募集范围不能超过 200 人，单笔认购不少于 100 万元。由于我国法律对投资者集中程度没有限制，在实际中有很多类 REITs 产品被少数几家银行买断，并不在二级市场进行交易，缺乏流动性。

五 功能定位

美国 REITs 不仅是一种筹集资金的金融工具，更是一个承担投资和资产管理功能的独立载体。美国 REITs 具有对不动产完全的管理运营权，可以对其所持有的不动产进行处置，并且能够扩募，将获得的资金收购更多物业，甚至在法律允许的范围内从事不动产开发投资。

我国类 REITs 只是一种金融产品，负责监督底层资产运营质量，提高底层资产的管理水平，倾向于管理外部化，因此面临外部管理型 REITs 的一系列问题，难以最大化投资者的收益。

第三节

亚太REITs市场：后起之秀

亚太地区上市 REITs 的市场规模约占全球 15%，这里选取最具有代表性的四个市场进行介绍：澳大利亚、日本、新加坡、中国香港。澳大利亚在 1971 年推出了第一只上市 REITs，至今已经历了近 50 年的发展；而日本 REITs 市场则始于 2001 年。澳大利亚曾是全球第二大 REITs 市场，而现阶段，则取决于澳大利亚与日本的市场波动，两国的 REITs 市场规模交替占据全球第二、第三。新加坡于 2002 年推出REITs，是亚洲第二大 REITs 市场；同时，新加坡也是亚洲第一个允许跨境资产发行 REITs 的国家。中国香港第一只 REITs 于 2005 年上市，目前是亚洲第三大 REITs 市场，仅次于日本与新加坡。

2.3.1 澳大利亚 A - REITs 市场

自从澳大利亚在 1971 年推出了第一只公开上市的 REITs，澳大利亚 REITs（简称 A - REITs）市场发展一直不温不火，直到 2002 年出现了为期 5 年的爆发式增长，年复合增长率达到了 67.7%。2008 年金融危机的爆发对澳大利亚不动产市场造成了巨大的负面冲击，但 REITs 市场很快就得到恢复。2009—2018 年，A - REITs 维持了 29.16% 的年复合增长率。截至 2018 年年底，澳大利亚共有 55 只 REITs 产品，平均市值达 29.37 亿美元，总市值达 1615.4 亿美元。

A - REITs 的资产类别中，零售和购物中心、综合不动产、工业和仓储占比相对较大，总市值合计为 1584.9 亿美元，占 A - REITs 总市值的 98.1%。相对于美国市场，A - REITs 投资的物业种类较为集中，零售物业

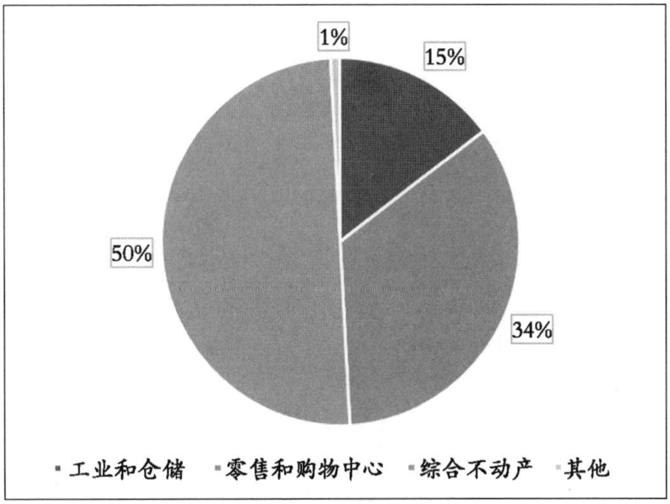

资料来源：Wind、新华基金

图 2 - 22　A - REITs 资产类别的市值占比

市值占市场42.3%的份额。在A－REITs发展的早中期，市场偏好出租型公寓，而如今A－REITs已经覆盖了更多的资产类型。澳大利亚已经拥有超过20只上市基础设施REITs，包括公路、机场、铁路等资产类别。

A－REITs得以稳健发展的原因之一便是澳大利亚对投资者和基金管理者的税收优惠政策。政府规定，当单个投资于成熟物业的REITs产品拥有300名以上投资者时，交易可以免除印花税，从而鼓励REITs的发展。此外，A－REITs派发股息不再进行二次征税，基金管理费也不需要缴纳商品及服务税（GST）。

我们可以将A－REITs市场的发展主要分为四个阶段：起步阶段（1971—1992年）、迅速扩张阶段（1993—1997年）、并购重组阶段（1998—2007年）、金融危机后阶段（2008年至今）。

一 起步阶段（1971—1992年）

A－REITs采用英国普通法中的信托原则。1956年，澳大利亚高等法院确认单位信托基金（契约型基金）可以享受税收优惠，这次有关信托税收中性的决议可以说是第一批REITs雏形产生的催化剂。

1971年，全球第一只商业地产信托——通用物业信托（General Property Trust）由澳大利亚联实（Lendlease）创立并于同年在澳大利亚证券交易所挂牌交易。此后，一大批上市或未上市的房产信托在A－REITs市场上涌现，在税收中性的前提下满足了中产阶级对高收益投资产品的需求。

在其发展初期，REITs由未上市的地产投资信托带动。1987年，澳大利亚股票市场崩溃，这使得二级股票和债券市场流失大量资金，这些资金得以流入未上市的地产投资信托，使得A－REITs在创立20余年后首次得到市场的重视。但未上市的地产投资信托在流动性方面存在弱点，使得其无法满足规定的60天变现要求，这一弱点的逐渐暴露使得REITs市场再次陷入混乱。为了能够从根本上解决流动性的问题，A－REITs被允许在澳大利亚证券交易所上市。

二 迅速扩张阶段（1993—1997 年）

1993 年后，澳大利亚新移民带来了房地产市场的增长，REITs 得益于此迎来了迅速发展、扩张的阶段。1997 年，亚洲金融危机爆发，澳大利亚金融市场也受到了一定的冲击，许多机构投资者在股票市场受到了惨重的损失，于是他们试图寻找能够尽可能分散风险的更加安全的投资目标。此时，与股票市场关联度较低的 REITs 产品走进了他们的视线。于是，机构投资者尤其是寿险公司，将大量资金从传统的证券市场转入了 REITs 市场。

三 并购重组阶段（1998—2007 年）

1998 年，A－REITs 掀起了一波并购浪潮，目的是降低运营成本。规模较大的 REITs 开始扩大规模，或者对较小规模的 REITs 进行并购重组。伴随着这股并购浪潮，1998—2007 年，A－REITs 市场总市值稳定上升，并且单个 A－REITs 的市值也在飙升，市场集中度大幅提升。在 1997 年，拥有 10 亿澳元以上资产的 REITs 仅占 6%；到了 2004 年，拥有 10 亿澳元以上资产的 REITs 已经超过半数。一方面，这股并购浪潮从国内市场蔓延到了国际，并因此产生了诸多跨国集团 REITs，这种集团化可以有效分散风险。另一方面，由于投资 REITs 可以免去基金管理费，这也严重威胁到了地产证券基金。

四 金融危机后阶段（2008 年至今）

在 2008 年全球金融危机中，A－REITs 遭受了重创，2008 年年末价格指数（澳大利亚 S&P/ASX 200 指数）较 2007 年年末同比骤降 57.39%。美国 REITs 市场此后得到了快速恢复，但是 A－REITs 市场在金融危机后的恢复速度则相对缓慢。直到 2018 年年末，价格指数只恢复到 2007 年年末的 65.14%，较全球金融危机前的高点仍有较大差距。

澳大利亚信托法规定 A－REITs 必须满足以下几个条件：75%的资产是房地产资产，50%收益来自物业出租，以及全部的税后收益分配给投资者。在 REITs 产品税后收益分配方面，澳大利亚信托法相对于美国信托法则更为严格。澳大利亚常见的 REITs 可分为两种：一种是独立单位信托，由外部管理；另一种则是合订证券（Stapled－Securities），为内部管理，如图 2－23 所示。

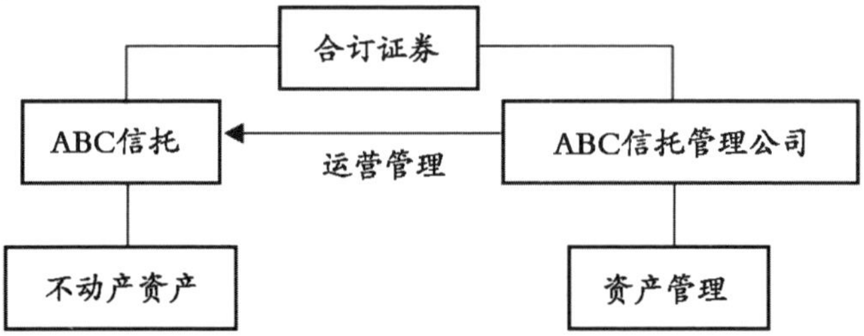

图 2－23　澳大利亚合订证券结构

其中，合订证券相对更为重要，占据了 A－REITs 市场的主导地位。合订证券将 REITs 的一个信托单位和 REITs 管理公司的一单位股份绑定，要求投资者必须对二者同时进行持有。在合订证券的这种绑定持有结构下，管理公司的利益与股东利益得以联系在一起，从而在结构上减少了利益冲突。在这种结构下，REITs 持有收租物业，管理公司提供运营管理服务，同时开展房地产物业的开发建设工作。合订证券的结构不仅可以提高 REITs 的业绩，吸引更多投资者，同时还可扩大投资的范围和领域，合理规避法律对主动开发和未依靠稳定现金流投资的限制。

2.3.2　日本 J－REITs 市场

日本 REITs（简称 J－REITs）市场的第一只 REITs 于 2001 年公开上

市。截至 2018 年年末，日本市场共有上市 REITs 产品 59 只，总市值达 11.85 万亿日元，折合美元约 1069.2 亿美元。

J – REITs 借鉴了美国市场的发展经验，均以公司形式成立，且为外部管理模式，即与资产管理公司签订合约进行不动产管理。在 20 世纪 90 年代的资产泡沫后，日本经济经历了漫长的衰退期，跌入负增长区间，房地产市场长期低迷。为了刺激房地产市场，推动资金流入，日本于 2000 年将 REITs 作为商业地产新开发项目的资金来源。2001—2007 年，J – REITs 市场发展迅猛，市场规模大幅增长，达到了最初的 40 倍，年复合增长率为 85.7%。金融危机后的 2009—2018 年，J – REITs 市场年复合增长率分别为 85.7% 和 20.8%。近年来，日本政府经济刺激和量化宽松政策的实施造成日本持续低利率的经济状况以及日本中央银行对 J – REITs 产品的大量购买，这对于 J – REITs 市场的发展有着积极的推动作用。此外，受益于 2020 年东京奥运会，日本经济和不动产热度开始从东京等大都市逐渐向中小城市蔓延。截至 2015 年，J – REITs 总市值已达世界第二。截至 2018 年年底，日本共有 59 只 REITs 产品，平均市值 18.12 亿美元，为美国 REITs 产品平均市值的 40%。

相比于新加坡和中国香港，J – REITs 的分派收益率相对较低，仅为 4.3%；但杠杆率为 44%，为亚洲最高，市场整体呈溢价状态，平均市净率为 1.04。与其他海外市场相比，J – REITs 的平均股息率相对较低，但是将日本长期实行的零利率甚至负利率政策纳入考量，J – REITs 的投资收益仍是比较丰厚的。日本投资多种房地产的综合不动产 REITs 的市场规模最大，占总规模的 36%。单一物业型 J – REITs 中，写字楼 REITs 占比最大，占总规模的 21%，酒店和公寓 REITs 分别占市场总规模的 14% 和 10%。值得一提的是，酒店 REITs 产品的平均市值最高，为 30.21 亿美元，是其他 REITs 平均市值的 2 ~ 3 倍，如图 2 – 24 所示。

从行业收益率来看，我们以东证股价指数（TPX）的日度收益作为市场收益，对 2003 年以来每五年（首个区间 2003—2005 年为 3 年）的东证REITs

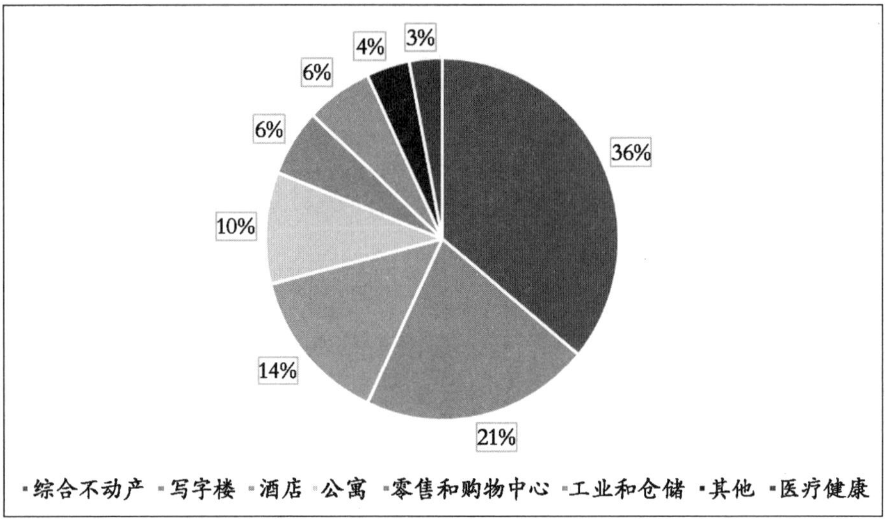

资料来源：Wind、新华基金

图 2－24　J－REITs 资产类别的市值占比情况

指数的 Beta 做估算，结果如图 2－25 所示。除 2006—2010 年区间外（该区间美国 REITs 的 Beta 也较高），其余三区间内 Beta 均低于 0.5，2016—2020 年区间内 Beta 仅为 0.42，说明日本 REITs 产品整体的债性相对美国较强。

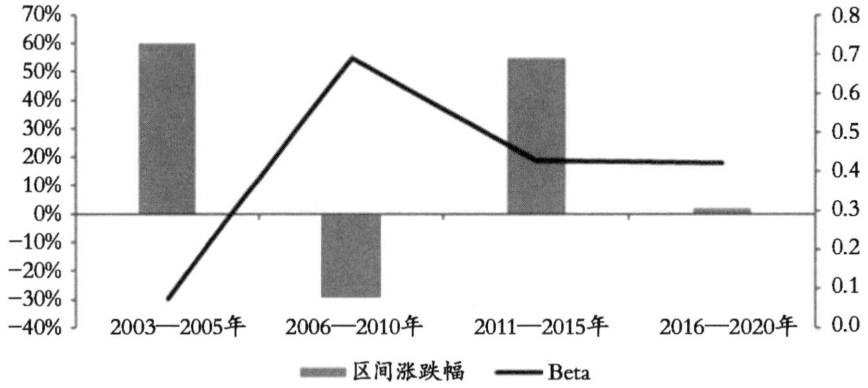

资料来源：Bloomberg

图 2－25　东证 REITs 指数每个区间 Beta 与区间涨跌幅统计

日本 REITs 产品的股息率较为相近，大部分产品的股息率集中在3% ~ 6% 区间内。如图 2 – 26 所示。各类型 REITs 中，投资于酒店的产品平均股息率较高，达 6.08%，而工业/工厂型 REITs 产品的平均股息率较低，仅为 3.56%。如表 2 – 13 所示。

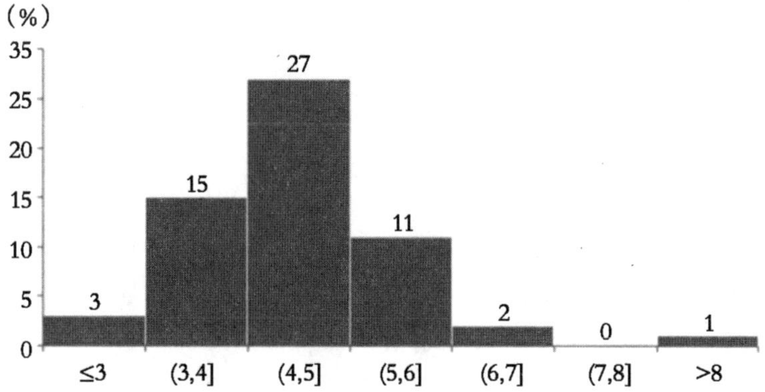

资料来源：Bloomberg

图 2 – 26　日本 REITs 产品股息率分布情况

表 2 – 13　日本各投资资产类型 REITs 产品的股息率统计

投资资产类型	股息率均值（%）	股息率中位数（%）
酒店	6.08	4.39
医疗机构	4.83	4.83
多元资产	4.76	4.53
购物中心	4.48	4.41
办公室	4.33	4.37
住房	3.99	4.06
工业/工厂	3.56	3.24

资料来源：Bloomberg

日本各类 REITs 的平均波动率均低于东证 REITs 指数的波动率，各投资资产类型的 REITs 的波动率差异较小。各类型 2020 年平均波动率均在 16% ~21%区间内，其中波动率最低的是工业/工厂，平均波动率为 16. 36%；而波动率最高的是酒店，平均波动率 20. 16%。同时，对比波动率和股息率中位数来看，与美国 REITs 产品相似，股息率较高的资产类型倾向于拥有较高的价格波动率，如图 2 –27 所示。

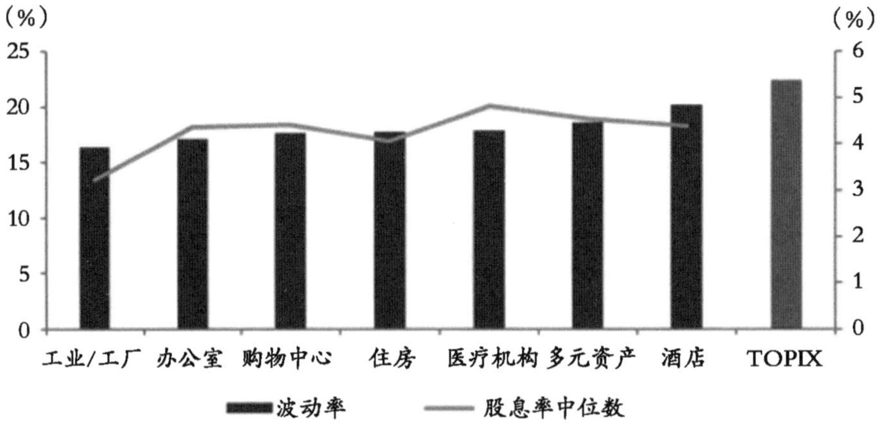

资料来源：Bloomberg

图 2 –27　日本各资产类型的 REITs 产品 2020 年平均波动率与股息率中位数统计

日本前十大 REITs 产品信息如表 2 –14 所示。前十大产品的总市值达到了 7. 14 亿万日元，占所有 REITs 产品的 44. 93%，行业集中度较高。日本最大的两只 REITs 产品均投资于办公室类房地产，前十大产品中其余产品则投资于工业/工厂、多元资产、住房、购物中心等房地产。

下面我们介绍日本最大的两只 REITs 公司。

日本建筑投资公司（Nippon Building Fund，下简称 NBF）是日本最早上市的 REITs 公司之一，成立于 2001 年 3 月，并于同年 9 月在东京证交所的 REITs 市场上市。NBF 专注于管理经营办公类不动产，主要投资于东京核心商业区以及大东京地区其他地区的办公室类资产（投资占比 70% 以上），并通过提升资产价值和租赁获取租金来维持运营收入的稳定增长。

表 2－14　日本前十大 REITs 产品

代码	简称	投资资产	总市值（亿日元）	股息率
8951 JP Equity	NIPPON BUILDING	办公室	11237.00	3.35
8952 JP Equity	JAPAN REAL ESTAT	办公室	9488.69	3.32
3283 JP Equity	NIPPON PROLOGIS	工业/工厂	8720.88	2.91
3462 JP Equity	NOMURA REAL ESTA	多元资产	7803.66	4.14
3281 JP Equity	GLP J－REITs	工业/工厂	7683.94	3.19
8984 JP Equity	DAIWA HOUSE REITs	住房	6339.85	4.07
8953 JP Equity	JAPAN RETAIL FUN	购物中心	5683.82	4.31
8954 JP Equity	ORIX JREIT INC	办公室	5199.84	4.37
8960 JP Equity	UNITED URBAN	多元资产	4680.62	4.53
3269 JP Equity	ADVANCE RESI INV	住房	4570.50	3.50

资料来源：Bloomberg

NBF 在 2015 年 1 月 5 日至 2021 年 1 月 5 日的价格表现如图 2－28 所示。在不考虑股息分配的情况下，该区间内 NBF 的价格涨幅仅为 35.86%，年化收益率为 5.28%，区间内表现略弱于东证指数（同期年化收益

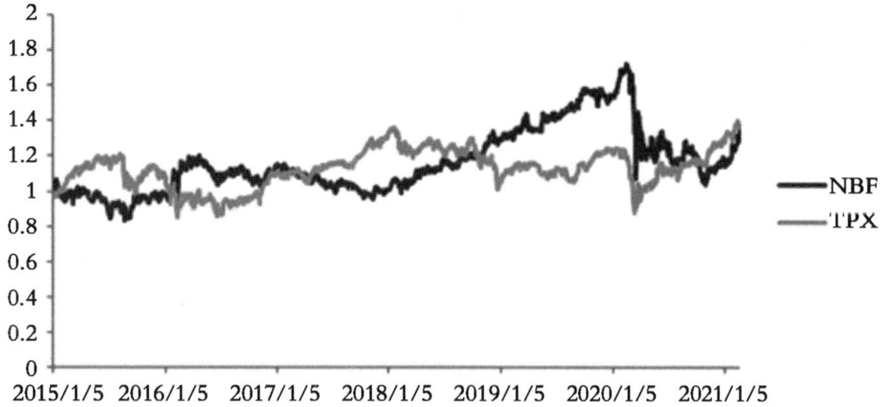

资料来源：Bloomberg

图 2－28　NBF 历史价格变化趋势

5.49%）。从风险指标上来看，NBF 区间内的年化波动率为 24.69%，最大回撤 -38.50%（出现在 2020 年 10 月），两项指标表现均不如东证指数。

从近 6 年的价格表现来看，NBF 的价格与 TPX 指数在大部分时段内走向相反。这一趋势在 2016 年至 2019 年尤其明显，以 2018 年年初为转折点，NBF 在转折点前缓慢下行，在转折点后上行，而 TPX 的整体趋势则正好相反。类似的趋势在 2020 年疫情后至年底也有出现。

分年度来看，NBF 与 TPX 指数的年度表现有较为明显的互补趋势。除 2019 年外，其余各年内，TPX 表现好的年度 NBF 表现较弱，TPX 表现较差的年度 NBF 的表现则较好。从风险指标上来看，在 NBF 价格表现相比 TPX 较好的年度，风险指标表现也普遍比 TPX 好，如表 2-15 所示。

表 2-15　NBF 与 TPX 分年度表现对比

	涨跌幅		波动率		最大回撤	
	NBF	TPX	NBF	TPX	NBF	TPX
2015	3.47%	9.93%	23.92%	20.09%	-21.79%	-18.67%
2016	12.90%	-1.85%	24.12%	26.35%	-16.58%	-20.76%
2017	-14.32%	19.69%	14.57%	10.57%	-17.56%	-7.50%
2018	19.01%	-17.80%	14.69%	17.64%	-8.42%	-25.93%
2019	20.12%	15.21%	14.48%	12.96%	-7.58%	-9.36%
2020	-14.64%	4.84%	39.56%	22.44%	-38.50%	-29.12%

资料来源：Bloomberg

日本房地产投资公司（Japan Real Estate Investment Corporation，以下简称 JRE）是日本第二大 REITs 公司，成立于 2001 年 3 月，并于同年 9 月在东京证交所的 REITs 市场上市。JRE 投资策略与 NBF 相似，主要投资于东京都市区的办公大楼。

JRE 在 2015 年 1 月 5 日至 2021 年 1 月 5 日的价格表现如图 2-29 所示。在不考虑股息分配的情况下，该区间内 JRE 的价格涨幅为 40.99%，年化收益率为 5.94%，区间内表现略优于东证指数。从风险指标上来看，

JRE 区间内的年化波动率为 23.60%，最大回撤 -39.92%（因疫情出现在 2020 年 3 月），两项指标表现均不如东证指数。JRE 的投资策略与投资资产类型均与 NBF 较为类似，其价格表现也与 NBF 相似。

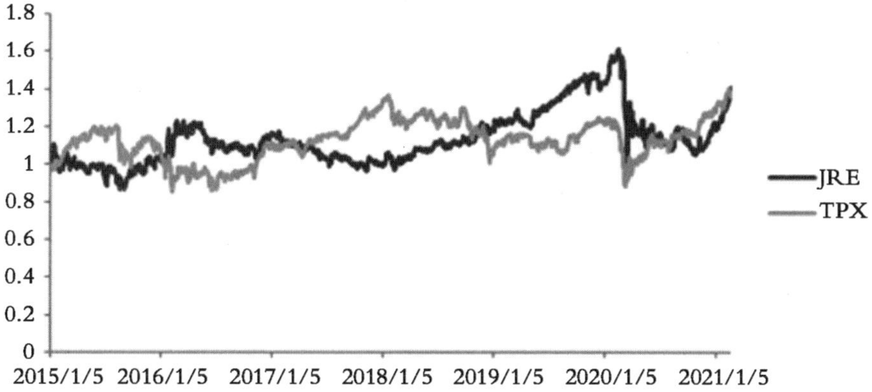

资料来源：Bloomberg

图 2-29　JRE 历史价格变化趋势

分年度来看，与 NBF 相似，JRE 与东证指数的年度表现也有较为明显的互补趋势。除 2019 年外，其余各年内，TPX 表现好的年度 JRE 表现较弱，TPX 表现较差的年度 JRE 的表现则较好。从风险指标上来看，JRE 价格表现相比 TPX 较好的年度风险指标表现也普遍比 TPX 好。如表 2-16 所示。

表 2-16　JRE 与 TPX 分年度表现对比

	涨跌幅		波动率		最大回撤	
	JRE	TPX	JRE	TPX	JRE	TPX
2015	-1.13%	9.93%	25.11%	20.09%	-22.20%	-18.67%
2016	16.10%	-1.85%	25.68%	26.35%	-14.66%	-20.76%
2017	-12.96%	19.69%	14.14%	10.57%	-17.03%	-7.50%
2018	28.33%	-17.80%	15.43%	17.64%	-7.47%	-25.93%
2019	18.42%	15.21%	14.21%	12.96%	-6.68%	-9.36%
2020	-22.74%	4.84%	41.68%	22.44%	-39.92%	-29.12%

资料来源：Bloomberg

我们可以将J-REITs市场的发展主要分为三个阶段：2000年以前称为酝酿阶段，2001—2009年为起步阶段，2010年至今称为量化宽松后阶段。

一 酝酿阶段（2000年以前）

1988年12月，日本成立房地产证券化研究理事会。1996年11月，成立日本版房地产投资基金研究组。1998年9月，亚洲金融危机后，日本实施《特殊目的公司实现特定资产流动化法》，规定特殊目的公司可以对不动产进行证券化，为J-REITs的发展奠定了法律基础。2000年5月，该法修订，增设特殊目的信托（SPT）为不动产证券化的形式。同期，《关于投资信托以及投资法人法》的修订，承认了房地产投资公司的合法性，并允许投资信托对房地产进行投资，为J-REITs提供了投资信托和投资公司两种投资载体。

二 起步阶段（2001—2009年）

J-REITs的诞生与起步的标志，是2001年9月由日本两大不动产巨头三菱地所和三井不动产联合发行的两只J-REITs产品在东京证券交易所上市交易。

J-REITs对日本金融体系具有补短板的作用。其基本上属于锁定经营范围、收益全数分派的一类特殊股份有限公司，具有稳健和传统的特征，一方面提高了房地产的流动性，另一方面增加了金融产品的多样性。但当时，美国REITs市场已经有了半个世纪的发展历史，而J-REITs仍处于起步阶段，所以J-REITs市场还有很大的成长空间。

由于J-REITs具有税率优惠的特性，众多机构投资者因此被吸引而来，市场规模得益于此迅速扩容。2006年，J-REITs总市值达到了6.82万亿日元。但随着2008年全球金融危机爆发，J-REITs发展萎靡，投资者大幅减少。

三 量化宽松后阶段（2010 年至今）

2010 年 12 月起，为复苏日本房地产市场，日本央行主动购入 J－REITs份额，以变相推行量化宽松政策。日本央行于 2012 年 12 月开始推行量化宽松政策，以每年 900 亿日元的速度购入 J－REITs，是以往购入速度的 3 倍。随着日本经济复苏，房地产市场开始上涨，REITs 迎来了新一轮的黄金期。2012 年 7 月，日本政府出台“日本再生战略”，宣称 2020 年要实现 J－REITs 市场规模比 2011 年增长一倍的目标。2015 年 11 月 19 日，日本央行宣布维持量化宽松，继续以每年 900 亿日元的速度购买 J－REITs。日本央行已持有超过 2641 亿日元 J－REITs，且仍在持续购买。可见，J－REITs已成为日本政府执行量化宽松政策的重要工具。

由于日本受美国升息的影响较小，房地产市场与全球其他金融市场的相关性极低，是全球主要 REITs 市场中预期后市表现最好的市场，故日本房地产市场受到了国内外投资者的追捧。此外，2020 年东京奥运会主办权的成功申请加速了大量基础设施建设，促进了日本酒店、公寓等不动产行业的蓬勃发展。同时，日本的汇率优势以及日本的生活质量等优势，都刺激着日本房地产市场向好，未来 J－REITs 将迎来一个更好的投资机会。

J－REITs 的产品结构：独立投资组合公司（SPC）以房地产投资、运营为目的，向投资者发行证券募集资金，购入房地产，通过持有的房地产产生收益，并向持有证券的投资者分红。J－REITs 均为外部管理模式，设有董事会，但是法律禁止其开展实质性业务如资产运营等，所以主要以资产管理公司对 J－REITs 旗下不动产进行管理的模式为主。独立投资组合公司的主要职能是持有资产并将其管理、保管以及一般事务分别委托给资产管理人、资产托管人和一般事务受托人。资产管理人管理 REITs 资产，主要职责是选择投资标的，确定租赁条件，设计并实施房地产修缮计划，制定财务战略，实行必要的资金调配等。资产托管人受托保管 REITs 资产，而在日本一般为信托银行，主要职能是按照委托人的意图，计算和管理基金资产。一般事务受托人主要负责会计、纳税、投资法人债等相关事务的处理。另外，还要聘请物业运营公司进行物业运营管理。如图2－30所示。

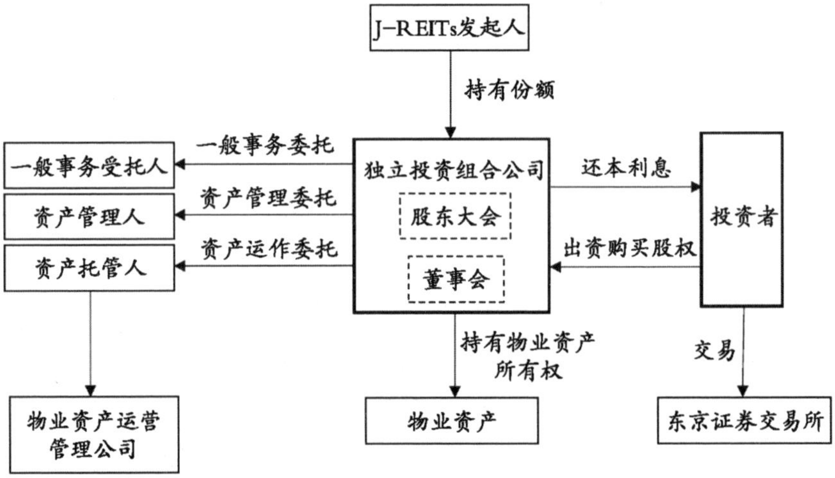

资料来源：Wind、新华基金

图2－30　J－REITs的产品结构

2.3.3　新加坡S－REITs市场，国际化程度高

新加坡是亚洲继日本之后第二个推出REITs的国家，是亚洲第二大REITs市场，也是亚洲第一个允许跨境资产发行REITs的国家。2002年7月，新加坡的第一只REITs——凯德商用新加坡信托在新加坡交易所成功上市。截至2018年年末，已经有31只REITs在新加坡交易所上市（简称为S－REITs），其总市值达到了563.9亿美元。

新加坡REITs市场与其金融市场有一个共同的显著特点，即国际化程度高。S－REITs持有的基础物业有较高比例位于马来西亚、中国、印度尼西亚、美国、欧洲等地，特色鲜明；超过75%的S－REITs和房地产信托拥有新加坡以外的资产，其中接近一半 REITs 完全由外国资产组成。

S－REITs 经历了如下的发展周期。2003—2007 年，S－REITs 数量从 0 增长到 14，市值在 5 年间增长至 156.6 亿美元，年复合增长率为 98.2%。2008 年金融危机后，S－REITs 市值略有回落，其中 2008—2010 年没有新的产品发行。2008—2014 年，S－REITs 规模有新一轮的增长，年复合增长率为 26.9%。2015 年，S－REITs 产品数量相较于 2014 年没有变化，市场总规模略有下降，直到 2018 年 S－REITs 市场规模才有所反弹。自推出产品后的 15 年里，S－REITs 市场保持着 30.9% 的年复合增长率。截至 2018 年，新加坡已有 31 只 REITs 产品，平均市值达 18.19 亿美元，与 J－REITs 平均市值接近。

截至 2018 年年底，S－REITs 分派收益率 6.6% 为亚洲最高，杠杆率居中，为 34%，市场整体呈溢价状态，平均市净率为 1.03。S－REITs 的股息率始终位于世界前列，2018 年达到了 5.05%。2018 年 S－REITs 按基础资产类型分类，综合不动产 REITs 市值占比达 51%，零售和购物中心达 22%，工业和仓储占 11%，三种主要类型的基础资产 REITs 占新加坡 REITs 市场总规模的 80% 左右，如图 2－31 所示。

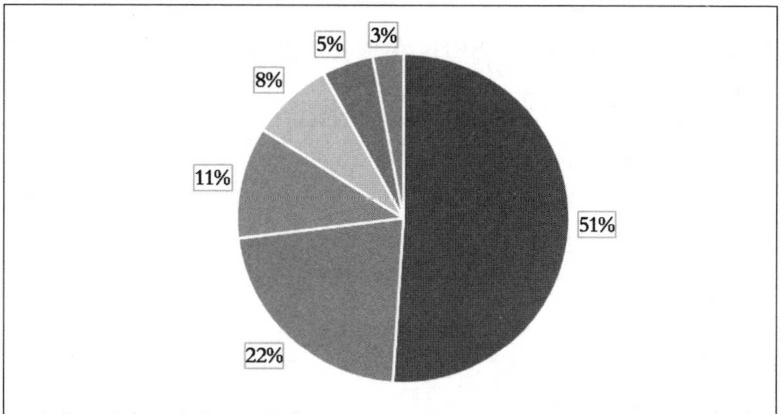

图 2－31　2018 年 S－REITs 资产类别的市值占比

可大致将 S - REITs 市场的发展历程分为三个阶段：起步阶段（1997—2007 年）、调整阶段（2008—2009 年）、快速发展阶段（2010 年至今）。

一 起步阶段（1997—2007 年）

20 世纪 80 年代，新加坡经济严重衰退，房地产行业发展萎靡。新加坡政府与一些私营机构和地产公司联合成立了新加坡房地产咨询委员会，并在 1986 年首次提出将 REITs 作为振兴房地产市场的工具之一引入新加坡市场。

1998 年，东南亚金融风暴对新加坡房地产市场造成了重大影响，新加坡随即提出设立 S - REITs，以求振兴新加坡房地产市场。1999 年，新加坡金融管理局发布了第一版《新加坡房地产基金指引》，为 S - REITs 的发展奠定了基础，标志着 S - REITs 的正式起步。按照《新加坡房地产基金指引》，S - REITs 可以以公司或信托的形式成立并上市；S - REITs 持有、管理房地产及相关资产的收入，扣除支付给受托人、REITs 管理人、物业管理人的费用后，全部以股利形式支付给投资者。然而，《新加坡房地产基金指引》出台后，并未引起市场的快速反应，其原因在于新加坡私人房地产开发商认为，该版本的 S - REITs 在税收优惠政策上具有一定的模糊性，是开发商参与 REITs 设立的一大障碍。

据此，为了加快 S - REITs 的落实，新加坡对《证券和期货法案》（*Securities and Future Act*）进行了修订，新加坡税务部门也制定了相关规定，明确界定了上市 REITs 这一类别，对 S - REITs 各种收入所得税的征收情况以及同税收相关的行政办法进行说明，明确规定 S - REITs 只要遵守分红比例（90%）的要求，其在 REITs 层面免征所得税，只在投资者层面征收，避免了重复征税问题。

在多项政策的推动下，2002 年 7 月，新加坡第一只 REITs——凯德商用新加坡信托在新加坡交易所主板成功上市，S - REITs 正式落地。在随后几年中，新加坡为推动 REITs 发展，先后修订颁布了《证券和期货法案》《证券期货法则》《新加坡公司法》《单位信托手册》等，进一步规范完善了 REITs 的运营管理。

从 S - REITs 的起步可以看出，经济金融形势是助推 REITs 发展的重要因素。S - REITs 从提出到推出正式指引文件，都伴随着新加坡国内经济形势呈弱势的宏观环境，是新加坡激活金融市场、促进经济复苏的有力工具。

二 调整阶段（2008—2009 年）

2007 年，美国次贷危机爆发，新加坡金融市场受到巨大冲击，S - REITs上市进程严重放缓，2008 年仅有一只 REITs 成功上市，而 2009 年，没有 S - REITs 上市，次贷危机带来的连锁反应导致S - REITs的发展陷入停滞。

三 快速发展阶段（2010 年至今）

次贷危机过后，新加坡政府坚定了打造亚洲金融中心的决心，再加之 REITs 具有提振经济发展的重要作用，故新加坡政府对 REITs 非常重视，在税收政策等方面给予了充分的支持，这吸引了许多尚未开放 REITs 的国家的房地产企业纷纷到新加坡上市，S - REITs 因此迎来了快速发展的阶段。2010 年年初，新加坡市场第二波 REITs 上市潮来临，并于 2013 年达到峰值。截至 2018 年年末，在新加坡交易所上市的 REITs 已经达到 33 只，总市值从 2005 年 7 月的 66. 8 亿美元增长到了 565. 42 亿美元左右，新加坡由此成为亚洲第二大 REITs 市场。

S - REITs 可以以公司法人或信托两种形式成立并上市，且具有相关要求。若 REITs 以公司法人形式设立，则该基金必须在新加坡交易所公开募集资金。若以信托形式设立，则必须指定一个经政府金融部门许可的受托人，此受托人必须独立于基金经理人，同时符合金融体制的要求。在信托形式下，S－REITs可以公开或者私下募集资金。S－REITs 的产品结构如图2－32。

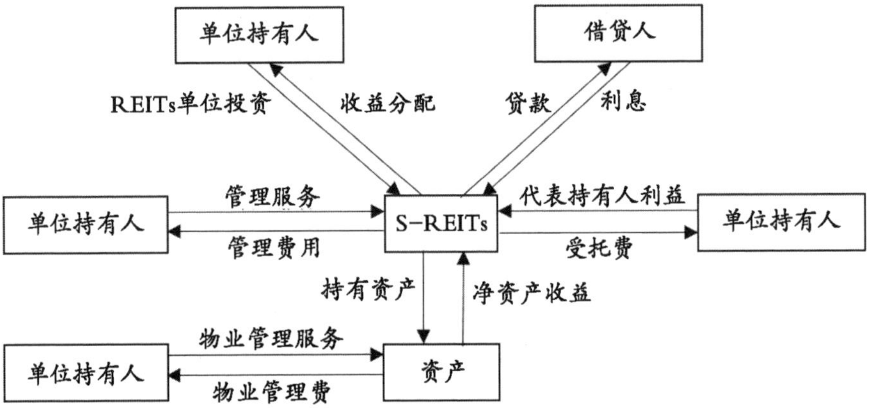

图 2－32　S－REITs 的产品结构

在信托模式下，根据新加坡交易所上市规则以及信托契约，S－REITs 管理人决定 REITs 发行份额，用募集的资金开发房地产项目或购买相关资产；S－REITs 负责资产的日常管理与经营，并聘任物业管理人对房地产项目及相关资产进行管理；受托人则根据信托契约为 REITs 份额持有人持有 REITs 资产，同时代表 REITs 份额持有人的利益监督 REITs 管理人的投资行为。房地产项目及相关资产的收入，在扣除各种费用及贷款利息后，全部作为可分派收益支付给投资者。

此外，新加坡市场还拥有更为灵活的股权型资产证券化工具，即商业信托。商业信托在资产类别、投资活动、杠杆率等方面均不受限制，但不具有 S－REITs 的税收优势。S－REITs 与商业信托的区别如表 2－17 所示。

表 2－17　S－REITs 与商业信托的区别

	S－REITs	商业信托
监管框架	《集体投资计划守则》	《商业信托法案》
公司治理相关实体	独立的受托人和信托管理人	委托人为单一责任实体，作用类似于信托管理人和受托人的综合
除去信托管理人/受托管理人	由多数（50% 以上）信托单位持有人表决支持	由不少于 75% 的信托单位持有人表决支持
资产行业	仅限于房地产	—
投资限制	75% 的资产投资于产生收入的房地产；不可以从事房地产开发活动，除非房托基金计划在开发完成后持有该物业，地产开发活动不包括翻新和修缮；若空置土地将要开发，则房地产企业可投资空置土地。不可投资抵押贷款（抵押贷款支持证券除外）；房地产开发活动和未完成的房地产开发合同的总价值不得超过总资产的 10% 等	—
杠杆率限制	45%	—

资料来源：Wind、新华基金

2.3.4　中国香港 H－REITs 市场：股息率相对较高

中国香港于 2003 年 7 月正式公布《房地产投资信托基金守则》，对 REITs 的设立条件、组织结构、从业人员资格、投资范围、利润分配等做出了明确的规定。中国香港 REITs（H－REITs）在很大程度上借鉴了美国 REITs 的结构，以信托计划为投资实体，由房地产管理公司和信托管理人提供专业服务。2005 年 6 月，中国香港证监会正式发布了修订后的《房地产投资信托基金守则》，主要改动为允许内地商业地产项目以 REITs 形式到中国香港上市融资，放宽 REITs 的负债比率至总资产的45%。

H－REITs 市场监管的组织规范如下：

（1）REITs 必须在香港股票交易所上市。

（2）REITs 必须以信托形式建立。

（3）REITs 必须指定一个在功能上独立于 REITs 管理公司的托管人，致力于单位持有人的最大利益。

（4）REITs 必须指定证券期货委员会认可的管理公司。

（5）REITs 必须指定独立评价人。

（6）REITs 必须对资产进行年度评估。

（7）如果 REITs 的名称暗示了特定类型不动产，则必须有至少 70% 的非现金资产投资于该类不动产。

（8）寻求 REITs 形态的基金必须得到证券期货委员会的授权。

对收入和资产的要求如下：

（1）REITs 必须投资于产生经常性租金收入的不动产。

（2）REITs 可以投资本土或海外不动产。

（3）REITs 不得投资空置土地或从事房地产开发的业务。

（4）REITs 可以通过持有 SPV 的形式间接持有物业。

（5）REITs 不得放贷或进行担保，或在没有托管人事先书面同意的情况下使用资产为任何债务进行担保。

（6）除非信托单位持有人许可，否则 REITs 持有不动产的持有期必须超过两年。

H－REITs 发展历史不长，自 2005 年第一只 REITs 领汇 REITs（于 2015 年改名为领展 REITs）上市至今，H－REITs 已有 16 年的发展历史，截至2018 年年末，H－REITs 市场共有 11 只 REITs，市值达335.3 亿美元，是亚洲第三大市场，仅次于日本和新加坡。

2005 年 11 月，领汇 REITs 上市，计划融资 198 亿港元，发行价格为

10.3 港元。14 年之后，领展 REITs 成为亚洲 REITs 之王，截至 2019 年 6 月 30 日，领展 REITs 的单位价格为 96 港元，市值为 2024.95 亿港元，约 259 亿美元，占 H – REITs 市场总市值的 60% 以上，是亚洲规模最大的 REITs。目前领展 REITs 在香港有 138 处物业，包括零售物业面积 83.5 万平方米、发展中物业面积 8.4 万平方米和 61000 多个停车场泊车位，其中中国香港物业估值占 91.8%，其余为内地物业。

中国香港金融发展局在 2013 年发布的《发展香港成为房地产投资信托基金的集资中心》中表明，中国香港作为全球最大的 IPO 市场之一，欢迎房地产企业赴港上市。但现实 H – REITs 市场发展速度低于预期，2005 年至 2019 年 6 月仅有 11 只 REITs 产品上市，市场总市值以 16.56% 的年复合增长率高速增长，2018 年年底 11 只 REITs 产品的平均市值达 32 亿美元，远高于日本和新加坡 REITs 产品的平均市值。事实上，高平均值主要是由领展 REITs 贡献的，贡献率为 56.64%。

中国香港房地产价格在全球范围内相对较高，人口密度高，这使得中国香港核心物业的现金流和估值相对较高，适合作为 REITs 的投资标的，因此 H – REITs 市场中零售物业资产占比较高。H – REITs 产品主要覆盖中国香港和内地的商业资产，包括零售、商铺、酒店和工业物业等。中国香港物业种类较单一，主要以零售和综合地产为主，主要是由于中国香港商业物业被几大家族掌握，其他地产商难以进入物业市场。截至 2018 年年末，H – REITs 按基础资产类型主要分为零售和购物中心、写字楼、酒店及综合不动产 REITs，其中零售和购物中心占比最高，达 62%；其次为综合不动产、写字楼和酒店，分别占 20%、14% 和 4%，具体数据如图 2 – 33 所示。

H – REITs 产品的数量较少，全部上市 REITs 产品信息如表 2 – 18 所示。中国香港最大的 REITs 产品领展基金（LINK REITs）投资于购物中心，第二大的产品冠君产业信托（CHAMPION REITs）则投资于办公室房地产，前两大产品的市值处于绝对领先地位。中国香港 REITs 产品的股息率主要集中在 6% ~8% 区间内，相较于日本与美国市场的平均水平较高。

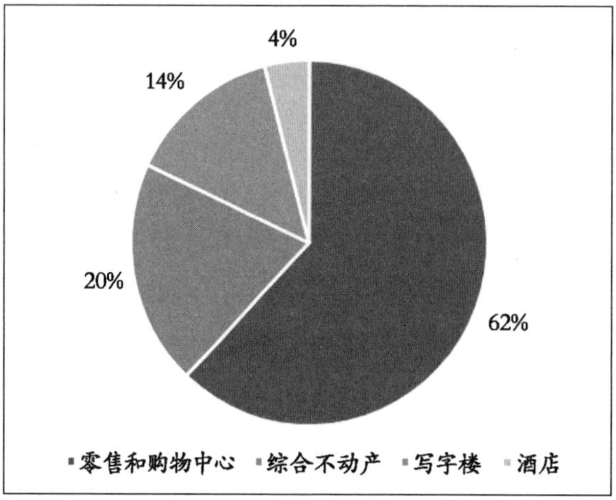

资料来源：新华基金

图 2－33　H－REITs 资产类别的市值占比情况

表 2－18　中国香港所有上市 REITs 产品

代码	简称	发行人行业	总市值（亿港元）	股息率
823 HK Equity	LINK REITs	购物中心	1545.78	3.97
2778 HK Equity	CHAMPION REITs	办公室	274.05	5.23
778 HK Equity	FORTUNE REITs	购物中心	146.13	6.50
405 HK Equity	YUEXIU REITs	多元资产	132.79	6.19
87001 HK Equity	HUI XIAN REITs	多元资产	107.66	6.43
435 HK Equity	SUNLIGHT REITs	多元资产	67.01	6.64
1881 HK Equity	REGAL REAL ESTAT	酒店	50.82	7.73
1426 HK Equity	SPRING REAL ESTA	多元资产	43.09	7.83
808 HK Equity	PROSPERITY REITs	办公室	39.46	7.01
1503 HK Equity	CHINA MERCHANTS	办公室	28.87	—
625 HK Equity	RREEF CHINA COMM	多元资产	20.19	0.00
1275 HK Equity	NEW CENTURY REITs	酒店	19.86	1.73

资料来源：Bloomberg

从行业整体表现来看，我们采用恒生 REITs 指数（彭博代码：HSREITs）来代表中国香港 REITs 行业整体表现，并将其与恒生指数进行对比。从 2005 年 11 月 30 日至 2020 年 11 月 30 日，HSREITs 指数累计涨跌幅达 97.30%，高于恒生指数的 82.30%。如图 2－34 所示。

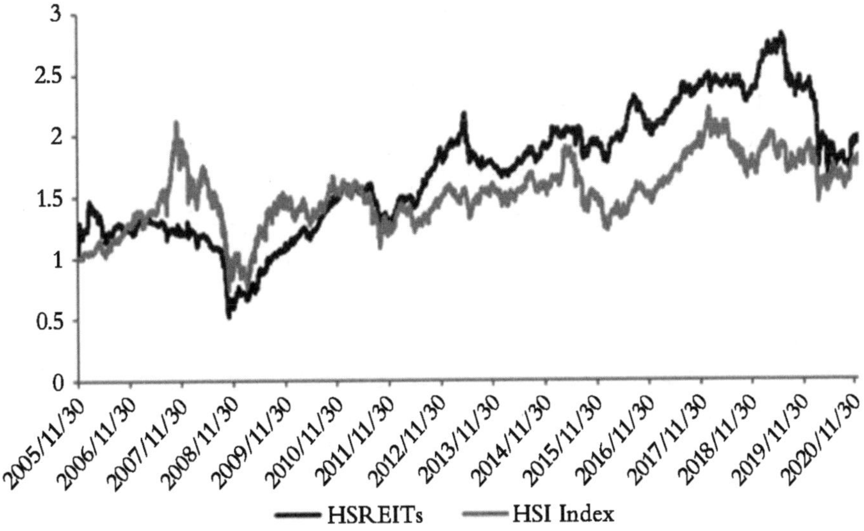

资料来源：Bloomberg

图 2－34　HSREITs 指数与 HSI Index 历史表现（净值）对比

从年度表现来看，HSEREITs 指数的年度胜率为 66.67%，与恒生指数年度胜率相同。2005 年 11 月至 2020 年区间内，HSEREITs 指数年度相对恒生指数胜率为 60%，如表 2－19 所示。

我们以恒生指数的日度收益作为市场收益，对 2005 年 11 月以来每五年（首个区间为 2005 年 11 月—2010 年）的 HSEREITs 指数的 Beta 做估算，结果如图 2－35 所示。三个区间的 Beta 值均相对较低，但有缓慢提升趋势，从首个区间的 0.36 提升至 2016—2020 年的 0.48。

表 2 - 19　HSREITs 指数与恒生指数（HSI）年度表现对比

年份	HSEREITs	HSI	年份	HSEREITs	HSI
2005/11—2006	20. 37%	33. 66%	2014	9. 66%	1. 28%
2007	1. 74%	39. 31%	2015	0. 69%	-7. 16
2008	-40. 91%	-48. 27%	2016	4. 69	0. 39%
2009	53. 51%	52. 02%	2017	21. 41%	35. 99%
2010	37. 18%	5. 32%	2018	-2. 91%	-13. 61%
2011	-12. 68%	-19. 97%	2019	1. 34%	9. 07%
2012	35. 94%	22. 91%	2020	-18. 21%	-3. 40%
2013	-3. 42%	2. 87			

资料来源：Bloomberg

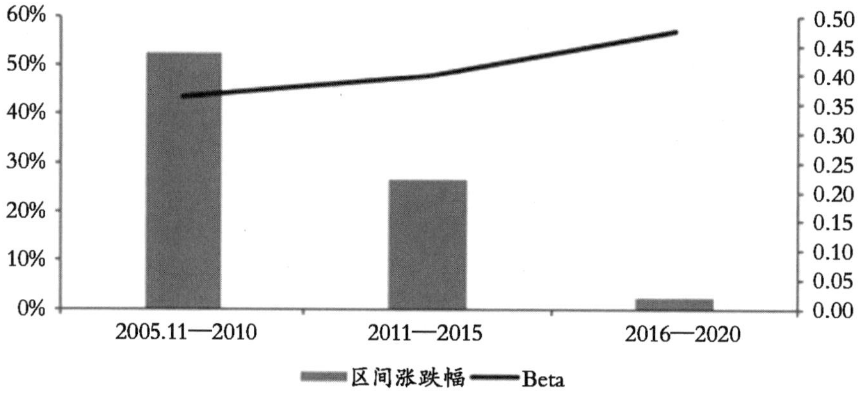

资料来源：Bloomberg

图 2 - 35　HSREITs 指数每个区间 Beta 与区间涨跌幅

另一案例是香港 REITs 龙头公司——领展。

领展（LINK REITs）是香港最大的 REITs 公司，业务涵盖投资和管理多元化的物业组合，以购物中心等商业物业为主，资产分布香港、北京、上海、广州、深圳、伦敦及悉尼。领展主要通过优质资产的收购、提升和持有驱动公司的业务增长。截至 2021 年 1 月 2 日，领展的总市值达

1547.78 亿港元，占香港所有 REITs 产品总市值的 62.44%，是香港 REITs 领域的龙头公司。

领展在 2015 年 1 月 2 日至 2021 年 1 月 2 日的价格表现如图 2－36 所示。在不考虑股息分配的情况下，该区间内领展的价格涨幅为 89.90%，年化收益率为 11.26%，区间内表现优于恒生指数（同期年化收益率 3.93%）。从风险指标上来看，领展区间内的年化波动率为 21.17%，最大回撤－41.52%（因疫情出现在 2020 年 5 月），风险指标高于恒生指数。

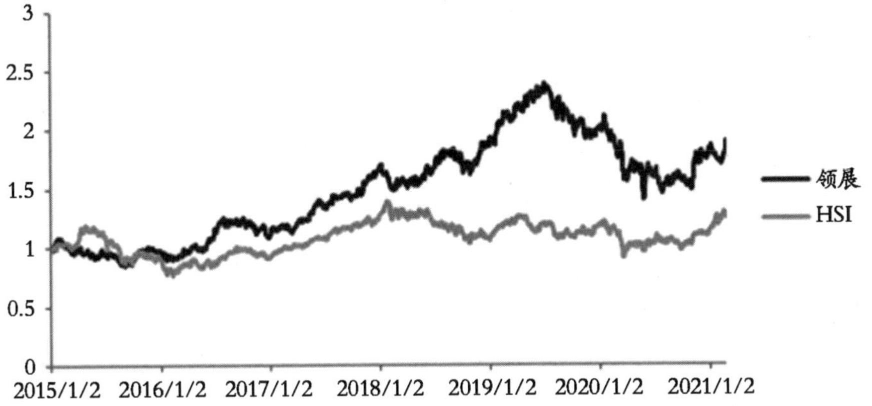

资料来源：Bloomberg

图 2－36　领展历史价格变化趋势

整体来看领展的价格走势与恒生指数有一定相似性。领展在 2018 年前以及 2020 年疫情后与恒生指数走势相似，但在 2019 年领展的价格有一次较为明显的冲高回落的过程，同时期恒生指数没有明显的波动。

分年度来看，领展 2015 年以来相对恒生指数年度胜率较高，6 年中有 4 年收益均高于恒生指数，2019 年落后恒生指数的幅度也较小，2020 年因疫情冲击商业物业表现较差。风险指标上来看，领展的年度波动率普遍比恒生指数较高，除 2016 年与 2018 年外，回撤控制也相对较差，如表 2－20 所示。

表 2-20 领展与 HSI 年度表现对比

年份	涨跌幅		波动率		最大回撤	
	领展	HSI	领展	HSI	领展	HSI
2015	-1.74%	-7.16%	19.25%	20.65%	-22.09%	-27.73%
2016	15.23%	0.39%	20.91%	18.69%	-14.14%	-14.10%
2017	47.60%	35.99%	15.08%	11.27%	-6.08%	-5.93%
2018	12.27%	-13.61%	20.03%	19.62%	12.86%	-25.84%
2019	8.94%	9.07%	20.59%	15.63%	-19.61%	-16.17%
2020	-10.56%	-3.40%	29.09%	23.30%	-33.91%	-25.33%

资料来源：Bloomberg

从2003年制定REITs上市的相关法律，到2005年首只REITs上市，后经过多年发展，中国香港REITs市场日趋成熟，整个发展历程具有很强的政策驱动色彩。与美国、澳大利亚和其他亚洲市场的REITs以税收优惠驱动为主不同，中国香港对REITs的规范通过专项立法、修改有关法律来实现，随着监管口径的变化，H-REITs的发展可划分为三个阶段：政策落地与完善阶段（2003—2005年）、强化收购兼并监管阶段（2006—2010年）、适度放宽投资范围阶段（2011年至今）。

一 政策落地与完善阶段（2003—2005年）

随着REITs在日本、新加坡、韩国等亚洲市场推出，香港证监会计划在中国香港市场推出REITs。为此，中国香港证监会详细研究了海外市场REITs的发展情况，并结合中国香港市场现状，草拟了H-REITs的基础性文件《房地产投资信托基金守则》。根据《房地产投资信托基金守则》，H-REITs以信托方式设立，主要投资于房地产项目的集体投资计划，有关基金旨在向持有人提供来自房地产租金收入的回报。随后，在2003年7月的咨询总结中，中国香港证监会明确指出，REITs是结合上市公司和公募基金特点的产品，因此 REITs 的监管规则需要同时顾及上市公司及基金活动两个层面。

2005 年 2 月，中国香港证监会拟修订《单位信托及互惠基金守则》，允许公募基金投资 REITs；2005 年 4 月，中国香港证监会允许公募 REITs 投资海外房地产项目。2005 年的修订内容主要包括两个方面：一是允许公募基金投资公募 REITs。证监会认为公募 REITs 具有与其他上市证券相同的信息披露要求，且透明度高，价格连续，显示出回报稳定的特征，因此公募基金可以合理地对其价值进行判断，能够有效降低投资组合的风险。因此，中国香港证监会允许公募基金投资公募 REITs，并设置了公募基金组合投资、“双 10%”的限制。二是允许公募 REITs 投资海外资产，即允许非中国香港的物业组合在中国香港上市交易。此外，为了与国际市场的 REITs 要求持平，提升中国香港公募 REITs 的竞争力，并利于管理人优化管理，中国香港决定将杠杆比例从 35.5% 上调至 45%。

通过上述政策的制定实施，H－REITs 完成基本框架的搭建，2005 年年末，领汇 REITs、泓富 REITs 先后在香港交易所上市，其中市值达 220 多亿港元的领汇 REITs 成为世界范围内规模最大的 REITs 之一；2005 年 12 月，越秀 REITs 在香港交易所上市，其标的企业为越秀企业在广州的财富广场、白马大厦以及城建大厦等，成为 H－REITs 标杆项目。

二　强化收购兼并监管阶段（2006—2010 年）

随着市场的发展，存续公募 REITs 对并购的需求日益凸显。中国香港证监会认为公募 REITs 与传统公募基金不同，其资产不可互换，性质与上市公司接近，收购兼并的监管应与上市公司的收购兼并相一致。从投资者的角度看，尽管公募 REITs 在法律结构上采用信托制，与公司制不同，但其投资者享有的权利在本质上非常相似。因此，2010 年，中国香港证监会将公募 REITs 纳入《公司收购、合并及股份回购守则》的监管范围。在此期间，香港市场又先后成立了冠君 REITs、阳关 REITs、富豪 REITs、睿富

REITs、置富 REITs 等，市场规模进一步扩大。

三 适度放宽投资范围阶段（2011 年至今）

在 2003 年制定《房地产投资信托基金守则》时，中国香港证监会对 REITs 投资空置或正在进行大规模开发的物业做出不能超过 REITs 资产净值 10% 的限制，原因在于物业开发通常需要大量资金，这与 REITs 具有稳定收益的投资工具的定位不符。此外，香港证监会为了突出 REITs 的房地产投资属性，禁止 REITs 投资房地产及现金以外的资产。对于上述规定，一些业内人士认为应当设置较高的比例，原因在于 REITs 购买的目标物业未必完全符合 REITs 的设计要求和规格，而重建这些物业的资金可能较多。同时，在项目早期参与开发，可以让 REITs 享有较低的物业购买成本。此外，放宽投资限制可以使 REITs 在房地产投资机会较少时更好地管理 REITs 持有的现金。因此，2014 年 1 月，中国香港证监会就修订以上限制向社会公众征求意见，并做出最终修订。根据中国香港证监会颁布的《房地产信托基金守则》，REITs 需要经过中国香港证监会的批准才可以在中国香港交易所挂牌，其他规定和限制包括：税后净收入 90% 的金额作为股息分派；REITs 管理的商业地产借贷比例最高为资产总值的 45%；产品资产总值的至少 75% 投资产生定期租金收入的房地产项目；REITs 可以投资有流动性的金融产品，但不得超过 REITs 总资产的 5%；REITs 对房地产的持有期至少为 2 年（发展中项目则要求自竣工起持有至少 2 年）；管理人要在任何时候保持物业 50% 以上的拥有权和控制权等。

中国香港在很大程度上借鉴了美国早期的 REITs 结构，采取信托制。在这一结构中，房地产企业拥有较大的话语权，而金融机构则相对较弱。具体来看，房地产企业在该结构下的各层级中均承担了重要角色，既是 REITs 的发起人、持有人，又可作为基金管理人及物业管理人，体现了其对资产非常强的控制力。

根据《房地产投资信托基金守则》，H - REITs 的资产必须以信托形式持有商业地产，采用外部管理模式，所持商业物业的所有权和管理权必须分离，必须将最低 90% 的可分派收入分配给投资者。H – REITs 按照法律规定以信托形式组织。其中，受托人代表持有人的利益并持有有关资产管理计划的资产。受托人拥有最终决策权，但受托人并不干涉管理人对基金的运营管理，也不干预资产经营，只对管理人行为和资产管理计划的合规性进行监督。受托人一般为银行或银行所属信托机构。受托人如果认为恰当，可以就资产管理计划的有关事宜，寻求独立专业顾问提供咨询服务。

H – REITs 这一点与内地类 REITs 较为相似，保留了物业方对物业的较强控制力，这与香港及内地房地产市场的现状有非常大的关系。香港与内地的一线城市情况相似，土地价格不断走高，物业的持有价值比租金收益更客观，因此物业持有方通常不会放弃物业的控制权，H – REITs 与类 REITs的架构设计均充分考虑了这一因素。

根据 H – REITs 的产品结构（如图 2 – 37 所示），物业管理人为具备中国香港联交所要求的资质的相关管理公司，负责制定和实施 REITs 的投资战略，对投资计划进行财务管理和现金流监测，策划管理租赁业务，进行

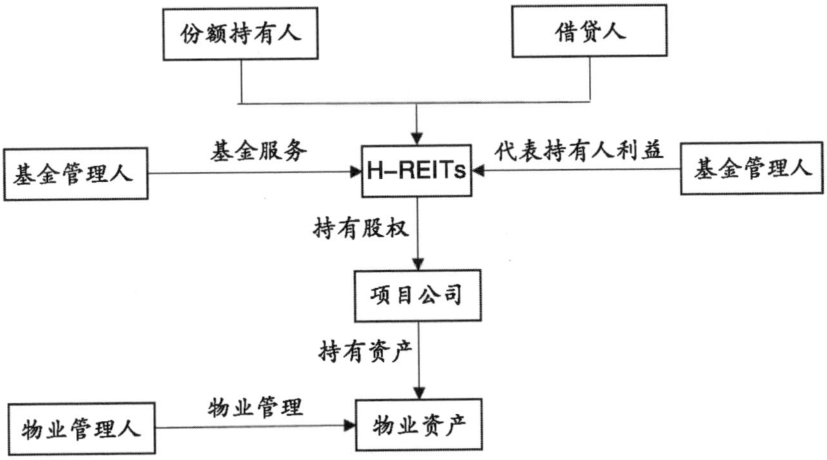

资料来源：Wind、新华基金

图 2 – 37　H – REITs 的产品结构

例行的楼宇维修管理，协助完成信息披露材料的准备和合规审查等。资产管理公司候选者在为 REITs 提供服务前，必须通过中国香港证监会的全面审核和许可。物业管理人可以在不违反管理协议的条件下将底层物业的管理职能转授给第三方服务机构，由独立服务商为租户提供物业服务。

H－REITs 的发起人主要为大型地产集团，大型地产集团通过成立全资机构作为 REITs 的外部管理人，使 REITs 成为企业自营融资的附属机构，实施承担融资服务的功能。中国香港上市 REITs 中，多只分别是由越秀投资、鹰君集团、恒基地产、富豪国际酒店集团等大型地产集团发起成立的，并且各大地产集团成立全资分支机构作为 REITs 的管理人。发起人不但控制着 REITs 的管理公司，而且是所发起 REITs 的第一大股东，对REITs 的决策、日常管理有着绝对的控制权。

第三章

关于公募REITs操作流程、运作模式、交易结构及创新

关于公募 REITs 操作流程、运作模式、交易结构及创新，共分三节。第一节介绍公募 REITs 操作流程及运作模式，介绍了相关发起机构、中国香港和内地的具体操作流程，以及从政策层面讲述境内对公募 REITs 的探索和呼吁。第二节介绍了国内已发行类 REITs 产品交易结构，公募 REITs的交易结构设计上目前试点方案选择“公募基金 + ABS”的模式。同时，我国出现了一批在功能上与海外成熟市场 REITs 产品具有一定相似性的类 REITs 产品。第三节介绍 REITs 产品的创新问题。

第一节

公募REITs操作流程及运作模式

境外的权益型标准 REITs 在市场上占主导地位。由于法律制度、税收政策等市场配套不够完善，境内目前还没有推出标准公募 REITs。本节主要讲述我国境内公募 REITs 业务，主要分为三部分：第一部分介绍公募 REITs 涉及的相关机构；第二部分以中国香港和中国内地为例，详细介绍公募 REITs 的具体操作流程；第三部分从政策层面讲述境内对公募 REITs 的探索和呼吁。

3.1.1 相关机构

公募 REITs 涉及的相关机构包括原始权益人、基金管理人、专项计划管理人、财务顾问、第三方管理机构（如有）、托管银行/监管银行、其他参与中介机构等，具体职责如表3－1所示。

表 3－1 公募 REITs 涉及机构及职责

相关机构	职　　责
原始权益人	基础设施基金持有的基础设施项目的原所有人，按照指引要求应参与战略配售
基金管理人	负责管理基础设施证券投资基金，对基础资产进行尽职调查，并按照指引要求直接或委托第三方对基础资产进行运营维护。需要与专项计划管理人存在实际控制关系或受同一控制人控制
专项计划管理人	负责管理资产支持专项计划，需要与基金管理人存在实际控制关系或受同一控制人控制
财务顾问	负责对基础设施项目进行全面的尽职调查，并出具财务顾问报告，负责在基金管理人的委托下办理基础设施基金份额发售的路演推介、询价、定价、配售等相关业务活动，须由取得保荐机构资格的证券公司担任
第三方管理机构（如有）	在基金管理人的聘请下负责基础设施日常运营维护、档案归集管理等工作；该管理机构需要具备 5 年以上基础设施项目运营管理经验，配备充足的具有基础设施项目运营经验的专业人员
托管银行/监管银行	基金托管人/托管银行为公募基金、资产支持专项计划及私募投资基金提供资金保管服务；监管银行为资产支持专项计划及私募投资基金提供资金监管服务
其他参与中介机构	律师起草相关交易文件等，出具公募基金产品、专项计划的法律意见书；评估机构对标的资产进行评估并出具评估报告；会计师出具专项计划现金流预测执行商定报告、会计处理意见，对于基础设施项目财务情况进行审计并出具审计报告

资料来源：Wind、新华基金

区别于传统的类 REITs 产品，在交易结构中通常会保留一层私募基金的架构，一方面是便于重组的灵活性，另外私募基金管理人通常是由原始权益人或关联方担任管理人，保留原始权益人对底层资产的控制力。但在首批公募 REITs 的产品中，监管机构强烈要求取消了私募基金的架构，主要原因包括：①压实公募基金管理人的职责和义务，防止公募基金管理人和私募基金管理人架构同时存在的情况下，双方权责不清晰，尤其是防止公募基金被通道化；②简化交易架构，减少不必要的 SPV 层级和中间费用与税收的损耗，提高基金管理人的报酬和投资人的预期业绩回报。

图 3 - 1 介绍了公募 REITs 的投资人结构，根据《公开募集基础设施证券投资基金指引（试行）》，中国证监会对参与公开募集基础设施证券投资基金的原始权益人、参与战略配售其他的投资人、参与网下发售投资者和公众投资者均有所限制和要求。

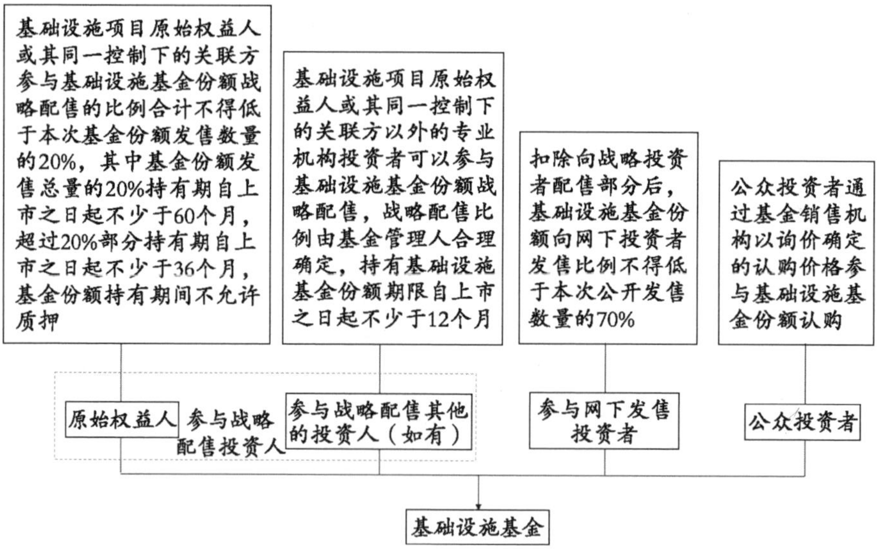

资料来源：Wind、新华基金

图 3 - 1　公募 REITs 的投资人结构

3.1.2 操作流程

一 中国香港公募 REITs

（一）发展概况

中国香港于 2003 年 7 月正式公布《房地产投资信托基金守则》，对 REITs 的设立条件、组织结构、从业人员资格、投资范围、利润分配等做出了明确的规定。中国香港 REITs（H－REITs）在很大程度上借鉴了美国 REITs 的结构，以信托计划或房地产投资管理公司为投资实体，由房地产管理公司和信托管理人提供专业服务。2005 年 6 月，中国香港证监会正式发布了修订后的《房地产投资信托基金守则》，主要改动为允许内地商业地产项目以 REITs 形式到中国香港上市融资，放宽 REITs 的负债比率至总资产的 45%。

中国香港 REITs 市场最具代表性的 3 只 REITs 分别是领汇 REITs，泓富 REITs 和越秀 REITs。领汇 REITs 是代表中国香港特区政府房委会资产的一种私有化融资工具，泓富 REITs 代表大型中国香港房地产商将其持有中国香港地区物业高位套现，而越秀 REITs 则是第一只以中国内地资产为主题的REITs。

H－REITs 发展历史不长，自 2005 年第一只 REITs——领汇 REITs（于 2015 年改名为领展 REITs）上市至今，H－REITs 已有 15 年的发展历史，截至 2018 年年末，H－REITs 市场共有 11 只 REITs，市值达 335.3 亿美元，是亚洲第三大市场，仅次于日本和新加坡。

（二）运行模式

中国香港 REITs 运行模式的主要特点如下：

组织形式上，中国香港 REITs 采用基金管理机构、托管机构高度独立的契约型模式，具有信托所有权与利益分离、信托财产独立的特点。具体表现在：第一，REITs 的资产必须以信托形式持有，同时与托管机构、管理公司、相关实体以及其他集体投资计划的资产分开处理；第二，必须委任经中国香港证监会批准的独立托管机构，以信托形式持有相关计划的资产，同时监察管理公司的活动是否符合该计划的有关组成文件及适用于该计划的监管规定；第三，必须委任经中国香港证监会批准的管理公司，对信托资产进行专业管理。

资金运作上，中国香港 REITs 对投资标的、资产结构、持有年限及负债比率均有严格要求。中国香港证监会在守则中要求，REITs 只能投资可产生定期租金收入的不动产项目，如购物中心、办公楼、酒店及服务式公寓等；禁止投资空置土地、从事或参与物业开发活动；并要求税后 90% 收入以定期股息形式分派给持有人。从资产结构看，守则要求 REITs 90% 以上的资产须由可产生收入的不动产项目构成，最高不超过 10% 可以购入空置或者新增开发项目。对于持有期限，要求 REITs 每项不动产项目持有期不少于 2 年。在资产负债上，中国香港 REITs 可以为投资进行借款，借款比例不得超过基金资产总值的 45%，同时需要详尽披露限额和最高借款额。

交易方式上，中国香港 REITs 按照基金持有人不得赎回的封闭型模式运行。中国香港 REITs 均约定发售之后 80 年内，基金单位持有人不得追加投资或赎回其基金单位，只能通过二级市场流通买卖第二市场。

股息分配上，中国香港 REITs 实行高比例的收益分配政策。中国香港《不动产投资信托基金守则》规定，REITs 每年必须将不少于 90% 的税后净收入分派给基金持有人作为股息。由于中国香港税制简单，整体税负较轻，因而并未对不动产投资信托基金管理公司分配股息提供专门的公司所得税优惠。实行高股息分配政策能够提升社会公众参与 REITs 投资的积极性。

风险监控上，中国香港 REITs 在法律约束下强化市场自律管理，同时也根据中国香港的实际情况有所改进和创新。主要表现在制定专门的法律法规，强调 REITs 参与主体的独立性，建立独立的第三方资产评估价机制，制定严格的信息披露制度。

（三）设立条件

中国香港 REITs 设立的基本条件如表 3－2 所示。

表 3－2　中国香港 REITs 设立的基本条件

REITs 要素	设立条件
组织结构	1. 必须以信托的形式组成，不能以公司形式组成 2. 必须任命一个 1000 万元资本以上、能代表信托单位持有人利益的独立第三方担任受托人 3. 必须任命一个经证券与期货委员会批准的管理公司对信托资产进行管理 4. 必须任命一个独立的资产评估机构 5. 除经信托持有人同意外，持有不动产时间必须不少于 2 年 6. 必须在中国香港股票交易所挂牌上市公开交易 7. 可以通过 SPV 购买和拥有不动产 8. 每年进行一次价值评估
资产要求	1. 只可以投资不动产项目 2. 可以购入空置及没有产生收入或正在进行大规模发展、重建或修缮的建筑物的未完成单位，但这些项目的累计合约价值不得超过总资产净值的 10% 3. 除了修缮、翻新、改造外，不能投资空置土地或参与物业开发活动 4. 允许通过特别子公司投资旅馆或游乐园 5. 不能对外贷款、为任何债务提供短期担保或不经受托人事先书面同意用信托资产担保 6. 不能投资获得任何须承担无限责任的资产
收入要求	1. 必须以获取连续稳定租金收入为目的专注投资不动产 2. 收入主要来自不动产租金收益 3. 持有不能产生收益的不动产资产不能超过 REITs 净资产总额的 10%
长期负债要求	债务比例上限为资产总值的 45%

资料来源：Wind、新华基金

（四）操作流程

中国香港 REITs 的具体操作流程主要分为 4 个阶段：准备阶段、审批阶段、撮合阶段和发行阶段，如图 3－2 所示。

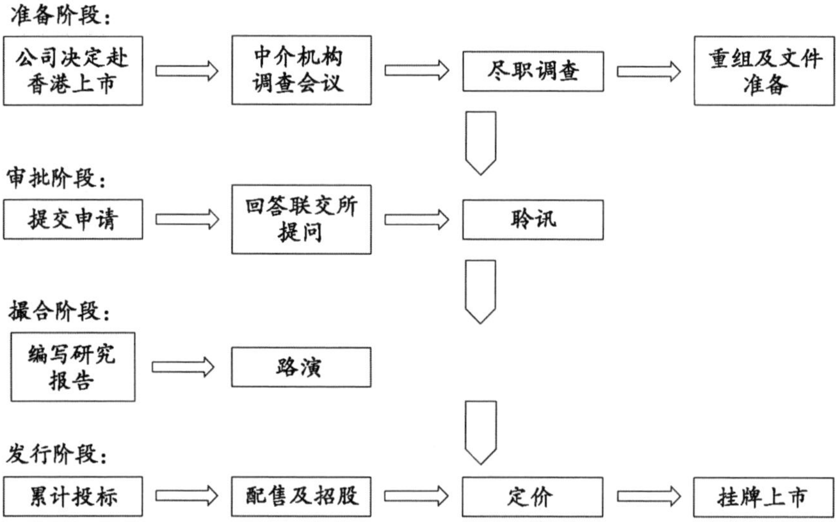

资料来源：Wind、新华基金

资料来源：刘李胜、高翔：《REITs 运作与管理：房地产企业融资上市图景》，中国时代经济出版社 2009 年版。

图 3－2　中国香港 REITs 的具体操作流程

◇ 首次公开发行的 REITs 目标物业（资产）确认后，建立资产池：首次发行 REITs 的目标资产宜锁定在不动产产业链中相对成熟的收租型商业物业，然后挑选理想物业进行组合，建立资产池，资产池的大小据实际情况而定。

◇ 对物业进行审计及资产评估：在此过程中，REITs 负责的相关部门宜与国外知名投行紧密合作，并与审计师事务所、律师事务所、评估机构等共同对物业状况、财务、税务和法律等方面进行尽职调查，出具相应报告。

◇ 上市前融资安排：根据实际情况，REITs 负责的相关部门为境内资产设计过桥融资方案，安排上市前融资。

◇ 实施资产重组：在方案操作过程中，为了实现上市融资最大化效果，REITs 负责的相关部门将根据物业的基本特征（所在的城市、具体地段、出租率、物业业态、建筑年代等）以及整个资产池的总体特征，做出对交易结构进行微调的建议，建议包括 4 个方面：设立英属维尔京群岛（The British Virgin Islands，BVI）公司的具体方案；REITs 的融资比率；REITs 基金单位的定价，对不同的机构投资者的优惠认购价；承销商上市路演的具体方案。上述可能的微调进行后，将确定 REITs 上市的最终交易结构。

◇ 成立相关公司，与信托公司签订信托服务协议：REITs 负责的相关部门设立 BVI 公司，将资产转移至 BVI 公司；设立资产管理公司；与信托公司签订信托服务协议。

◇ 发行地审核：这是 REITs 上市前的重要环节，REITs 负责的相关部门必须把准备好的所有材料报送拟上市地——中国香港审核，主要包括上市条件、资产管理人和受托人的资格、信息披露等方面。

◇ 向公众发售基金单位：设立 REITs 的申请获得批准后，REITs 境外上市业务就进入发售环节——向公众发售基金单位，同时，发起人将认购一定比例的基金单位。除了一般公众外，基金单位认购者还包括机构投资者和战略投资者。

二 境内公募 REITs

（一）试点推进历程

我国境内于 2003 年开始较正式、成体系的 REITs 研究，当时得到重视的便是公募 REITs。随着日本、新加坡、中国香港等国家和地区开始发行 REITs，内地市场及政策方面开始逐渐关注 REITs。相关部门从 2006 年开始逐步推进 REITs 发展，至今已有 10 多年的时间。

公募 REITs 的政策探索主要分为 3 个阶段：2006—2010 年是政策试点探索期，由央行等 11 个部委成立试点工作小组推进政策落地；2010—2012 年是政策试点停滞期，只在 REITs 支持保障房融资的方向探索，公募 REITs 的政策推动基本停滞不前，在此期间随着《证券投资基金法》的修改和 ABS 的重启，私募 REITs 开始快速发展；2013 年至今是新政策探索期，吸取私募 REITs 市场积累的大量市场经验，公募 REITs 有望获得突破性发展。

1. 政策试点探索期（2006—2010 年）

从 2006 年开始，央行等相关部门开始着手研究 REITs 的必要性和可行性。2007 年 1 月、4 月和 8 月，央行、证监会和银监会的 REITs 专题研究小组分别成立。2008 年全球金融危机爆发，国家在出台 4 万亿人民币经济刺激计划后，《国务院办公厅关于当前金融促进经济发展的若干意见》（简称“金融 30 条”）“房地产 13 条”陆续出台，REITs 从幕后走向台前，REITs 发展的总体框架逐步形成。

2008 年 12 月 3 日，国务院常务会议提出了 9 条促进经济增长的政策措施（简称“金融国 9 条”），其中第五条明确提出，要创新融资方式，通过并购贷款、REITs、股权投资基金和规范发展民间融资等多种形式，拓宽企业融资渠道。2008 年 12 月 8 日，国务院办公厅下发了“金融 30 条”，以细化“金融国 9 条”，再次提及 REITs 发展。2009 年 1 月 6 日，住房和城乡建设部、国家发改委、财政部、央行有关负责人在出席促进房地产市场健康发展的新闻发布会时表示，央行牵头拟订 REITs 的工作方案，说明当时央行已经形成了 REITs 初步试点的总体架构。

政策颁布之后，天津和上海首先成为两个试点城市上报相关方案。2008 年 11 月，天津 REITs 试点正式将申请文件《关于在天津开展房地产投资信托基金试点工作的请示》上报国务院。2009 年 2 月，上海 REITs 试点申请文件《关于申请在浦东新区率先开展房地产投资信托基金试点的请示》上报国务院。

2009 年 3 月，完成 4 轮征求意见后，央行向国务院报送了《关于开展房地产投资信托基金试点工作的请示》。国家领导人做出重要批示，要求由央行牵头，会商证监会等相关部门，根据交易所和银行间市场的不同特点，针对性制定试点管理办法，经国务院批准后尽快推动试点工作。4 月，成立房地产投资信托基金试点工作小组。7 月 29 日，银监会联合央行出台《房地产集合投资信托业务试点管理办法》，明确指出，REITs 业务由央行和银监会监管管路，已初步形成REITs的主体上市、交易以及投资方案。8 月，房地产投资信托基金试点工作小组于天津和上海分别召开专题研讨会，调研和讨论两地 REITs 试点工作的推进以及存在的问题。同年 10 月，央行起草《银行间债券市场房地产信托受益券发行管理办法》（简称《管理办法》）并上报国务院，11 月央行将《管理办法》发于各部委及证监会、银监会征求意见。2010 年 3 月，央行行务会审议通过该《管理办法》。

2. 政策试点停滞期（2010—2012 年）

2010 年，由于房价快速上涨，政府通过宏观调控和一系列行政干预帮助行业恢复平稳发展。2010 年 1 月 10 日，国务院出台“国 11 条”：严格控制二套房贷款额度，首付款不得低于 40%，加强房地产贷款窗口指导，二套房不再区分改善型和非改善型，一概执行 40% 的首付；明确要求央行及银监会加强对金融机构房地产贷款业务的监督管理和窗口指导；加强监控跨境投融资活动，防境外“热钱”冲击市场。4 月 15 日，国务院出台措施，要求贷款购买第二套住房的家庭，贷款首付款不得低于 50%，贷款利率不得低于基准利率的 1.1 倍。4 月 17 日，出台“新国 10 条”，对于商品住房价格过高、涨幅过快、供需不平衡的地区，商业银行可根据风险状况，停止发放购买第三套及以上住房贷款。2011 年 1 月 28 日，上海和重庆两地发布并开始施行对个人住房征收房地产税试点方案。

2010 年 5 月，央行上报国务院《管理办法》和各地试点项目的基本情况，国务院回应要求央行根据当前市场形势，对 REITs 试点能否以及如何支持保障性住房建设补充材料。虽然没有直接否定 REITs 政策推进，但在调控房地产市场的大环境下，其他可能促进房地产领域发展的金融产品都被严格管制，包括房地产企业的 IPO、再融资及并购重组全部停止审核，银行的房地产贷款也受到严格限制。REITs 虽然不会直接为房地产行业进行融资，但也受到了政策上的阻碍，以保障房为方向的 REITs 试点进展并不顺利。由于当时政府刚开始推动保障房建设，已经建成并运营的项目较少，而 REITs 是基于成熟物业的金融工具，因此在保障房建设开发阶段难以起到直接作用。

直至 2012 年 8 月，资产支持票据市场开始进行试点，其中天房集团以公租房为基础资产的资产支持票据发行成功，该产品的基础资产和交易结构原形即为早期的银行间 REITs 原形。然而资产支持票据第一批试点后立即暂停，此后未有同类产品发行。

在房地产调控政策较为严厉的阶段，REITs 开始向大类不动产发展，除了保障性住房之外，REITs 的范围扩展至基础设施、能源基建等不动产，侧重于 REITs 盘活资产对实体经济的支撑作用。

3. 新政策探索期（2013 年至今）

2013 年开始国家不再出台更严厉的房地产调控措施，房地产企业的再融资政策开始松动。在这种环境下，随着资产证券化的试点重启和备案制实施，私募 REITs 市场开始快速发展。2013 年 8 月，中信证券上报的中信启航 REITs 获得证监会的无异议函。2014 年 4 月，该项目正式发行，标志着中国私募 REITs 市场开始发展，私募 REITs 市场的发展为公募 REITs 试点积累了充足的市场经验和产品设计经验。

2014 年 9 月 30 日，“930 新政”的实施标志着房地产调控周期正式宣告结束。2015 年 1 月 16 日，证监会宣布不再事前审查上市公司涉及房地产业务再融资、并购重组的项目，这标志着房地产企业再融资政策的彻底放开。这一阶段，央行、住建部、证监会等部门从不同角度呼吁 REITs 的推进。

2014 年 9 月 30 日，央行发布《中国银行业监督管理委员会关于进一步做好住房金融服务工作的通知》，明确表示要“扩大市场化融资渠道，支持符合条件的房地产企业在银行间债券市场发行债务融资工具。积极稳妥开展 REITs 试点”。

2015 年 1 月 14 日，住房城乡建设部发布《关于加快培育和发展住房租赁市场的指导意见》（以下简称《意见》）（建房［2015］4 号），指出 REITs 是一种金融投资产品，推进 REITs 试点，有利于促进住房租赁市场发展，有利于解决企业的融资渠道，有利于增加中小投资者的投资渠道。发行 REITs，可充分利用社会资金，进入租赁市场，多渠道增加住房租赁房源供应。积极鼓励投资 REITs。各城市要积极开展 REITs 试点，并逐步推开。① 该《意见》鼓励发展住房租赁经营机构，支持房地产开发企业将其持有的房源向社会出租，积极推进 REITs 试点，提出从租赁市场筹集公共租赁房源等重大措施，但是并未提及对于如何推进支持 REITs 并进行优惠和补贴。住建部和相关部门要求北京、上海、广州、深圳 4 个特大型城市，根据本地实际情况，分别编制 REITs 试点方案。

在私募 REITs 市场开始发展并积累了一定的市场经验之后，公募 REITs 试点也取得了显著成效。2015 年 6 月 8 日，鹏华前海万科 REITs 正式获批并完成注册，成为中国首只公募 REITs。7 月 27 日，央行金融市场司召开银行间 REITs 试点工作会议，指出应当积极推动银行间 REITs 的创新工作，尽快启动试点项目。

2016 年 1 月 16 日，全国证券期货监管工作会议召开，指出要发展企业资产证券化，研究推出 REITs，推进基础设施资产证券化试点。12 月 21 日，国家发改委、证监会发布《关于推进传统基础设施领域政府和社会资本合作（PPP）项目资产证券化相关工作的通知》，开始推动政府和社会资

① 《住建部：支持开发商当房东》，《北京青年报》，2015 年 1 月 15 日。

本合作（PPP）项目融资方式创新，吸引社会资本参与，拓宽公共基础设施领域REITs的发展空间。根据通知的要求，证监会将联合国家发改委，充分依托资本市场，积极推进符合条件的PPP项目通过资产证券化方式实现市场化融资，优先鼓励符合国家发展战略的PPP项目开展资产证券化。上海证券交易所、深圳证券交易所、中国证券投资基金业协会将建立专门的业务受理、审核及备案绿色通道，专人专岗负责，提高国家发改委优选的PPP项目相关资产证券化产品的审核、挂牌和备案的工作效率。

2017年2月9日，“兴业皖新阅嘉一期REITs资产支持证券”发行资料在上清所网站公开披露，该产品于2017年2月16日在银行间市场簿记建档发行，起息日为2月20日，该项目成为首个银行间市场公募REITs产品。6月，财政部、央行、证监会联合发布《关于规范开展政府和社会资本合作项目资产证券化有关事宜的通知》，推动REITs发展，鼓励各类市场投资资金PPP项目资产证券化产品。8月，勒泰REITs发行，这不仅是境内首单不依赖主体评级的REITs产品，也是首单非一线城市优质商业REITs产品。

2018年2月，《深圳证券交易所发展战略规划纲要（2018—2020年）》发布，提出全力开展REITs产品创新。2018年4月，中国证监会、住建部联合发布《关于推进住房租赁资产证券化相关工作的通知》，重点支持住房租赁企业发行以其持有的不动产物业作为底层资产的权益类资产证券化产品，积极推动多类型具有债权性质的资产证券化产品，试点发行REITs。

2019年公募REITs加速推进，市场调研和研讨密集进行。1月1日，上海证券交易所在新年致辞中表示，进一步发挥债券市场直接融资功能，深化债券产品创新，推动公募REITs试点，加快发展租赁住房REITs。1月22日，深圳证券交易所组织召开债券监管发展业务座谈会，指出深化市场改革创新，加大力度推进公募REITs规则出台及业务试点力争进一步突破。3月至5月，国家发改委、证监会及各大交易所联合调研小组在重点地区进行基础设施REITs的相关调研。

（二）正式进入试点阶段

2020 年 1 月，证监会召开 2020 年系统工作会议，指出稳妥推动基础设施 REITs 试点。4 月 30 日，证监会和国家发改委共同发布《关于推进基础设施领域不动产投资信托基金（REITs）试点相关工作的通知》，表 3 - 3 为证监会发表的基础设施 REITs 试点准入标准；同时发布《公开募集基础设施证券投资基金指引（试行）》（征求意见稿），公开征求意见，标志着中国公募 REITs 制度与市场建设正式拉开序幕。8 月 6 日，《公开募集基础设施证券投资基金指引（试行）》正式发布。

表 3 - 3　基础设施 REITs 试点准入标准

区域维度	优先支持京津冀、长江经济带、雄安新区、粤港澳大湾区、海南、长江三角洲等重点区域，支持国家级新区、有条件的国家级经济技术开发区开展试点
行业维度	优先支持基础设施补短板行业，包括仓储物流、收费公路等交通设施，水电气热等市政工程，城镇污水垃圾处理、固废危废处理等污染治理项目。鼓励信息网络等新型基础设施，以及国家战略性新兴产业集群、高科技产业园区、特色产业园区等开展试点
经营维度	具有成熟的经营模式及市场化运营能力，已产生持续、稳定的收益及现金流，投资回报良好，并具有持续经营能力、较好的增长潜力。经营 3 年以上，现金流来源具备较高分散度，且主要由市场化运营产生，不依赖第三方补贴等非经常性收入
合规维度	（1）项目权属清晰，已按规定履行项目投资管理，以及规划、环评和用地等相关手续，已通过竣工验收。PPP 项目应依法依规履行政府和社会资本管理相关规定，收入来源以使用者付费为主，未出现重大问题和合同纠纷 （2）原始权益人享有完全所有权或特许经营权，不存在经济或法律纠纷和他项权利设定；原始权益人企业信用稳健、内部控制健全，最近 3 年无重大违法违规行为 （3）基础资产权益需 100% 全部由证券投资基金穿透持有

资料来源：Wind、新华基金

（三）项目操作流程

基础设施 REITs 上市工作流程可分为前期准备、尽职调查、国家发改委申报及审批、交易所审核、证监会注册、项目路演及推介、产品发行上市等七个步骤。

图 3－3　基础设施 REITs 上市工作流程

各阶段的核心工作主要包括：

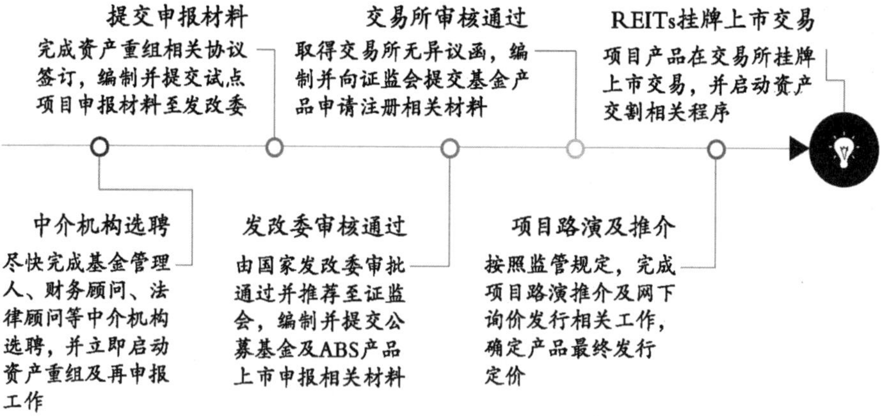

图 3－4　境内公募 REITs 申报与发行流程

各阶段的主要工作包括：

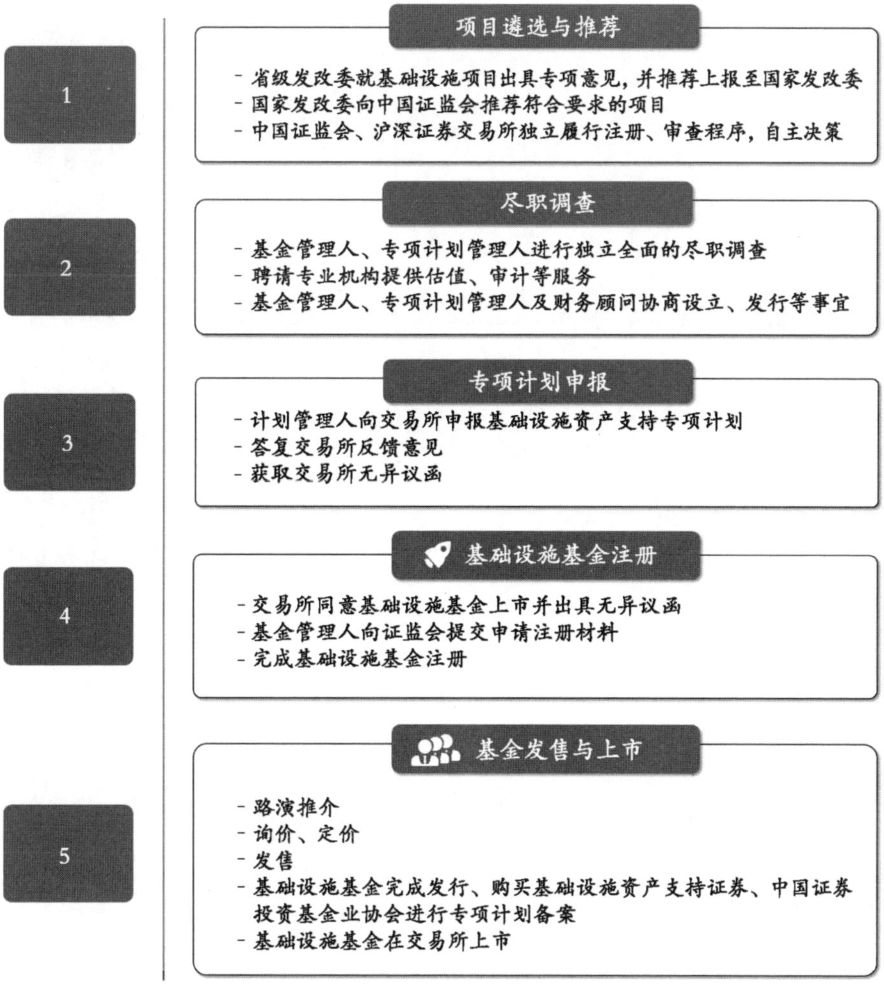

图 3－5　境内公募 REITs 申报与发行各阶段主要工作

第二节

国内公募REITs产品交易结构

3.2.1 交易结构

一 交易结构设计

公开募集基础设施证券投资基金（以下简称基础设施基金）采用“公募基金 + 单一基础设施资产支持证券”的产品结构。交易的结构从下至上：项目公司，资产支持计划（ABS），公募基金。公募基金不低于 80% 的份额认购 ABS，ABS 则 100% 持有项目公司股权和债权，完成整套法律结构的搭建。最底层通过股权持有基础资产；由于 ABS 不能面向公募发行，因此向上加一个公募基金。

在现行法律法规框架下，公募基金尚不能直接投资于不动产项目公司股权，因此就需要通过“公募基金 + ABS”的模式，由符合规定条件的基金管理公司设立封闭式公募基金，在公开市场发售基金份额募集资金，并通过购买 ABS 证券的方式完成对不动产的收购——也就是说，目前试点方案选择“公募基金 + ABS”的模式，是考虑规则制定成本及可操作性之后的结果。公募 REITs 产品结构如图 3 – 6 所示。

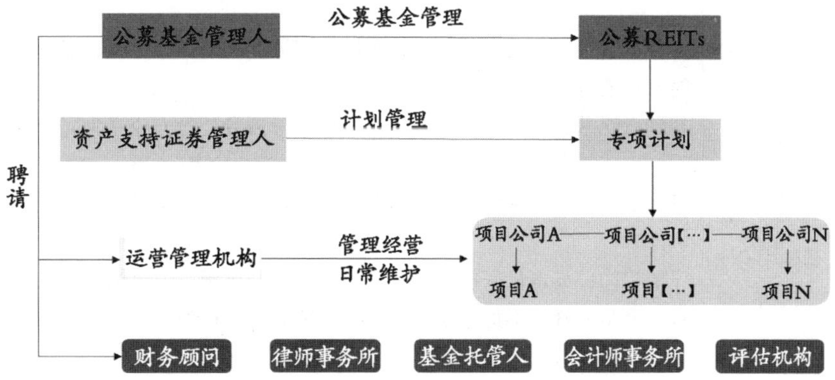

图 3 – 6　公募 REITs 产品结构

二 交易各方主体要求

表3－4 交易各方主体要求

主体角色	要求
原始权益人	发起人（原始权益人）享有基础设施项目完全所有权或者经营权利；信用稳健，内控制度健全，具持续经营能力；财务状况良好；最近3年不存在重大违法违规记录等
基金管理人	公司成立满3年，资产管理经验丰富；公司治理健全，内控制度完善，设置独立的基础设施基金投资管理部门，配备不少于3名具有5年以上基础设施项目运营或基础设施项目投资管理经验的主要负责人员，其中至少2名具备5年以上基础设施项目运营经验
资产支持证券管理人	与拟任基金管理人存在实际控制关系或受同一控制人控制
财务顾问（非必要聘请）	应当由取得保荐业务资格的证券公司担任
运营管理机构	具有符合国家规定的不动产运营管理资质（如有）；公司治理与财务状况良好；具有持续经营能力；近3年不存在重大违法违规记录 具备丰富的基础设施项目运营管理经验，配备充足的专业人员，其中具有5年以上基础设施项目运营经验的专业人员不少于2名
托管银行	财务状况良好；具有基础设施领域资产管理产品托管经验；配备充足的专业人员 基础设施基金托管人与基础设施资产支持证券托管人应当为同一人
其他中介机构	律师事务所：规模较大，市场声誉良好，近3年未发生重大违法违规事件 评估机构：具备良好资质和稳健的内部控制机制，合规运作、诚信经营、声誉良好，不得存在可能影响其独立性的行为 会计师事务所：专业权威

3.2.2 资产重组方案

若要进行 ABS 阶段“股 + 债”结构的搭建，需做大债务，达成“小股大债”的资本结构。基于此，可以使用反向吸收合并的资产重组方案。如图 3 - 7 所示，SPV1 为私募基金，SPV2 为新设一 SPV 公司，部分实缴。以项目公司全部资产评估值为基础，项目公司原股东与 SPV2 签订股权转让协议，约定 SPV2 取得项目公司 100% 股权，并约定先转让股权，后支付转让款。

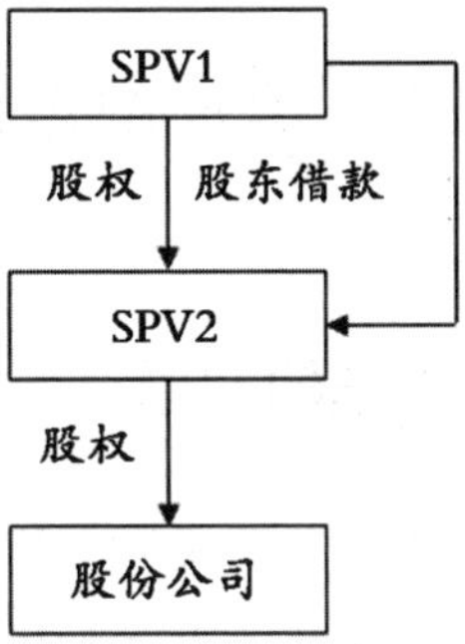

资料来源：Wind

图 3 - 7 资产重组方案设计

同时，以 SPV2 全部资产评估值为基础，SPV2 原股东与 SPV1 私募基金签订股权转让协议，约定私募取得 SPV2 的 100% 股权。私募基金获得 ABS 募集资金后，向 SPV2 原股东支付股权转让款，并向 SPV2 实缴全部资本金，金额占比为 1/3。同时私募基金作为股东向 SPV2 发放股东贷款，金额占比为 2/3。此时，通过“股 + 债”的结构，在 SPV2 的资产负债表中，作为负债的应付股东借款与其所有者权益的比例，按非金融企业要求最终不超过 2∶1 的比例。SPV2 获得股权和股东贷款资金后，向项目公司原股东全款支付项目公司的股权款。至此，专项计划募集资金到达项目公司原股东处。

SPV2 结构搭建完毕后，项目公司实施反向吸收合并 SPV2，SPV2 清算注销，私募投资基金作为股东对 SPV2 的股东借款债权将下沉到项目公司层面，成为项目公司有息负债，从而依照股东借款合同约定按期向私募投资基金支付贷款利息，并进行企业所得税税前扣除。

但值得注意的是，反向吸并需要与当地工商部门沟通，争取到工商部门对此结构的认可，因存在一定政策风险。如若反向吸并工商部门不认同，也可采取私募基金直接收购项目公司的股权并发放与项目公司存量负债等额的股东借款。

3.2.3 中国公募 REITs 治理前景展望

一 类 REITs 市场面临的问题

中国市场类 REITs 的实质是以专项资产管理计划为载体的不动产资产证券化，我们称之为资产支持证券模式，类 REITs 的交易结构如图 3－8 所示。根据项日情况，为了税务处埋和现金流分配的便利性，在专项计划和项目公司股权之间，一般会嫁接特殊目的载体（通常是契约型私募基金）。整个架构中的参与者包括计划管理人、私募基金管理人、托管人、资产服务机构、特殊资产服务商、评估机构、会计师事务所以及评级机构。

在此架构下，类 REITs 产品的主要管理职责由计划管理人和私募基金管理人来承担。其中，计划管理人主要负责现金流的归集分配，履行信息披露义务，提供终止清算服务等，并监控原始权益人、增信方等相关主体的风险；私募基金管理人主要负责监测基础资产的经营情况和现金流，对项目公司和私募基金进行全面管理，并监督相关服务机构。私募基金管理

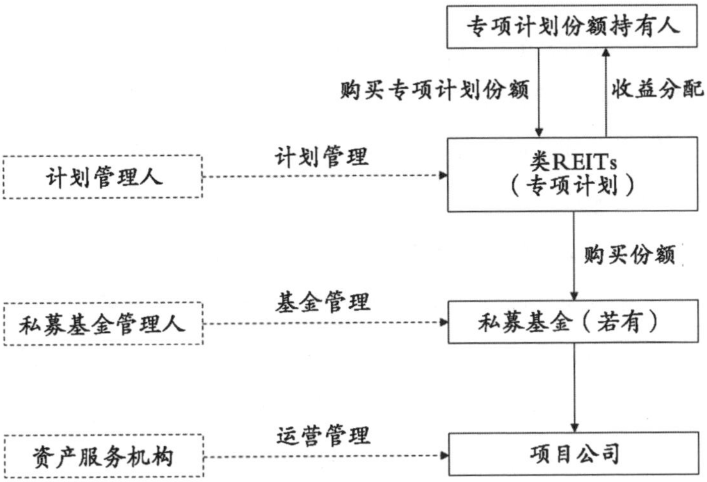

资料来源：Wind

图 3-8　类 REITs 的交易结构

人（资产管理人）和项目公司选聘的资产服务机构（通常由 REITs 发行前物业资产的管理团队构成）进行存续期间资产的租赁运营和物业管理。

类 REITs 大多是融资型的资产支持证券，债属性较强。这主要体现在：一是产品分级，优先级往往由银行等机构认购，次级大部分由发起人支持；二是产品有期限，往往每三年有开放期，优先级投资者具有回售的权利；三是发起人需要对优先级进行各类增信，包括基于优先购买权的权利维持费、差额支付、流动性支持、各类触发机制等，这体现了优先级实质上的保本保收益特性。

现阶段中国境内类 REITs 管理的主要特点包括：

第一，计划管理人主动管理的范围和程度有限。这主要体现在计划持有人大会和计划管理人的管理权限上。类 REITs 因产品分级的原因，会设立有控制权的计划持有人大会，进而区分优先级投资者和次级投资者的权利。大会的主要审议事项包括计划管理人的更换，处分、启动事件，资产管理合同的修订，更换私募基金管理人，超过一定比例的资产处置等。在一些案例中（例如碧桂园租赁住房 REITs），在确保优先级投资者本息足额偿付的情况下，次级投资者（大多是发起人）具有持有人大会的控制权。计划管理人由金融机构担任，例如券商和基金子公司，其职能主要是代表持有人大会行事，在产品的债属性下，其监管方向和内容主要是信用风险和现金流的归集分配。

第二，私募基金管理人呈现独立和专业化的特点。私募基金管理人可以由发起人设立或与外部专业机构合资成立，也可以由外部独立的专业机构承担，例如保利和碧桂园租赁住房 REITs 由外部专业机构担任基金管理人，这体现了产品治理方面的进步。但基金管理人对底层资产的监管仍受限，且产品设计上存在一些关联交易，底层资产的运营和管理均被委任给发起人设立的机构。

第三，代理成本以不同方式呈现。一是投资者之间，如次级投资者和优先级投资者之间的利益冲突。由于优先级的债属性，加上资产风险隔离的优势，该类利益冲突并不明显。反倒是次级投资者内部（若有），即发起人与其他次级投资者之间的利益冲突可能更明显。二是投资者与管理人之间。管理人虽有较强动机做大规模，但受限于类 REITs 缺乏扩募机制，通常不涉及主动的物业投资组合管理、资本结构优化，外延发展能力弱，出现代理风险的可能也相对较低。

第四，关联交易时重点关注问题。在大部分案例中，底层资产的运营和管理均被委托给发起人设立的机构，采取的形式不一，包括将运营委托给商业管理公司，将整体租赁委托给发起人子公司，委托物业管理等。对于债属性较强的类 REITs，关联交易有助于增加信用。但当次级存在较多外部投资者时，需要对关联交易进行更严格的监管，包括更充分的信息披露、更适当的权力限制（包括回避表决）等。

总体而言，类 REITs 由于其债属性，在管理上更多地以发起人为主，而专业机构，尤其是独立的私募基金管理人的出现，体现了其外部管理架构的市场化进展。

二 建立、健全中国公募 REITs 的治理机制

在中国现有法律框架和市场环境下，公募 REITs 的制度设计主要有三种模式：将 REITs 作为与股票、债券并列的新券种的新券模式；对类 REITs进行公募化的企业资产支持证券公募化模式；以公募基金投资不动产资产支持证券的“公募基金 + 资产支持证券”模式，其中“公募基金 + 资产支持证券”模式最为复杂，在本节第一部分交易结构中已经对此进行了详尽的分析。

“公募基金 + 资产支持证券”模式下的公募 REITs 属于契约型 REITs。《证券投资基金法》规定，公募基金需投资于证券，而不是非上市基金管理公司的股权，因此，REITs 采取的是外部管理模式。由于该模式下产品存在分层结构，REITs 的管理可能需要多层管理主体，以对应不同的金融产品和监管要求。具体来看，基金持有人委托公募基金管理人进行基金管理，基金投资于资产支持证券；资产支持证券持有人委托计划管理人进行专项计划管理，专项计划投资于私募基金；私募基金投资者委托私募基金管理人进行私募基金管理，私募基金投资于项目公司，在项目公司进行不动产资产的运营和管理。

作为中国现阶段一种可行且同时与国际标准化 REITs 结构存在一定区别的产品模式，“公募基金 + 资产支持证券”模式一方面可以充分应用现有公募基金和资产支持证券市场的规则和成熟经验，从而尽快培育和发展 REITs 市场的管理能力；另一方面，其外部管理模式不仅存在全球市场的共性问题，也存在该模式的独特问题，前者在于如何降低 REITs 外部管理模式的代理成本，后者则是指在多管理主体的情况下，如何对管理职能进行合理分配。

（一）管理职能的分配问题

关于管理职能的分配问题，其基本原则应当体现 REITs 资产管理的基

本性质，并符合现有各类产品的监管要求，做到职能不重复、不缺失、边界清晰，兼顾各方利益。REITs 资产管理的基本性质是全面的资产管理。在设计具体思路时，应当把全面管理的职能模块作为基础，同时结合资产支持证券现有职能体系，在各层管理结构中分配职能模块和管理重心，同时制定合适的治理体系。

REITs 资产管理的职能模块可以分为三大类，包括基金管理、投资管理和投后管理。其中，基金管理包含基金融资、信息披露、合规风控、财务管理、退出清算等；投资管理包含投资收购、资产改造、资产处置等；投后管理包含招商租赁、营销推广、运营管理、工程与物业管理等。在“公募基金 + 资产支持证券”模式下，这些职能模块应在公募基金管理人、计划管理人和私募基金管理人中进行合理分配，并确定主要责任主体。可选择的方案有两个。

方案一，公募基金管理人为主要责任主体，负责基金管理、投资管理和投后的监控，计划管理人主要负责计划本身，私募金管理人负责投后管理。其中，部分运营与物业管理可以委托给外部资产服务机构。具体来说，基金管理人的职能包括基金发行、投资者关系与信息披露、财务管理、合规风控管理、投资收购与处置、资产改造、计划监控、投后监控；计划管理人的职能包括计划管理、产权管理、合规风控管理；私募基金管理人的职能包括资产营运、营销管理、租务管理、招商租赁、物业管理。

方案二，计划管理人承担主要管理任务，但公募基金管理人的责任并不免除。基金管理人与计划管理人签订投资合同，明确双方权利义务。公募基金管理人负责基金管理和计划监控，并委托计划管理人在现有计划管理的基础之上，增加投资管理和投后监控职能，私募基金管理人负责投后管理。具体而言，公募基金管理人的职能包括基金发行、投资者关系与信息披露、财务管理、合规风控管理、计划监控；计划管理人的职能包括计划管理、产权管理、投资收购与处置、资产改造、投后监控、合规风控管理、产品设计、财务税务筹划；私募基金管理人的职能包括资产营运、营销管理、租务管理、招商租赁、物业管理等。

方案一的特点在于，责任主体位于治理结构的顶层，公募基金管理人要有主动管理不动产资产的能力，穿透管理资产，公募基金管理人与计划管理人的职能有一定的重复。方案二的特点在于，基本维持了现有各管理主体的职能，应用已有的成套监管体系，可以减少职能重复，但是需要设计好与顶层的关系。建议以方案二为主，逐步向方案一过渡，主要原因如下：

第一，目前中国市场的证券投资基金采用被动管理模式，而主动管理不动产资产，尤其是基础设施和公共服务，涉及的行业广泛，需要较全面地配置专业团队。

第二，以证券投资基金为主的管理设计，需要穿透底层资产，在职能上容易重叠，边界和责任易不清晰。而资产支持计划体系已较为完整，发起产品的流程较为成熟，专业化管理较易实现，并且能做到责任到位。

第三，亚洲以信托契约为主的产品设计，其基金基本上采取集合资金计划的形式，国内资产支持计划在本质上是相同的，只是缺乏流动性，未来将计划转化为公募基金。当法律条件成熟时，计划管理人或其他专业机构批准可以转化为不动产公募基金管理公司。

（二）治理机制的问题

在以计划管理人为责任主体的管理架构下，公募基金持有人大会是最高权力机构，决定重大事项；计划管理人有权提议召开临时会议。公募基金及计划持有人会议分别设立常设机构。常设机构应设立各项专业委员会（类似于董事会的各专业委员会），并制定具体办法。项目公司董事会的人员构成主要由常设机构提议。计划管理人需制定重要业务的汇报流程，形成完整的合规手册。

在 REITs 产品创设成立之后，持续的运营管理能力是决定分红回报的重要因素。目前，国际主流的管理模式主要分为外部管理和内部管理两种模式：外部管理模式是指 REITs 以公司或者信托的形式作为资产持有主体，基金管理和资产管理功能由外部的第三方专业机构来承担；内部管理模式是指 REITs 拥有不动产资产的同时拥有内部管理团队。如图 3－9 所示。当前市场倾向于认为内部管理利益冲突更少且费用较低，但外部管理人往往面临更大的竞争压力，经验相对丰富，专业化程度相对较高，所以中国市场目前产品设计更偏向于外部管理。如表 3－5 所示。

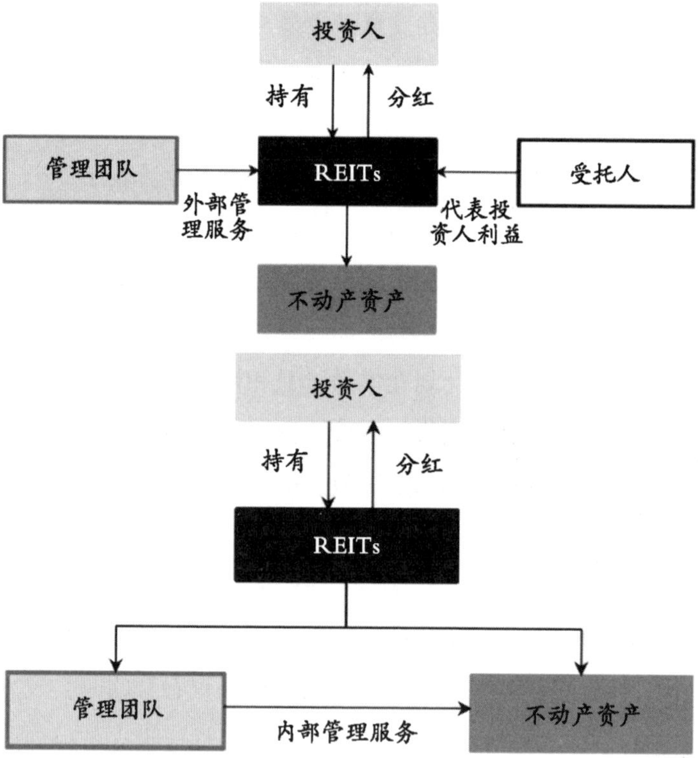

资料来源：Lecomte&Ooi 2013、中金公司

图 3－9　典型的外部管理模式（上）和内部管理模式（下）架构

表3-5　海外公募REITs内外部管理模式占比参半

	荷兰	法国	美国	比利时	南非	意大利	加拿大	英国	澳大利亚	爱尔兰	西班牙	墨西哥	中国香港	新加坡	日本
采用内部管理模式REITs数量（个）	4	14	169	8	19	3	30	24	19	1	1	0	1	0	0
采用外部管理模式REITs数量（个）	0	2	26	2	5	1	15	13	14	2	3	8	9	37	45
外部管理模式REITs市值占比	0	3	3	10	7	11	10	9	10	61	97	100	30	100	100

资料来源：SNL、北京大学汇丰金融研究院课题组

对于降低REITs外部管理模式中的代理成本问题，近年来，全球市场的不断完善为中国市场的发展提供了很多可借鉴的经验。总体上看，更严格的内控、更高的透明度、更高的独立性要求以及更合理的激励机制，将使得原有的代理问题得到有效的缓解。基于中国市场的特征，我们对未来公募REITs市场的建议如下：

第一，充分发挥公募基金持有人大会的治理作用，完善有效的监督机制。在契约型基金中，基金持有人大会是主要的监督机构，持有人有权通过召开持有人大会更换管理人和托管人。目前市场上的公募基金普遍没有设置基金持有人大会的常设机构，如果基金持有人分散，中小投资者参与治理的成本较高，普遍存在“搭便车”现象，召开持有人大会存在一定的困难，用脚投票的机制无法对管理人形成有效的监督。根据现行《证券投资基金法》，基金持有人大会可以设立常设机构，行使监督职责。因此，中国公募REITs的相关规则指引中，应明确基金合同必须设立持有人大会常设机构，细化常设机构人员组成和议事规则，有效行使召集基金持有人大会，提请更换基金管理人、托管人，监督基金管理人的投资运作与重大财务决策，制定管理人和托管人激励机制等职能。应保证基金持有人大会常设机构具有充分的独立性，独立于管理公司、REITs发起人和REITs大份额持有人，并明确其法律责任。另外，中国公募REITs应强制举行年度

持有人大会，并确保管理人和托管人出席。定期召开年度大会能增强投资者对 REITs 管理人的监督，同时为管理人提供向投资者介绍 REITs 表现和投资策略的机会。

第二，建立完善的信息披露制度。按照真实、充分、准确、及时的信息披露原则，定期、临时进行信息披露，以完整反映公募 REITs 的经营情况，从而有效遏制各种损害投资者利益的行为，为投资者进行公募 REITs 投资、价格判断创造客观公正的环境。特别要指出的是，为保证 REITs 所有权结构和关联交易信息的透明度，REITs 管理人应及时向交易所披露 REITs 的所有权结构和所有关联方信息，以及重大关联交易。

第三，建立合理的管理费用结构，协调管理人与投资者的利益。REITs是主动管理型资产管理产品，因此，应以主动管理产品的设计框架来思考外部管理的激励体制。全球经验表明，越来越多的外部管理的 REITs 开始采取“年度管理费 + 基于回报的业绩分成”模式，以提高管理人和投资者利益的一致性。中国公募 REITs 法规应支持多元化的费率结构，鼓励在市场机制推动下产生激励机制的最佳实践。

第四，建立必备的 REITs 管理人资格准入审批程序。在 REITs 管理人的准入条件中，强调股东或管理团队具备不动产专业素质与较为丰富的经验，从而在投前尽职调查、投后资产运营和持续监控以及资产处置等方面切实履行管理人职责。为保持市场上有足够的 REITs 管理机构以维持相互竞争格局，应对管理人设立合理的门槛，形成一个充分竞争的管理人市场，促使其提高经营水平，维护投资者的利益。

第五，完善 REITs 管理人的治理和内控机制。管理人是公司制实体，在股权结构与内部治理上，应符合 REITs 市场的监管要求。首先，为保护 REITs 中小投资者的利益，REITs 管理人应独立于 REITs 的大份额持有人。其次，应保证管理人董事会的独立性，建立和完善管理人（公司）的独立董事制度，将保护基金持有人利益作为独立董事履行职责的重要目标。最后，加强监管机构对管理人公司治理的监管。监管机构应在股东与股权、董事会、履职与考评以及从业资格等方面实施重点监管，推动管理人治理水平的提升。

第六，严格防范因关联交易而出现的利益冲突行为。可以借鉴海外较为成熟的经验，就关联交易的信息披露和审批事项，制定更严格的标准。同时，要切实履行关联交易相关程序，关联方应在相关决议上做出回避表决。

建立健全有效的治理机制，完善投资者保护是中国公募 REITs 市场建设的核心问题之一。在全球实践中，REITs 主要采用的管理模式有两种，即外部管理模式和内部管理模式。基于现有理论和实务的研究与分析，我们得到了一些启示：第一，管理模式的选择并没有一个统一的最优解，而是基于市场发展阶段与环境，采取最合适的模式；第二，管理模式的选择不是静态的，可以根据 REITs 市场的发展进行改革和完善；第三，无论采取什么模式，核心问题是打造和充分利用资产管理能力以及降低代理成本；第四，提高不动产市场的透明度，提高 REITs 管理的透明度，采取更为合理的激励机制，是降低代理成本最有效的办法。

“公募基金 + 资产支持证券”作为适用于中国现状的一种独特产品结构，因其具有多个产品层级，其治理问题更为复杂。因此，如何降低 REITs外部管理模式的代理成本，以及如何将管理职能在多个管理主体中进行合理的分配，是建立一个完善有效的外部管理模式的两个重要问题。

对于管理职能的分配问题，我们认为基本原则应体现 REITs 资产管理的基本性质，并符合现有各类产品的监管要求，做到职能不重复、不缺失、边界清晰，兼顾各方利益。REITs 资产管理的基本性质是全面的资产管理。在具体的设计思路上，以全面管理的职能模块为基础，结合资产支持证券现有职责体系，在各层管理结构中对职能模块和管理重心进行分配，同时制定合适的治理体系。

对于治理机制的建立，我们给出的建议是：第一，充分发挥公募基金持有人大会的治理作用，完善有效的监督机制；第二，通过强化 REITs 信息披露的透明度等提高内控水平；第三，选用更有利于协调各利益相关方的报酬与考核机制；第四，建立必备的 REITs 管理人资格准入审批程序。第五，完善 REITs 管理人的治理和内控机制。第六，严格防范因关联交易而出现的利益冲突行为。

（三）“超级管理人”能力体系构建问题

本次基础设施 REITs 产品试点中，各监管机构都要求强化和落实基金管理人的主动管理职责，严格要求去“通道化”，实际审核中也重点关注REITs基金的治理结构和运营管理安排，要求基金管理人承担主动管理职责，公募基金管理人面临“主动管理边界”和“主动管理能力”两方面的问题。

扩大基金管理人的主动管理边界后，原始权益人在资产的控制和运营上的权力势必会要有相应的“退让”，这也是项目实操中基金管理人与原始权益人较难达成一致的条款。项目试点初期，试点的优质资产均是原始权益人的核心资产，在满足相应的分红要求后，资产的定价也很难达到让原始权益人完全让渡控制权的水平，此外还涉及原始权益人参与配售后，投资利益与资产运营的高度挂钩，原始权益人势必要求继续对基础资产具备一定的控制权或者重大影响力。在满足监管要求的前提下，基金管理人需要设计一套相对“完美”的交易结构，原始权益人参与战略配售、公募基金治理机制安排、外部管理机构的聘请与激励，三个维度来平衡基金管理人和原始权益人双方的利益和诉求，并达到多方利益的平衡，对基金管理人的产品设计能力提出了较高的要求。

公募基金管理人承担 REITs 基础资产的主动管理职能也面临管理能力匹配的问题，监管规则亦要求基金管理人至少需要配备 2 名具备 5 年基础设施项目运营经验以上的运营管理人员。基础设施项目的实务运营涉及招商、租赁、财务、人力、维保、物业管理等多个方面的人员配置，2 名运营人员远远不够支撑单个基础设施项目的运营，短期内基金管理人配置全部的运营管理人员也不现实、不经济，因此倚仗原始权益人既有的运营团队和运营经验十分有必要，公募基金管理人的运营人员更多地起到监督和协调的作用。法规和产品合同虽然赋予了基金管理人代表基金份额持有人，行使更换外部管理机构或运营方的权利，但极端情况下，基金管理人如何行使权利，或是行使更换运营机构权力后，自身是否有能力承接运营职能，仍面临较大的挑战。但展望未来，如果基础设施公募 REITs 市场空间足够大，基金管理人完全可以组建专业的基础设施运营管理公司，借助金融行业相对市场化的激励机制和薪酬体系，吸引专业的运营人才，承担起完全主动运营和管理的职责，也是指日可待。

（四）优质项目的筛选问题

底层资产的优质性是公募 REITs 推进的大前提，深度把握资产的合规性和盈利性是基金管理人最现实的问题。基础设施项目从投资初期就面临一系列的审批手续，从项目立项、建设、竣工备案到投入运营使用，每个环节都涉及大量的审批手续，推进资产发行公募 REITs 的过程中也面临资产或股权的转让的合法性以及税务处理的问题。实务中，大部分项目都或多或少面临手续缺失或不规范的问题，基金管理人一方面需要协同合作机构对底层资产进行深入的尽职调查，以便发现问题；另一方面还需要解决问题，历史的问题还需要协调各方去采取补救性的措施去打补丁，包括协调主管政府机构出具相关审批文件。

基础设施项目的收益性是另外一个至关重要的因素。目前试点范围内的多数行业，相关基础设施项目的现金流收益很大程度依赖于政府补贴，尤其在水、气、电、轨道交通等具有一定公益属性的公用基础设施领域。另外，像光伏、风电等新能源行业，早期的投资成本较高，此类基础设施项目亦大量依赖于政府补贴才能实现盈利。作为基金管理人，一方面需要客观真实地判断补贴的合理性和可持续性；另一方面还须通过灵活的资产重组手段，将基础设施项目的收益性和公益性相分离，将确定性的现金流和不确定性的现金流相分离，把最优质的最稳定的可预期的现金流资产包装成 REITs 推向市场。

第三节

介绍REITs产品创新

3.3.1 REITs 产品发展历史

不动产投资信托基金（Real Estate Investment Trusts，简称 REITs）于 1960 年发源于美国，自 20 世纪 90 年代以来，全球 REITs 市场快速发展，全球市值截至 2019 年年末已达约 2 万亿美元。REITs 通过长期持有各类成熟不动产，获取稳定现金流，实现不动产的小额投资和按份交易，让投资者得以分享不动产日常收益和增值回报；REITs 追求稳健收益，与股市、债市相关性低，是养老金、保险资金等长期资金的优质投资标的。在国外，REITs 持有和运营的物业多达 12 种，包括零售、住宅、基础设施、医疗、办公、工业、数据中心、仓储、租赁住房、林地和其他，基础资产类型十分广泛。

截至目前，根据彭博（Bloomberg）统计，在美国上市的 REITs 约有 248 只，总市值规模达 1.35 万亿美元，为全球最大的 REITs 市场。如果简单地以美国 REITs 市值占 GDP 比例作为一个衡量指标，中国基础设施 REITs 的潜在市场规模可达 6.3 万亿元。

表 3－6　全球 REITs 市场

国家或地区	数量（个）	总市值（亿美元）	2019年GDP总值（亿美元）	REITs市值/GDP
美国	248	13494	214280	6.30%
日本	64	1514	50820	2.98%
澳大利亚	54	1006	13965	7.20%
英国	54	910	28291	3.22%
新加坡	38	770	3721	20.69%
法国	29	654	27155	2.41%
加拿大	39	638	17364	3.67%
中国香港	12	371	3657	10.14%
荷兰	4	243	9070	2.68%
比利时	17	206	5331	3.86%
德国	9	71	38611	0.18%
新西兰	2	29	2069	1.40%

数据来源：Bloomberg、Wind 及国家统计局等

据北大光华学院的报告《中国基础设施 REITs 创新发展研究》测算，截至 2017 年，我国基建存量规模达到 113.68 万亿。若 REITs 发行占比仅为 1% 的话，也已经是万亿级体量。如果今后将商业地产、住宅等其他类不动产纳入公募 REITs，规模还会成倍数增长。专家学者测算的方式和口径不同，但总体认为中国公募 RETIs 市场进入成熟阶段后，规模将远远超过美国，具有更广阔的发展空间。

基础设施公募 REITs 的出台跨出了资产证券化的一大步，也是我国资产证券化发展史上的里程碑。基础设施 REITs 的出台拓宽了公募基金的投资渠道和业务范围，对于基金公司来说是全新的战略机遇。REITs 业务作为公募基金行业的新赛道，必将为公募基金行业的发展带来新天地，未来甚至可能再造一个新的细分资本市场。

为行业带来重大机遇的同时，基础设施 REITs 也对管理人提出更高要求。面对全新的业务体系，公募基金现有格局或将重构。公募 REITs 属于全新的业务模式，在头部效应愈发显著的基金行业，中小公司若能凭借股东资源或者能力，发展公募 REITs 业务，将会是实现弯道超车的难得机遇。

3.3.2 我国推出基础设施 REITs 背景分析

公募 REITs 市场建设是中国金融供给侧改革的重要抓手。2007 年至今，学术、政策和实务界在中国 REITs 市场的功能定位、运作模式、产品设计、监管规则等方面，进行了深入研究，也做出了类 REITs 等诸多尝试，目前法律框架、监管环境、市场准备等条件已基本成熟，进行公募 REITs 试点具有可行性。

从时点看，新冠疫情对宏观经济增长、中小微企业，以及就业等方面的影响不容低估，为了应对疫情的负面影响，需要推出有针对性的经济政策。通过深入的研究分析，我们发现在全球 42 个具备 REITs 制度的经济体中，大部分是在经济低迷、经济危机以及经济增长动力不足时推出 REITs，其目的是激发经济活力，为经济发展提供动力。其中典型 REITs 市场推出背景情况详见表 3－7。

表 3－7　推出基础设施 REITs 背景

国家或地区	REITs 推出时间	上年度 GDP 增速	出台背景介绍
美国	1960 年	2.00%	1958 年美国经济跌入负值区间，二战后大量房地产供应无法消化
日本	2000 年	－0.25%	20 世纪 90 年代，日本经历了漫长的经济衰退，再次跌入负增长区间，房地产市场泡沫破灭，一蹶不振，长期低迷，日本选择 REITs 作为商业地产新开发项目的资金来源
新加坡	1999 年	－2.20%	当时亚洲金融危机余波在新加坡仍未散去，银行坏账高企使得民众不愿回到房地产市场，市场整体十分低迷
中国香港	2003 年	1.66%	正是基于 2003 年“非典”疫情后商业地产市场的景气低谷。当时为了激活商业地产市场，港府推出 REITs

在我国经济处于下行周期和疫情影响叠加时期，政府必须进行逆周期调控，新基建投资仍是重要调节工具，但新基建必须有大量资金投入，只是仅通过货币政策调整和加大财政支出，恐不能完全覆盖，而且必须防范债务负担过重、资金利用效率低下、货币政策空间有限、“大水漫灌”造成脱实向虚等不良后果，所以此刻推出基础设施公募 REITs 恰逢其时。

短期看，为应对疫情影响和经济下行压力，通过 REITs 市场可以盘活存量资产，支持经济重启。

长期看，REITs 市场建设将成为解决中国不动产投融资体制诸多结构性问题的破题之作，能有效填补中国资产管理市场的产品空白，拓宽社会资本的投资渠道，满足居民理财、养老金、社保资金的投资需求，推动经济高质量发展，助力中国经济转型升级。

重塑地方融资平台资产负债表，引入长期的权益性资金。在“去杠杆、降两金”的大背景下，地方大型投资平台和国企资产负债表不堪重负，存续负债的顺利衔接已经面临挑战，新的举债空间非常小，公募REITs作为权益性的资本工具，为上述企业提供了优质资产单独上市的机会，实现了权益性资金的注入。

另一方面，公募 REITs 的出台是金融系统改革推进的必然成果之一。纵观海外 REITs 市场发展经验，世界各国对 REITs 市场的发展的重要诉求集中在两个方面：一是需要充分利用资本市场服务实体经济；二是需要资本市场平台来实现资产处置与金融风险的疏解。REITs 是唯一一个能够打通资产、资金和资本三个市场，真正实现产融相结合的产品。在资产市场中，主体需承担的义务及具备的能力体现在资本市场资本运营中。在资本市场及资金市场连接中，需将资产变成好的金融产品，与资金市场各类投资进行对接。在国际成熟的不动产链条中存在 20 余个金融产品，这些金融产品目前正处在由开发型非标融资向存量资产证券化及股权投资过渡的过程中，组成一条不动产金融生态链条，而这个链条的核心产品就是 REITs。

对比国际，从基础资产类别、估值体系、监管规则三个方面来对照，就可以发现很明显的差别。例如，在基础资产类别方面，海外市场通常以能源、交通、无线通信数据中心为主；中国的基础资产类别则是以水电气热等市政设施，公路、铁路、机场等交通设施和公共服务物流环保类资产为主。在估值体系方面，中国基本上以政府经营为主，和海外的公营、私营相结合也存在差异。在监管规则方面，印度专门出台针对基础设施投资信托基金守则，对项目管理人进行监督；中国的基础设施建设、运营和盈利模式与西方国家有较大差异，应制定针对性监管规则，平衡投资者收益和社会责任。

从市场增长潜力来看，根据标普评级，基于资产规模和质量、增长潜力以及 REITs 融资动力的前瞻性测算，我们认为，以 5G、数据中心等新型基础设施为底层资产的 REITs，其受欢迎程度或将超过如公路及电力等传统基础设施的 REITs。

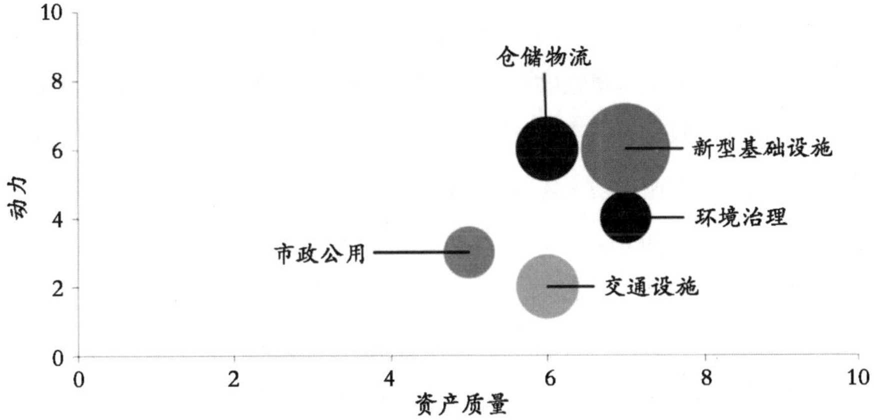

资料来源：标普全球评级

图 3－10　中国各领域 REITs 市场潜力（圆圈大小代表未来十年增长潜力）

在“十四五”开局之年，旨在盘活我国这一“基建狂魔”的超级不动产投融资市场，促进新时期新发展格局的构建，推出以基础设施作为着眼点具有中国特色的权益型公募 REITs 试点，是结合当下各方面现状与形势做出的精准政策选择，是中国资本市场的又一次重大金融创新。

3.3.3　基础设施 REITs“产品＋制度”创新

基础设施 REITs 是我国金融系统改革推进的重要成果，也是中国经济金融体系大局发展下的重要战略性工具，是对中国经济金融体系深层次问题的改革破题。这一产品，将极大推动相关行业投融资模式的转型，更有助于公募基金资管行业继续做大做强。

国内资本市场近十年最大的创新就是科创板的推出，市场化的注册审核理念给具备高科技基因但是无法满足传统上市审核盈利指标的中小型企业提供了登陆资本市场的机会，通过资本市场助力科技强国；基础设施公募REITs产品的推出对资本市场的创新性和重要性可以比肩科创板，通过资本市场助力基建投资强国，为我国基础设施投融资市场打通了从一级市场到二级市场的桥梁，实现了基建投融资领域的双循环；进一步推动国内金融市场国际化，优化国有投资平台融资结构、提升直接融资比重，实现投资良性循环，构建以国内大循环为主体，国内国际双循环相互促进的新发展格局。

公募 REITs 的推出，给国内公募基金管理行业创造了一个更大的行业赛道和市场；展望未来，随着基础资产向商业不动产、长租公寓、养老地产、旅游地产等领域开放，我们有理由相信，国内公募基金行业也会诞生类似贝莱德这样以不动产投资及管理为特色的特殊资产管理公司，公募基金的业务边界从传统二级市场投资向基础设施资产投资领域拓展，进而向不动产一级市场投资、不动产资产管理迈进，资本市场也会逐步出现 Pre－REITs，Fund of REITs 等上下游衍生资本工具。

公募 REITs 产品的创新并非一蹴而就，国内资产境外 REITs 上市的进程中也出现过类似睿富不动产基金这样的系统性造假的不良案例，前车可鉴，试点初期公募基金管理公司作为最核心的参与机构也应该怀敬畏之心、恪尽职守，呵护和珍惜这来之不易的初生产品。

3.3.4　租赁住房 REITs 的讨论

虽然中国 REITs 底层资产范围目前尚不涉房，但租赁住房作为“十四五”期间中国不动产领域的重心。资产化方向下，REITs 或许将是租赁住房投融资模式创新中的一种可能。我们认为重资产模型下引入 REITs 工具构建租赁住房投融模式闭环是我国未来 REITs 发展必然选项之一。目前市场上的重资产项目退出仍以 ABS 或类 REITs 为主，并非真正意义上的退出，引入公募 REITs 有必要性。此外，我们认为中国的公共部门具备土地集中化供应与把握 REITs 等金融创新的主导权，实际上在通过 REITs 打造租赁住房供给方案上具备得天独厚的资源优势，我们也认为这一模式最值得尝试实践。

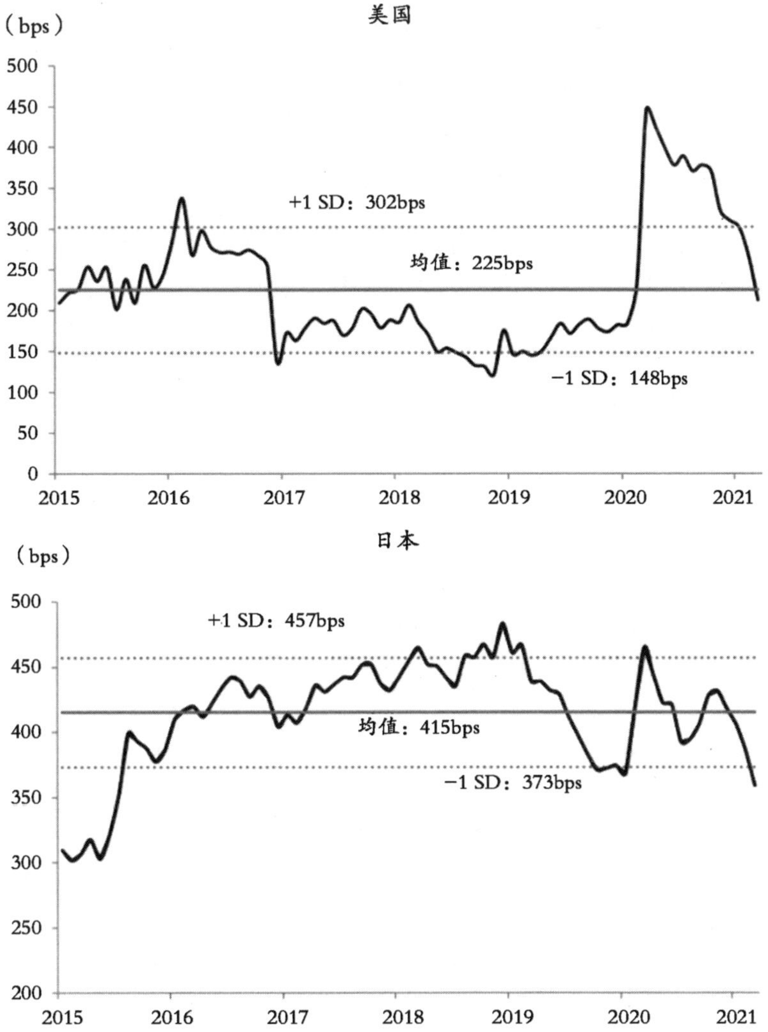

资料来源：彭博资讯、中金公司

图 3－11　美国和日本公寓 REITs 股息收益率对十年国债的溢价

公募 REITs 将是构建投融资闭环的点睛之笔。我们认为中国基于公募 REITs 构建租赁住房投融资体系当首先于前端让渡地价（给予合理成本）促进土地供给，待运营成熟后可以 REITs 作为后端退出路径实现资金（至少局部）回收。就能够形成 REITs 资产的条件而言，我们认为中国租赁住房稳定运营状态下的成本收益率宜达到 6% 或更高（一级市场侧，2018 年光华管理学院所做调查显示一线城市长租公寓资本化率在 4.1% ~5.0% 的区间），我们认为这也可以作为一个合理的土地定价的参考标准。

表 3－8　收益率测算

以某房企位于北京顺义区成功案例为测算对象，我们预计项目投资的内部收益率勉强达到4%的水平													
基础数据及关键假设		（百万元）		1	2	3	4	5	6	7	8	9	10
可租面积(平方米)	24000	租金收入		15.8	23.1	30.8	32.1	33.4	34.7	36.1	37.5	39.0	40.6
公共空间面积(平方米)	6000	营业成本											
初始坪效租金(元/月/平方米)	110	房产税		1.9	2.8	3.7	3.8	4.0	4.2	4.3	4.5	4.7	4.9
稳定期租金年化增速	4.0%	经营费用		6.6	6.8	7.1	7.4	7.7	8.0	8.3	8.6	9.0	9.3
第一年出租率	50%	NOI		7.4	13.5	20.0	20.8	21.7	22.5	23.4	24.4	25.4	26.4
第二年出租率	70%	NOI 利润率		47%	58%	65%	65%	65%	65%	65%	65%	65%	65%
稳定期出租率	90%	净利润		4.4	8.1	12.0	12.5	13.0	13.5	14.1	14.6	15.2	15.8
单位面积前期投入(元/平方米)	15000	净利润率		28%	35%	39%	39%	39%	39%	39%	39%	39%	39%
房产税占租金比例(%)	12%												
经营成本占租金比例(%)	23%	租金成本回报率(%)		3.5%	5.1%	6.9%	7.1%	7.4%	7.7%	8.0%	8.3%	8.7%	9.0%
资本化率	4.5%	NOI 成本回报率(%)		1.6%	3.0%	4.5%	4.6%	4.8%	5.0%	5.2%	5.4%	5.6%	5.9%
净利润 IRR(%)	3.9%	净现金流	－450.0	4.4	8.1	12.0	12.5	13.0	13.5	14.1	14.6	15.2	534.1

注：（1）前期投入包括土地成本和建设、装修成本等，为中金估计值；

（2）周边项目平均租金约为 70 ~ 100 元/平方米/月；

（3）内部收益率测算的投资周期为“1 年建设期 +10 年运营期”，在运营期第 10 年年末以第十年 NOI 和资本化率对物业进行估值，计算出其市场价值并以此对外出售

资料来源：中金公司

表 3－9　敏感性分析

敏感性分析：前期投入与稳定运营态下的年租金比例维持在 7 倍左右，项目成本收益率可以达到 7%

成本回报率		前期投入成本(元/平)											成本回报率=7%时,前期投入成本(元/平方米)	成本回报率=7%时,前期投成本与年租金比例
		16000	15000	14000	13000	12000	11000	10000	9000	8000	7000	6000		
初始租金（元/平方米/月）	150	5.7%	6.1%	6.5%	7.0%	7.6%	8.3%	9.1%	10.1%	11.4%	13.0%	15.2%	13000	
	140	5.3%	5.7%	6.1%	6.5%	7.1%	7.7%	8.5%	9.4%	10.6%	12.1%	14.2%	12150	
	130	4.9%	5.3%	5.6%	6.1%	6.6%	7.2%	7.9%	8.8%	9.9%	11.3%	13.2%	11300	
	120	4.6%	4.9%	5.2%	5.6%	6.1%	6.6%	7.3%	8.1%	9.1%	10.4%	12.1%	10400	不同租金水平下，该比例均为 7.2x
	110	4.2%	4.5%	4.8%	5.1%	5.6%	6.1%	6.7%	7.4%	8.4%	9.5%	11.1%	9550	
	100	3.8%	4.0%	4.3%	4.7%	5.1%	5.5%	6.1%	6.7%	7.6%	8.7%	10.1%	8700	
	90	3.4%	3.6%	3.9%	4.2%	4.6%	5.0%	5.5%	6.1%	6.8%	7.8%	9.1%	7800	
	80	3.0%	3.2%	3.5%	3.7%	4.0%	4.4%	4.9%	5.4%	6.1%	6.9%	8.1%	6950	
	70	2.7%	2.8%	3.0%	3.3%	3.5%	3.9%	4.3%	4.7%	5.3%	6.1%	7.1%	6100	

资料来源：中金公司研究部

结合中国土地集中供给的制度优势和 REITs 工具的创新应用，中国的公共部门有可能打通独特而高效的租赁住房供给模式。我们看到海外语境下租赁住房市场也有各式各样的问题，如美国在高度市场化的环境下形成了可观的租赁住房资产，但其中公共性质的产品供给仍是一个难题，且资源开发职能基本完全落于私人部门手中的情况下，租赁住房的产品供给也呈现一些周期性（因而有一定的供需错配）；欧洲福利国家较多通过现金或财税手段补贴租户，这对于财政而言也是较大负担；而中国香港的大规模公共租赁住房实体供给（如上文论述）实际又带来很大的负外部性。因此我们认为需认识到中国一方面具有独特的土地集中供给优势，另一方面公共部门又有能力发起和持续推动（以 REITs 为代表的）金融资本市场创新，因此在应对租赁住房供给这一问题上实则具备良好的资源禀赋和主动创造空间。通过将土地供给和产品规划权掌握在公共部门手中，辅以一定的补贴政策激励市场主体参与，同时借助 REITs 这一金融工具令投融资更加“轻盈”，我们认为应是中国建设租赁住房市场的应循之路。

我们认为用REITs构建租赁住房供给体系存在一些框架要点。我们澄清私人部门以完全商业化条件自主开发的一些中高端长租公寓产品不在我们这里讨论的范围（该类产品的适用面可能也相对局限），其投资退出方式选择可以自主灵活。我们在此讨论的更多的是公共部门希望大面积推行的带有一定公共性质的租赁住房建设开发，如何结合REITs来更有效地为公共部门投融资服务。从前端供应、中端运营管理、后端退出，我们认为有以下原则性事项。

前端需要合理设定出让地价，同时在存量端也可以做一定挖掘，但对于私人部门参与投资建设需要有基本的吸引力。除了按照收益率标准合理厘定地价之外（如上文论述），在存量端（包括闲置的公有用地、老旧宿舍甚至办公楼等）也可以做一定的资源挖掘，做到多渠道并举。但整体原则还是需要令开发投资收益率对于参与的私人部门而言具备一定的吸引力，即满足可以形成资产的基本条件。到具体的公共与私人部门合作形式上，也并非需要局限于传统的出让，也可以采取合营公司、引入不动产基金架构等形式。

中端，我们原则上不建议单体产品完全公共化，但地方政府可以对所辖范围内的产品做标准管理。我们首先不建议租赁住房产品完全公共化，即未必需要对单体租赁住房（或社区）中的所有租户做严格的准入条件限制，这在一定程度上也存在一刀切的问题。我们认为比较合宜的做法，可参考美国的可负担住房设计，例如可能规定单个产品中的半数租户需要满足低收入条件（例如收入小于当地平均中位数的70%），但有另一半租户仍是可以充分市场化的。此外，在“税收抵免”制度下，对于半数满足“低收入”条件这一规定，在若干年份（10～20年）后也可以豁免，因此长期来看该资产有潜力完全市场化，我们认为这也是合理的（在市场化需求增长的环境下，“保障性”的职责之后也可以逐步转嫁给其他新开发项目）。我们在此暂不裁定该方案到中国的适配程度，但至少好于香港采取的较为彻底的“公共化”，这会造成很大程度上的模型失效（公共部门需要随市场情况变化因时调节租户准入门槛也具有较高的难度）。因此方向上，我们建议在租户准入条件上做“灵活”处理，满足一定量的合理的“保障性”需求，剩余的部分尽可能让市场自我适配调节，争取在单体产品上能做到“保障性”和“收益率”的相对均好。但具体到有多少量需要保障，则取决于各地方实际情况，这一部分我们认为政府有职责进行宏观层面的研究和规划。

后端利用 REITs 退出最具灵活性。当前租赁住房项目退出多利用 ABS、类 REITs 等手段，但这些不是真正意义上的“退出”，而是实现了（对开发贷的）融资替换，因此首先通过 REITs 构建股权退出通道是必要的。此外，我们认为通过 REITs 退出在一定程度上可以主动择时，公共部门如若通过自身下属平台运营管理租赁住房资产，那么可以在运营相对成熟时再退出回流公共资金。关于一二级市场退出的“性价比”，我们目前较难判断通过公募 REITs 来做租赁住房退出的估值是否会好于一级市场，但考虑二级市场平台有“永续性”且能够实现股权真正退出，我们判断 REITs 的适用范围将更为宽广。

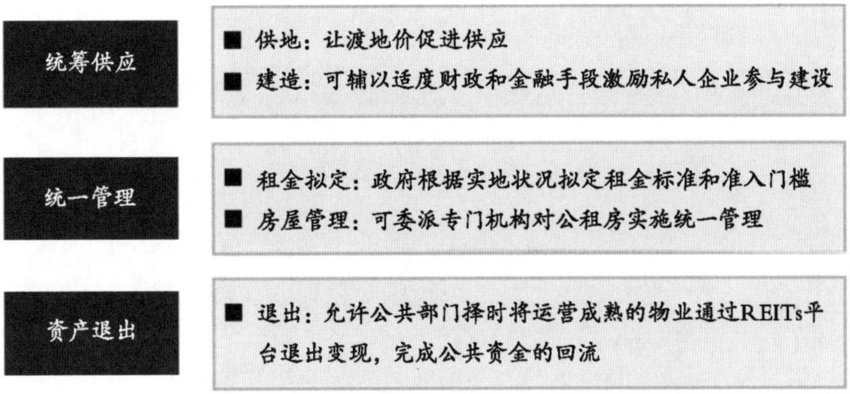

资料来源：中金公司研究部

图 3－12　中国使用 REITs 构建公租房开发建设体系的简要构想

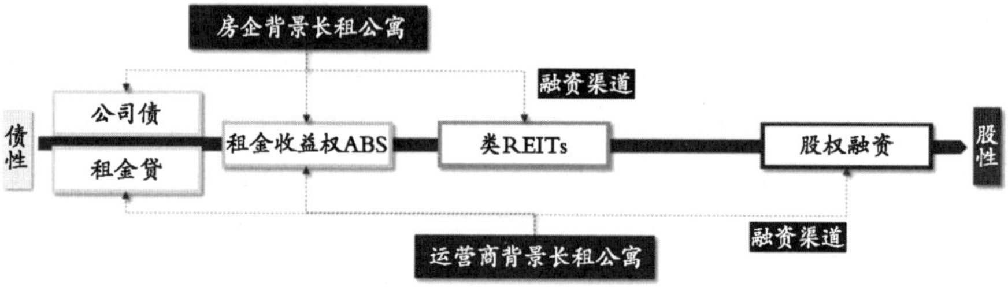

资料来源：中金公司研究部

注：图中为不同背景长租公寓的主要融资渠道，而非全部融资渠道

图3-13　目前长租公寓企业主要依托ABS或类REITs产品来服务重资产退出

中国REITs目前尚不支持租赁住房这一特定资产类别，我们认为和其整体“暂不涉房”有关。但从方向上来看，首先我们认为租赁住房市场培育（尤其考虑其在中国语境下公共性质更重）的政策意义相对重大，尤其和商品房开发领域的金融管理并不矛盾。其次客观上我们也认为嫁接资本市场路径来构建更加智慧的公共部门投融资体系也是大势所趋，因此我们认为未来中国REITs向该领域扩容是合理选项。

第四章

REITs产品的盈利预测、估值及风控

REITs 作为标准化的金融商品，通过发行市场和二级市场上市交易，交易价格由 REITs 供需双方确定，市场合理定价和估值是充分发挥 REITs 资源配置作用的前提条件。因此，树立符合不动产商业逻辑本质的定价理念，建立完善的市场定价机制，是 REITs 市场建设的重要问题。同时，需要从 REITs 风险分析及控制角度，系统分析投资者进行 REITs 投资的逻辑和重点关注问题，以丰富投资组合、分散风险、获得投资收益。本章分为三节，第一节介绍 REITs 投资逻辑与估值方法，分别介绍符合国际惯例的REITs和境内类REITs的投资逻辑，并且分析相对估值法（或乘数法）、红利贴现模型（DDM）、资产净值法（NAV）3 种常用的估值方法。第二节介绍成熟 REITs 市场和类 REITs 市场的定价机制及盈利预测，包括成熟 REITs 市场具有价格发现功能，类 REITs 市场的定价问题，以及从决定 REITs 净资产价值的商业物业投资价值分析出发，分析影响 REITs 证券价格的因素，对 REITs 估值进行剖析。第三节从REITs风险分析及控制角度，一方面分析不同类型物业风险收益特征，另一方面探讨REITs投资所涉及的风险问题。

第一节

REITs投资逻辑与估值方法

本节分为两个部分，分别介绍 REITs 的投资逻辑和估值方法。在第一部分 REITs 的投资逻辑中，依次介绍符合国际惯例的 REITs 和境内类 REITs 的投资逻辑，通过二者类比使投资者深入了解境内类 REITs的投资特点。在第二部分 REITs 的估值方法中，详细介绍相对估值法（或乘数法）、红利贴现模型（DDM）、资产净值法（NAV）3 种常用的估值方法，包含其估值方式、估值逻辑以及常用指标。

4.1.1 投资逻辑

一 符合国际惯例的 REITs 投资逻辑

作为国际大类资产配置的重要组成部分，REITs 投资组合逻辑与传统证券投资相类似，主要聚焦在两个层面：一是投资组合策略；二是个股选择策略。

（一）投资组合策略

投资者根据对宏观经济、资本市场、区域特质、物业业态等领域的了解和判断，制定投资组合策略，即选择投资组合中各只 REITs 的配置比例、择时（仓位）以及分散度等。与传统证券投资资产配置的重要性相同，REITs 的配置比例主要基于投资者对区域、物业业态等经济与商业因素的判断，选择发达国家或新兴经济体，发达地区或发展中地区，办公楼、物流、商业或者公寓等类型；择时（仓位）是根据证券价格与分红率的历史趋势、分红率与国债之间的利差变化趋势、不动产市场的运行规律以及不动产投资趋势进行判断；分散度是指在整个投资组合中 REITs 的总数以及每只 REITs 所占的比例，或每类 REITs 所占的比例，REITs 的分散度需要合理，如果过度集中在某类 REITs 或某只 REITs，会增加系统性风险对组合业绩的影响，反之由于 REITs 业绩受管理团队的影响，如果过于分散，会分散 REITs 投资组合管理团队的精力，影响管理能力，从而降低绩效。

（二）个股选择策略

REITs 个股选择策略是通过评估每只 REITs 产品的质量来以此作为投资选择的依据。普遍来说，REITs 的价值来自其底层物业的价值和盈利能力，由于国际REITs是动态投资的持续运营实体，REITs所投资的底层物业在REITs存续期并非静止不动，而是由REITs管理团队进行投资新物业、出售老物业或更新改造等资本运作安排，因此评估REITs个股价值时要充分考虑其估值水平、发展潜力、财务稳健度以及管理团队的实力与品牌等各方面因素。估值水平是指REITs的股价相对于其盈利能力、资产价值而言是否被低估或高估，其中盈利能力可以通过营运现金流（FFO）或营运净收入（NOI）等指标来测算，资产价值可以采用净资产价值（NAV）或评估数据；发展潜力主要看其盈利能力的增长预期，增长可分为内部增长和外部增长，前者是指通过改善运营效益或提高租金实现的增长，后者是通过优质收购实现的增长，只有能提高每股盈利能力的收购才是优质收购；财务稳健度是指REITs的财务报表稳健程度，包括资产负债率水平、利息率以及负债期限安排等。除了以上财务分析类指标之外，一只REITs的发展和盈利能力也在很大程度上受管理团队的实力和品牌的影响，通过了解和评估REITs管理团队的既往业务，特别是在一个完整经济周期内的表现，有助于选择优秀的管理团队。

二 境内类REITs的投资逻辑

我国境内目前还没有出现完全符合国际标准的REITs产品，具有REITs概念的类REITs主要包括三种形态：一是当前市场的主流产品，即在证券交易所或报价系统挂牌的REITs概念的资产证券化产品；二是在证券交易所上市的REITs概念的封闭式基金产品，50%投资于物业项目，50%投资于其他股票或债券；三是在银行间市场流通的REITs概念的资产支持证券或资产支持票据。

不同于国际资本市场上REITs以股性证券为主，境内类REITs资产支持证券相比之下更具有固定收益特征，造成类REITs和国际标准REITs差异的原因主要有两个方面。

一方面是由于资产证券化市场投资者群体的偏好。国际REITs和资产证券化是彼此独立的两个证券类群，而境内类 REITs 目前属于资产证券化的组成部分。由于资产证券化市场本身属于固定收益市场，市场参与者主要是谋求稳定现金流和本息回报的机构投资者，如商业银行、保险和资产管理机构等。为了得到投资者更广泛的认同、降低发行的沟通难度，境内类 REITs 就表现出“抵押型类 REITs 占比显著高于国际市场”“部分过户型类 REITs 含有回购、回售、流动性支持”等固定收益属性。

另一方面是由于优先级证券的财务杠杆属性。国际标准 REITs 作为公司法人（如美国）或信托法人（如新加坡、中国香港），可以通过银行贷款或发行债券来为自身提供财务杠杆，从而提高股权的回报率。境内类 REITs 产品目前并不被允许通过类似方式引入财务杠杆，因此对于过户型类 REITs，高评级优先级的发行在本质上相当于为权益级证券提供了财务杠杆。在类 REITs 资产支持证券中，通过分级，权益级证券的风险收益特征与国际 REITs 更接近，而优先级证券的风险收益特征类似于 REITs 所发行的债务融资工具，所以具有明显的固定收益特征。

类 REITs 资产支持证券通常采用分级机制，分为优先级或优先 A 级（境内评级在 AA + 至 AAA）、次优级或优先 B 级（境内评级在 AA 至 AA +）以及夹层级（或有）、权益级（或有，不评级），这使得级别不同的资产支持证券具有不同的投资逻辑。

对权益级资产支持证券的投资主要关注底层资产本身以及产品杠杆设计。由于目前类 REITs 均为静态 REITs，与国际 REITs 的投资组合由资产管理人买入卖出不同，类 REITs 在存续期间资产组合基本不会发生变动，权益级证券的价值主要源于底层资产的表现，其间分红来自“底层资产经营所产生净运营现金流—税费—优先级证券预期收益等”，到期超额收益来自产品存续期内底层资产的增值，这是权益级投资的核心价值。权益级证券价值更类似于国际股性 REITs 分析。

与权益级资产支持证券相比，优先级资产支持证券的投资更具有固定收益证券投资者的属性，更关注底层资产运营期间现金流的稳定性以及证券到期（开放期、退出期）的投资本金偿付安排。其中，期间运营现金流作为固定收益投资的预期收益来源，主要需要关注现金流测算的合理性、利息覆盖倍数、有无期间现金流增信措施及其有效性。如果投资本金偿付主要来自证券发行机构的回购、交易流动性支持、再融资等主体资信措施，需关注其主体资信能力、债务期限结构和含权设计安排的合理性，同时了解底层资产价值及变现能力；如果投资本金偿付主要来自资产处置或公募 REITs 上市，需要更关心底层资产的价值和变现能力、处置期或者转换期限安排及其合理性。

4.1.2 估值方法

从低流动性的不动产实物资产到高流动性的金融产品，REITs 主要投资于持有型物业和基础设施，其基本运作模式是通过公开市场募集资金，将储蓄转化为长期资本，利用专业化运营获取租金或其他收入，以获得稳定的经营性现金流，同时通过租金增长以及跨周期持有获得资产增值收益。因此，由 REITs 制度保证，REITs 的价值创造建立在不动产资产的真实经营上，给投资者分红付息的主要来源是以资产运营产生的净现金流，为投资者带来长期持有的收益来自资产本身的管理升级和估值提升。从商业逻辑的本质出发，REITs 估值的核心在于评估其长期稳定分红以及由于提升运营水平从而使资产增值。在实操中，REITs 投资者有三种常用的估值方法，包括相对估值法（或乘数法）、红利贴现模型（DDM）、资产净值法（NAV），这三种方法角度不同，但都符合 REITs 的资本商业逻辑。

相对估值法是资本市场对上市公司股票估值的常用方法之一，估值乘数包括市盈率（P/E）、市净率（P/B）、市销率（P/S）等。REITs 通过投资持有型物业和基础设施获得稳定收益，具有高分红派息的特性，是兼具股票和债券特性的投资工具。因此，资本市场重点关注 REITs 的分红能力，常用的估值乘数有分红收益率（Dividend Yield）、市价/净营运现金流（P/FFO）、市价/调整后净营运现金流（P/AFFO）等。分红收益率是一年的总分红额与当时市价的比值，在明确预测特定 REITs 的分红能力的前提下，依据资产类别、资产区域、管理人水平、治理结构等多方面因素来确定可参照的分红收益率乘数，从而得到 REITs 的估值。应用分红收益率作为估值乘数的优点在于指标直观、易于计算，且是投资者最关心的指标，但由于管理人在一定程度上可以调整分红率，故在短期易被操作，无法真实反映 REITs 的收益能力。

在 REITs 的相对估值法中，市价/净营运现金流（P/FFO）和市价/调整后净营运现金流（P/AFFO）是更重要的估值指标。根据通用会计准则（GAPP）的定义，净营运现金流 = 净利润 + 不动产折旧 - 债务重组所得或损失 - 不动产销售收益。在衡量 REITs 运营绩效方面，净利润指标不像在其他类型的公司那样有意义，这是由于不动产折旧在会计处理上被当作费用来处理，但是在现实中，由于通货膨胀、土地价格上涨、建造成本上升、租金提升和空置率下降等原因，许多物业资产通常能够保值增值。大额折旧费用抵消了 REITs 的大部分现金流，因此把折旧加回来对衡量 REITs产生的现金流更加合理。另外，计算净营运现金流时还要减去物业出售的资本利得，这是由于定期折旧会减少资产负债表上的物业持有成本，而资本利得则来自高于持有成本价格的物业出售，在净营运现金流的计算中如果包含资本利得，则相当于重复计算一次折旧。REITs 管理人会分配净营运现金流的一部分，而另一部分作为留存收益。与分红收益率的倒数（P/Dividend）不同，市价/净营运现金流将留存收益纳入考虑范围，这在一定程度上是注重 REITs 未来的发展空间。

净营运现金流也有其缺点。不动产价值可能由于老旧或过时而随着时间慢慢消减，要维持物业资产的正常运营，就需要定期进行维护和更新。并且虽然一些设备设施在会计处理上进行资本化，但由于其具有一定的使用寿命，其价值也会逐渐降低。在计算净营运现金流时，如果简单地将折旧加回至净利润之中，忽略为维持物业价值而进行维护和更新所产生的资本支出，就会高估资产运营的业绩表现。为了解决上述问题，推出了调整后净营运现金流指标，具体调整方法是，在净营运现金流基础上减去那些被资本化的、用于维护和更新的费用支出。由于调整后净营运现金流能够更有效地衡量 REITs 的自由现金流和分红派息能力，因此作为估值乘数，得到广泛应用。

对 REITs 投资者来说，REITs 带来的是未来一系列的分红派息现金流。与股票估值类似，REITs 也可以通过红利贴现模型（DDM）来估值，即通过一系列预期现金流的现值之和来估值。由于分红派息水平可以看成是调整后净营运现金流与分红率的乘积，REITs 的红利贴现模型也可以表述为预期调整后净营运现金流的贴现之和。

第三种估值方法是资产净值法（NAV）。由于 REITs 是典型的重资产产品，其持有的资产主要是不动产，资产净值法是指对 REITs 持有的基础资产价值进行评估，扣除负债后测算净资产价值，以此作为 REITs 估值的标准。资产净值法的核心是不动产资产的价值，不动产资产价值的评估方法包括收益法、市场法和成本法。收益法是预测未来收益现金流的估值方法，适用于收益、风险、获利年限等可预测的资产，例如购物中心、写字楼、基础设施等；市场法是通过类比相同或类似的资产交易价格进行估值的方法，适用于拥有活跃交易市场的资产，例如住宅、销售型写字楼、商铺等；成本法是通过假设重置资产而确认重置成本的估值方法，在不动产评估领域主要适用于不具备活跃交易市场或无法产生稳定收益的资产，例如学校、图书馆、公园等公益型资产。在 REITs 领域进行基础资产评估，由于 REITs 依靠自处资产的运营收益向投资者进行稳定分红，收益法是最符合 REITs 逻辑的评估方法。收益法分为报酬资本化法和直接资本化法，前者指的是贴现现金流分析，即资产价值等于其未来各年运营净收益（NOI）的现值之和，后者是用估价对象未来一年运营净收益与适当的资本化率的比值，从而得到估价对象的价值。REITs 估值方法汇总如表 4 - 1 所示。

表 4 - 1　REITs 估值方法汇总

估值方法	估值方式	估值逻辑	常用指标
相对估值法	直接对 REITs 产品进行估值	分红派息能力相同的 REITs 应有相同的估值	市价/净营运现金流，市价/调整后净营运现金流，分红收益率的倒数
红利贴现模型	直接对 REITs 产品进行估值	预期现金流的现值之和	
资产净值法	通过基础资产对 REITs 产品进行估值	预测基础资产未来收益的现金流，通过报酬资本化法或直接资本化法得到基础资产估值，然后在此基础上调整得到 REITs 估值	资本化率

资料来源：Wind、新华基金

第二节

REITs的定价机制与盈利预测

REITs 和 REITs 基础资产的估值逻辑相同，这是由于两者的市场定价有相互锚定的关系。REITs 持有的不动产基础资产有大宗交易市场，REITs 有发行市场和二级市场。举例说明，假设一只 REITs 仅持有 A 物业，那么 REITs 产品的价格决定了 A 物业在 REITs 市场的定价，即 A 物业 REITs 价格；同时在大宗交易市场，通过同类物业的售价可以确定 A 物业的估价，即 A 物业的大宗交易市场价格。这两个价格应该具有一致性，如果差异较大，就存在一个好的投资套利机会：如果 A 物业 REITs 的价格远高于 A 物业大宗交易市场价格，那么 REITs 管理人可以通过增资收购类似物业来提升 REITs 的市值；如果 A 物业 REITs 的价格远低于 A 物业的大宗交易市场价格，那么外部投资者可以收购 REITs，然后再在大宗交易市场出售 A 物业，获得价格利差。因此，不动产资产大宗交易市场和 REITs 市场之间存在趋同性和内生相关关系。在实践中，通过 REITs 产品价格和物业净营业收益可以计算出 A 物业 REITs 的价格，被称为隐含资本化率，其可以作为大宗交易市场定价的重要参考因素。

REITs 价格具有领先于不动产市场价格特点。首先，在影响不动产价格的因素发生变化后，由于流动性好、交易量大、交易成本低等因素，REITs 市场的价格变动先于不动产市场，不动产市场的价格调整更加缓慢。其次，REITs 对基础资产的初始收购价格直接影响投资者在产品存续期间获得的分红派息水平，是 REITs 发行定价时的重要参考依据；REITs 在存续期间对基础资产的持续跟踪估值能够有效体现基础资产的质量，从而有助于 REITs 产品及时优化调整资产包，保障投资者利益。最后，在市场化处置资产的过程中，物业估值是最终确定处置价格的重要参考因素。总体来说，REITs 市场和大宗交易市场相互具有价格发现功能，不仅有利于在资产交易市场形成资产价格，而且有利于在 REITs 市场形成基于经营质量和经营效率的市场定价。

境外成熟 REITs 的发行大多数采用累计投标询价机制。累计投标询价机制主要包括确定估值、确定价格区间、投标询价和公开发行四个阶段。

在确定估值和确定价格区间阶段，作为主承销商的投资银行根据拟发行标的证券的情况，结合专业经验和知识进行单方面的定价。根据 REITs 产品特点，在实践中，主承销商通常会以底层物业资产预期运营现金流为基础测算投资者每年的分红收益率，从而得到 REITs 的估值。进入投资询价阶段后，由于机构投资者的投资判断经验和能力比较成熟，承销团向机构投资者推介、发放研究报告，有利于机构投资者对 REITs 的投资价值进行判断，再加上具有约束力的报价，从而有利于机构投资者从需求端探寻REITs的公允价值。最后进入公开发行阶段，基于供给端和需求端在询价阶段确定的发行价，再通过公开市场向个人投资者确认，如果公开发行阶段的认购数量不足，则发行失败，说明前两阶段的价格发现机制失灵；如果公开发行成功，则说明 REITs 的公允价值已经通过累计投标询价机制确定，并最终得到市场的认可。

下面将分别介绍成熟 REITs 市场和类 REITs 市场的定价，第一部分阐述成熟 REITs 市场具有价格发现功能，第二部分讨论类 REITs 市场的定价问题，第三部分从决定 REITs 净资产价值的商业物业投资价值分析出发，分析影响 REITs 证券价格的因素，对 REITs 估值进行剖析。

4.2.1 成熟 REITs 市场具有价格发现功能

从长期来看，REITs 市场能否提升行业发展质量，为投资者创造投资回报，优化配置资源，促进宏观经济增长，关键性因素在于其是否具有价格发现功能。为了分析成熟 REITs 市场在价格发现上的表现，从 REITs 市场价格与不动产价格的相关性、REITs 市场的投机性与价格泡沫、REITs 相对资产净值的折溢价三个方面来评估成熟 REITs 市场的价格发现功能。

二　REITs 市场价格与不动产价格的相关性

REITs 市场价格和不动产价格之间的相关关系是重要问题之一。从资金需求端来看，如果 REITs 市场价格可以揭示不动产资产的内在价值，以此为基准可以做出有效的投融资决策；从资金供给端来看，由于不动产与其他金融资产之间的相关性较低，投资不动产可以为投资者分散风险。相对于直接投资不动产，投资 REITs 的优势在于，在基础资产相同的情况下能够拥有更好的流动性、更低的交易成本和购买门槛，因此更容易进行不动产投资的分散化，如果 REITs 市场价格与不动产价格走势之间具有较高的同步性和相关性，那么 REITs 将成为投资不动产的优选产品。

现有文献通过实证研究应用误差修正模型来研究 REITs 价格与不动产价格的长期均衡关系和短期波动关系。从短期看，REITs 价格和不动产价格之间的相关性较低，受股票市场波动的影响比较大。由于 REITs 在市场公开交易，可能会受股票市场噪声、短期投机、市场情绪和资金面等因素的干扰，从而使其价格偏离不动产市场的价格。国外学者研究了不同类别的 REITs 价格以及相对应的不动产价格之间的关系，只有写字楼 REITs 价格与不动产价格之间相关性较高，而零售 REITs、住宅 REITs、工业 REITs 的价格与其相对应的不动产价格之间关联性均不显著。

但是，也有研究发现，越成熟的 REITs 市场，其越能体现自身真实的内在价值，和不动产价格之间的差距也在不断缩小，受股票的影响也越来越小。REITs 价格与不动产价格的长期关联在美国和英国较为显著，而在澳大利亚不显著，这在一定程度上说明美国和英国的 REITs 市场相对于其他国家更加完善，更能体现不动产的内在价值。

从长期来看，REITs 市场价格和不动产价格的相关性很强，可以将长期 REITs 投资替代直接不动产投资。一方面，股票市场噪声的整体影响长期趋于零；另一方面，由于基础资产相同，REITs 和不动产市场最终都会调整自身的价格以与变化的基本面保持一致。REITs 价格变动领先于不动产市场价格，在影响不动产价格的因素发生变化之后，由于 REITs 流动性强、交易量大、交易成本低，与不动产市场相比信息更加有效。一些学者通过对国外 REITs 市场的研究验证了 REITs 市场的价格变动先于不动产市场，具有价格发现功能，而不动产市场的价格调整更为缓慢，因此可以通过 REITs 市场价格判断不动产市场价格的走向。

在推动 REITs 政策的过程中，各个国家和地区的决策机构高度关注不动产市场和 REITs 市场之间的风险传导问题。国外实践证明，在房地产市场出现严重泡沫时，REITs 作为专业的市场参与者，开始出售资产，或被私有化，增加不动产市场的供给，进而平抑房价，并传递不动产泡沫的准确信号。

REITs 也具备抵御不动产市场短期波动风险的能力。REITs 的基础资产成熟且质量较高，拥有稳定的租金收入，财务稳健，遵循长期投资策略，投资者也大多数是长期投资机构，因此不动产市场价格的短期调整对 REITs 的影响较小。例如，2008 年金融危机中，新加坡不动产价格出现大幅下跌，但稳定的租约和经常性收入使 REITs 的分红能力基本未受影响，REITs 市场价格的下跌主要是由金融市场流动性导致的，到 2009 年年中，S－REITs 并未出现破产和抛售资产的情况，市场价格快速恢复，投资者通过金融危机进一步认识到了 REITs 的抗风险特征。

二 REITs 市场的投机性与价格泡沫

由于 REITs 市场流动性强、交易成本低，对于不动产市场的投机者，REITs 市场是理想的投机选择，这会引发另一个问题：REITs 市场是否存在大量的投机行为，市场价格经常表现为投机性泡沫？

一方面，REITs 市场不利于投机者炒作并形成泡沫，与其他上市公司的股票不同，REITs 有明确的基础资产，同时其经营活动和股利发放受到严格的制度约束，如净利润的最低分配比率、收入结构中来自不动产经营的最低比例。资产结构中持有不动产的最低比例等，这些刚性要求明确其价值取决于未来股利对应现金流的折现，降低了 REITs 的不确定性和信息不对称程度。另一方面，REITs 市场也存在有利于投机行为的因素。例如，REITs 是不动产资产的证券化，而不动产市场有时会出现泡沫。对于大多数 REITs，投资者做空 REITs 的方式有限且成本较高，REITs 市场的有效性受到影响，负面信息不能很好地反映在价格中。

对于 REITs 市场是否存在大量投机泡沫，理论界通过实证研究没有达成一致的结论。一些学者研究表明，尽管美国 REITs 市场存在投机行为，且当不动产景气时，理性投机泡沫会增加，但这些投机行为没有导致非理性投机泡沫，投机行为的多少不能预测未来 REITs 市场的收益率。但是另一些学者研究表明，美国抵押型 REITs 和混合型 REITs 市场存在着周期性崩塌的负向泡沫，美国住宅类权益型 REITs 会存在投机泡沫，例如，美国 REITs 市场在 2003—2007 年逐渐积累了投资泡沫，到 2007 年不动产市场泡沫破灭时，REITs 市场价格相对于其基础资产被高估了 40%。

三 REITs 市场的折溢价

在现实中，REITs 市值与资产净值之间存在一定的折溢价，被称作资产净值折溢价。资产净值折溢价反映了 REITs 期望回报率和 REITs 基础资产回报率之间的差异，当 REITs 期望回报率高于基础资产回报率时，体现为折价；当 REITs 期望回报率低于基础资产回报率时，体现为溢价。不同时间、不同地区的市场折溢价情况存在差异。

对于 REITs 投资者来说，REITs 的基础资产是确定的不动产，有明确的经营管理和收益分配原则，可以较好地进行净资产价值评估，如果 REITs市场中存在长期折溢价，则需要深入思考造成折溢价的原因。REITs 折溢价有三种理论解释。第一，REITs 市场相对于不动产市场更加有效，可以更快地根据新信息调整价格，使 REITs 价格相对资产净值发生偏离。在这种解释下，折溢价的存在意味着 REITs 具有价格发现功能。第二，

REITs与不动产市场相比流动性更强，因此投资者愿意为REITs投资支付额外的溢价，这种溢价的存在是合理定价的结果。第三，REITs市场出现折溢价的重要原因之一是投资者情绪。相对而言，REITs投资者中个人投资者的占比要高于直接投资不动产资产的个人投资者。因此，REITs二级市场的噪声交易者风险较高，对于风险厌恶型理性投资者，则会有一定程度的折价，这种折价代表相对于内在价值的偏离。市场具体会表现出折价还是溢价，取决于各个因素的影响水平。

REITs的折溢价程度受REITs管理水平、杠杆率、规模等因素的影响。管理水平越高，以往的表现越好，投资者越愿意为REITs支付相对于资产净值的溢价。不同的杠杆率可能导致不同的代理成本，在熊市和牛市中，投资者对杠杆率的偏好不同，使得各REITs的折溢价存在差异。REITs的规模同样会影响折溢价的水平，规模大的REITs通常具有较好的流动性，有规模化和融资方面的优势，但由于底层资产的构成相对复杂，投资者难以进行评估。REITs市场折溢价的实证研究结果如表4-2所示。

表4-2 REITs市场折溢价的实证研究结果

作者	时间(年)	样本	主要结论
Barkham、Ward	1999	英国REITs 1993—1995年	资本利得税率、公司规模、流动性和过往业绩影响REITs折价率；噪声交易者的参与增大了价格波动的风险，增大了REITs的折价率
Clayton、Mackinnon	2001	美国权益型REITs 1996—1999年	杠杆率、公司规模、流动性的增加会增加REITs的溢价率；噪声交易者对REITs的溢价产生影响
Morri、Benedetto	2009	意大利REITs 2003—2007年	对于根据公司杠杆调整后的资产净值，杠杆率越大，REITs的折价率越低
Patel等	2009	英国REITs 1988—2007年	REITs折价率在20%附近波动，波动率的增大会增加风险溢价，从而增大REITs的折价率

（续表）

作者	时间（年）	样本	主要结论
Biasin 等	2010	意大利 REITs 2006—2008 年	更好的流动性、更高的杠杆率、股东大会的常规性召开可以降低 REITs的折价率
Pattitoni 等	2013	意大利 REITs 2009 年	分析师的评估不是导致 REITs 折价的原因
Brounen	2013	美国权益型 REITs 2006—2008 年	做空对 REITs 溢价具有重要影响
Lee 等	2013	S - REITs 2005—2010 年	REITs 的折溢价受投资者情绪影响，上一期的交易规模越大，REITs的溢价率越大
Morri、Boccarin	2016	法国、荷兰、英国 REITs 2003—2014 年	经营风险增加 REITs 的折价率，业绩表现好降低 REITs 的折价率

资料来源：Wind、新华基金

基于对全球 REITs 市场相关实证研究的总结和分析，可以得到基本结论：经过近半个世纪的发展，REITs 市场不断发展，日益成熟，具体表现为完善的发行和退出制度、真实充分的信息披露以及成熟的投资者，这些均是提升 REITs 市场价格发现功能的重要因素。研究表明，全球大部分 REITs 市场的价格发现功能较强，为经济资源跨时间、跨地域和跨产业配置提供了长期有效的价格信号。

4.2.2 REITs 市场的定价问题

目前中国境内 REITs 产品在资产支持证券的框架下，通常进行结构化分层，从中国境内主流投资者角度看，类 REITs 优先级为固定收益类产品，主要体现为债性投资逻辑。而次级产品份额（被认为是权益级产品）的期间受益通常较低，多由原始权益人及其关联主体持有，银行、保险公司等传统保守型机构投资者的参与程度不高，同时，由于REITs次级份额的流动性较低，且无明确的退出渠道，不能得到高净值个人投资者或其他权益类市场投资者的广泛认可。

实际上，类REITs定价和成熟市场标准化REITs定价存在很大差异。类REITs定价通常指的是优先级固定收益类产品的定价，而非基于资产估值的权益类产品定价。发行人与投资者关注、博弈的焦点在于优先级券种的发行成本，而非类REITs产品的发行规模。虽然优先级投资者也会考虑优先级发行规模占资产估值的比率，但并不是从投资收益的角度考量，而是从投资安全的角度考量。类REITs产品的优先级通常仅享有固定水平的投资回报，不参与资产增值溢价部分的收益分配，其定价参照债券定价，而非参照股票定价。目前，中国境内主要采用公开招标（通常是荷兰式招标）的方式确定优先级的发行利率。

中国境内类REITs市场的发行利率是由金融市场中发行人的融资成本和投资者的收益诉求决定的。从发行人融资成本的角度考虑，发行人通常会基于类REITs产品的融资规模、使用期限、对财务报表的调节情况、对企业发展转型的支持程度等多个因素综合考虑发行成本的可承受性。从投资者收益诉求的角度考虑，由于中国金融市场中固定收益类产品的投资群体与权益类产品的投资群体的天然分化，固定收益类产品的发行逻辑不同于权益类产品，权益类产品的投资主要考虑预期收益的可获得性。简单来说，类REITs产品的投资收益等于无风险利率加上产品风险溢价。无风险利率主要受宏观经济环境和市场流动性影响。影响产品风险溢价的主要因素有产品结构设计、资产情况和主体情况等。

在产品结构设计方面，目前中国境内类REITs产品优先级的主要投资者为商业银行，银行投资类REITs产品时主要考虑产品设计链条是否完善，以及能否从产品机制上保证本金与预期收益的收回，而非资产的增值情况。因此，由强主体全额担保的偏债型类REITs，在银行审批流程中更容易获得认可，发行成本相对较低；而依靠资产处置保障本金偿还的偏股型类 REITs 由于处置流程的不确定性，银行对其风险溢价的要求更高。产品结构化分层是资产证券化产品中一种常见的增信措施，通常情况下，偿付顺序靠前的产品发行成本较低，偿付顺序靠后的产品发行成本较高。在产品设计中，分层过多的产品结构相对复杂，投资者在审批时会存在更多顾虑，不利于发行成本的降低。目前，中国境内类 REITs 产品主要分为三年期与五年期两类，通常情况下，固定收益类产品存在期限溢价，即五年期产品的投资成本理论上高于三年期产品。

类 REITs 是基于持有型不动产的资产证券化，因此，对目标资产的考察在投资者审批过程中是非常重要的关注点。总体来看，流动性较好、资产增值潜力较大的资产更容易受到投资者的认可。类 REITs 的发行机制通常会考虑资产的处置，由于商业地产（含商业物业、写字楼等）、租赁住房等底层资产的流动性和增值空间普遍高于工业地产、高速公路或其他基础设施资产，底层资产为商业地产和租赁住房等的类 REITs 产品的发行利率通常较高。考虑到类 REITs 产品存续期间资产价值的稳定性和收益性，经济发展程度较高、发展潜力较大区域的资产更容易得到投资者的认可，如长三角、珠三角地区的物业资产受认可的程度通常高于西北地区的物业资产。产品存续期间优先级的收益偿付主要依靠资产运营带来的现金流，运营良好的资产更容易得到投资者的认可。

类 REITs 产品的发行人通常扮演原始权益人或增信方的角色，发行人（企业）所处区域的发展态势是否良好影响了投资者对产品风险的判断，经济发达区域的企业更容易获得投资者的认可。发行人公开的市场融资情况能反映历史上公开市场投资者对企业的认可程度，对产品发行存在一定影响；发行人主体的信用评级高，意味着发行人的抗风险能力和盈利能力强，发债融资成本低，从而有利于获得更低的发行成本。

类 REITs 的次级通常由原始权益人及相关主体持有，并不涉及与底层资产估值相关的次级的发行定价过程。对于少数对外销售的次级份额，由于类REITs产品对投资者数量、投资门槛以及交易平台的客观限制，当前市场参与者主要由少数产业投资者和机构投资者构成，私募属性仍较强，难以在发行过程中通过询价方式有效实现资本市场的定价功能，通常会通过与发行人的反复沟通确定次级规模，通过规模的调整达到其对次级投资预期收益率的要求。实际上，这已经步入权益级证券定价的萌芽阶段，当有足够多的次级投资者参与类REITs次级投资市场，投资银行可以采用与成熟市场类似的累计投标询价等机制对次级份额进行定价发行。

目前，中国境内对REITs基础资产估值方法的选择，依据的制度文件主要来源于两方面：一是针对评估机构的指引；二是针对REITs产品管理人的指引。一方面，根据中国不动产估价师与不动产经纪人学会发布的《不动产投资信托基金物业评估指引（试行）》，“信托物业或者其同类物业通常有租金等经济收入的，应当选用收益法作为最主要的估价方法，并优先选用报酬资本化法。信托物业的同类物业有较多交易的，应当选用比较法作为其中一种估价方法”。另一方面，上海交易所、深圳证券交易所在关于资产证券化业务监管的相关问答中，对于底层资产涉及不动产评估的，均明确表示“建议选用收益法作为最主要的评估方法”。基于上述规定，中国境内REITs产品在实践中，通常将收益法（尤其是报酬资本化法）作为必备的估值方法，对于存在相对活跃的市场交易数据的资产类型（如写字楼、购物中心、酒店、公寓等），可以结合市场比较法综合确定估值结果。一般情况下，在同时采用收益法与其他估值方法来确定物业估值时，收益法的权重比例应不低于50%。

结合境外成熟市场REITs与近年来类REITs的发展经验以及公募REITs的定价逻辑可知，公募REITs市场在定价方面的挑战首先来自基础资产的估值体系建设。多年来，伴随着中国境内类REITs市场的发展，相应的资产估值规范、评估机构的专业水平以及市场对REITs产品中资产估值重要性的认识均已取得长足进步。但随着中国境内公募REITs的渐行渐近，市场可能会进一步加速发展，同时对REITs产品的资产估值工作提出更高要求。总体来看，中国境内 REITs 市场下一步建设中，在资产估值方面主要面临以下新的挑战：

第一，需进一步健全并完善估值规范体系。目前，在中国境内类 REITs产品的物业估值体系中，仍有许多方面需要进一步细化规范。例如，在不同机构运用估值方法的过程中可能会存在不合理差异；缺乏统一的估值报告格式与内容标准，对重要信息的披露程度差异较大。为解决这些问题，应参照境外经验，逐步探索建立与 REITs 更加匹配的估值管理体系，涵盖评估机构与评估师资质要求、评估方法应用标准、估值报告内容要素、持续信息披露要求等明确指引。

第二，专业机构对基础设施类资产估值的经验相对不足。过去，类 REITs 产品在资产类型方面以泛商业大类资产（写字楼、购物中心、酒店、长租公寓等）为主。随着中国境内公募 REITs 的推进，基础设施将在接下来的市场发展中成为另一个主要的大类资产。与商业资产相比，基础设施在经营模式、现金流特征、经营期限等方面均存在较大区别，因此无论是在估值规则的制定层面，还是在专业机构的实践层面，都需要针对基础设施资产的特性，在既有商业资产估值的基础上做适应性调整。

第三，全市场需建立相对透明、公开的估值参照体系。中国境内 REITs市场接下来可能快速发展，无论是基础资产数量的增加，还是在细分资产类型或所属区域的多样化，都对 REITs 产品估值的合理性、公允性提出了更高的挑战。因此，在全市场范围内逐步建立了一个科学有效、公开透明的估值参照体系，对于从整体层面改善中国境内 REITs 产品估值质量的稳定性具有重要意义。例如，在商业不动产领域，资本化率能真实反映物业运营收入与资产价值之间的关系，客观体现投资者对租金收益回报的要求。因此，结合不同商业资产类型、不同区域，形成一套可供市场普遍参考的资本化率指标，对 REITs 产品基础资产估值将起到重要作用。

基础资产估值为 REITs 的发行定价提供了有益参考，而投资者对 REITs产品的投资则更多依靠自身的专业判断。目前，中国境内类 REITs

市场的投资者多为固定收益类产品投资者，且主要集中于银行这类稳健型投资者，而公募基金公司中投资股票二级市场的权益类产品投资者对与不动产相关的类 REITs 产品并不熟悉，对不动产和基础设施的涉猎与实际投资操作也不广泛。总体而言，目前，中国境内机构投资者在与不动产相关的类 REITs 产品上的投资经验较为匮乏，其对权益型 REITs 价值的判断能力尚待提升。权益型 REITs 定价机制的设计可以参考成熟市场经验，也可以参照中国境内上市公司的定价经验，这并不是中国境内 REITs 市场发展的障碍。如何培育 REITs 市场，如何培养合格的 REITs 投资者才是现阶段更需关心的问题。

4.2.3 商业物业与 REITs 的估值与盈利测算

REITs 最根本的投资价值来源于其所投资的商业物业的资产价值，对于包含多种商业物业品类和建筑物的 REITs，既需要了解其中每一栋建筑物的价值，也需要了解资产组合产生的协同及风险分散效果。而对于仅包含一栋建筑物的境内类 REITs 资产支持证券，更需要深入理解商业物业的投资价值。并且，REITs 作为资本市场流通的证券，其净资产价值取决于其所投资商业物业价值的同时，还需要考虑交易价格及市值受资本市场整体走势，以及投资者对其投资的认可度的影响等可能造成 REITs 市场偏离其资产价值的因素。

下面从决定 REITs 净资产价值的商业物业投资价值分析出发，分析影响 REITs 证券价格的因素，进而对 REITs 进行估值和盈利测算。

一 商业物业的投资价值分析

商业物业的价值不仅是一个评估数据，也是对商业物业当前以及未来运营的判断。商业物业不是一栋砖石建筑物，而是运营中的一个业务单元，更是融入 REITs 组合的经济实体。因此，可以从盈利能力、综合成本、估值这三个方面来分析商业物业的价值。

（一）盈利能力

商业物业目前以及未来每年能获得多少租金收入，不仅会影响 REITs 给投资者的分红水平，也会影响商业物业的市场价值或者处置收益。

评估商业物业的盈利能力需要考虑当前收入能力和长期竞争力。无论是商场还是办公楼或其他物业类型，首先需要关心其租金相对周边物业的租金水平是高还是低，以及承租人的支付能力。一般来说，租约合同越长，商业物业的收入越稳定，但如果租约期限太长就可能影响租金收入未来的增幅，同时如果承租人持续经营能力或财务实力比较弱，可能违约或拖延付租，进而影响商业物业的租金收入。

商业物业的长期竞争力会影响其与承租人谈判时的话语权，以及承租人是否继续租约。商业物业的长期竞争力需要综合考虑以下几个因素：

第一，给承租人提供的条件性价比如何，承租人依赖度如何，物业管理水平相对于周边的竞争楼盘是否有优势，是否会因为租金导致承租人的生存压力过大，使得承租人被迫搬离。

第二，商业物业所在城市和所在区位的经济发展态势，所在城市是人口流出型城市还是人口流入型城市，所在区位未来是城市的中心还是逐渐衰落。

第三，商业物业自身的质量和功能，随着经济和生活业态的变化，商业物业所在位置以及建筑物的设计和功能能否满足未来承租人的要求。

以上都是影响商业物业长期盈利能力的因素。

（二）综合成本

REITs 的净运营现金流等于盈利减去综合成本，在了解商业物业盈利能力的基础上，也需要重视综合成本的测算。综合成本主要分为以下四个方面：

第一，运营支出，包括经营支出、人员费用支出、水电气热支出、物业管理支出，还包括保安、保洁等方面的支出。

第二，维修维护支出，包括未来每年更换管道线路的支出和修理相关必要设施的支出，甚至包括每年更换灯具、玻璃的支出。

第三，资本支出，主要是一些大的修整，根据商业业态和所处的气候环境、生态环境或者是未来的商业变革需要对商业物业进行重修和升级，小到液晶显示屏或电梯的升级，大到整个楼宇内部的彻底改造。

第四，保险费支出，其需要考虑未来保险公司是否会涨价，以及哪种保险是最有利的花费等问题。

（三）估值

REITs 投资者，特别是专业地产投资基金或者具有内部投资分析团队的机构投资者，在认可评估机构的专业评估结果的基础上，要根据物业项目对自身的战略协同价值、对投资组合的分散价值进行判断和评估。一栋商业物业从不同角度看可能有多种估值结构，对于不同的人也意味着不同的价值。具有较强资产管理能力和商业经营管理能力的机构投资者会在收购评估过程中给不同类型的商业物业带来价值提升，因此对于有发展前景的物业要给予更好的估值。

拟长期持有商业物业的投资者更看重的是 REITs 的分红收益和资产增值收益，关注基于未来收益折现所得的公允价值，这往往是中长期趋势里比较可行的处置价值。对于持有型投资者而言，商业物业的价值来源于当前和未来的盈利能力，因此收益折现法计算的物业价值通常是专业不动产投资基金、保险等持有型不动产投资机构最为认可的。基于未来收益折现的计算方法，将商业物业未来存续期、基于合理增长率测算的预期净运营现金流进行折现，从而得到商业物业的现值。也可以采取净资本化率法进行计算，根据物业所处的国家、地区和位置特征，设定一个合理的净资本化率（比如5%～6%），用目前净经营现金流除以净资本化率，得到商业物业的评估价值。

那些偏好通过地产交易获利的投资者，更关心商业物业出售的价值是多少，即在市场上物业卖掉能赚多少钱。由于商业物业的价值不仅取决于未来预期现金流折现的价值，同时也会受地产市场活跃度、特定经济周期市场热点和投资者偏好等多重因素的影响，因此市场或多数投资者喜欢的物业一般也具有较高的交易价值。这些投资者也会非常重视商业物业的市场可比价值，即一栋商业物业周围的类似楼盘销售价格以及未来趋势，这栋楼相比周围楼群的优缺点以及相应的市场对标价格等。

至于具有特定用途的商业物业项目，例如特种仓储、医疗资源、具有地标特色的商业楼宇等，由于其差异化程度较强，不容易有效判定其市场化的租金收入水平或市场交易价格水平，但由于这类资产具有一定的稀缺性，或对于投资者、转让机构具有战略价值，便可以采用重置成本法或其他合适方法进行估值，即看新建同样的建筑需要多少钱。

除此之外，对于具有优先回购权安排的过户型类 REITs，当标的商业物业对企业战略价值较高，且企业具有较强的财务实力时，也可以参考重置成本法。对于抵押型类 REITs，重置成本法也是较为常见的参考指标。

二 REITs 的投资价值分析

REITs 既是所投资的基础物业的组合，也是一个持续运营的经济实体，其价值的基础是所投资物业的净资产价值，也受到资本市场、管理团队以及增长预期等因素的影响。判断 REITs 的投资价值，分析其证券价格，会比单独评估一栋商业物业的价值更复杂；对国际市场上由多元化物业构成、主动投资管理型的 REITs 进行分析评价比对以单体物业为基础的类 REITs 进行分析评价更复杂。

和股票等证券分析方法类似，国际通行的 REITs 证券价格分析方法也分为相对价值指标和绝对价值指标。其中，相对价值指标包括常见的运营现金流倍数（P/FFO）、净资产价值倍数（P/NAV），以及隐含资本化率（Implied Cap Rate）、托宾 Q 比率等；绝对价值指标主要通过净现金流折现法计算。

（一）运营现金流倍数（P/FFO）

类似于股票估值体系中的市盈率法，通过比较 REITs 证券价格（P）与每股运营现金流（FFO）的倍数，相对评判 REITs 证券当前价格是否合理。根据不同国家对于 REITs 适用的会计标准和惯例，运营现金流倍数法也可以用类似的参数替代，例如调整后运营现金流倍数法（P/AFFO）、净运营收益倍数法（P/NOI）。其中，净运营收入 = 经营收入 - 经营支出及费用；运营现金流（Funds From Operations） = 净运营收入 - 资本支出；调整后运营现金流是在运营现金流的基础上，对维持 REITs 底层资产质量所需要的经常性资本支出项目进行调整的结果。

运营现金流倍数是最为常见的评估 REITs 价格的指标，在过去 20 年间，美国市场 REITs 的 P/FFO 倍数在 8 ~ 20 倍之间，平均水平约为 14 ~ 15 倍。通过该指标，不仅能够比较不同 REITs 的定价高低，判断目前 REITs 价格在整个历史周期所处的位置，还可以将此作为投资 REITs 与投资其他证券品种的对比参考。

（二）净资产价值倍数（P/NAV）

类似于股票估值体系中的市净率法，通过比较 REITs 证券价格（P）与净资产价值（NAV）的倍数，可以相对评判 REITs 证券目前的价格是否合理。其中，净资产价值指的是一只 REITs 所有资产的价值与所有债务相减之后形成的净值之差。由于 REITs 的商业价值来源于其所投资的基础物业资产，因此净资产价值可以作为评估 REITs 价值的标准，REITs 估值原则上不能过度偏离其净资产价值，如果偏离则需要找到适当的理由。

净资产价值的计算可以参考专业评估机构出具的评估报告，并利用上一部分“商业物业的投资价值分析”中提到的方法进行确定，不仅关注目前，更要关注未来。另外，净资产价值的计算也可以采用净运营收入除以资本化率来计算。

（三）隐含资本化率（Implied Cap Rate）

隐含资本化率是指投资者进行 REITs 投资获得稳定分红和资本增值所获得的收益率，即净运营收入/企业价值，这里的企业价值可以用 REITs 市值来代替，是不动产行业中较为常见的估值比率。较高的隐含资本化率表示相同的投资本金可以获得更高的投资收益。

隐含资本化率可以用来比较不同的 REITs 投资价值，也可以比较 REITs与其他证券的相对投资价值。

同时，隐含资本化率还可以用来展现 REITs 为承担相应的风险而获得的风险溢价，REITs 股息高于定期存款或国债利率（无风险利率）。一般来说，在经济繁荣、资本市场处于牛市时，市场普遍看好商业物业未来的发展，愿意接受较低的当前资本化率来投资 REITs 以期待未来获得收益，此时 REITs 的估值相对较高；反之，当经济衰落、资本市场处于熊市时，例如在金融危机期间，投资者会对资本化率相对于无风险利率的风险溢价要求相对偏高。

每个投资者都需要找到一个适合自己投资的隐含资本化率水平。对于长期持有型投资者而言，例如保险或养老金机构，需要找到一个能够达到内部收益率及成本支出要求的隐含资本化率水平；对于交易型投资者而言，则需要通过分析经济周期和市场环境，从而判断 REITs 当前的隐含资本化率是否具有充足的吸引力。

（四）托宾 Q 比率

REITs 相对价值评估汇总的托宾 Q 比率是从传统证券定价的托宾 Q 值进化而来，主要指 REITs 市场价值与“经过负债调整之后的 REITs 所包含的商业物业重置成本”之间的比例。托宾Q比率可以理解为以重置成本法计算净资产价值倍数法。

托宾Q比率如果大于1，说明市场认为REITs价值高于其基础资产的成本，此时市场的资本市场套利动机较强，投资者应当将REITs转化为产业资本；反之，如果小于1，说明市场认为REITs价值低于其基础资产的成本，此时市场的资本市场套利动机较弱，可以持有REITs。

由于在实操中，商业物业的运营价值受到商业周期、建设周期、品牌价值、运营管理等多因素的影响，高托宾Q比率并不意味着简单重置物业就能获得相同的经济价值，但是托宾Q比率仍对特定物业品类的REITs评估具有重要意义。

（五）现金流折现法

现金流折现法是将REITs未来的分红水平（来源于基层物业的净经营现金流和利润表现）进行折现，获得REITs理论上的经济价值的方法。在实操中，根据REITs所投资的资产情况来预测各物业未来能够获得的现金流收入水平及其增长趋势，然后获得REITs的分红水平及增长趋势。然后，根据无风险利率以及风险溢价水平来确定折现率，最终通过现金流折现的方法获得REITs的经济价值。

任何项目现金流量的现值（Present Value，PV）均可通过将有关项目资产的现金流量按与其风险大小相当的贴现率（Discount Rate）进行贴现而得到。首先预测自由现金流，自由现金流 = 税后净营业利润 + 非现金项目调整 + 营运资本变动 - 资本支出，然后确定折现率，并对自由现金流进行折现，接着计算永续现金流，并对永续现金流进行折现，然后预测公司价值和股权价值，其中预测公司价值 = 累计折现现金流 + 永续现金流折现，股权价值 = 项目资产价值 + 现金类投资 - 债务资本，最后通过敏感性测试得到初始定价，初步定价 = 股权价值/稀释后发行总股数。具体定价思路如图4-1所示：

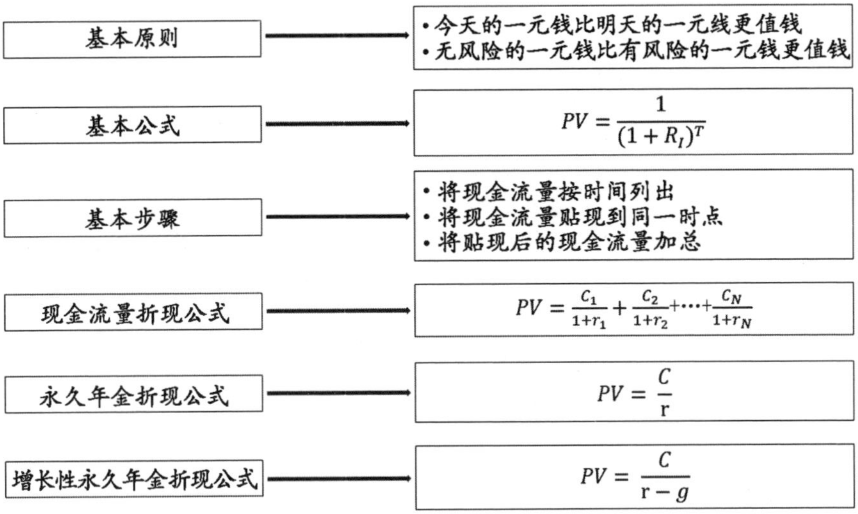

资料来源：Wind、新华基金

图 4-1　绝对估值法的定价思路

现金流折现法较为复杂，需要预测未来若干年的各物业租金水平、费用支出水平，进而获得 REITs 分红水平。而由于 REITs 的投资物业分布广泛，所在国家和地区的经济环境和市场氛围具有不确定性，可能处于经济周期的不同阶段，所以很难准确预测各物业的净运营现金流水平，评判财务杠杆和财务费用未来的变化，因此获得 REITs 整体层面的分红水平就更为复杂。

在实操中，分析师通常在测算当年和预测未来一两年的 REITs 分红数据后，利用数据模型估算线性或分阶段的分红增长率及折现系数，依此利用模型公式来计算未来现金流及其折现价值。

对于投资者，在分析一份现金流折现法计算的 REITs 评估报告时，判断其在评估或定价过程中做出的相关假设和商业逻辑，可能比得到最终计算的数值更有意义。

第三节

REITs风险收益模型评估

本节主要评估REITs投资所存在的风险。首先，从REITs投资物业类型出发，我们对不同类型的物业（主要是居住物业、商业物业、工业物业及其他用途物业）的风险收益特征进行了分析，主要包括了每个物业类型的特点、投资关注点、投资风险以及投资该类型物业REITs需注意的事项。接下来，从宏观经济、政治政策、基础资产与财务、发起机构、交易与产品设计等层面详细分析REITs投资所存在的相关风险，并在最后一部分以其他风险的说法对境内类REITs以资产证券化作为业务通道所引入的与资产证券化相关的风险进行了简要分析。

4.3.1 不同类型物业风险收益特征分析

根据使用功能，可将物业分为四类：一是居住物业，包括住宅小区、单体住宅楼、公寓、别墅、度假村等；二是商业物业，包括综合楼、办公楼、购物中心、酒店、康乐场所等；三是工业物业，包括工业厂房、仓库等；四是其他用途物业，包括车站、机场、医院、学校等。一般情况下，REITs 商业物业的主要构成为购物中心、办公楼、酒店等，此外，还有部分以工业厂房和仓储中心为基础的 REITs 产品。住宅等物业形态因为销售收入的不确定性和高杠杆性，一般仅在组合型 REITs 产品中少量配置。后续将着重对办公楼、零售物业、酒店和工业地产四个方面进行分析，总结其特有的优势、风险和周期。

一 办公楼

办公楼是指为商业类型的公司、商社、财团、企业、办事处、联络处所提供的，商务用、办公用的楼宇及配套设施、设备、场地，是以出租、出售、自用为目的的单元性不动产。其具有几个鲜明的特点：第一，办公楼大都位于以金融、贸易、信息等方面为中心的大都市，地址一般位于城区的中心地段或新建的开发区内，周边交通便利，这有利于客户汇集大量的国际性和全国性的贸易信息，因而经济活动频繁、交易量大、交易成功率高。第二，办公楼一般建筑规模大，档次高，功能齐全。大多数现代办公楼为高层建筑，外观宏伟，装饰考究，建筑外形有自己独特的风格，内部都装配先进的设备、设施，同时能够提供各种附属设施，如前台、会议室、酒吧、商场、餐厅、车库等，能为客户提供舒适的工作环境以及工作和生活方面较大的便利，满足客户高效率的办公需要。第三，管理高效。现代化的办公楼应该有一支训练有素的管理队伍，能向客户提供规范的优质服务。目前我国现有被证券化的不动产资产中，超过八成都是以办公楼作为投资标的，以凯晨世贸中心、中信证券大厦为代表的一线城市办公楼物业，更是获得了投资者们的高度认可。

（一）办公楼投资价值的关注点

办公楼的现金流表现相对稳定，中国第三产业和大量第二产业的总部经济，都需要一个良好的办公环境为客户提供服务，许多办公楼被企业自持并通过长期租约锁定，甚至很多核心区域寸土寸金，承租人普遍有意向签订长期租约。办公楼投资价值的关注点如下：

第一，区位分布。所谓区位是指办公楼所处的地理位置。办公楼不同于别的商品，它不可移动，并且必须有利于商务、政务活动。因此，靠近城市中心、商务繁华的地段，有良好的交通条件等，这些有利于办公楼的租售。此外，核心区域土地成本和建设成本较高、人口密集，因此很难有新的办公楼建设授权。很多大型企业对于具备较高市场进入壁垒的高知名度地区办公楼有着较为强烈的偏好，这些区域办公楼的租金水平和现金流增长也会好于其他区域。

第二，硬件品质。硬件品质由办公楼所处的商务环境、硬件建设档次、设备配套程度、智能化水平、服务内容和特色、管理水平、办公楼本身知名度以及同等办公楼的定价标准等决定。

第三，物业管理公司品牌。在物业管理和跟踪服务方面，承租人十分看重物业管理公司的品牌和口碑，看重物业管理公司的服务是否能在基本的保洁和保安工作之外，满足诸如跨境、24 小时办公等需求。

第四，租约期限。办公楼租约通常期限较长，一般在 5 ~ 10 年，租金率和租金上涨水平在合同条款中确定，会根据物价上涨情况安排每年 5% 或者特定周期重新定价的权限。这些租赁合同部分会签署诸如水电维修费或者承租人支付运营支出费用或者持有方分担物业税收等安排。

第五，承租人商业周期和办公楼周期。办公楼的市场行情与住宅的区别在于，它同经济景气度关联紧密。办公楼长期租赁合同可以在某种程度上作为经营保障。但是在经济下行周期，办公楼的净经营收入也会因空置率上升、进行其他形式补贴引起净经营性现金流减少。在周期高点签署的商业租金条款，面临办公楼行业自身周期性过度建设和未来各个行业经济周期的叠加。因此办公楼物业除了关注其现有租金水平外，还需关注市场平均租金、净有效租金和空置率。

（二）办公楼投资风险分析

投资办公楼主要需防范以下风险：

第一，地段风险。地段可能贬值，现有办公楼市场定位和价值也有可能受到未来新兴楼盘的冲击，地段本身的好坏，这些因素都会影响到客户的选择。

第二，功能风险。现代办公楼的特点要求其具有完善的设施与高规格的硬件配置以满足客户的办公需要，功能不全必然导致办公楼的价格下降以及客户减少。

第三，规划风险。房地产的增值主要来源于土地的增值，而城市中心区范围有限，增值的空间更大。是否处于城市中心区是衡量一幢办公楼的档次和是否具有投资价值的首选要素。城市建设规划的变更与确立都将对这一因素产生重大影响。

第四，空置风险。如办公楼开发规模偏大、市场需求不足、价格偏高，会使得办公楼入住率不高，租金下降，从而带来风险。

第五，商住楼竞争风险。商住楼是一种集商业、文化、娱乐、办公、餐饮、社交、居住等多种功能为一体的综合性大楼，具有部分优于办公楼的特点。比如，住宅立项的土地比商业立项的土地出让金价格低，办公楼最多 20 年抵押而商住楼可达 30 年抵押。

（三）办公楼 REITs 注意事项

投资办公楼 REITs 需注意以下几点：

第一，投资时机。由于办公楼客户可能面临较强的行业周期性，所以投资者需要识别投资时市场周期所处阶段，根据周期确定市场平均的租金水平，并对未来的收益进行调整。

第二，资产品质。要选择处于较好地段的物业，诸如中心商务区，周边有便利的地铁、公交等站点。这些物业的便利性决定了它们具备较强的抗风险能力，即使市场收缩仍然较有吸引力。

第三，资产估值。确定现行租金水平对应的市场估值，物业估值需与未来空置率、有效租金率水平结合进行动态评估。

第四，资本支出。办公楼需要经常进行资本支出以跟上新建办公楼品质。资本支出引发的债务负担增加和对股权投资者分红派息的影响，需事先评估。

第五，资产收购与置换。办公楼物业受宏观利率环境影响大，因此后续REITs产品的波动性较大。此外，办公楼的资本回报率一般在4%以下，低于正常REITs要求的回报率，因此收购办公楼很难增加REITs组合的收益。

二 零售物业

零售物业是零售商用来销售商品或提供服务的物业，范围非常广，从小型店铺、百货商场到大型现代化购物中心，面积规模从十几平方米到十余万平方米。REITs投资的零售物业主要包括大型商场、超级市场、购物广场、购物中心在内的大型物业。零售物业具有几个特点：第一，占地面积大，土地价值高。零售物业相对其他商业物业一般建筑楼层不高，为容纳更多的商铺，只能占据更多的土地面积，同时零售物业一般位于比较繁华的商圈，交通便利、人流量大、区域分布好、土地价值高。第二，在一定期限内收入较为稳定。零售物业的一般经营模式为通过与承租人签订商铺出租合同获取租金收入，同时为物业的运营提供服务，获取物业费收入。零售物业持有人与商户签订的合同租约平均为5年左右，并规定了租金每年的涨幅，这意味着每年约有20%的租约到期，短期内零售物业持有人的利益有租约的保护。第三，对项目后期运营管理要求高。大型零售物业通常要由专业的物业管理商和商业运营管理商共同实施后期运营管理。在一个建筑群内，涉及的行业多、店铺多、功能多，商品组合极为宽泛，利益诉求复杂，管理难度较大，表现出高度专业化与高度综合化并存的管理结构特征。项目运营的好坏与未来物业的现金流入直接相关。

（一）零售物业投资价值的关注点

零售物业的投资收益主要来源于两部分：一是物业本身增值所带来的收益；二是出租物业和运营管理物业所获得的租金收入和物业管理费。零售物业投资价值的关注点如下：

第一，零售物业本身的区位和所处商圈。物业所处的区域位置是决定物业价格的首要因素，物业的升值空间往往取决于所处商圈的发展潜力。核心商圈的顾客总数最高，承租人的经营收入通常会好于非核心商圈，相应地，物业本身的租金收入和物业管理费用也要明显高于非核心商圈。

第二，零售物业的硬件设备。零售物业的硬件设备直接关系到商户以及顾客的消费体验，良好的硬件设备加科学合理的商铺安排，到位的物业、安保以及充足的停车位等，都可以保证稳定的客户流。

第三，零售物业的运营管理水平。零售物业管理难度较高，商场定位、招商方式、承租人定位、后期商场运营活动，均高度依赖出色的商管团队。

（二）零售物业投资风险分析

投资零售物业主要需防范以下风险：

第一，宏观经济周期性波动的风险。如果宏观经济增速放缓，将直接影响居民的可支配收入水平、收入预期和支付能力，进而影响居民消费信心和消费倾向，这一方面可能导致市场对零售物业价格形成下跌预期，另一方面可能导致物业承租人的销售收入下降，影响承租人交付租金和管理费的意愿，增加物业的空置率，导致投资零售物业的收益下降。

第二，市政规划调整带来的风险。零售物业所处的相邻区域范围，近邻地区中社会、经济和各类设施的变化，都会给零售物业投资带来一定的风险。当该区域新开通交通干线、增设商业服务业中心、增添生活服务设施等，该地区的零售物业的营业额便会有所上升，形成区域经济规模协同发展，优势互补，共同繁荣。而当该区域内的商业服务中心迁移到别处、生活服务设施网点减少时，可能分散购买力，使项目竞争力下降。极端情况下，对已经建成的零售物业，若城市规划调整需要改变该区域的土地用途时，该物业将面临被拆迁的风险，从而导致物业经营者损失惨重。

第三，周边同类物业竞争风险。近年来，在住宅市场被严格宏观调控的情况下，零售物业等商业物业呈爆发式增长的态势，越来越多的国内大型企业已经或将继续扩大在零售物业运营领域的投入，已建成的零售物业可能会面临周边定位相同的物业竞争风险。

第四，物业运营管理风险。零售物业运营和多元商业的业态综合发展复杂程度高，需要专业化的管理团队和科学的管理体系，才能使前期零售物业开发的规划设计科学、经营期商业业态搭配合理、后期物业管理、维护到位，进而使物业租金保持理想水准，并使物业持续增值。物业管理者有失职风险，如未能对零售物业开发的定位、规划设计、商业业态的选择进行充分的调查研究；未能在商业经营管理、物业服务等方面积累丰富的运营管理经验并提供优质的服务；未能因地制宜地将所开发、经营的零售物业项目与当地的经济、社会状况有机结合；未能对目标市场吸纳能力、未来租金水平和空置率水平、物业转售收入等变化做出准确的判断；未能对零售物业持有和运营过程中的经营成本进行有效控制；未能在零售物业运营过程中对商业业态、品牌做出及时、适当的调整。商业物业项目的商业氛围和人气也将因物业运营管理的不足而下降，从而导致投资者收益下降。

第五，新兴经济对零售物业的替代风险。电子商务等新兴销售方式减少了消费者到商场购物的需求，而手机搜索的广泛使用，为消费者提供了更大的商品价格透明度，这两者都可能导致零售物业承租人收入下降，进而影响零售物业租金收入。

（三）零售物业 REITs 的注意事项

有关零售物业 REITs，需注意以下几点：

第一，物业的租金收入比，即单位面积支付的租金与销售收入之比。零售商更偏好较低的租金收入比。

第二，承租人粘性。零售物业的承租人粘性较高，只要承租人群体稳定且经营良好，他们不会轻易变更经营地点。

第三，资产改造提升价值。零售物业可以通过物业管理方的资产提升计划提高净物业收入和资产价值，通过将低价值的高层空间转化为高价值的低层空间实现空间价值，在停车场或其他公共领域开拓零售空间、增加容积率，提升便利服务措施等。零售物业可通过精心规划和改进承租人组合，优化客户体验，提升单位面积销售，进而提升资产价值。

三 酒店

酒店是以它的建筑物为媒介，通过出租客房、餐饮及综合服务设施向客人提供服务而获得经济收益的组织。投资者投资酒店主要是通过其经营收入来获取收益。酒店主要具有以下特点：第一，运营收入有季节性。酒店收入的多少通常取决于到酒店所在地旅游的人数多少，通常一个地区的旅游有淡旺季之分，呈周期性变化，因此酒店的收入也呈现季节性变化。第二，运营收入具有脆弱性。与办公楼和零售物业能够与承租人签订中长期租赁合同不同，酒店与租客签署的是可视为按天计算的租赁合同，而其经营成本通常是比较固定的，一些突发事件可能会导致租客量锐减，进而导致酒店由盈转亏。第三，运营管理具有专业性。酒店管理是一项专业化工作，需要通过很强的成本控制和收益管理能力才能达到酒店运营收入的最大化。

（一）酒店投资价值关注点

酒店投资价值主要关注两点：第一，酒店本身的硬件设施、运营管理水平，以及已经在此基础上形成的酒店品牌。知名度较高的酒店品牌自然能够吸引更多的顾客，具有更高的客流量以及收入。第二，酒店所处地区的旅游环境和交通便利程度。良好的旅游环境和便利的交通能提高城市的游客流量，而游客流量的增加有利于提高酒店的客房入住率和平均房价，增加酒店的营业收入。

（二）酒店投资风险分析

投资酒店物业主要需防范以下风险：

第一，宏观环境变化带来的酒店经营波动风险。酒店行业受国际国内旅游出行人数增减的影响很大，如果由于经济、政治、安全、气候等宏观环境变化改变减弱居民出行愿望，可能对酒店的客房入住率、平均房价、餐饮消费人次、人均消费水平等经营指标产生重大影响，从而影响酒店的营业收入。

第二，市场竞争风险。酒店行业本身为准入门槛较低、竞争较为激烈的行业，新进入的从业者将与原有从业者竞争，且部分行业的竞争还将进一步加剧。

第三，生产安全风险。酒店及其附属的餐饮等可能存在一定的安全隐患，集中于交通、住宿、餐饮、景区浏览等环节，酒店人员聚集、流动性大，因此一旦发生安全事故，一般会对生命财产造成较大的危害，故酒店对安全管理的要求非常高。

（三）酒店 REITs 注意事项

第一，资产品质。酒店业 REITs 应当投资较为优质的酒店资产，往往表现在酒店品牌名声、客房收入、日房价、平均客房入住率。优质酒店物业应具有较小的单位客房收入波动性，能够借助品牌、区位、服务等优势在经济环境中保持较为合理的房价和出租率。豪华奢侈型酒店和廉价酒店，可能均不是适合 REITs 的投资标的。

第二，主承租人的管理能力。酒店业 REITs 通过长期合同委托，依托主承租人作为物业经营者进行运营管理，主承租人的管理能力，特别是成本控制能力和收益管理能力，是实现 REITs 收益最大的保障。

第三，租约结构。酒店业 REITs 需关注酒店的固定租金占总租金的比例，主承租人的财务实力是关键考核因素。

第四，资本性支出和债务支出。酒店业 REITs 需要相对频繁的资本性支出，以维持其在酒店市场的竞争力，酒店物业价值的提升空间相比零售物业较小，因此资本性支出为保持市场竞争力的刚性支出。此外，酒店业 REITs 也需关注资本性支出为主承租人承担还是外借债务承担，同时需考核酒店 REITs 的负债水平。

四 工业地产

工业地产是指工业用途的所有毛地、熟地，以及在该类土地上供工业制造使用的建筑物及其他附属物的统称。工业类土地上可建的建筑物通常包括：工业制造标准厂房和非标准厂房、仓储物流用房、货物堆场、工业配套用房和用于工业研发类的楼宇等。工业物业除了具有一般物业的属性外，还具有一些自身的特点：如与国民经济联系密切，随国家经济走势而发生变化；投资门槛高，收益稳定；技术性强，适应性差等。工业用地使用权的年限为 50 年。

（一）工业地产投资关注点

第一，考察工业地产项目所处区域是否符合产业规律。工业地产项目选址需要考虑当地未来存放物品销售增长的空间、客户对传统仓储的替代需求或制造业是否有迁移需求等。

第二，考察工业地产项目性价比。工业地产项目性价比即用地成本和租金之比。在一线城市工业用地供给收缩的背景之下，从当前的成本收益比较来看，一线城市周围卫星城的性价比更高。

第三，考察工业地产项目客户获取能力。工业地产承租人一旦签署合同，通常是中长期合同，使得地产持有人能够在较长时间内拥有稳定的租金来源。

（二）工业地产投资风险分析

第一，宏观经济风险。宏观经济前景的不确定性可能会给工业地产投资商或工业地产使用者造成损失，包括地价风险、国际市场风险、市场供求风险、融资及财务风险等。

第二，市政规划风险。市政规划风险即由于政府相关部门对城市布局规划的变动而给工业地产投资商造成损失的风险。城市规划风险不仅对已建成的工业地产项目有影响，对正在建设中以及正在筹划中的项目也有很大影响。城市规划主要通过容积率变化、建筑覆盖率变化和用途的相容性三个方面来对工业地产项目产生影响。另外，城市交通布局变化及功能区调整也会影响工业地产项目的建设及运营。

第三，区域发展风险。区域发展风险是指由于某一工业地产项目周边地区其他同质化工业地产项目建成运营后，影响该工业地产项目价值，给工业地产投资商造成损失的风险。近邻地区和类似地区经济的发展，一方面有利于产生聚集效应，形成规模经济；另一方面又可能导致无序化竞争，给工业地产投资商造成经济损失。

第四，运营风险。运营风险是指在运营过程中，由于内外部环境的多变性、复杂性以及工业地产投资商自身对环境认知方面的局限性、运营经验不足等因素，导致运营活动不能达到预期目标而造成损失的风险。

（三）工业地产 REITs 的注意事项

第一，资产品质。工业地产因成本低廉、易于制造，市场容易出现供给过度，带来租金下降的压力，因此租金回报率不是工业地产 REITs 的单一考虑因素，还应关注工业地产的区别，设备先进、可拓展空间的工业地产可优先投资。

第二，资产增值压力。工业地产租约较长，长周期内土地价值存在波动，因此土地资产的回报率较高，但实际上包含了类似本金提前偿还的因素，因此需谨慎对待土地资产的评估估值。

第三，承租人信用和长期性。工业地产是所有物业中最先受经济周期冲击的资产，承租人的租期尽管较长，但多数承租人信用水平不足，长期租约的保障能力较弱。长期租约带来的稳定性也需进行评估，工业地产承租人的特点是从事中低端产业，他们可能随着产业变迁消亡或迁移至新的工业基地。美国物流地产的使用者往往是实力雄厚的零售商或贸易商，如众所周知的亚马逊和沃尔玛。

第四，租金增长率。工业地产承租人的租金增长率取决于制造业所处的区域，甚至与全球产业分工相关，租金增长率除了影响企业的盈利水平，还会影响工业园区内所有仓库、工厂及办公楼的吸引力，因此工业类 REITs 租金增长空间不足。

第五，杠杆收购。前文所述的在其他业态中提高租金和提升物业的计划，难以支持工业地产 REITs 的增长，因此工业地产 REITs 对收购的需求迫切性较强，其对资本市场的依赖性较大，需关注其杠杆率和股权融资活动。

4.3.2 REITs 投资所涉及的风险分析

REITs 作为一种兼具证券资本增值属性与稳定分红付息属性的特定资产配置类别，其投资价值是由底层资产的盈利能力及价值、资本市场波动等决定，境内类 REITs 由于其自身特点与复杂性，发起机构的主体资信、交易与产品设计等因素也会影响证券本息的实现，这些不确定性因素共同构成了 REITs 及类 REITs 投资的风险。除不可抗力外，REITs 投资所涉及的风险主要可以分为：宏观经济风险、政治与政策风险、基础资产与财务风险、发起机构风险、交易与产品设计相关风险以及其他风险。其中国际 REITs 主要受宏观经济风险、政治与政策风险、基础资产与财务风险、经营管理风险以及其他风险的影响，而境内类 REITs 由于部分证券具有较强的固定收益特性以及含权特征，因此除关注 REITs 常规风险，还应根据产品具体情况关注发起机构相关风险，以及交易与产品设计的相关风险。

一 宏观经济风险

（一）利率风险

利率风险是国内外 REITs 投资所面临的重要风险之一。市场利率会随着宏观经济环境的变化而波动，而 REITs 证券价格会受到利率波动的综合影响，体现在证券定价、财务压力与盈利能力等多个方面。

从证券定价的角度看，REITs 的价值来自未来盈利现金流的现值，主要由寻求稳定收益回报和资产增值的投资者持有，高分红率在投资者的预期回报和偏好上非常重要。在一定程度上，REITs 在资产配置方面需要与债券、优先股乃至公共事业证券竞争。如果市场利率升高会导致债券利率上升，进而导致市场各类产品所需要的风险调整后收益上行，REITs 也不例外。在利率上升的环境里，市场对于 REITs 分红率会有更高的要求，进而对证券价格造成负面影响。这种压力也体现在利率上升导致投资者对不动产投资的资本化率要求提高，进而对不动产净值造成压力。

从财务压力的角度看，由于国际 REITs 是利用财务杠杆经营的，利率的提高会导致 REITs 通过贷款和发债等途径融资的财务成本上升，特别是当 REITs 的融资为浮息负债时，如果利率上升会导致 REITs 背负的借款成本升高，同时可能影响续借过程中的融资能力，进而影响 REITs 的盈利能力和分红来源。

从盈利能力的角度看，由于 REITs 的底层资产为经营类商业物业，其获取租金等经营收入的盈利能力与商业物业的经营效果有关。通常而言，利率提升有可能最终带来宏观经济降温的效果，经济增速放缓会导致社会商务活动减少，影响办公楼租赁需求、出差人群对酒店的需求以及相关人群的购物需求，进而影响 REITs 底层资产的盈利能力。整体而言，这种影响对于签署长期租约的办公楼或满足大众日常生活消费需求的购物中心影响相对较小。

（二）市场风险

以商业物业等不动产作为底层资产的 REITs 的盈利能力和价值会受到市场供需关系的影响。一个国家或地区对各类不动产资产的需求，需要综合考虑当地商业活力、产业结构、居民数量及可支配收入、房屋价格、城市自然条件等各方面因素及其变化趋势的影响。其中人口增长是推动各类不动产资产需求提升的重要因素，城镇化进程推动了人口的集聚和商业氛围的提升；城市规划及新的住宅、商业中心、办公楼的建设增加了各类不动产资产的供给，而建设周期的存在和规划部门的主观性往往会导致新增建设与市场实际需求之间存在偏差。

供求关系的变化决定了特定地产价格的变化，包括租金水平的变化和资产价值的变化，进而会影响 REITs 的盈利能力和估值变化。典型的两种不利的供求关系是经济疲软和供给过剩。在经济周期或金融危机导致的经济疲软时期，一方面由于商业活动减少和成本控制，商业人士对高星级酒店的需求大幅降低；另一方面企业则会削减成本并压缩办公面积，新增办公场所需求的下降会导致办公楼出租率和租金率水平的下降。而商业物业供给过剩的情形，主要是由于建设周期迟滞和城市规划失调导致的。在经济繁荣期，商业物业租金的大幅上涨会吸引大量企业开始新的商业物业投资，银行也乐于为此提供大额信贷支持，但由于不动产建设需要一定的时间，在市场繁荣期兴建的大量商业物业竣工投入市场时，如果遭遇经济活力下滑，市场繁荣不再，则会造成大量过剩，加剧出租率和租金率的下滑。有些地方政府为了政绩而大肆规划超越当地经济发展水平的高档办公楼、五星级酒店等“面子工程”，也会导致地方高端商业物业的供给过剩。

（三）货币与汇率风险

跨国投资是 REITs 普遍涉及的现象，比如在新加坡上市的 REITs 涵盖的资产可能包括中国的办公楼、购物中心和酒店。证券上市国家与底层资产所处国家不同，底层资产获取租金的货币与 REITs 分红所需货币不同，这就使得 REITs 面临货币与汇率风险。且当 REITs 投资的底层资产分布在新兴市场国家或发展中国家时，汇率风险会尤为显著。新兴市场国家经济增长较快，当地无风险利率和物业分红率都较高，看起来非常具有吸引力。但由于新兴市场国家经济深度不够、稳定性较差，因此在经济紧缩周期或受到经济事件影响时，可能会出现经济波动加大、汇率贬值等情况，继而直接影响 REITs 以发行货币计价的盈利能力。

REITs 应优先选择投资租金收入货币与证券发行货币相同的物业资产；在投资于租金收入货币与证券发行货币不同的物业资产时，应该选择货币套期保值或者构建更为合理的货币投资组合等方式来对冲汇率波动的风险。

（四）消费者与企业偏好变化的风险

REITs 的底层资产是以收取租金为主要收入来源的商业物业，其盈利本身依赖于对消费者和企业需求的满足。而消费者和企业对于商业物业的偏好会随着时代的发展而动态变化，这种变化可能会造成新的需求，也可能会降低对特定不动产类型的需求，从而对相应 REITs 投资者造成影响。近年美国零售物业 REITs 受冲击即为一个例证，还有我国电子商务和网上购物的兴起对于传统百货业态的影响，远程办公和联合办公对于中低端传统办公楼的影响等。

二 政治风险与政策风险

（一）政治风险

政治风险是 REITs 跨国投资时必须考虑的风险，REITs 应当选择政治局面稳定的经济体资产进行投资，避免在政治格局复杂或者有战争隐患的国家和地区投资。同时，REITs 的良好运行还要求其投资物业所处环境具有完善的产权制度，否则 REITs 在当地所投资的物业的价值和盈利能力就很难得到保障。

（二）政策风险

不动产行业的重要性毋庸置疑，作为一个国家经济发展的重要支柱行业，其发展通常受到政府的高度重视，不动产政策是影响不动产板块业绩表现的重要因素。REITs 面临的政策风险包括多个方面，如底层物业所在地政府出台的涉及传统不动产行业政策的延展影响，又比如上市所在地政府对于 REITs 架构、财务杠杆、税收待遇等方面政策的直接影响。

由于我国 REITs 还处于发展初期，资产证券化也仍属于证券市场的创新产品，与 REITs 及资产证券化相关的政策、法规体系仍有很大的完善空间，因此 REITs 和类 REITs 资产支持证券的发展会受到政策的很大影响。不过，目前政府对于 REITs 和资产证券化的发展持非常积极的态度，相信随着我国相关政策和法规的不断完善，REITs 在我国可以得到很好的发展。

（三）税务风险

基于税收中性原则的 REITs 税收优惠是包括美国在内的国际发达资本市场 REITs 得以蓬勃发展的关键因素，是关系到 REITs 投资者分红及资产价值评判的重要因素。REITs 税务政策如果存在不确定性，也是投资者需要谨慎考虑的重要风险。

我国目前处于REITs发展初期，REITs和资产证券化领域的税收制度还有待进一步完善，出台有利于REITs发展的专项税收政策会直接影响未来市场的发展趋势与方向。在既有的税收政策及类REITs资产支持证券的交易结构安排下，未来中国税法及相关税收管理条例会发生变化，如果税务部门向REITs交易环节或持有环节征收额外税负，可能会对投资收益造成不确定性，在目前分级类REITs结构下，主要体现为对权益级证券的影响。

三 基础资产与财务风险

基础资产所囊括的底层物业是REITs价值的基础与经营现金流（FFO）的来源，其运行稳定性及盈利表现直接决定了REITs的业绩与竞争力，而财务杠杆的合理利用是提高REITs分红的有效手段，与财务相关的风险是影响REITs投资最为重要的风险因素。就商业物业经营而言，基础资产与财务风险又可以细分为：产权与法规风险、财务风险、现金流与估值风险、投资与经营管理风险、信息披露与欺诈风险等。

（一）产权与法规风险

无论REITs是何类型，底层物业产权都是REITs对其所投资资产行使所有权或抵押权等物权的基础。在REITs领域，产权潜在的风险既包括商业物业的不动产产权及其所属土地的土地权属（国内体现为土地使用权）在生成过程中的法律瑕疵或纠纷，也包括相关权属在历次转让环节的法律瑕疵与纠纷，还包括商业物业运营或更新改造过程中可能产生的法律法规问题或不确定事项，如消防验收、土地性质、债务纠纷等。

（二）财务风险

国际REITs通常引入准则允许范围内的财务杠杆以求有效提高证券分红水平。REITs的财务杠杆与公司金融类似，也是一把双刃剑，这要求

REITs 必须严格管理资产负债比例，使其保持在合理范围内，并对利率走势和债务期限安排进行精准把握，否则不仅可能被过高的财务成本侵蚀盈利，还可能出现包括流动性风险在内的财务风险，甚至可能导致流动性破产或清算。这里的流动性风险主要涵盖两方面：一方面指 REITs 缺乏足够资金来运作业务或保证必要的资本支出，从而使得物业贬值或停摆；另一方面指还本付息时缺乏足够资金履行债务或承诺，进而威胁 REITs 或其投资项目公司的生存，被迫清算。

（三）现金流与估值风险

现金流风险主要体现为租金收入波动的风险，因为 REITs 基础资产的现金流主要来源于租金等物业资产的运营收入，而 REITs 的价值判断是基于对其未来现金流的测算。如果出现承租人拒绝履行租约或拖欠租金、租金市场价格出现大幅下降，或除不可抗力之外的其他因素导致物业资产无法正常运营等情况，可能会对基础资产现金流产生不利影响，从而影响预期分红水平的实现乃至 REITs 的净资产价值计算。

另一个则是估值风险。在产品存续期或出售物业时，由于物业资产的公允价值可能受到当地不动产市场景气程度的影响，可能导致评估或售价出现大幅下降，给投资者利益造成损失。

（四）投资与经营管理风险

由于国际 REITs 具有与动态投资的上市公司类似的特点，资产管理团队会根据对不动产市场的判断，选择增发或借债买入被认为低估的物业，或者卖出被认为高估的物业，以实现 REITs 增值。但上述投资选择很有可能因为信息不充分、欺诈或判断失误、缺乏风险控制，导致投资的实际收益低于预期，甚至低于投资成本或融资财务成本，导致损失。

此外，REITs 所投资的商业物业需要得到有效的经营管理，如果REITs 选择的经营管理团队无法在招商、促销、市场定位及价格管理等方面胜任其职责，或者因违规、违法经营而受到处罚，都可能对资产价值造成损害，给 REITs 投资者带来风险。

（五）信息披露与欺诈风险

许多 REITs 对不同国家和地区的众多底层商业物业都有投资，这使得投资者在投资时通常无法对其所持有的所有商业物业都进行现场调查，更无法获得每个具体物业的详细运营数据。此时若 REITs 管理团队缺乏必要的严谨态度或职业道德，可能因失误未按监管部门的要求进行信息披露，或在信息披露中错报、漏报，乃至信息披露中包含欺诈信息，这不仅会导致投资者使用错误的信息进行分析，REITs 还可能因此受到监管部门的处罚乃至退市，使得投资者遭受损失。

四 发起机构风险

一般来说，在底层物业资产被 REITs 从发起机构或资产转出机构收购后，REITs 与发起机构或资产转出机构的破产隔离便已经实现。但在实际情况中，由于发起机构通常仍可以对基础资产实施一定的控制和管理，同时发起机构也可能是 REITs 的重要投资者或基石投资者，如果其出现财务危机或经营失败，仍可能对 REITs 经营造成或多或少的影响。

此外，境内类 REITs 具有较强的固定收益属性，对于抵押型类 REITs 产品，发起机构通常会为抵押贷款承担保证担保责任，甚至直接作为债务人或连带债务人，其资信水平与抵押贷款的偿还息息相关。而对于不少过户型类 REITs 产品，发起机构仍会为 REITs 提供差额支付，承担回购或回售责任，或者承担开放期流动性支持责任，这也使得该类过户型类 REITs 投资者需要关注发起机构的资信水平，以保障期望久期和收益的实现。

发起机构的风险主要是发起机构自身的财务风险。发起机构自身一旦出现财务危机，或丧失持续经营能力和再融资能力，就会对类 REITs 资产支持证券的按期足额兑付造成不利影响。发起机构信用风险分析与传统企业信用风险分析类似，主要从其所处宏观经济环境、所属产业与行业、企业基本素质、经营管理和财务等方面进行分析。宏观经济环境分析主要是看经济背景的走势对企业的影响；产业与行业分析主要是看企业所属的行业处于经济周期的哪个阶段，以及行业景气度、竞争格局、产业政策对企业的影响；企业基本素质分析指的是从区域环境、所有制性质及股东背景、企业规模及地位、技术水平及研发能力等角度分析企业的持续经营能力；经营管理分析主要是从法人治理结构、管理水平、业务链条、产品等角度分析企业竞争力；财务分析主要是从财务信息质量、资产质量、资本结构、盈利能力、现金流、偿债能力等数据来分析企业的偿债能力和财务稳定性。

五 交易与产品设计相关风险

与债券和股票等传统证券相比，REITs 的基础资产相对明晰，是投资者日常都可以见到的商业物业等不动产资产，不像很多企业股票那样需要专业领域（比如化学、光能发电、生物医药等）知识才能理解，但由于资产属性、合理税务筹划、跨境法规等方面的原因，不动产交易领域的交易方式和结构化设计相对复杂。

除了不动产交易的一般特性，境内类 REITs 的股权交易由于要通过含权设计、流动性支持、或有回购等制度安排实现“发起机构财务报表需要”和“投资者（特别是优先级证券投资者）固定收益属性需求”之间的平衡，因此产品设计还包括了普通资产证券化或股票、债券等传统证券中没有的条款和安排，从而导致了与普通资产证券化、股票、债券不同的交易与产品设计相关风险。这种风险可以分为交易环节风险和产品设计风险两个部分。一般而言，抵押型类 REITs 的交易结构比较简单，而过户型类 REITs 的交易结构比较复杂。

交易环节风险分析的核心在于判断较为复杂的产权交易流程是否存在法规或商务领域的不确定性。目前境内类 REITs 资产支持证券通常采取先发行证券，再完成收购重组的模式（借鉴了海外 REITs 先发行信托基金，再收购基础物业的模式）。具体而言，私募基金和专项计划设立后，私募基金将通过收购股权等交易完成对物业持有人的投资，同时还可能存在偿还存量借款和办理股权变更登记等交易环节。若交易主体未在预定时间内设立或相关交易未在预定时间内完成，如物业持有人的股权出让与私募基金的股权转让交易未在预定时间内完成，包含底层物业的项目公司在工商登记机关的股东变更登记手续未在预定时间内完成，存量借款未能及时偿还导致现有抵押（如有）未及时解除，都可能给投资者带来不确定性。

产品设计风险分析的核心，在于研究整体产品结构及条款的设计及其勾稽关系是否以及在多大程度上能够实现投资者期望实现的效果，具体包括预计久期、收益保障或增信程度等方面的效果。另外，产品设计风险还包括由于产品设计瑕疵，导致底层物业与项目公司的资金被挪用或者与发起机构混同，致使投资者利益受到损失的可能性，这需要实现收付款账户的有效设计、监督、监管等。

六 交易流动性风险

鉴于当前境内资产支持证券二级交易市场的流动性水平还有待提高，投资者面临无法在合理时间内以公允价格出售资产支持证券并遭受投资损失的风险。由于资产支持证券的本息偿付特征与普通债券不同，价值评估方法也比较特殊，资产支持证券的流动性风险在短期内仍会存在。如果投资者将资产支持证券作为一种长期投资配置，采取持有至到期方式则流动性风险影响不大；如果机构投资者希望将资产支持证券作为短期交易品种，则流动性风险会比较突出。

公募 REITs 作为崭新的金融投资产品，普通投资者需要一个教育和认知的过程，其流动性风险有望随着境内资产证券化交易市场的发展，以及境内公募 REITs 的推出而逐步得到改善。

第五章

从博弈论视角看国内公募REITs痛点及政策体系完善

从博弈论角度来看，该章首先对 REITs 发行过程中的主体行为进行建模，构建收益矩阵，得出主体行为，据此给出政策建议。并指明痛点：从国内实践来看，目前我国基建 REITs 存在的问题主要体现在优质资产挖掘难度大、来自传统股权及债权类资产的竞争、多层嵌套的产品结构复杂等。从政策层面来看，我国公募基础设施 REITs 政策体系初步建立，试点项目开始申报，公募 REITs 正式登上市场舞台，为我国资本市场带来了股票、债券、现金以外的标准化另类投资产品，是深化金融供给侧结构性改革的重要举措。该章第四节，探讨了 REITs 发行过程中的税收问题，随着公募 REITs 的试点政策的落地，财政部和国家税务总局已经在积极研究针对公募 REITs 的有关税务政策。该节将结合公募 REITs 的产品结构和其全生命周期的重点税务问题，在现行税务政策的前提下进行公募 REITs 税务问题的探讨。第五节，介绍了中国公募基金 REITs 从战略规划走向落地实施中的政策体系。

第一节

国内公募REITs发展的博弈论视角

公募 REITs 本质是一种通过发行收益凭证汇集资金，交由基金公司进行不动产投资经营管理，并将投资综合收益按比例分配给投资者，使其能够在承担风险的条件下享受投资收益的基金形式。作为不动产证券化的重要方式之一，REITs 能够将流动性较差的、非证券形态的不动产投资，直接转化为资本市场上的证券资产，一方面对于不动产基础设施的所有者，REITs 是一种使不动产重新体现其价值的金融交易过程，另一方面对于中小投资者而言，他们能够以较低的门槛进入这一投资领域并享受投资分红。

对于我国资本市场的投资者而言，基础设施 REITs 以公募基金的形式公开发行，预计将呈现出中等风险、流动性较好、收益较稳定的特征，是介于股票和债券之间的新大类投资品种，能够有效地拓展投资边界，提升投资的风险收益比。

目前我国公募 REITs 刚刚处于起步阶段，各个环节如何有序开展依旧有部分主体持观望态度。特别是，在 REITs 申报发行过程中，政府、企业、基金管理公司、居民都有各自利益，每个经济利益主体都追求自身的个体理性和最优决策，因此，各个主体之间存在着诸多博弈。在此我们从以下几个方面展开分析：第一，参与各方面对不同场景及政策环境，会形成哪些博弈策略行为，若在早期政策体系不完善背景下，会存在发展过程中的哪些痛点，未来发展趋势如何；第二，参与 REITs 的各个主体，包括推行 REITs 的企业、基金公司、政府、居民，所采取的最优策略分别是什么，剔除非占优策略后的三方演化博弈收益矩阵是什么，以及如何刻画这种策略选择过程。根据这一研究思路，本书首创性地基于博弈论角度研究如下：

本部分通过构建原始权益人、政府以及基金公司三者之间的博弈模型，以社会利益最大化为主要思想，提出博弈假设前提、行动策略，通过分析三者之间的行动策略，计算出博弈的收益矩阵，探讨剔除非占优策略后的三方演化博弈收益矩阵下的三者收益，并且根据收益分析，得到相应结论以及进一步提出政策建议。

第二节

博弈模型构建分析

通过构建原始权益人、基金公司、政府的合作博弈模型，探讨三者在 REITs 发行与发展中的博弈关系，并为 REITs 未来方向提供参考依据。

5.2.1 博弈对象及行动策略

假设：G 代表政府，H 代表原始权益人，F 代表基金公司。

对于政府来说，我国各级政府拥有财务自主管理权。REITs 的投资可能导致政府需要付出一定的金融创新的机会成本和试错成本，若政府步子迈得大、改革支持力度大可能会存在激进的冒进风险，而且公募 REITs 的投资可能导致政府需要付出一定的社会资源或税收影响，因此也不排除通过隐性、保守方式对待 REITs 资产来阻止 REITs 资产和投资的转移，即采用保守策略。只有政府预期 REITs 企业的投资给政府带来的收益大于损失的前提下，投资转出地政府才会采取支持发行 REITs 企业跨地区投资的策略。政府的投资策略为 S_G = {保守，积极}。

对于企业而言，通过申报并发行 REITs，企业能够优化资源配置，快速进行资本运行调整，并且可以得到政府的优惠政策。但是同时要面临着政府的监管，尤其是在目前部分央企或国资考核导向为资产规模一味贪多求大、只求数量不求质量的指挥棒下，优质项目出表不利于该实体企业规模总额的增加，与考核导向相悖。因此在进行 REITs 投资发行中，也会产生一定的底层优质资产选拔阻力。原始权益人是选择优质资产发行，还是选择劣质项目发行，不仅关系到企业未来的收益，同时也会影响政府监管措施以及基金公司的收益。因此，原始权益人的策略为 S_H = {优质，劣质}。

对于基金公司而言，通过对于企业资产收益的预期进行判断，如果 REITs 资产预期未来收益达到基金公司的阈值，则基金公司会对 REITs 进行积极投资，否则基金公司将不会进行投资。基金公司的策略为 S_F = {积极，不积极}。

5.2.2 模型假设

假设一：假设原始权益人 H 的生产函数遵循柯布 - 道格拉斯函数 $Q = AK^{\alpha}L^{\beta}(0 < \alpha < 1, 0 < \beta < 1)$ 。由于企业申报发行 REITs 主要是进行资本转移、资本融资，故不考虑劳动力因素。当 G 采取积极配合策略，它会支持申报发行 REITs 的企业进行 REITs 发行，不施加行政阻碍，例如首钢推出的以垃圾处理及生物质发电为基础设施的 REITs 资产，将有助于我国实现碳中和目标，因此，对于该项目的投资，政府采取了积极策略。当 G 采取保守策略时，它将会对于原始权益人的投资进行干预，导致原始权益人 H 产生净损失 L。

假设二：政府的收益主要取决于企业税收收入及企业占用的社会公共资源的价值之间的差额。税收收入为 T。一般而言，G 阻止 H 申报发行 REITs 的成本 C 远小于 L。当 G 希望吸引外来原始权益人进行 REITs 基础设施投资时，G 采取积极策略。原始权益人占用的公共资源包括土地、社会公共服务及环境资源等，用 R 表示。

假设三：假设政府和原始权益人都是理性人，且均关注自身利益的最大化。

假设四：不考虑原始权益人生存的时间因素，原始权益人的基础设施资产能以价格 P 出清。

假设五：若原始权益人收益为 π，则基金公司的收益为 $k\pi$，其中 k 为管理费用比例系数。

5.2.3 收益测算模型

对于原始权益人 H 来说，企业收益分为三种：

没有申报和发行 REITs，H 的利润 $\pi_1 = PQ - K - TQ = AK^{\alpha}(P - T) - K$。其中，$Q$ 为 H 没有进行发行 REITs 时提供的产品（服务）数量。由于只考虑资本这一生产要素，因此，将 AL^{β} 设为常数 A。

G 采取积极策略时，假定 H 发行了一部分优质资产，另外一部分是劣质资产，则 H 在优质资产上的投资为 K_1，产量为 Q_1，在劣质资产上的投资为 K_2，产量为 Q_2。H 在优质资产和劣质资产上的利润总和记为 $\pi_2 = PQ_1 - K_1 - TQ_1 + PQ_2 - K_2 - TQ_2 = A(P - T)(K_1^{\alpha_1} + K_2^{\alpha_2}) - (K_1 + K_2)$，其中，$K_1 + K_2 = K$。

G 采取保守策略时，假定 H 发行了一部分优质资产，另外一部分是劣质资产，则 H 在优质资产上的投资为 K_1，产量为 Q_1，在劣质资产上的投资为 K_2，产量为 Q_2。H 在地区 1 和地区 2 两地利润总和记为 $\pi_3 = PQ_1 - K_1 - TQ_1 + PQ_2 - K_2 - TQ_2 - L = A(P - T)(K_1^{\alpha_1} + K_2^{\alpha_2}) - (K_1 + K_2) - L$，其中，$K_1 + K_2 = K$。

对于基金公司来说，其收益为：

在原始权益人收益为 π_1 的情况下，若进行投资，则投资者收益为 $k\pi = k[AK^{\alpha}(P - T) - K]$，若不进行投资，则收益为 0。

在原始权益人收益为 π_2 的情况下，若进行投资，则投资者收益为 $k\pi = k[A(P - T)(K_1^{\alpha_1} + K_2^{\alpha_2}) - (K_1 + K_2)]$，若不进行投资，则收益为 0。

在原始权益人收益为 π_3 的情况下，若进行投资，则投资者收益为 $k\pi = k[A(P - T)(K_1^{\alpha_1} + K_2^{\alpha_2}) - (K_1 + K_2)]$，若不进行投资，则收益为 0。对政府而言，其收益为：

当 H 不进行 REITs 发行时，如果 G 采取积极策略，G 的收益为 TQ。

当 H 不进行 REITs 发行时，如果 G 采取采取保守策略，G 的收益为 $TQ - L$。

当 H 申请发行 REITs 时，如果 G 采取积极策略，G 的收益为 $TQ_1 + TQ_2 - R_1 - R_2$。

当 H 申请发行 REITs 时，如果 G 采取采取保守策略，G 的收益为 $TQ_1 + TQ_2 - R_2 - R_1 - L$。

5.2.4 不完全信息前提下 REITs 发行过程中的动态博弈

假定 G 对 H 的 REITs 投资是否实施行政阻碍是可以获知的，比如可通过政府部门经办人员的行为倾向获取相关信息。由此，在模型中，G 先选择是否积极合作，并为 H 和 F 所知；H 在获知 G 的策略后，选择是否进行 REITs 投资。在上述假定下，可构建 G 先行的不完全信息动态博弈，如表 5－1 所示。其中，C_1 表示 G 采取积极合作的策略，C_2 表示 G 不积极采取合作的策略；I_1 表示原始权益人 H 进行发行，I_2 表示原始权益人 H 没有进行发行。

表 5－1　REITs 发行三方演化博弈收益矩阵

	策略组合	G 收益	H 收益	F 收益
子博弈 1	(C_1, I_1)	$TQ_1 + TQ_2 - R_1 - R_2$	π_2	$k\pi_2$
	(C_1, I_2)	TQ	π_1	$k\pi_1$
子博弈 2	(C_2, I_1)	$TQ_1 + TQ_2 - R_2 - R_1 - L$	π_2	$k\pi_2$
	(C_2, I_2)	$TQ - L$	π_1	$k\pi_1$

在子博弈 1 中，运用逆向归纳法，H 只需要发行 REITs 的利润 π_2 和不发行 REITs 的利润 π_1 的大小。

H 利润最大化时，$\frac{d\pi_1}{dK} = 0$ 可得 $A(P-T)\alpha_1 K^{\alpha_1 - 1} = 1$

$K^* = [A(P-T)\alpha_1]^{\frac{1}{1-\alpha_1}}$，同时 $\frac{d^2\pi_1}{dK} = A(P-T)\alpha_1(\alpha_1 - 1)K^{\alpha_1 - 2} < 0$，$(0 < \alpha_1 < 1)$

$$max\pi_1 = A(P-T)[A(P-T)\alpha_1]^{\frac{\alpha_1}{1-\alpha_1}} - A(P-T)\ \alpha_1^{\frac{1}{1-\alpha_1}} \text{①}$$

$\pi_2 = A(P-T)(K_1^{\alpha_1}+K_2^{\alpha_2})-(K_1+K_2) = A(P-T)K_1^{\alpha_1}-K_1+A(P-T)K_2^{\alpha_2}-K_2$

令 $\eta = A(P-T)K_1^{\alpha_1}-K_1$，$\mu = A(P-T)K_2^{\alpha_2}-K_2$，$\pi_2 = \eta+\mu$

由①中结论可知，

η 取最大值时，$K_1 = [A(P-T)\alpha_1]^{\frac{1}{1-\alpha_1}}$；$\mu$ 取最大值时，$K_2 = [A(P-T)\alpha_2]^{\frac{1}{1-\alpha_2}}$

可得 $\max\pi_2 = \max\pi_1 + \max[A(P-T)K_2^{\alpha_2}-K_2] > \max\pi_1$

由上述推算可得，在子博弈 1 中，进行 REITs 是 H 的占优策略。由于 $TQ_2-R_2 > TQ_2(1-n)-R_2$，G 的占优策略为对于不合规的 REITs 资产采取不合作措施，基金公司 F 的收益为 $k\pi_2$。

在子博弈 2 中，同样运用逆向归纳法，比较 H 的利润 π_1 与 π_3。

$\max\pi_1 = A(P-T)[A(P-T)\alpha_1]^{\frac{\alpha_1}{1-\alpha_1}} - A(P-T)\alpha_1^{\frac{1}{1-\alpha_1}}$

$\max\pi_3 = A(P-T)(K_1^{\alpha_1}+K_2^{\alpha_2})-(K_1+K_2)-L = max\pi_1 - L$

可得 $\max\pi_1 > \max\pi_3(L>0)$。因此，在子博弈 2 中，不进行 REITs 投资是 H 的占优策略，此时无论 G 选择合作策略还是不合作策略，收益都为 R_2，基金公司收益为 $k\pi_1$。

将前两个子博弈的非占优策略淘汰，可以得到以下的博弈收益矩阵。如表 5-2 所示，当 $TQ-L<TQ_1+TQ_2-R_1-R_2$ 时，该博弈存在一个子博弈均衡，即{合作，投资}。$TQ-L<TQ_1+TQ_2-R_1-R_2$ 意味着当原始权益人发行 REITs 资产时，资产所带来的公共资源之和大于政府的原税收收入损失，那么政府就会与发行 REITs 的公司进行合作，从而实现更高的税收收入。在现实中，劣质 REITs 资产很难产生持续稳定的现金流，对于政府税收的贡献将会很低。因此，政府需要进一步调控优质资产与劣质资产的税收比例，对于劣质资产收取更高的税收，对于优质资产收取较低的税收，一方面实现博弈均衡，另一方面实现更高的税收收入。此时的社会总收益为 $TQ_1+TQ_2-R_1-R_2+\pi_2$。

表 5-2 剔除非占优策略后的三方演化博弈收益矩阵

策略组合	G 收益	H 收益	基金公司收益
(C_1, I_1)	$TQ_1 + TQ_2 - R_1 - R_2$	π_2	$k\pi_2$
(C_2, I_2)	$TQ - L$	π_1	$k\pi_1$

5.2.5 结论

由此可得出如下两条结论：

第一，政府在与企业或者原始权益人开展合作时，基于各自的利益，原始权益人在拿出基础设施进行发行 REITs，存在提供劣质资产的动机，这样则无法形成纳什均衡，未能实现社会利益的帕累托最优。在这种情况下，产业得不到发展，政府得不到更好的税收，基金公司推动 REITs 发展的力量也得不到充分发挥。

第二，若原始权益人发行的 REITs 资产所产生的公共资源之和大于政府的税收收入损失，即，$TQ - L < TQ_1 + TQ_2 - R_1 - R_2$，那么政府就会与发行 REITs 的公司进行合作，从而实现更高的税收收入，同时能够实现｛合作，投资｝的子博弈完美纳什均衡，实现社会利益的帕累托最优，从而能促进 REITs 产业的充分发展。此模型的政策意义在于，建议政府应当适度调整对央企或者地方国企等拥有优质 REITs 项目资源的主体的考核导向，从重视资产规模到重视资产质量，从供给方鼓励优质资产出表。且，建议政府给予公募 REITs 的投资主体相应的税收优惠，鼓励社保、养老等长线价值投资机构参与，从需求方增强该类资产流动性。以形成正向反馈机制、构建良好的 REITs 生态闭环。

第三节

国内REITs开展的难点及痛点

5.3.1 税收制度有待完善

在复杂交易构架下的多重征税、过高的交易费用等问题可能会降低产业方参与 REITs 的热情，且在收益层面对投资人的吸引力也会下降，当前市场上对于特别税收政策的出台呼声较高。

具体从 REITs 各个环节分析，REITs 的运作过程通常可划分为设立环节、持有环节和退出环节。

在设立环节，REITs 一般需要对标的资产进行重组，主要是收购项目公司的方式，资产方以资产出资或公司分立等方式将标的资产装入目标项目公司，REITs 通过收购项目公司的股权从而持有项目公司下的标的资产，主要涉及所得税和印花税等。

在持有运营环节，REITs 通过项目公司持有并运营标的资产，在上述拟采用的公募 REITs 的结构下，可能会存在多个层级。这些层级中主要涉及多个税项。在资管产品层面（公募基金和专项计划），根据营改增相关法规的规定，资管产品取得的保本收益需按 3% 简易征收缴纳增值税，由管理人作为纳税义务人。而在项目公司运营层面，则涉及增值税、房产税（仅在标的资产为园区等地产资产才会涉及）、印花税、企业所得税等税项。

综上来看，在目前现行的法律法规下，我国 REITs 产品在设立和持有运营环节的税负均较高。

5.3.2 优质资产挖掘难度大，多数难以达到预期收益

公募基础设施 REITs 预期收益方面，从政策要求上看，发改委相关政策要求试点项目满足“预计未来 3 年净现金流分派率（预计年度可分配现

金流/目标不动产评估净值）原则上不低于 4%”；从国内类 REITs 的优先级收益率角度看，大多基础设施类类 REITs 的优先级利率落在 4% ~6% 区间内。综合来看未来公募基础设施 REITs 分派收益部分或大概率在 4% ~ 6% 区间内，与公募“固收 +”产品年化回报相当。但是，目前我国国内部分 REITs 项目若不涉及土地增值则难以达到预期收益，而所涉及土地增值在价值评估方面存在一定争议，以致影响项目的预期收益率。

5.3.3 专业人才储备及建设

《公开募集基础设施证券投资基金指引（试行）》中规定 REITs 管理方需设置独立的基础设施基金投资管理部门，配备不少于 3 名具有 5 年以上基础设施项目运营或基础设施项目投资管理经验的主要负责人员，其中至少 2 名具备 5 年以上基础设施项目运营经验，类 REITs 探索阶段的市场人才储备可能不足以补足未来公募 REITs 市场的人才缺口，当下对于资管机构而言，提前完成专业团队组建是参与 REITs 市场迫在眉睫的任务。

5.3.4 投资者群体的培育

目前投资类 REITs 的投资人一般都是当作固定收益债券进行投资，但未来公募 REITs 是权益的投资，这需要有投资人的群体培育过程，这需要不断优化 REITs 的负债，使很多 REITs 债性的投资人在里面没有太多的利差空间，通过负债的优化又能使得 REITs 权益的收益变得更高，通过这个过程，可以倒逼债性投资人向股性投资人转变。投资者群体的培育是非常重要的环节，如果投资人群体不大，实际上也不太会有流动性，而如果没有流动性，则会影响公募 REITs 的价格水平。

5.3.5 其他金融工具的配套

公募 REITs 是权益属性，收益一方面取决于项目本身的收益率，另一方面取决于负债端能提供多少正的杠杆。未来要提高公募 REITs 的收益，负债端的成本能不能得到优化是非常重要的一点。对于负债端的结构，其他金融工具配套的缺失，将会导致权益发行有比较大的折价。可能的解决方向，包括评级是否可以审视 REITs 作为单独的融资主体的信用等级，高等级就可以获得低成本的资金；REITs 本身是否可以作为 CMBS 的发行主体，通过资本市场融到较低成本的资金。

5.3.6 运营风险

管理 REITs 项目在管理过程中底层资产自生运营风险，如政府 BOT/TOT 项目是否能在到期日后拿到续期，也可以参考目前各 REITs 项目公开募集说明书里提到的各自项目的经营风险。对于资产增值空间不大的项目，经营风险带来的派息收益率波动，会影响项目投资的性价比，若无项目续期，公募 REITs 如何解决也是在运营过程中需要考虑的问题。

综上，目前基建 REITs 存在的问题主要体现在优质且愿意出表的资产挖掘难度大、存在来自传统股权及债权类资产的竞争、多层嵌套的产品结构复杂、税收政策上仍有许多细节未明确。但从长远来看，明确各项配套政策后，基建 REITs 存在较大的发展空间，有望构成资产持有者、投资者及地方政府三方共赢的局面。

第四节

公募REITs的税收问题

大力发展公募 REITs 试点，税务政策也是重要一环。国家税务总局早在 2015 年就开展了对 REITs 的税务减免方案的征求意见，但至今尚没有一个完整、配套和系统的针对 REITs 的税务政策出台。日前，随着公募 REITs 的试点政策的落地，财政部和国家税务总局已经在积极研究针对公募 REITs 的有关税务政策。本节将结合公募 REITs 的产品结构和其全生命周期的重点税务问题，在现行税务政策的前提下进行公募 REITs 税务问题的探讨。

5.4.1 REITs搭建的主要税务问题

REITs在搭建过程中一般的交易路径涉及四个阶段，首先是进行资产剥离。一般来说，原始权益人首先需要将底层不动产资产通过重组的方式置入新设的SPV公司，置入的方式一般是通过正向剥离的方式，有一些情况也会通过反向剥离的方式。第二个环节就是原始权益人安排认购设立的私募基金的份额，并且对私募基金的份额进行最低出资的实缴。私募基金接着参照股权的公允价值，向原始权益人取得SPV的股权。接着是设立资产支持计划，专项计划向原始权益人取得私募基金的份额。之后，公募基金认购资产专项计划的份额，募集资金后资产支持计划同步完成对私募基金剩余的认缴出资，以及后续完成对SPV股权对价的支付，REITs搭建重组就完成了。

在资产剥离环节，原始权益人把标的不动产通过资产转让或投资方式注入到新设SPV项目公司。在这个资产重组环节，入池的资产历史成本比较低，而重组这一刻较高的市场溢价将往往导致企业在没有可利用的优惠税务政策的情况下面临较高的企业所得税和土地增值税税负成本等。为了避免正向剥离的方式下所将产生的较高的税务成本，企业也可以选择反向剥离方式，尽量避免入池资产的权属变更，而是把一些不需要入池的资产和业务通过反向剥离方式进行转出。

如果经营的不动产本身已经装入在专门的项目公司运营，而无需进行资产剥离安排的，则直接可由原始权益人将项目公司的股权按照公允价值直接转让给私募基金。同样的，股权的公允价值对比股东的原始投入也会有较大的市场增值，从而需要考虑如何通过合理利用税务优惠政策避免股权转让带来的较重的所得税税务成本。

在重组环节，无论是资产转让还是股权转让，需考虑到以下的主要税务成本：

表 5－3 资产重组环节税收项目汇总表

税种	税率	缴纳主体
增值税及附加（假设为一般纳税人）	增值税 ·若不动产为 2016 年 4 月 30 日前取得 ①自建：转让方可以选择适用简易计税办法，即以取得的全部价款和价外费用作为销售额，按 5% 的征收率计算缴纳增值税 ②非自建：转让方可以选择适用简易计税办法，即以取得的全部价款和价外费用扣除不动产购置原价或者取得不动产时的作价后的余额为销售额，按 5% 的征收率计算缴纳增值税 ·若不动产是在 2016 年 5 月 1 日之后取得，适用一般计税办法，以取得的全部价款和价外费用作为销售额，按 9% 的税率计算缴纳增值税 附加税费 以增值税为计税依据，具体按所在地适用的附加税费率进行计算	转让方
企业所得税	资产/股权转让的所得按照适用的企业所得税率（一般为 25%）计算缴纳企业所得税	转让方
土地增值税	依据增值额征税，并按照 30% ~60% 的累进税率计算： （一）增值额未超过扣除项目金额 50%，土地增值税税额 = 增值额 ×30% （二）增值额超过扣除项目金额 50%，未超过 100% 的土地增值税税额 = 增值额 ×40% － 扣除项目金额 ×5% （三）增值额超过扣除项目金额 100%，未超过 200% 的土地增值税税额 = 增值额 × 50% － 扣除项目金额 ×15% （四）增值额超过扣除项目金额 200%，土地增值税税额 = 增值额 ×60% － 扣除项目金额 ×35%	转让方
契税	一般为成交价格的 3% ~5% 计算缴纳，具体按所在地适用的契税税率进行计算	受让方
印花税	合同（产权转移书据）双方各自按交易价格的万分之五缴纳印花税	转让方/受让方

资产的转让相对股权转让的情况更加复杂，涉及更多资产交易环节的税负，包括增值税、土地增值税和契税等，而股权交易则相对仅考虑由于公允价值增值带来的所得税的影响。

鉴于以上税务影响，企业都需要重点考虑如何通过利用现行的税收优惠政策以及个性化的税收筹划安排尽量降低有关税务成本。以下归纳总结了在目前的实践中常用的税务筹划方式（图5－1）。

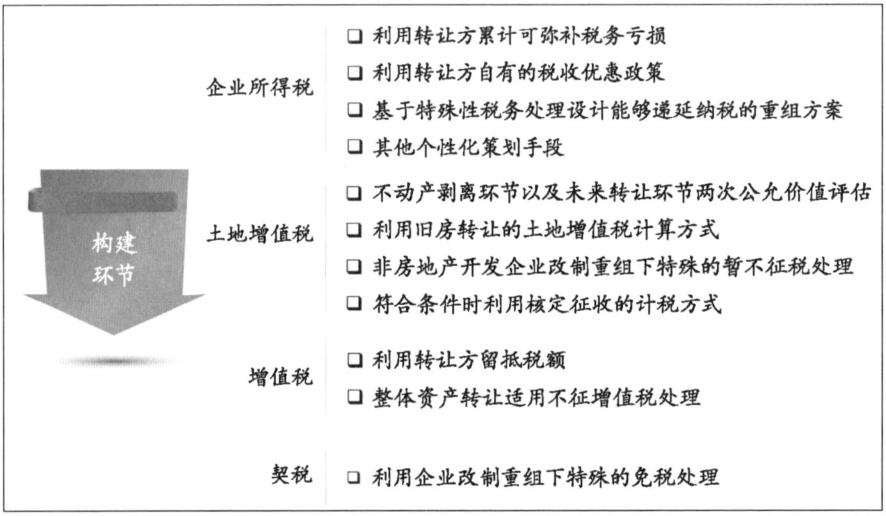

资料来源：Wind、新华基金

图5－1　公司税务筹划方式

首先是企业所得税，根据财税〔2009〕59号文和财税〔2014〕109号文的有关规定，企业在资产转让或者是资产投资设立SPV的步骤中可考虑适用暂不征税的特殊性税务处理，但需要满足相关的条件。首先，资产重组的比例需要达到50%以上，这个比例一般是参照企业资产的公允价值。其次，需要重点关注重组安排的商业目的，我们需要结合REITs的融资属性，与税务机关重点解释和具体说明重组的合理商业目的。最后，非常关键的一个条件就是12个月的锁定期限。税务文件要求原始权益人不可以在短于十二个月内，把新设的 SPV 的股权进行再次转让。然而，根据重组安排，企业进行第一步的资产剥离和第二步安排股权转让给私募基金的时间间隔非常短，因此，在这样的局限下，实践中企业将难以适用 59 号文件的特殊性税务处理的优惠政策，往往只能通过其他的个性化筹划方式来尽量避免重组的所得税税负。

其次，针对 SPV 的股权交易，一般按照股权价值评估的价值可能会不同于按不动产资产法评估的市场价值，在此情形下，采用股权评估价值作为转让价格的安排也需要和税务机关提前进行沟通，以期取得其对转让价格的认可。

另外，相对类 REITs，公募 REITs 安排下，有些情况可能会涉及资产的出表处理，这也可能在实质上被视同实现了市场化的资产交易，从而进一步导致了原始权益人在股权转让的情况下需要按照公允价值产生的所得纳税。当然，公募 REITs 的契约安排也有不进行资产出表财务处理的情况，因此还是需要视同具体情形争取适用所得税的特殊性税务处理。

对于不动产重组，还将涉及的重要的税务成本是土地增值税和契税。目前，根据财税〔2018〕57 号文的规定，符合条件的企业的改制重组、合并分立以及以不动产作价投资等形式，可以享受暂不征收土地增值税的规定。但 57 号文的土地增值税的优惠政策不适用于不动产开发企业，而且要求交易的任何一方都不能是不动产开发企业。从契税的角度，根据财税〔2018〕17 号文规定，符合条件的企业整体改制、合并、分立、资产划转都可以享受暂不征收契税的优惠处理。同时，17 号文件还规定，母公司以土地、房屋权属，向全资子公司增资的情况视同划转，可享受契税免增的优惠处理。

在增值税方面，根据财税〔2016〕36 号文件，企业在资产重组过程中，通过合并、分立、出售、置换等方式，将全部或者部分实物资产以及与其相关联的债权、负债和劳动力一并转让给其他单位和个人，其中涉及的资产转让行为不征收增值税。在重组交易中，如果只是单项的不动产资产的重组转让就难以符合36号文件的优惠政策。在REITs重组情况下，往往不动产是同时匹配与该资产相关的债权、债务和劳动力一并转让的，因此可考虑适用作为整体业务转让的情形从而不涉及增值税的征收。

5.4.2 REITs存续期间的主要税务问题

首先，项目公司层面收取物业的租金的税务问题就比较简单，租金收入按照适用9%或者是5%的税率征收增值税。项目公司取得的租金收入扣除有关的经营费用成本和利息成本计算缴纳企业所得税，其中项目公司承担的关联利息费用需考虑资本弱化的扣除要求，以及关联利息费用的利率水平的要求进行所得税抵扣。此外还要考虑不动产经营有关的房产税，城镇土地使用税，印花税等。

在存续期间，需要重点介绍的是项目公司取得收益后，再通过股息和利息支付的方式，经过层层穿透性架构（包括私募基金、资产支持计划）最终向公募基金进行分配，分别会涉及什么样的税务影响。

从所得税来看，私募基金和资产支持计划所取得的收益是否需要纳税呢？目前在中国民商事主体的法律框架之下，这里涉及的契约型的公募基金、私募基金和资产支持计划都不属于实际的法人主体。从企业所得税的相关规定来说，也没有将契约型基金和资产支持计划作为企业所得税的纳税义务人。目前，通常参考关于信贷资产证券化的税务处理的财税〔2006〕5号文件，根据5号文件，信托的层面是暂不征收企业所得税的，而作为信托的机构投资者所取得的信托受益是需要按照权责发生制确定其应税收入。鉴于此，私募基金和资产支持计划所取得的收益都是按照穿透原则，在基金和计划层面可暂不征收企业所得税。进一步，目前针对公募基金的税务政策还在紧密研究中，公募基金投资人通过公募基金份额取得的收益已经混合了底层资产向上分配的股息分红和利息收益等，投资人通过公募基金份额最终取得的分配收益既不是严格税务意义上的股息收入，也不属于利息收入，而是一种证券投资收益。因此，可参照财税〔2008〕年 1 号文的规定，对于投资者从证券投资基金分配取得的收入暂不征收企业所得税。当然，公募基金收益的税务政策还有待财政部和税务总局出台进一步政策予以明确。

从增值税角度，股息分红的收入不属于增值税的纳税范围，但针对私募基金向底层项目公司收取相关的利息收入，根据财税〔2016〕140 号文，资管产品管理人通过运营契约型资产计划所取得的利息收入或者利息性质的相关收入，均需按照简易征收方法缴纳征收 3% 的增值税。目前，根据增值税的相关条例的规定，保本收益取得的收入是需要作为利息收入或者利息性质的收入缴纳增值税的。公募基金投资者作为权益类投资人不享受任何保本收益，因此投资者从公募基金取得的收益应不属于增值税应税范围。

5.4.3 REITs 退出阶段的主要税务问题

对于投资者来说，直接转让公募基金份额的投资收益，需要根据企业所得税和个人所得税的有关规定并入企业或者个人的投资所得进行纳税。其中，针对个人投资者，参考证券投资基金的有关税务规定，对个人投资者买卖基金单位获得的差价收入，在对个人买卖股票的差价收入未恢复征收个人所得税以前，是暂不征收个人所得税的。

其次，公募基金层面可以选择未来增加投资新项目或者退出项目，一般可通过退出资产支持计划份额来实现投资的项目退出。公募基金出售专项计划份额，如上述，公募基金不属于纳税主体，目前在所得税方面采用穿透处理，参考财税〔2006〕5 号文件和财税〔2008〕1 号文的规定，公募基金出售专项计划份额取得的收益在公募基金层面应不需缴纳企业所得税，对于投资人通过公募基金取得的有关基金收益则也可暂免征税。

从增值税的角度，公募基金赎回和转让资产支持计划的份额属于转让金融商品，所以根据财税〔2016〕140 号文件，公募基金管理人需就转让资产支持计划份额的转让收入按照简易征收方式缴纳 3% 的增值税。

以上具体地介绍和探讨了在公募 REITs 的搭建、存续和退出阶段分别需要重点考虑的税务问题。基于现有的税务政策，建议企业需要结合项目的安排和基于目前的税务优惠政策尽早规划，避免产生较重的税务成本，提高收益效率，从而实现公募 REITs 融资的效益最大化。

第五节

政策体系及完善

2020年4月底，随着证监会与发改委联合出台《关于做好基础设施领域不动产投资信托基金（REITs）试点项目申报工作的通知》，公募基金REITs试点工作正式拉开帷幕；8月起相关指导意见不断印发，试点工作紧锣密鼓展开，证监会发布《公开募集基础设施证券投资基金指引（试行）》（下文简称《指引》）；随后9月初上交所、深交所相继起草相关配套业务规则并向社会公开征求意见，进一步厘清基础设施REITs发售、上市、交易、收购、信息披露、退市等业务环节相关操作细节；9月下旬中证协发布《公开募集基础设施证券投资基金网下投资者管理细则》，梳理了基础设施基金的网下询价细节与股票网下询价的异同，基金业协会发布了《公开募集基础设施证券投资基金尽职调查工作指引（试行）》《公开募集基础设施证券投资基金运营操作指引（试行）》，规范了公募REITs尽职调查工作，明确了运行过程中关于会计核算、收益分配等问题，自上而下的公募基金REITs政策体系初步成型。

表5-4　目前公开的基建REITs方案公告

	渤海股份	首创股份	东湖高新	协鑫能科	光环新网	中国铁建
公告时间	2020/9/7	2020/8/20	2020/9/22	2020/10/28	2020/11/11	2021/3/30
基金类型	契约型、公开募集基础设施REITs证券投资基金					
上市场所	深圳证券交易所	上海证券交易所	上海证券交易所	深圳证券交易所	深圳证券交易所	上海证券交易所
拟入池标的资产	润达环境污水处理厂项目、大邱庄综合污水处理厂项目、宜达水务自来水供水厂项目等	深证首创污水处理厂BOT特许经营项目、合肥首创十五里河水处理厂PPP项目	武汉软件新城1.1期产业园项目	南京燃机热电联产项目、如东燃煤热电联产项目	中金云网数据中心	渝遂项目
拟定募集规模	约7亿元	约18.35亿元	约8.5亿元	约27亿～31亿元	约57亿元	约42亿元
收益分配比例	不低于合并后基金年度可供分配金额的90%，在符合分配条件的情况下每年不少于1次					

资料来源：Wind、公司公告、新华基金

近日，北京、上海、河南等地发改委陆续发布 REITs 试点项目申报通知，上市公司中，首创股份、渤海股份、东湖高新、协鑫能科、光环新网和中国铁建先后公告开展基础设施公募 REITs 申报发行，中国公募基金 REITs 从战略规划走向落地实施。

表 5－5　各地 REITs 试点项目申报通知

属性	文件	发布时间	发布机构	涉及环节	意义
顶层设计	《关于推进基础设施领域不动产投资信托基金（REITs）试点相关工作的通知》	2020/4/24	发改委、证监会	总体推进工作统筹	明确推进基础设施 REITs 试点的意义、基本原则、要求、总体工作安排等
	《关于做好基础设施领域不动产投资信托基金（REITs）试点项目申报工作的通知》	2020/8/4	发改委	项目申报	规范试点项目范围、申请材料要求等
	《公开募集基础设施证券投资基金指引（试行）》	2020/8/7	证监会	基金审核	规范 REITs 设立及运作基本原则
核心配套规则	《上海证券交易所公开募集基础设施证券投资基金（REITs）业务办法（试行）》（征求意见稿）及《起草说明》	2020/9/4	上交所	基金发售、上市、交易、运营	基金份额发售、上市、交易及存续期管理，相关资产支持证券的挂牌转让等业务规范；明确申请文件、申请流程、自律监管等
	《深圳证券交易所公开募集基础设施证券投资基金业务办法（试行）》（征求意见稿）		深交所		
	《深圳证券交易所公开募集基础设施证券投资基金业务审核指引（试行）》（征求意见稿）		深交所	基金上市	基金上市与基础设施资产支持证券挂牌确认业务细节
	《上海证券交易所公开募集基础设施证券投资基金（REITs）发售业务指引（试行）》及《起草说明》		上交所	基金发售	规范基金询价、定价、认购、配售及发售信息披露、扩募等细节
	《深圳证券交易所公开募集基础设施证券投资基金业务审核指引（试行）》（征求意见稿）		深交所		

（续表）

属性	文件	发布时间	发布机构	涉及环节	意义
配套自律规则	《公开募集基础设施证券投资基金网下投资者管理细则》（征求意见稿）及《起草说明》	2020/9/22	中国证券业协会	基金发售（网下询价、认购环节）	明确 REITs 网下投资者注册要求、行为规范、违规处罚等；压实基金管理人财务顾问责任
	《公开募集基础设施证券投资基金尽职调查工作指引（试行）》（征求意见稿）及《起草说明》	2020/9/23	中国基金业协会	基金审核	明确对 REITs 项目、业务参与人的尽职调查工作的要求与内容；压实中介机构尽职调查责任
	《公开募集基础设施证券投资基金运营操作指引（试行）》（征求意见稿）及《起草说明》			基金运营	明确基金运营过程中的会计核算、收益分配、信息披露业务要求与内容

资料来源：Wind、新华基金

表 5－6　公募 REITs 相关政策文件

相关政策文件信息	
2021/05/22	上海市政府发布《关于加快推进上海全球资产管理中心建设的若干意见》，提出“制定专项政策支持基础设施领域不动产投资信托基金（REITs）试点，打造全国基础设施 REITs 产品发行交易首选地”
2021/05/17	证监会核准 9 只基础设施证券投资基金的注册批复
2021/04/30	深交所发布《公开募集基础设施证券投资基金业务指南第 1 号——发售上市业务办理》《公开募集基础设施证券投资基金业务指南第 2 号——网下发行电子平台用户手册》
2021/04/30	上交所发布《公开募集基础设施证券投资基金（REITs）业务指南第 1 号——发售上市业务办理》《投资者风险揭示书必备条款指南第 4 号——公开募集基础设施证券投资基金（REITs）》
2021/04/22	证监会发布《公开募集基金募集申请注册》，明确基金管理人申报公开募集基础设施证券投资基金还需提交以下材料：①基金管理人及资产支持证券管理人相关说明材料；②拟投资基础设施资产支持证券相关说明材料；③拟投资基础设施资产支持证券认购协议；④基金管理人与主要参与机构签订的协议文件

（续表）

2021/01/29	深交所发布《公开募集基础设施证券投资基金业务办法（试行）》《公开募集基础设施证券投资基金业务指引第 1 号——审核关注事项（试行）》《公开募集基础设施证券投资基金业务指引第 2 号——发售业务（试行）》
2021/01/29	上交所发布《公开募集基础设施证券投资基金（REITs）业务办法（试行）》《公开募集基础设施证券投资基金（REITs）规则适用指引第 1 号——审核关注事项（试行）》《公开募集基础设施证券投资基金（REITs）规则适用指引第 2 号——发售业务（试行）》
2020/09/23	中基协发布《公开募集基础设施证券投资基金尽职调查工作指引（试行）》（征求意见稿）
2020/09/22	中国证券业协会发布《公开募集基础设施证券投资基金网下投资者管理细则（征求意见稿）》
2020/09/04	深交所发布《关于做好公开募集基础设施证券投资基金业务相关技术准备的通知》以及《公开募集基础设施证券投资基金业务办法（试行）》《公开募集基础设施证券投资基金业务审核指引（试行）》《公开募集基础设施证券投资基金发售业务指引（试行）》第三份征求意见稿
2020/09/04	上交所发布《公开募集基础设施证券投资基金（REITs）业务办法（试行）》（征求意见稿）和《公开募集基础设施证券投资基金（REITs）发售业务指引（试行）》（征求意见稿）
2020/08/07	证监会发布《公开募集基础设施证券投资基金指引（试行）》（第 54 号公告）
2020/07/30	发改委发布《关于做好基础设施领域不动产投资信托基金（REITs）试点项目申报工作的通知》，明确了重点行业、重点领域、项目条件、材料要求、申报程序等
2020/04/30	证监会发布《公开募集基础设施证券投资基金指引（试行）》（征求意见稿）
2020/04/30	证监会和发改委联合发布《关于推进基础设施领域不动产投资信托基金（REITs）试点相关工作的通知》（证监发〔2020〕40 号）

资料来源：Wind、新华基金

2021年1月29日，沪深交易所分别发布基础设施公募REITs三项主要业务规则，明确了基础设施公募REITs的业务流程、审查标准和发售流程，对市场参与主体有较强的规范和指导意义：①《业务办法》主要对上市审核、发售、交易、收购及信息披露等业务全流程进行规范，在征求意见稿的基础上，进一步简化申请文件要求、优化交易机制、完善项目收购及权益变动的相关要求。②《审核关注事项》主要对审核关注事项及要点进行说明，明确申请条件和标准，在征求意见稿的基础上，进一步完善基础设施项目合规、现金流、运营年限等相关要求。③《发售业务指引》主要对发行询价、定价、配售等事项进行规范，在征求意见稿的基础上，进一步优化了扩募方式、网下投资者的合格条件等相关规定。推动公募REITs试点是落实国家金融供给侧结构性改革的关键抓手，公募REITs能有效盘活存量资产、带动增量投资、形成良性投资循环、降低企业杠杆率、提高直接融资比重、推动资本市场更好地服务实体经济。同时，公募REITs为投资者提供除股票、债券、基金和衍生品之外新的大类资产配置类别，能够填补金融产品空白，丰富资本市场投资工具，拓宽社会资本投资渠道，有助于扩充证券公司业务和收入，开辟券商差异化竞争赛道。

整体而言，公募基础设施REITs政策体系初步建立，试点项目开始申报，中国公募REITs正式登上市场舞台，为中国资本市场带来了股票、债券、现金以外的标准化另类投资产品，是深化金融供给侧改革的重要举措。于经济而言，社会资本的流入，有助于加快补齐基础设施短板；REITs的加入提升资本市场股权占比，降低总体社会杠杆，有助于打破债务约束下的经济发展桎梏，同时有利于市场资产组合的分散，预防系统性金融风险；在2020年9月底中国REITs论坛上，年会主席、国务院参事徐宪平表示，我国标准的公募REITs产品潜在规模应在5万亿～14万亿元，可以撬动3倍约15万亿～42万亿元的投资，基础设施投融资渠道的拓展有助于实现增量投资与存量盘活良好共振，公募REITs未来可期。

第六章

Pre-REITs是产业链上获取超额收益的秘诀

Pre－REITs 是产业链上获取超额收益的秘诀，该章第一节从投资视角对 REITs 进行了阐述，认为 REITs 亦股亦债，但又非股非债，可概括为“另类固收＋”。第二节从投行角度看，认为 REITs 业务属于“资管业务投行化”或者“前期投行业务＋后期资管业务”。第三节阐述了 Pre－REITs，认为 Pre－REITs 是产业链上获取超额收益的秘诀。从理论和案例的角度力求对 Pre－REITs 有一个全面的概括。

第一节

从投资角度，REITs亦股亦债、但又非股非债，可概括为“另类固收+”

梳理目前沪深交易所已受理的首批 10 单基础设施 REITs 产品信息，基础设施项目所在地基本全部位于京津冀、长三角、粤港澳大湾区及长江经济带等国家重点战略发展区域，这与基础设施 REITs 试点的战略定位及作用意义密切相关。另外，产品所覆盖的资产类型丰富，涉及高速公路收费、垃圾处理生物质发电、仓储物流、污水处理、产业园区等。

目前，资本市场上根据 REITs 产品收益特征及风险特性，普遍将基础设施 REITs 产品定性为一种介于股与债之间的产品，因为在收益波动性和风险性上低于股票、高于固收产品。公募 REITs 产品有两个最核心的特点：权益属性和强制分红，在收益和风险特征上确实是介于股票和债券之间的一个夹层产品：一方面，其稳定的分红率类似于债券的派息，表现出债性特点；另一方面，基础设施 REITs 基金份额净值随着基础资产的估值变动在二级市场也会发生波动，类似“固收＋”策略里的股票配置；但公募 REITs 的底层逻辑和“固收＋”是有区别的，它不是简单的股票＋债券的组合，因此我们可以把公募 REITs 定义为“另类固收＋”，因为底层资产属于传统投资领域的另类资产。

进一步看，基础设施 REITs 产品与其所间接控制的基础设施资产息息相关。不同的基础资产类型，不同的外部管理模式，产品所表现出来的股性和债性亦差异性明显。以有无潜在土地资产增值为判断标准，我们认为基础设施 REITs 可大体分为两大类，即经营收益权类及不动产类。其中经营收益权类包括交通运输类（高速公路、轨道交通等）、市政公用事业类（污水处理、垃圾处理、供热、供电等）、能源类（风电、光伏发电、水电及输配电网、燃气管网等）、港口类、通信设施（铁塔）等；不动产类主要包括仓储物流、数据中心及产业园区等。

从资产主动管理能力影响及产品风险水平层面考虑，根据底层资产收益波动性及土地资产未来升值潜力（定性），将基础设施 REITs 主要覆盖的 10 类资产进行分析，其未来可能的股债特性表现示意图如图 6－1，其中气泡大小表示所指资产发行 REITs 的被看好程度。

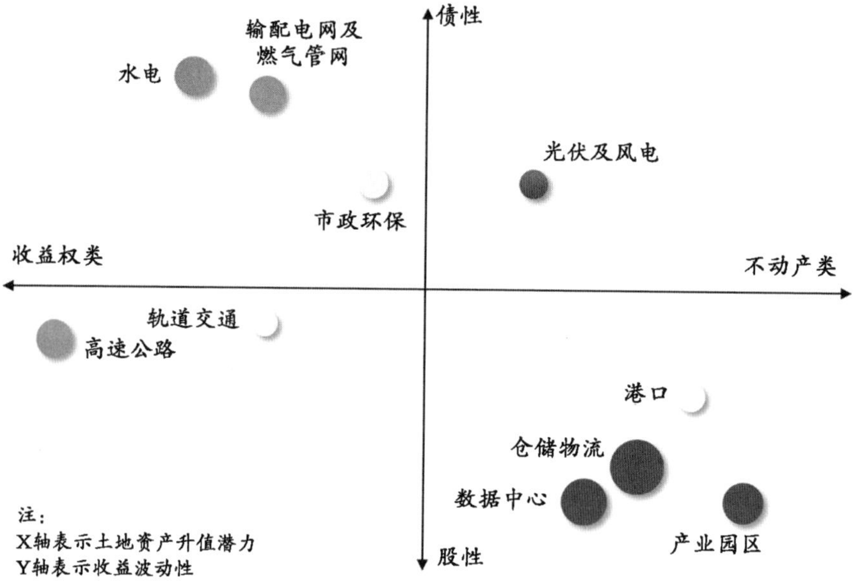

资料来源：新华基金、中金公司

图6－1　基础设施REITs不同资产类型股债特性示意图

从投资风险的角度分析，收益权类产品高度依赖原始权益人及其关联方的运营能力，委托运营方运营能力不足时，基金管理人自行运营或替换运营方的难度非常之大，要关注原始权益人的信用风险，应该沿用固收产品投资思路，做好主体信用分析；不动产类产品股性突出，尤其运营相对市场化，委托运营方运营能力不够时，基金管理人自行运营或行使管理人权限，通过市场化方式招聘更优秀的运营团队，其操作性更强，对此类产品的投资可以沿用权益投资思路，做好行业分析、物业内在价值分析、资产估值与定价分析。

从收益特征的角度分析，收益权类的产品收益是期间现金流＋未来低利率的预期带来的估值提升，但是如果一旦基准利率提升，折现率提升后，资产估值会下降，预期收益下跌，期间本金提前摊还较多，再投资压力大。不动产类作为一种兼具地产与投资属性的产品，既能享受地产物业升值的红利，又能享受二级市场的流动性，是大众投资基建资产的最佳形式；其收益是运营现金流+未来资产估值提升，具有抗通胀性好，资产大宗交易退出渠道多等优势。

从投资角度，我们认为，公募 REITs 比较适合追求长期稳定投资收益的个人或者机构，这是对过往高收益类信托理财产品很好的替代。保险和银行机构对公募 REITs 的配置兴趣很高，但是也要区分对待，底层资产属于收益权类的 REITs 项目，例如高速公路、污水处理等，资产本身并不具备较强的增值潜力，尤其资产运营收费并非完全市场化，但现金流稳定，比较适合在降息周期中配置，其配置的最大优势在于抗降息，如果市场基准利率持续下滑，该类资产的折现率也相应降低（该类资产主要适用现金流折现法估值），资产增值就会充分体现；底层资产属于不动产类的公募 REITs 项目，例如产业园、仓储物流地产，其权益属性更重，底层资产的最大优势在于抗通胀，如果货币超发，流动性过剩，不动产的升值潜力就会体现得比较充分，适合在通胀周期中进行配置。

第二节

REITs业务属于“资管业务投行化”或者“前期投行业务+后期资管业务”

结合对基础设施 REITs 产品的实操经验及现行交易结构设计的理解，我们认为 REITs 业务的开展属于典型的“资管业务投行化”，和以前的 ABS 业务有点类似，用的是资管牌照，也有存续期的管理，但是在项目获取、产品销售方面又比较类似投行业务，因此，公募 REITs 的业务是结合了投行业务、投资业务和资产业务，但是专业性更高，后续运营难度更大，对公募基金作为另类资产的管理人和运营机构，提出了更高的人才需求。

公募 REITs 产品的特点是能够实现优质资产的单独上市，企业可利用资质优良、盈利性高的资产在一级市场进行权益融资，不必考虑整体业务及财务状况，实现相关资产的隔离。从基础设施 REITs 产品整个发行流程来看，可分为三个阶段：

前期阶段，侧重于投行业务，主要包括项目获取、主动筛选资产、尽职调查、编制申报材料等环节，以及基于资产 IPO 的询价发行机制安排、充分的信息披露等流程均比照 IPO 程序进行操作。基础设施公募 REITs 发行完成后，相关资产将通过资本市场进行定价同时将在二级市场具备流通性。与传统投行业务类似，作为创新性金融产品，公募 REITs 的核心是一级市场证券化，同时考验基金管理人及财务顾问的定价能力，具有典型的卖方逻辑。

中期阶段，属于典型的投资业务，与传统公募基金不同的是，投资的标的不再是以往的证券市场，而是更加广阔的基础设施不动产实体市场。底层资产的优质性是公募 REITs 推进的大前提，基金管理人需要深度把握资产的合规性和盈利性。

REITs 存续期阶段，侧重于资产管理业务。公募 REITs 的内在价值取决于基础资产质量、运营管理水平以及未来发展空间三大核心要素，要求公募 REITs 基金管理人具备资产主动管理能力。基建作为一个庞大的产业，其中涉及许多专业的运营管理内容，良好的运营管理是稳定经营、稳定收费的前提条件。但由于基础设施不同细分领域其运营模式的根本差异较大，导致其在收入端、成本端的表现差异性明显，传递至上层 REITs 基金份额在二级市场的收益波动及风险特征也随之变化，最终将影响资本市场的投资行为。因此对基础设施 REITs 底层资产的主动管理需要对底层资产运营模式的深度理解和把握，制定有针对性的专业运营管理策略，也是决定基金管理人管理基础设施 REITs 产品成败的核心和关键。

最后，公募 REITs 的落地，将为国内公募基金管理行业创造一个更大的行业赛道和市场。展望未来，随着基础资产向商业不动产、长租公寓、养老地产、旅游地产等领域开放，我们有理由相信，国内公募基金行业也会诞生类似贝莱德这样以不动产投资及管理为特色的特殊资产管理公司，公募基金的业务边界从传统二级市场投资向基础设施资产投资领域拓展，进而向不动产一级市场投资、不动产资产管理迈进，资本市场也会逐步出现 Pre－REITs，Fund of REITs 等上下游衍生资本工具。

第三节

Pre-REITs的内涵和意义

6.3.1 背景及意义

不动产项目通常需要经历一个较长的培育期才能达到稳定盈利状态，在现有监管规定下，处于培育期的基础设施资产暂无法成为REITs的合格资产；通过发起设立私募股权基金等方式开展Pre－REITs业务，以合理的价格收购具有公募REITs上市潜力的新建、存量不动产资产，待基础设施项目进入稳定运营期后，再通过基础设施REITs实现基金退出，获取二级市场的溢价退出收益。

借助Pre－REITs产品在基础设施投资一级市场提前锁定优质资产，获得项目的控制权，并绑定产业运营方深度合作，在打造公募基金REITs团队响应资产管理能力的同时，稳定为公司提供基础设施REITs项目储备。

在Pre－REITs业务模式下，REITs团队可提前介入，有针对性地从资产合规性、尽职调查、相关中介业务参与方选定等方面对标的基础设施资

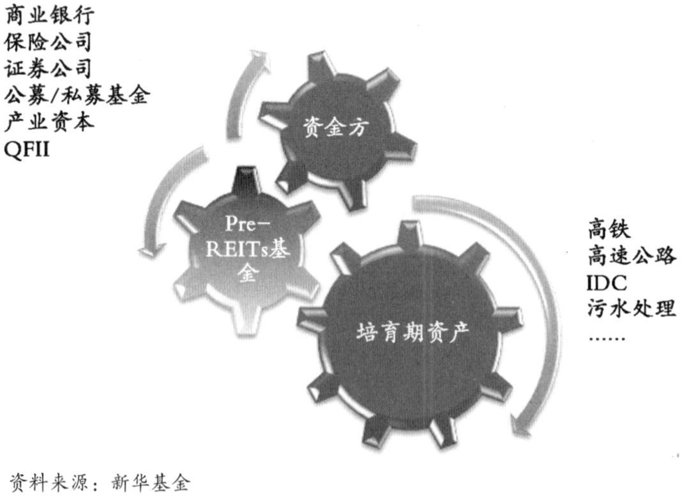

资料来源：新华基金

图6－2　Pre－REITs产业链地位示意图

产进行梳理和培育，降低后端 REITs 发行前期材料准备时间成本，为保障项目顺利发行 REITs 奠定坚实的前期工作基础。

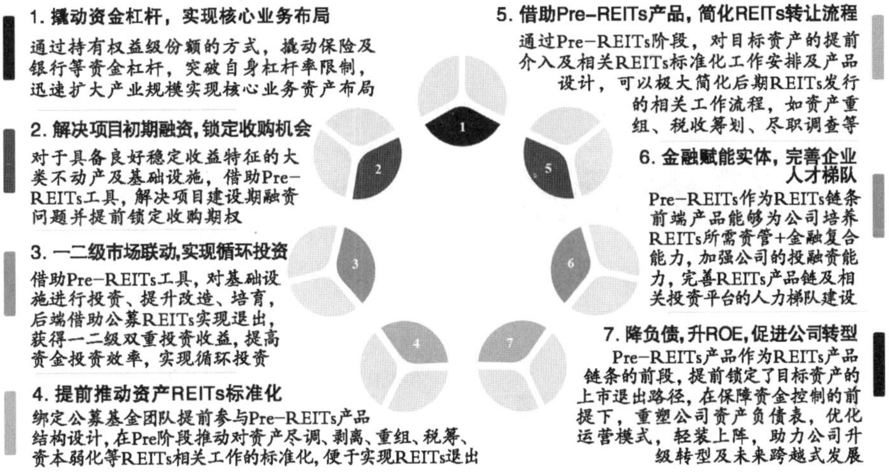

资料来源：新华基金

图 6 - 3　Pre - REITs 作用

6.3.2　与 REITs 的承接与转化

在基础设施和商业地产资产证券化的过程中，金融机构可以先以Pre - REITs 的方式孵化不动产资产，之后通过公募 REITs 等资产证券化工具退出，形成基础设施和商业地产行业募投建管退的闭环模式。

在项目成立 REITs 之前通过 Pre - REITs 获得融资，进行项目开发，Pre - REITs 获得项目股权，在项目资产达到发行标准后，将项目打包为资产支持专项计划并出售给 REITs，收回投资资金，最后获得回报。Pre - REITs 一般的产品形式为私募股权基金为主，包括不限于信托计划、Pre - ABS 等。投资人既可以获得定期回报，也可以获得出售资产支持专项计划的资本利得。

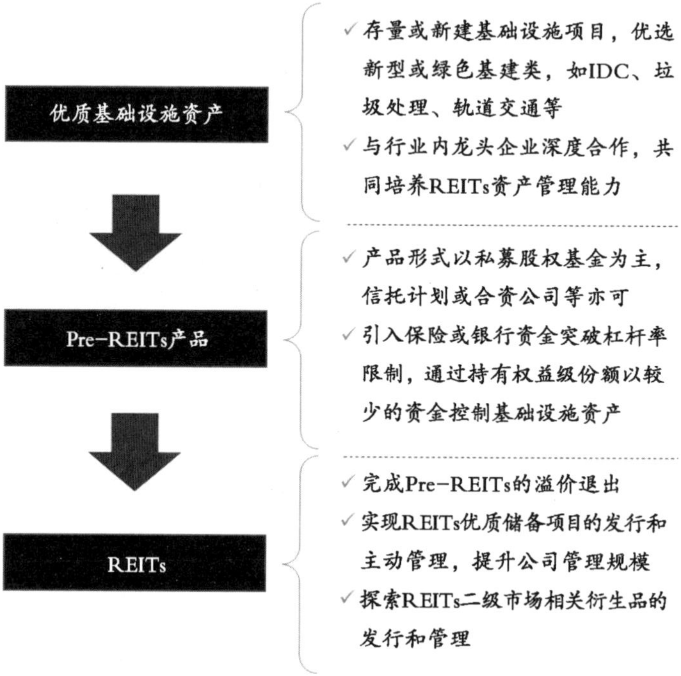

资料来源：新华基金研究部

图 6 – 4　Pre – REITs 与 REITs 的承接与转化

前期，Pre – REITs 为企业发展取得现金流支持，企业使用该笔款项投资建设资产项目。待项目成熟后，以资产项目作为标的，进行公募 REITs 的转化。Pre – REITs 投资者在转化 REITs 过程中主动选择基金管理机构，参与发行全过程，REITs 成功上市后，Pre – REITs 基金投资者退出。Pre – REITs 通过发行基金募集资金，管理人以投资者利益最大化为目标，独立发挥其职能，实现 Pre – REITs 持有人的最佳收益。

6.3.3　产品架构

通过 Pre – REITs + 公募 REITs 产品链条设计，打造自有的 REITs 投资平台，对自有开发资产和成熟资产稳定实现资产证券化，畅通退出渠道，能够有效地盘活存量资产、拓宽资金来源，从而提高资本使用效率、实现“建设—运营—退出—再投资”的投资闭环及良性投资循环，实现投资收益最大化。

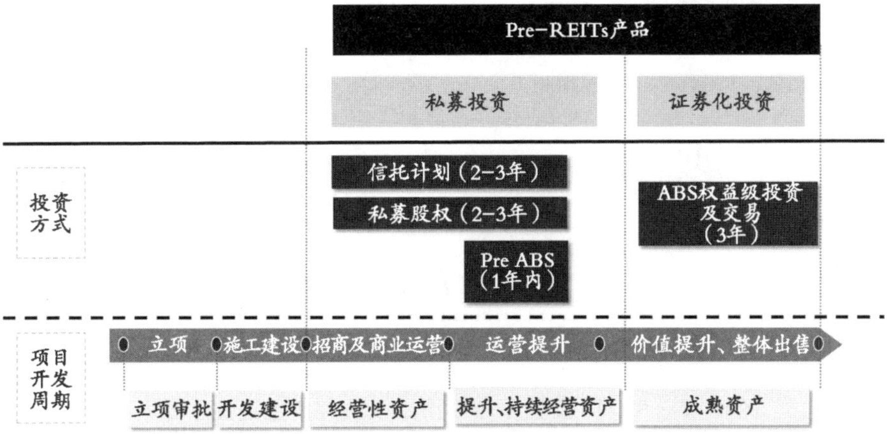

资料来源：新华基金

图 6－5　产品架构

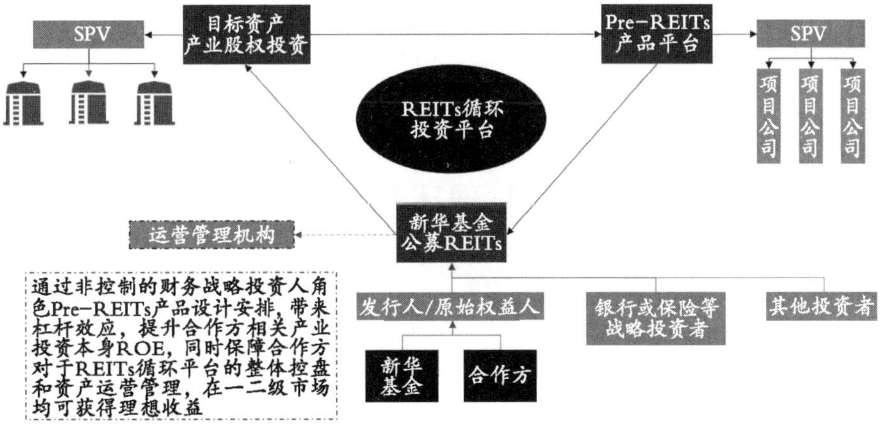

资料来源：新华基金

图 6－6　REITs 平台循环投资模式设计

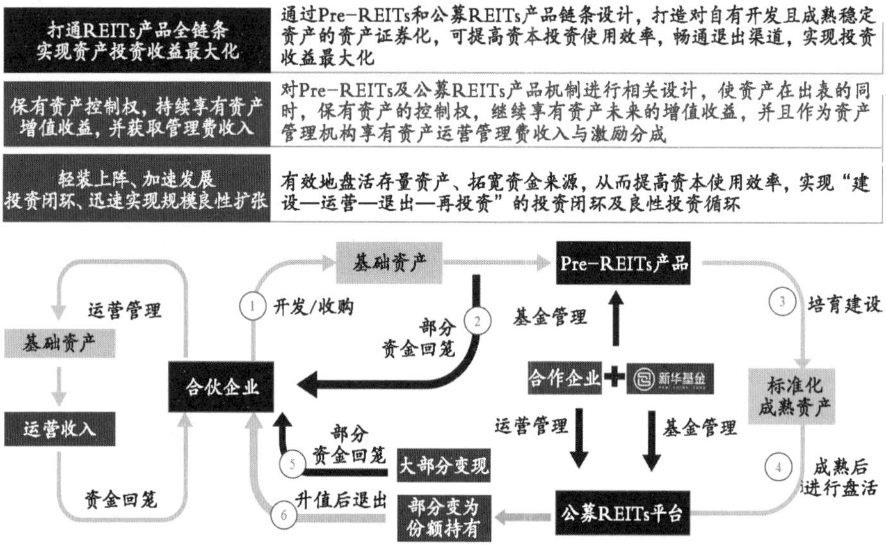

资料来源：新华基金

图 6 - 7 REITs 投资平台中原始权益人角色定位示意图

综上所述，Pre - REITs 联合险资、银行理财子公司资金及政府产业引导基金等，合作设立 Pre - REITs 私募股权投资基金，可以用于投资新建项目或收购存量不成熟资产，进行 REITs 标准化后，实现 REITs 退出，获取一级市场股权投资、二级资本市场退出的高额投资回报。

6.3.4 Pre - REITs 的管理环节

Pre - REITs 的管理环节如图 6 - 8 所示。

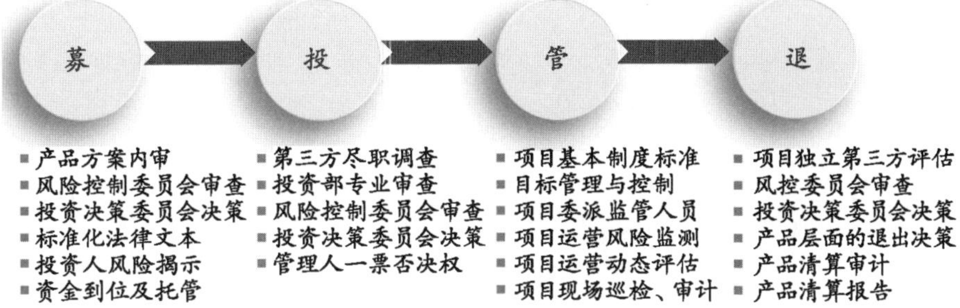

资料来源：新华基金

图 6－8　Pre－REITs 的管理环节

6.3.5　甄选方法及投资策略

Pre－REITs 具备一定风投属性，需要注意甄选孵化成功率高、未来转化 REITs 顺畅的项目，需要注意以下几个方面：

一　孵化流畅度

（1）孵化到 REITs 的流畅程度（以下指标都旨在帮助 Pre－REITs 过渡到 REITs）。

（2）选择融资人和担保人的信用高的项目。

（3）选择实力强劲、知名度较高的发起人，从源头上保障项目质量和现金流的稳定。

二　转化 REITs 后的指标

选择业务投资组合受疫情影响较小的行业，在同一个行业中尽可能选择风险相对较小的 Triple－Net－Lease 模式或者 Triple－Net－Lease 占比较高的 REITs。受此次疫情影响，总体上风险小到大依次为：数据中心 < 仓储物流 < 公寓 < 医疗 < 养老 < 高端写字楼，油气管道 < 商场 < 餐饮博彩娱乐类。

选择业务分散的稳健型项目，主要考虑业务类型分散、地域分散和客户分散。就是尽可能资产类别、地域、客户多样化，同时单一类型资产占比不能太大，单一客户占营收的比例不能太大。

选择负债可控的项目，主要是指相对于同业拥有更稳健的偿债能力。主要有两个指标：

（1）利息保障倍数，即 EBITDA/Total Interests。

（2）债务标杆倍数，即 Debt/EBITDA。

在项目方面，优先选择具有区位优势、未来现金流稳定的资产，例如具有产业集聚效应的产业园区等；也可以进行实地考察获取一手信息。投资者也要关注项目的可扩募资源是否丰富，公募 REITs 上市后，可以通过不断购入新的底层资产，增强基金的收益与想象空间，这点也是筛选项目的重要标准。

基金管理人方面，优先选择股东背景雄厚、集团联动优势显著的基金公司，这样可以全方位对底层资产进行管理和支持，更好地履行基金公司主动管理职责和保障项目的现金流的稳定。

三 投资策略

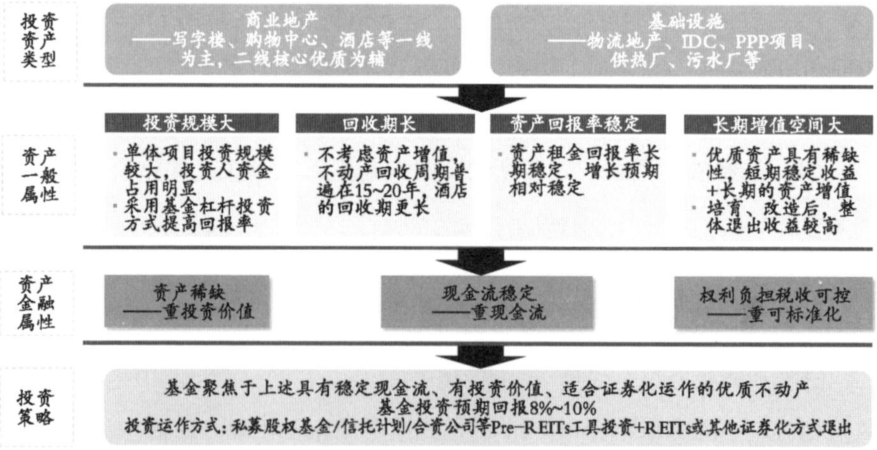

资料来源：新华基金

图 6-9 投资策略

第四节

Pre-REITs案例参考

6.4.1　案例一：万达 Pre－REITs 产品——“稳赚 1 号”

2015 年 6 月，万达推出的众筹产品“稳赚 1 号”被视为国内首单 Pre－REITs 产品，其关键特点在产品退出机制上，设置了第三年派息结束后 REITs 上市，将由此产生的资产升值收益分配给投资者。“稳赚 1 号”产品规模为 50 亿元，其中 5 亿元面向个人投资者发售，45 亿元面向机构投资者，认购起点为 1000 元，其底层项目是万达在郑州、梅州、三门峡、宜春、常德的五个项目。收益率设计上分为两部分：第一，定投的万达广场租金的 6% 为年化收益率，每年收益派发日发放。第二，项目成立 3 年后 REITs 上市，预期年化收益率达 14%，收益一次性派发给投资者；如果至第 7 年仍未上市，由万达商业地产以约定价格收回自有租赁物业或相应权益。此外，该产品还可以向第三方转让。产品性质：由于“稳赚 1 号”为众筹形式，因此被认为具有股权属性；同时，由于设置了回购条款，也具有一定的债权属性。之后万达推出其他类似项目。

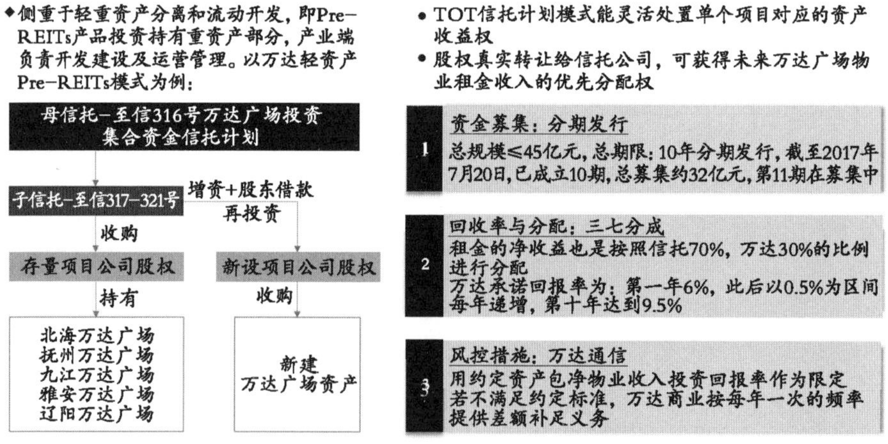

资料来源：新华基金

图 6－10　万达 Pre－REITs 概况

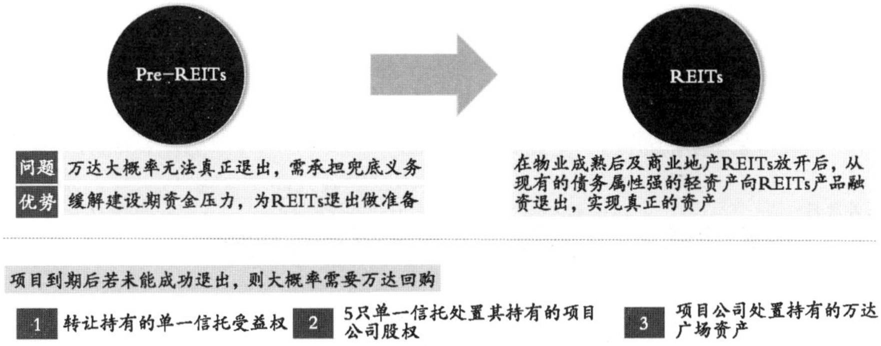

资料来源：新华基金

图6 – 11　万达 Pre – REITs 情况与面临的问题

6.4.2　案例二：京东拟对数据中心的 Pre – REITs 布局

京东拟对数据中心的 PRE – REITs 或者某 IDC 的 PRE – REITs 布局。数据中心的运维科技、新科技，可能不像互联网科技那样有颠覆性，甚至也没有像生物科技那么有冲击力。对数据中心行业的理解，就是神秘的重资产。站在行业角度来说，数据中心行业痛点，是资产很重、见效慢、不透明。投资单位非常大、回报周期很长。

如果说数据中心重资产的特点让专业机构望而却步，那么通过做相关的技术储备，将数据中心的资产通过 REITs 投放到市场，这样可以让公众在 REITs 市场做交易，改变数据中心重资产的特点，使数据中心产业得到更新维度的发展。

从行业的角度讲，REITs 是数据中心产业的催化剂，基于此，REITs 可以大大降低数据中心相关项目融资成本，提高资本的流通性，进而对数据中心运营带来间接的收益。但是，有一个前提，数据中心的神秘性使得它的运营、运作、数据，不宜直接采用 REITs 形式，因此，数据中心可选用Pre – REITs 形式进行孵化，核心是想用数据中心可信运营的方式，打破数据中心的神秘感，进而帮助更多实体企业的数据中心，推向更广泛的 REITs 公募或者私募市场。

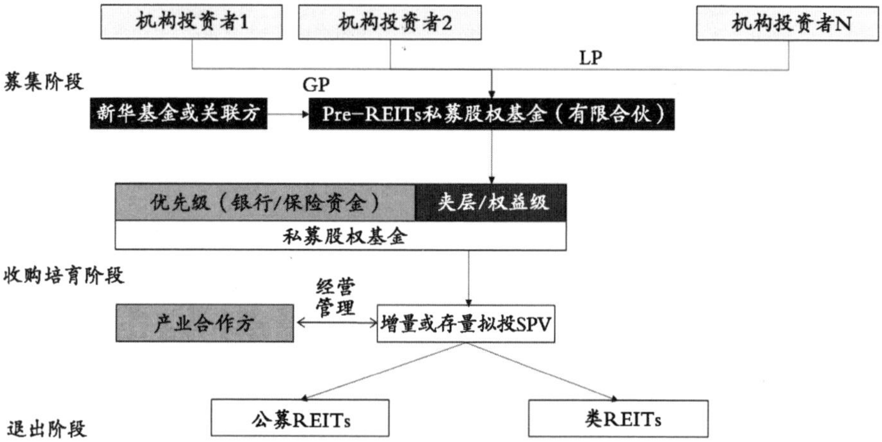

资料来源：新华基金

图 6－12　Pre－REITs 交易结构图

第七章

我国首批公募REITs发售情况、看点解析及如何挑选优质公募REITs

本章首先介绍了我国首批公募 REITs 最新发售情况并进行了看点解析，然后从首批 REITs 项目概括入手，从发起人、底层资产和基金管理人三个维度分析了公募 REITs 的投资价值。对于发起人而言，要选择实力强、知名度较高的发起人，从源头上保障项目质量和现金流的稳定。其次，要像精选股票一样甄别公募 REITs 的底层资产，只有对所投资 REITs 产品的底层资产充分了解，才可以做到游刃有余。最后，优先选择股东背景雄厚、集团联动优势显著的基金公司，这样可以全方位对底层资产进行管理和支持，更好地履行基金公司主动管理职责。

第一节

我国首批公募REITs发售情况

7.1.1 公募 REITs 的发售环节

公募 REITs 的发售类似于 IPO 的询价模式，即公募 REITs 使用网下询价的方式确定基金份额认购价格，公众投资者以询价确定的认购价格参与认购。基金管理人会在发售环节披露基金询价公告、招募说明书、基金产品资料概要、基金合同、托管协议等文件。基金管理人、财务顾问也会根据所有网下投资者报价的中位数和加权平均数（剔除不符合条件的报价及对应的拟认购数量）确定认购价格并及时公告。

公募 REITs 的发售环节具体分为战略定向配售（不低于 20%）、网下询价并定价、网下投资者询价发售（不低于 56%）以及公众投资者定价发售（不超过 24%）等。参与网下询价的投资者主要为专业机构投资者。原始权益人或其同一控制下的关联方，以及符合网下投资者要求的专业机构投资者可以参与战略配售，其中证券投资基金、理财产品和其他资管产品可以参与网下询价。

7.1.2 公募 REITs 的认购规则与锁定期限制

为实现原始权益人与普通投资者的利益绑定，原始权益人或其同一控制下的关联方参与战略配售的比例合计不得低于发售数量的 20%，其中发售总量的 20% 部分持有期为自上市之日起不少于 60 个月，超过 20% 的部分持有期自上市之日起不少于 36 个月，且持有期间基金份额不允许质押。

其他机构投资者的战略配售比例由基金管理人确定，且持有期限自上市之日起不少于 12 个月。其中，公众投资者参与认购的比例不得超过 24%，即（100% -20% 的战略配售）×（100% -70% 的网下机构）。

网下投资者和公众投资者应在募集期内认购（以询价确定的价格），募集期原则上不超过5个交易日（每个交易日的9:00—15:00）。认购包括场外与场内两种方式，其中场外是指通过基金公司的直销网点及代销机构认购。

公众投资者可以通过券商、基金管理人及代销机构认购，认购方式与LOF一致，只需要持有交易所股票账户或基金账户即可。

7.1.3 公募REITs涉及的费用

公募REITs涉及两部分费用，即基金销售相关费用和运作相关费用。其中，基金销售相关费用即在投资者认购基金过程中收取的认购费用，一般是按认购金额区间设定不同费率，由于公募REITs为封闭式基金，不开放申购与赎回，因此不存在申购费与赎回费。另一部分即运作费用主要包括固定管理费、托管费以及浮动管理费。

7.1.4 我国首批公募REITs发售火爆、性价比高

一、项目优质，募集期短

从供给端看，首批发行募集的9家公募REITs基金产品中，战略投资者参与配售的比例都达到了50%以上，大部分处于60%~80%的区间，且由于锁定期的限制在二级市场容易出现供给不足的情况。从需求端看，认购超出预期，发售公告提前，募集期限缩短。继2021年5月26日6家公募REITs提前公布发售时间，27日剩余3家也陆续发布公告：博时招商蛇口产业园REITs（180101.OF）、平安广州交投广河高速公路REITs

（180201. OF）、富国首创水务 REITs （508006. OF）。公众投资者与网下投资者的认购缴款开始时间 9 家保持一致，5 月 31 日全面开放；与原计划时间相比，认购缴款期限全部缩短为 2 ~ 3 天，其中 6 家截止时间为 6 月 1 日，3 家 6 月 2 日截止，发售时间安排如表 7 - 1 所示。

表 7 - 1　首批 9 只公募 REITs 发售时间安排

		认购缴款开始时间	认购缴款截止时间	回款完成时间	备注
浙商证券沪杭甬高速 REITs（508001. OF）	公众投资者	2021/05/31	2021/06/02	2021/06/07	15:00 截止
	网下投资者	2021/05/31	2021/06/02	2021/06/08	9:00—15:00
	战略投资者		2021/06/01	2021/06/08	17:00 截止
中航首钢生物质 REITs（180801. OF）	公众投资者	2021/05/31	2021/06/01	募集期结束后的 2 个工作日内	9:15—11:30 13:00—15:00
	网下投资者	2021/05/31	2021/06/01	募集期结束后的 2 个工作日内	9:15—15:00
	战略投资者	2021/05/31	2021/06/01	募集期结束后的 4 个工作日内	9:15—17:00
华安张江光大园 REITs（508000. OF）	公众投资者	2021/05/31	2021/06/01	2021/06/03	9:15—11:30
	网下投资者	2021/05/31	2021/06/01	2021/06/03	认购每天 9:00—15:00 缴款于截止日 17:00
	战略投资者		2021/05/31	2021/06/03	17:00 截止
中金普洛斯仓储物流 REITs（508056. OF）	公众投资者	2021/05/31	2021/06/02	2021/06/07	15:00 截止
	网下投资者	2021/05/31	2021/06/02	2021/06/08	9:00—15:00
	战略投资者		2021/06/01	2021/06/08	15:00 截止
东吴苏州工业园区产业园 REITs（508027. OF）	公众投资者	2021/05/31	2021/06/02	2021/06/07	场内 15:00 认购截止 场外 17:00 认购截止
	网下投资者	2021/05/31	2021/06/02	2021/06/08	9:00—15:00
	战略投资者		2021/06/01	2021/06/08	15:00 截止
红土创新盐田港仓储物流 REITs（180301. OF）	公众投资者	2021/05/31	2021/06/01		场内 9:15—11:30、13:00—15:00 场外 9:00—17:00
	网下投资者	2021/05/31	2021/06/01		9:30—15:00
	战略投资者	2021/05/31	2021/06/01		17:00 截止

（续表）

		认购缴款开始时间	认购缴款截止时间	回款完成时间	备注
博时招商蛇口产业园 REITs（180101. OF）	公众投资者	2021/05/31	2021/06/01	募集期结束后的 4 个工作日内	9:30—11:30、13:00—15:00
	网下投资者	2021/05/31	2021/06/01	募集期结束后的 2 个工作日内	9:30—15:00
	战略投资者	2021/05/31	2021/06/01		认购当日 17:00 前缴款
富国首创水务 REITs（508006. OF）	公众投资者	2021/05/31	2021/06/01	2021/06/07	15:00 截止
	网下投资者	2021/05/31	2021/06/01	2021/06/08	9:00—15:00
	战略投资者	2021/05/31	2021/06/01	2021/06/08	截止日 17:00 截止
平安广州交投广河高速公路 REITs（180201. OF）	公众投资者	2021/05/31	2021/06/01	2021/06/07	9:30—17:00 缴款截至 6 月 1 日16:00
	网下投资者	2021/05/31	2021/06/01	2021/06/08	9:30—15:00，缴款截至 6 月 1 日16:00
	战略投资者	2021/05/31	2021/06/01	2021/06/08	

资料来源：发售公告、德邦研究所

二 投资性价比高

公募 REITs 的投资收益主要来源于两方面：其一是每年相对稳定的现金流收益。2020 年 8 月，发改委发布的《关于做好基础设施领域不动产投资信托基金（REITs）试点项目申报工作的通知》明确了项目预计未来 3 年净现金流分派率（预计年度可分配现金流/目标不动产评估净值）原则上不低于 4%，而从 9 只公募 REITs 产品来看，预计现金流分派率 4% ~ 12% 之间。其二是基金份额带来的资本利得收益。公募 REITs 的风险主要来源于以下几个方面：公募 REITs 由于 80% 投向基础设施类资产，集中度风险较高；底层资产的项目运营风险；较复杂的政策和税收风险。因此投资者认购 REITs 应持续关注项目底层资产的运营情况。总体而言，公募 REITs 具备较好的投资性价比。

三 定价让利二级市场，需求高涨

首批 9 家公募 REITs 基金发售公告已悉数发布，在不考虑回拨的情况下，网下投资者预计中签率将在 6% ~30% 的区间内，其中蛇口产业园、首创水务预计获配比例最低，分别为 6.53% 和 8.98%。从有效报价产品和投资者数量上来看，蛇口产业园为投资者最青睐的产品，51 家机构共 116 只产品给出了有效报价。从询价结果来看，蛇口产业园、普洛斯的有效申购金额最多，分别达 79.6 亿元和 76.5 亿元，其余 7 只产品均在 50 亿元以下。首批公募 REITs 发行让利二级市场，9 家 REITs 发行价均低于网下有效报价的平均值和中位数，让利幅度在 0.3% ~3.6% 区间内。

四 具体发售情况

相关公告显示，张江 REITs、浙江杭徽、东吴苏园、普洛斯、盐港 REITs、首钢绿能、首创水务、广州广河、蛇口产园 9 只公募 REITs 最终认购价格分别为 2.99 元、8.72 元、3.88 元、3.89 元、2.3 元、13.38 元、3.7 元、13.02 元、2.31 元。

根据公告，公募 REITs 认购价格不高于剔除不符合报价后网下投资者报价的中位数和加权平均数的孰低值。9 只产品的认购价格位于各自询价区间的 30% ~70% 分位数之间，其中，普洛斯、浙江杭徽的认购价格分别位于询价区间的 33.93%、36.26%，是目前公布认购价格的公募 REITs 中位于询价区间分位数较低的两只产品，盐港 REITs、东吴苏园、广州广河、蛇口产园 4 只公募 REITs 的认购价格位于询价区间分位数高于 60%。

根据最终确定的认购价格及发售份数，9 只公募 REITs 合计募集金额为 314.03 亿元，其中，由平安基金担任管理人的广州广河 REITs 预计募集金额达到 91.14 亿元，是目前已公布募集金额的公募 REITs 中最多的一只，普洛斯 REITs 预计募集金额达到 58.35 亿元。

最终定价情况如表 7－2 所示：

表 7－2　9 只公募 REITs 最终定价情况表

公募 REITs 代码	公募 REITs 简称	基金管理人	询价区间（元/份）	认购价格（元）
508000	张江 REITs	华安基金	2.780－3.200	2.99
508001	浙江杭徽	浙江浙商证券资产	8.27－9.511	8.72
508027	东吴苏园	东吴基金	3.558－4.094	3.88
508056	普洛斯	中金基金	3.700－4.260	3.89
180301	盐港 REITs	红土创新	2.163－2.381	2.3
180801	首钢绿能	中航基金	12.500－14.000	13.38
508006	首创水务	富国基金	3.491－4.015	3.7
180201	广州广河	平安基金	12.471－13.257	13.02
180101	蛇口产园	博时基金	2.100－2.420	2.31

资料来源：发售公告、新华基金

从询价结果看，私募基金，商业银行、保险、券商的资管机构均有参与，已经披露的 9 只产品均实现超比例认购。数据显示，张江 REITs、浙江杭徽、东吴苏园、普洛斯、盐港 REITs、首创水务、广州广河、首钢绿能这 8 只公募 REITs 最终网下有效报价认购倍数分别为 8.85 倍、4.86 倍、3.61 倍、5.85 倍、8.47 倍、8.35 倍、4.56 倍、11.13 倍，而目前最火爆的要数蛇口产园，整体认购倍数为 15.31 倍（剔除无效报价后的所有网下投资者认购倍数）。总体而言，机构认购火爆，9 只公募 REITs 全部超额认购，平均有效认购倍数超 7 倍。

表 7-3　9 只公募 REITs 有效认购倍数一览表

公募 REITs 代码	公募 REITs 简称	基金管理人	有效认购倍数	预计募集金额（亿元）
508000	张江 REITs	华安基金	8.85	14.95
508001	浙江杭徽	浙江浙商证券资产	4.86	43.6
508027	东吴苏园	东吴基金	3.61	34.92
508056	普洛斯	中金基金	5.85	58.35
180301	盐港 REITs	红土创新	8.47	18.4
180801	首钢绿能	中航基金	11.13	13.38
508006	首创水务	富国基金	8.35	18.5
180201	广州广河	平安基金	4.56	91.14
180101	蛇口产园	博时基金	15.31	20.79

资料来源：发售公告、新华基金

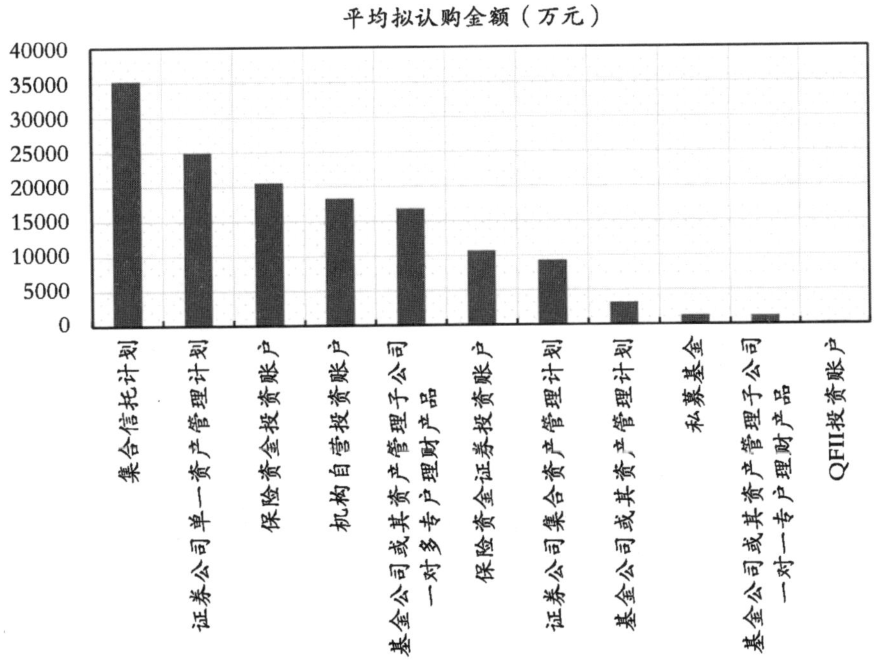

资料来源：发售公告、德邦研究所

图 7-1　各类机构拟认购金额

公众投资者可以通过场外直销及代销机构认购，也可以通过券商走场内认购方式。从投资门槛看，上交所的场内认购多数是1000元为最低认购门槛，深交所的场内认购是1000份为最低认购门槛，而每只公募REITs场外的最低认购门槛不太一样，有最低100元的，也有最低1000元的。公募REITs成立之后不再开放申购及赎回，只能通过二级市场买卖，届时需要注意基金的折溢价风险。面向公众投资者的发售情况如表7-4。

表7-4　9只公募REITs面向公众投资者发售情况一览表

公募REITs代码	公募REITs简称	基金管理人	认购价格（元）	公众投资者初始发售份额（万份）	公众投资者初始发售金额（万元）
508000	张江REITs	华安基金	2.99	6700	20033
508001	浙江杭徽	浙江浙商证券资产	8.72	1927.74	16809.89
508027	东吴苏园	东吴基金	3.88	7200	27936
508056	普洛斯	中金基金	3.89	8400	32676
180301	盐港REITs	红土创新	2.3	9600	22080
180801	首钢绿能	中航基金	13.38	1000	13380
508006	首创水务	富国基金	3.7	2400	8880
180201	广州广河	平安基金	13.02	3500	45570
180101	蛇口产园	博时基金	2.31	9000	20790

资料来源：发售公告、新华基金

9只公募REITs的战略配售情况如表7-5、表7-6、表7-7、表7-8、表7-9、表7-10、表7-11、表7-12、表7-13所示。

表 7-5　浙商证券沪杭甬高速 REITs 战略配售参与情况表

名称	占发售总份额的比例	限售期(自基金上市之日起)
原始权益人或其同一控制下的关联方		
浙江沪杭甬高速公路股份有限公司	20.00% 31.00%	60 个月 36 个月
杭州余杭交通集团有限公司	1.83%	36 个月
杭州市临安区交通投资有限公司	4.01%	36 个月
浙江浙商金控有限公司	2.10%	36 个月
其他专业机构投资者		
光证资营诚享 7 号集合资产管理计划	2.10%	12 个月
中国中金财富证券有限公司	2.10%	12 个月
中国保险投资基金（有限合伙）	2.10%	12 个月
中国人寿再保险有限责任公司	2.10%	12 个月
工银瑞投—工银理财四海甄选集合资产管理计划	1.05%	12 个月
北京首源投资有限公司	1.05%	12 个月
上海机场投资有限公司	1.68%	12 个月
中国东方资产管理股份有限公司	2.10%	12 个月
招商财富—招银基础设施 1 号集合资产管理计划	1.05%	12 个月
战略配售总份额比例	74.27%	12 个月

资料来源：发售公告、新华基金

表 7-6　华安张江光大园 REITs 战略配售参与情况表

名称	占发售总份额的比例	限售期(自基金上市之日起)
原始权益人或其同一控制下的关联方		
珠海安石宝达企业管理人中心（有限合伙）	10.00%	60 个月
上海张江集成电路产业区开发有限公司	10.00%	60 个月
其他专业机构投资者		
上海国际集团资产管理有限公司	6.25%	12 个月
上海浦东投资控股（集团）有限公司	6.25%	12 个月
北京首源投资有限公司	3.50%	12 个月
浙商证券股份有限公司	3.43%	12 个月
华金证券股份有限公司	3.33%	12 个月
上海金桥出口加工区开发股份有限公司	3.12%	12 个月
招商财富资产管理有限公司	3.12%	12 个月
工银瑞信投资管理有限公司	3.00%	12 个月
上海丰穗投资管理有限公司	2.00%	12 个月
中国中金财富证券有限公司	1.33%	12 个月
战略配售总份额比例	55.33%	

资料来源：发售公告、新华基金

表7-7 中金普洛斯仓储物流REITs战略配售参与情况表

名称	占发售总份额的比例	限售期安排
原始权益人或其同一控制下的关联方		
GLP Capital Investment 4（HK）Limited	20.00%	60个月
合计	20.00%	
其他专业机构		
泰康人寿保险有限责任公司	20.00%	12个月
大家投资控股有限责任公司	8.39%	12个月
中国保险投资基金（有限合伙）	1.78%	12个月
建信信托凤鸣（鑫益）1号集合资金信托计划	3.50%	12个月
中国中金财富证券有限公司	8.33%	12个月
北京首源投资有限公司	10.00%	12个月
合计	52.00%	
战略配售总份额比例	72.00	

资料来源：发售公告、新华基金

表7-8 东吴苏州工业园区产业园REITs战略配售参与情况表

名称	占发售总份额的比例	限售期(自基金上市之日起)
原始权益人或其同一控制下的关联方		
苏州工业园区建屋产业园开发有限公司	15.00%	10%的份额不少于60个月，超过10%部分不少于36个月
苏州工业园区科技发展有限公司	15.00%	10%的份额不少于60个月，超过10%部分不少于36个月
苏州工业园区经济发展有限公司	10.00%	36个月
其他专业机构投资者		
苏州银行股份有限公司	11.00%	12个月
北京首源投资有限公司	1.80%	12个月
富国基金智享8号FOF集合资产管理计划	1.80%	12个月
中国保险投资基金（有限合伙）	1.80%	12个月
光证券管诚享7号集合资产管理计划	1.80%	12个月
华金证券股份有限公司	1.80%	12个月
战略配售总份额比例	60.00%	

资料来源：发售公告、新华基金

表 7－9　富国首创水务 REITs 战略配售参与情况表

名称	占发售总份额的比例	限售期（自基金上市之日起）
原始权益人或其同一控制下的关联方		
北京首创股份有限公司	51.00%	与深圳基础设施项目和合肥基础设施项目的特许经营权期限相同
其他专业机构投资者		
三峡资本控股有限责任公司	8.50%	12 个月
北京首钢基金有限公司	5.00%	12 个月
光证券管诚享 7 号集合资产管理计划	3.00%	12 个月
富国基金智享 8 号 FOF 集合资产管理计划	3.00%	12 个月
工银瑞投—工银理财四海甄选集合资产管理计划	2.50%	12 个月
中国保险投资基金（有限合伙）	1.20%	12 个月
中国银行证券股份有限公司	0.80%	12 个月
中国中金财富证券有限公司	0.50%	12 个月
招商财富—招银基础设施 1 号集合资产管理计划	0.50%	12 个月
战略配售总份额比例	76.00%	

资料来源：发售公告、新华基金

表 7－10　博时招商蛇口产业园 REITs 战略配售参与情况表

名称	占发售总份额的比例	限售期（自基金上市之日起）
原始权益人或其同一控制下的关联方		
招商局蛇口工业区控股股份有限公司	32.00%	基金总份额的 20% 不少于 60 个月，超过 20% 部分不少于 36 个月
其他专业机构投资者		
北京首钢基金有限公司	10.00%	12 个月
北京首源投资有限公司	2.00%	12 个月
中国东方资产管理股份有限公司	4.00%	12 个月
中国保险投资基金（有限合伙）	5.00%	12 个月
国新投资有限公司	1.00%	12 个月
光证资管诚等 7 号集合资产管理计划	5.00%	12 个月
富国基金智享 8 号 FOF 集合资产管理计划	2.00%	12 个月
工银瑞投—工银理财四海甄选集合资产管理计划	2.00%	12 个月
招商财富—招银基础设施 1 号集合资产管理计划	1.00%	12 个月
中信证券股份有限公司	1.00%	12 个月
战略配售总份额计划	65.00%	

资料来源：发售公告、新华基金

表7－11　中航首钢生物质REITs战略配售参与情况表

名称	占发售总份额的比例	限售期(自基金上市之日起)
原始权益人或其同一控制下的关联方		
首钢环境产业有限公司	20.00%	60个月
北就首钢基金有限公司	20.00%	36个月
其他专业机构投资者		
泰康人寿保险有限责任公司	5.50%	12个月
北京北咨投资基金管理有限公司	3.00%	12个月
中国银河证券股份有限公司	3.00%	12个月
中航证券有限公司	1.00%	12个月
中银理财有限责任公司	0.50%	12个月
工银瑞信投资管理有限公司	1.00%	12个月
深圳市前海建合投资管理有限公司	5.50%	12个月
战略配售总份额计划	60.00%	

资料来源：发售公告、新华基金

表7－12　平安广州交投广河高速公路REITs战略配售参与情况表

名称	占发售总份额的比例	限售期(自基金上市之日起)
原始权益人或其同一控制下的关联方		
广州市高速公路有限公司	51.00%	基金总份额的20%不少于60个月，超过20%的部分不少于36个月
其他专业机构投资者		
中国平安人寿保险股份有限公司	9.90%	12个月
东兴证券股份有限公司	3.66%	12个月
上海光大证券资产管理有限公司	2.30%	12个月
中信建投证券股份有限公司	2.14%	12个月
中国银河证券股份有限公司	1.98%	12个月
招商财富资产管理有限公司	1.29%	12个月
广州银行股份有限公司合计	1.29%	12个月
中国财产再保险有限责任公司	1.08%	12个月
中银理财有限责任公司合计	1.08%	12个月
广州工控资本管理有限公司	0.70%	12个月
广州开发区控股集团有限公司	0.54%	12个月
易方达基金管理有限公司	0.54%	12个月
华润深国投信托有限公司	0.54%	12个月
工银瑞信投资管理有限公司	0.50%	12个月
广州金城投资有限公司	0.32%	12个月
广州国发私募证券投资基金管理有限公司	0.11%	12个月
战略配售总份额比例	78.97%	

资料来源：发售公告、新华基金

表 7 - 13　红土创新盐田港仓储物流 REITs 战略配售参与情况表

机构名称	占发售总份额的比例	限售期(自基金上市之日起)
原始权益人或其同一控制下的关联方		
深圳市盐田港资本有限公司	20.00%	60 个月
其他专业机构投资者		
深国际控股（深圳）有限公司	14.00%	12 个月
深创投不动产基金管理（深圳）有限公司	1.20%	12 个月
泰康人寿保险有限责任公司	7.00%	12 个月
工银瑞投—工银理财四海甄选集合资产管理计划	2.00%	12 个月
光证资管诚享 7 号集合资产管理计划	5.00%	12 个月
中国中金财富证券有限公司	3.00%	12 个月
建信信托—凤鸣（鑫益）1 号集合资金信托计划	3.00%	12 个月
中国东方资产管理股份有限公司	4.00%	12 个月
北京首源投资有限公司	0.80%	12 个月
战略配售总份额比例	60.00%	

资料来源：发售公告、新华基金研究部

第二节

我国首批公募REITs看点解析

2021 年 4 月 23 日晚，沪深交易所正式受理首批 4 单基础设施公募 REITs项目申报，上述 4 单项目的招募说明书、基金合同、基金托管协议及基金法律意见书等重要文件正式披露。2021 年 6 月 21 日首批公募 REITs 在交易所挂牌上市。

首批 4 单基础设施公募 REITs 的简要信息汇总如表 7 – 14。

表 7 – 14　首批 4 单基础设施公募 REITs 简要信息

项目名称	项目类型	基金管理人	主要原始权益人	所在地	规模	交易所
国金铁建重庆渝遂高速公路封闭式基础设施证券投资基金	收费高速公路	国金基金	中铁建重庆投资集团有限公司、重庆高速公路股份有限公司	重庆	45.73 亿元	上交所
浙商证券沪杭甬杭徽高速封闭式基础设施证券投资基金	收费高速公路	浙商资管	浙江沪杭甬高速公路股份有限公司、杭州市交通投资集团有限公司	浙江	41.35 亿元	
中航首钢生物质封闭式基础设施证券投资基金	垃圾处理及生物质发电	中航基金	首钢环境产业有限公司	北京	12.487 亿元	深交所
博时招商蛇口产业园封闭式基础设施证券投资基金	产业园区	博时基金	招商局蛇口工业区控股股份有限公司	深圳	22.28 亿元	

首批基础设施公募 REITs 项目的基础资产、交易结构、合规性、委托运营管理各方权责利划分机制等备受市场关注，本书梳理总结出首批 4 单试点公募 REITs 项目十大看点。

看点一：基础资产类型包含收益权类和不动产类

首批 4 单试点项目以收益权类项目为主，首批申报的不动产类项目涉及土地的转让，按照国家发改委的审核要求需要获得地方相关政府部门对土地转让和纳税方案的无异议函，沟通和审批的不确定性较大，但招商蛇口产业园项目也成功获得深圳主管部门的无异议函，脱颖而出进入试点名单。

上交所受理的两单项目均为典型的高速公路特许经营权类项目，未来收益主要来源于运营期间的经营性净现金流，基础资产理论上本身不具备太多的升值潜力和退出价值，并且由于特许经营权的期限限制，其剩余价值逐年下降并最终归零，其间分配现金流既包括投资收益也包含了一部分本金的提前偿还。

深交所受理的招商蛇口项目属于典型的不动产资产，投资人的收益一部分来自于期间的现金分红收益，同时底层不动产资产的增值也会贡献部分资本收益；首钢生物质发电项目兼具收益权类项目和不动产项目的特征，业务属性类似传统的收益权类项目，但是没有设固定的特许经营期限。

看点二：所投基础设施项目均位于国家重点战略发展区域

首批4单基础设施REITs项目所投资的基础设施项目分别位于重庆、浙江、北京、深圳。从经济角度看，四地均属于经济发达区域，地方政府财政实力雄厚，区域经济发展水平较高；值得关注的是，首批4单均为京津冀区域、长三角区域、粤港澳大湾区及长江经济带中代表性项目，从确保首批试点项目“稳步推进、万无一失”的角度来讲，首批4单分别花落上述四大国家重点战略发展区域，符合市场预期。

看点三：原始权益人控股股东均为“国资+强AAA级”主体

首批4单基础设施REITs项目主要原始权益人：渝遂高速项目为中铁建重庆投资集团公司、沪杭甬高速项目为浙江沪杭甬高速公路股份有限公司、中航首钢项目为首钢环境产业有限公司、招商蛇口项目为招商局蛇口工业区控股股份有限公司。基础设施项目实际控制人分别为中国铁建、首钢集团、浙江交投、招商局集团等，均为强AAA信用的央企或大型地方国企。虽然公募REITs项目定位于长期限的权益性产品，但试点初期基础设施项目运营仍需要依赖原始权益人或关联产业方，有强信用主体的央企或国企产业方作为运营主体，无疑更能保证试点项目在未来几十年运营的稳定性。

看点四：资产规模均 10 亿元以上，扩募潜力巨大

对比分析首批 4 单项目，最低拟发行规模为中航首钢项目 12.487 亿元，最高为渝遂高速项目 45.73 亿元，考虑到基础设施公募 REITs 上市后，其运作和交易模式均类似于上市公司，市值过小确实可能会造成交易不活跃、投资人认购意向不足的情况。近期市场也传出了专业机构不接受 30 亿市值的小上市公司实控人上门路演的消息，预期公募 REITs 市值过小也同样面临交易不活跃的问题，提高发行的市值门槛也避免了后期交易不活跃带来的市值压力。

首批 9 单项目的原始权益人或股东方也均满足“发起人（原始权益人）持有或运营的同类资产数量较多、运营管理经验丰富，发行基础设施 REITs 产品后可使用同类资产进行扩募”的相关要求，后期存在较多的同类资产可以扩募注入基金。

看点五：基金管理人大多为原始权益人关联方，协同效应突出

首批 4 单基础设施 REITs 项目公募基金管理人分别为中航基金管理有限公司、博时基金管理有限公司、国金基金管理有限公司、浙江浙商证券资产管理有限公司等。

首批项目的原始权益人均和基金管理人具备一定的关联关系。沪杭甬高速项目的原始权益人和基金管理人浙商资管属于同一实际控制人浙江沪杭甬高速公路股份有限公司下属公司；招商蛇口项目的原始权益人和基金管理人博时基金也均属于同一实际控制人招商局集团下属公司；首钢生物质发电项目的实际控制人首钢集团间接持有本项目基金管理人中航基金 45% 的股权。上述几家公募管理人借助股东和集团资源优势，也有望在公募 REITs 产品试点上拔得头筹。

看点六：首批项目盈利状况稳健

国金铁建重庆渝遂高速公路封闭式基础设施证券投资基金的基础设施项目位于长江经济带区域的渝遂高速重庆段。2018 年至 2020 年，所属项目公司实现营业收入分别为 6.08 亿元、7.03 亿元和 5.78 亿元；实现净利润分别为 1.29 亿元、2.6 亿元和 2.71 亿元。15 年存续期内本基础设施证券投资基金内部收益率预测值为 6.26%，其中第一年净现金流分派率预测值为 8.2%，第二年为 8.4%。

浙商证券沪杭甬杭徽高速封闭式基础设施证券投资基金的基础设施项目位于长三角区域，是国家高速公路网 G56 的重要组成部分。招募说明书中数据显示，项目公司营业收入主要由高速公路收费和租赁业务收入构成。2018 年至 2020 年，项目营业收入为 5.36 亿元、5.86 亿元、4.57 亿元。预计发行规模不低于 41.35 亿元，首年及次年现金分派率预计分别为 12% 和 11%，全周期 IRR 不低于 6%。

中航首钢生物质封闭式基础设施证券投资基金基础设施项目位于北京市门头沟区，为垃圾处理及生物质发电项目。项目公司聚焦生活垃圾处置及垃圾焚烧发电主营业务，2018 年至 2020 年，项目公司营业收入分别为 3.92 亿元、4.31 亿元、3.60 亿元；净利润分别为 6641 万元、8562 万元、5374 万元。预计本基金 2021 年（按三个季度计算）净现金流分派率约为 5.92%；2022 年为 8.32%。

博时招商蛇口产业园封闭式基础设施证券投资基金基础设施项目位于深圳市南山区蛇口网谷产业园。项目公司营业收入主要为产业研发办公物业租赁收入等。2018 年至 2020 年末，项目公司营业收入分别为 1.33 亿元、1.32 亿元和 1.15 亿元；净利润分别为 6137.42 万元、6536.09 万元和 5352.66 万元。预计基金 2021 年净现金流分派率为 4.1%、2022 年为 4.17%；对应资产的 Cap rate 分别为 4.45% 及 4.56%。

看点七：原始权益人战略配售比例各不相同

招商蛇口项目原始权益人以自有资金参与战略配售，占本次基金份额发售比例32%。

沪杭甬杭徽高速项目所有原始权益人及其同一控制下的关联方认购基金份额占本次基金发售比例的58.94%，其中沪杭甬公司认购份额占本次基金发售比例高达51%。

国金铁建渝遂高速项目原始权益人铁建重投及其同一控制下的关联方认购本基金份额占本次基金发售比例51%；而另一原始权益人重庆高速及其同一控制下关联方认购本次基金发售比例10%，全部原始权益人合计认购份额占本次基金发售比例的61%。

中航首钢生物质项目原始权益人或其同一控制下的关联方参与基础设施基金份额战略配售的比例合计为本次基金份额发售数量的40%。

法规虽然只对原始权益人参与配售规定了不低于20%的比例下限，但是首批项目原始权益人认购比例都大幅超过20%，一方面可能是监管提了更高的窗口指导要求，另一方面原始权益人提高认购比例也降低了发行难度，提升基金募集成功率。

看点八：反向吸收合并成为资产重组主流方案

为满足基础设施公募REITs发行以及搭建合理股债结构，在REITs发行的交易安排中资产重组必不可少，首批4单项目所采取的资产重组方案有共通之处，但又根据自身项目实际情况，糅合了不同资产重组手段。

国金铁建渝遂高速项目，选择"反向剥离+反向吸收合并"的资产重组方案，将路外资产等进行剥离，并同时完成利润分配、减资等工作事项，实现项目公司仅保留基础设施项目及有关设备。然后通过原始权益人新设SPV，通过反向吸收合并的方式完成对项目公司的股债重构，实现合理避税。沪杭甬高速项目，则采用了对项目公司减资的方案，形成原始权益人对项目的债权。待目标资产支持证券完成设立后，资产支持证券管理人代表资产支持证券与项目公司原股东签署《关于浙江杭徽高速公路有限公司之股权转让协议》，收购项目公司100%的股权，签署《债权转让协议》，收购项目公司原股东就减资事宜所享有的对项目公司的债权并生效。资产支持证券作为项目公司债权人，与项目公司签署《债权债务确认协议》，确认股东借款，至此完成项目公司股债结构的搭建。

中航首钢生物质项目也采用了反向吸收合并的资产重组方案，通过设立首锝咨询（SPV）收购项目公司股权，并通过一系列反向吸收合并具体步骤，实现资产支持计划对项目公司“100%股权+股东借款”的结构搭建。值得一提的是，在本基金所持资产支持证券购买原始权益人持有的SPV股权和债权所涉及的国有资产转让问题上，北京市召开关于研究推进本市基础设施领域不动产投资信托基金有关工作的会议并形成了包含以下内容的会议记录：“关于国有资产转让进场交易问题。中国证监会已明确基础设施REITs在证券交易所公开发行，本市相关项目申报可按照规定，并参照外省市做法，豁免国有资产进场交易程序。”

招商蛇口项目采用的资产重组方案较为复杂，主要分为两部分。首先公募基金间接受让项目公司股权后，通过对项目公司所属投资性不动产由成本法转为公允价值计量方式的变动调整形成未分配利润并向SPV分配，从而形成对SPV的应付股利。经过资产支持计划及其他主体相应的债权确认及重组，形成专项计划对项目公司债权债务关系。另一部分，基金成立后，项目公司将吸收合并其股东（即相应SPV），SPV将注销，资产支持证券管理人（代表专项计划）将直接持有项目公司的全部股权。

看点九：基金管理费多采用“固定+浮动”计提方法

首批4单试点项目中国金铁建渝遂高速项目、沪杭甬高速项目及中航首钢生物质项目对于基金费用中的基金管理费均采用了“固定+浮动”计提方法，招商蛇口项目仍采用了传统公募基金按照基金净资产规模的0.3%年费率计提基金管理费。

上述三单基金管理费虽均采用“固定+浮动”计提方案，但计提标准却又各有不同。其中国金铁建渝遂高速项目固定费率为0.2%/年，基数为最近一次信息披露公告所披露的期末基金净资产；浮动管理费率为当年公募基金净现金流分派率 7% 以上部分的 9%。沪杭甬高速项目固定费率 0.205%/年，以最近一期经审计的基金净资产作为基数；同时根据基金管理人经营绩效目标完成情况，浮动管理费率为当年运营收入的 0.8% ~ 1.2%。中航首钢生物质项目固定管理费部分为前一估值日基金资产净值的 0.1% 与基金上一年度基金可供分配金额的 7% 之和，按日计提，按年收取；浮动管理费为基金年度可供分配金额超出 1.4 亿元部分 ×10% + 年度运营收入超过 395 153 982.54 元部分 ×20%。

博时招商蛇口项目则采用了固定的管理费率，按照基金净资产的 0.3%/年的标准计提管理费。

看点十：项目发行展望

首批项目由于都是国企资产项目，涉及国有资产的转让，都面临发行底价不得低于资产评估值的问题，但产品定位是权益性产品，没有原始权益人担保或者回购的增信安排，投资人对其预期收益要高于传统的固收类产品。

国金铁建项目预期全周期 IRR6.2%，当期派息收益率 8.2%，发行规模最大；浙商沪杭甬高速项目预期全周期 IRR 不低于 6%，当期派息收益率 12%；中航首钢生物质发电项目当期派息收益率 7.89%（年化后），但无特许经营期限限制，如果业务合同到期后能无偿续期，其底层资产也包含土地使用权，虽然是划拨土地，但也存在一定的资产增值收益；招商蛇口项目当期派息收益率 4.1%，在 4 单项目中派息收益率最低，但是由于属于典型的不动产项目，潜在的资产增值收益最高。横向比较，招商蛇口项目的投资逻辑对机构投资人例如保险等机构并不陌生，但投资人对前 3 单收益权项目过往的投资经验都是偏债权性质的，现在需要以纯权益方式进行投资，其投资和定价逻辑还需要进行调整。但是鉴于是首批试点项目，乐观估计会受到市场资金的追捧，整体发行难度不会太大。

第三节

我国公募REITs试点进展及如何挑选优质公募REITs

目前，我国首批公募 REITs 的 9 个项目已于 2021 年 6 月 21 日上市交易。

表 7－15　首批 9 个 REITs 项目概况

序号	名称	发文日期	文号
1	关于准予红土创新盐田港仓储物流封闭式基础设施证券投资基金注册的批复	2021 年 5 月 17 日	证监许可〔2021〕1671 号
2	关于准予华安张江光大园封闭式基础设施证券投资基金注册的批复	2021 年 5 月 17 日	证监许可〔2021〕1670 号
3	关于准予平安广州交投广河高速公路封闭式基础设施证券投资基金注册的批复	2021 年 5 月 17 日	证监许可〔2021〕1669 号
4	关于准予博时招商蛇口产业园封闭式基础设施证券投资基金注册的批复	2021 年 5 月 17 日	证监许可〔2021〕1664 号
5	关于准予中航首钢生物质封闭式基础设施证券投资基金注册的批复	2021 年 5 月 17 日	证监许可〔2021〕1663 号
6	关于准予东吴苏州工业园区产业园封闭式基础设施证券投资基金注册的批复	2021 年 5 月 17 日	证监许可〔2021〕1668 号
7	关于准予富国首创水务封闭式基础设施证券投资基金注册的批复	2021 年 5 月 17 日	证监许可〔2021〕1667 号
8	关于准予浙商证券沪杭甬杭徽高速封闭式基础设施证券投资基金注册的批复	2021 年 5 月 17 日	证监许可〔2021〕1665 号
9	中国证监会行政许可申请终止审查通知书（平安证券股份有限公司）	2021 年 5 月 17 日	
10	关于准予中金普洛斯仓储物流封闭式基础设施证券投资基金注册的批复	2021 年 5 月 17 日	证监许可〔2021〕1666 号

资料来源：Wind、新华基金

按照监管意愿，公募 REITs 试点淡化批次的概念，按照“成熟一个，申报一个”稳步推进试点工作。2021 年 1 月 13 日，国家发改委办公厅发布《关于建立全国基础设施领域不动产投资信托基金（REITs）试点项目库的通知》，探索建立 REITs 试点项目库，分为意向项目、储备项目、存续项目三类。

目前，上述证监会试点项目，均为收益权类项目。此类项目以特许经营权作为基础资产，在 REITs 发行过程中不涉及实物资产重组，整体交易过程及纳税方案相对简单，国家发改委对此类项目的审批流程和审批事项更易把握。

项目均为不动产类型的项目，一方面因涉及土地使用权合规性审查及取得所在地市（县）自然资源行政部门对拟推项目以 100% 股权转让方式发行基础设施 REITs 的无异议函；另一方面 REITs 发行过程中涉税情况需拟定纳税方案与当地有权管辖单位进行书面沟通；因此此类项目有关证明材料的取得沟通难度较大，国家发改委方面审批且相对谨慎，整体发行流程相对于收益权类项目滞后。

从项目梯队来看，前期推荐至国家发改委共 30 余个项目。从监管审核层面分析，国家发改委和证监会对发行基础设施 REITs 项目的发起人（原始权益人）、项目所在区域、项目类型、项目规模具有明显的梯队划分。

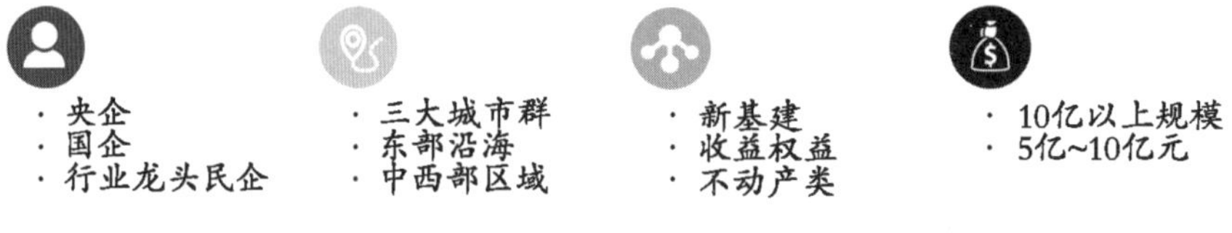

资料来源：Wind、新华基金

图 7－2　REITs 项目梯队划分明显

从收益表现方面看，自上市以来，9 只 REITs 的走势基本趋于一致，截至 2021 年 10 月 11 日收盘价，和上市首日开盘价相比，首批 9 只 REITs

全部实现正向收益。在整体债券收益率快速下行、机构欠配的大环境下，特许经营权类项目因更高的分派率受到关注，其中首创水务、首钢绿能因行业供给端受到调控，而资产端需求刚性，政府定价背景下现金流稳定性更高，从而受到投资者青睐，其中首钢绿能 REIT 和上市首日开盘价相比实现 24.99% 的涨幅。产权类项目资产质量好，虽然定价中关键假设（如租金稳步提升）尚未兑现，存在不确定性，但依然受到投资者青睐。

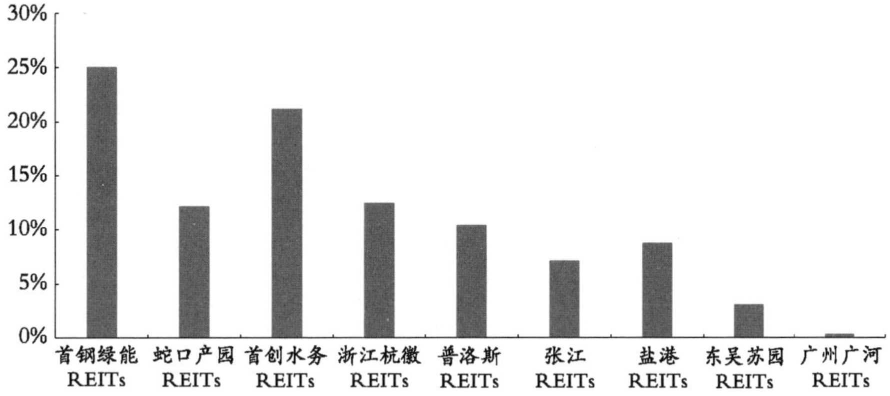

资料来源：Wind、新华基金

注：收盘价截至 2021 年 10 月 11 日

图 7－3　9 只 REITs 上市以来涨跌幅情况

从市场活跃度方面看，上市首日换手率高，2021 年 6 月 21 日上市首日平均换手率达到 22.32%，成交最为活跃；上市一周后，换手率基本稳定，平均换手率基本稳定在 0.5% ~ 1.5% 之间。首次发行的 9 只公募 REITs的战略投资者中，除去原始权益人及关联方外，共有 58 个其他战略投资者参与了首次 9 只 REITs 的战略配售。由于战略投资者份额存在锁定期（原始权益人配售 20% 比例内为 60 个月，超过部分不少于 36 个月，其他机构投资者则不少于 12 个月），因此目前市场实际流通规模较小。预计随着未来市场规模及产品种类的增加，成交活跃度会有所上升。总体来看，目前上市的 9 只公募 REITs 相比中票、企业债、ABS，流动性方面具有相对优势；平均而言，当前特许经营权类项目流动性高于产权类项目，对比中证 ABS 估值，博时招商蛇口产业园 REITs、平安广州交投广河高速公路 REITs 估值具有优势。

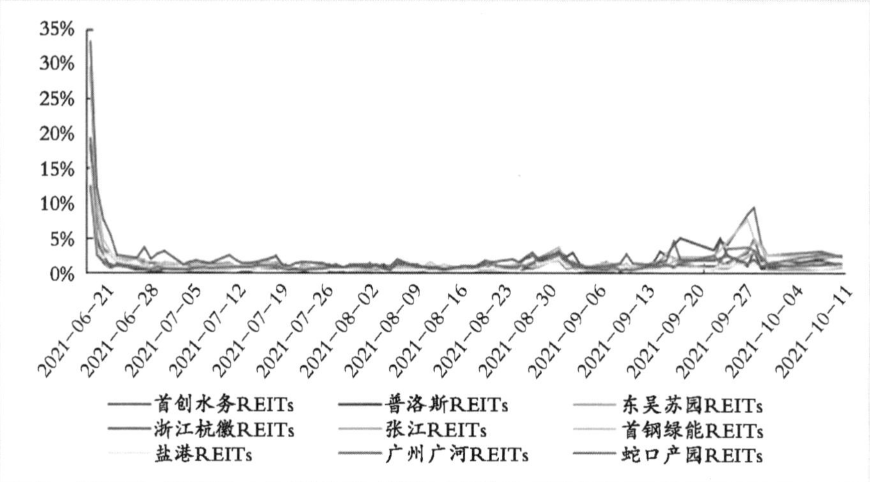

资料来源：Wind、新华基金

注：统计区间为 2021 年 6 月 21 日至 2021 年 10 月 11 日

图 7－4　9 只 REITs 上市以来换手率变化情况

2021 年 10 月 15 日，上海证券交易所和深圳证券交易所受理第二批 3 只公募 REITs，其中上交所 2 只均为产业园区类 REITs——建信中关村产业园封闭式基础设施证券投资基金和国泰君安临港东久智能制造产业园封闭式基础设施证券投资基金；深交所 1 只为收费公路类 REITs——华夏越秀高速公路封闭式基础设施证券投资基金。

展望未来，根据相关研究保守估计，中国公募 REITs 市场规模将达到 4 万亿元至 12 万亿元，具有较大的发展潜力。作为一种创新的融资工具，公募 REITs 将促进基础设施建设和房地产行业结构优化，有助于盘活存量资产，为基础设施提供退出渠道，在一定程度上有效降低地方政府债务风险，充分发挥服务实体经济的功能。同时，公募 REITs 为资管行业提供了新的金融产品供给，有效拓展了社会资本的投资方式。尤其对于险资来说，公募 REITs 和险资在投资安全性、收益稳定性、市场流动性、资产久期等方面都具有较好的契合度，从而有助于险资应对当前低利率环境带来的“资产荒”。

从目前公募 REITs 发行情况来看，未来发展挑战与机遇将并存，随着未来发行产品的增加，预计未来公募 REITs 也将折溢价收敛，呈现分化的状态。另外，境内相应的配套政策也将进一步完善，例如与 REITs 相配套的税收法规政策。税收优惠政策可以说是境外 REITs 成功的基石，美国、新加坡、中国香港等地均出台相应税收优惠政策，避免公司和投资者双重征税，未来中国内地也将会在这方面进一步完善。

那么，对于投资者而言，如何挑选公募 REITs?

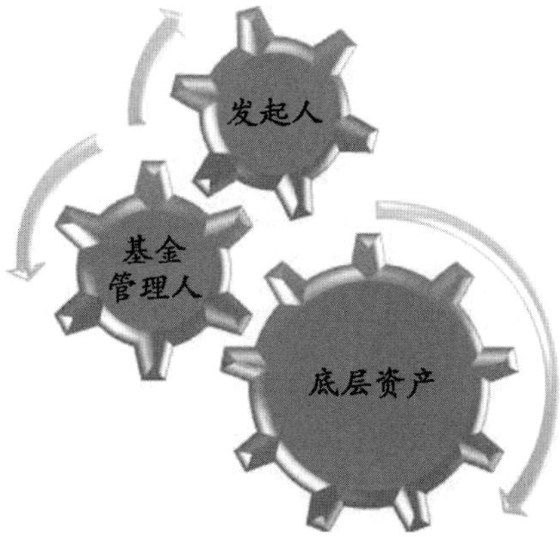

资料来源：新华基金

图 7－5　公募 REITs 的投资价值衡量要素示意图

判断公募 REITs 的投资价值，有三大衡量要素：发起人、底层资产和基金管理人。

首先，要精选、甄别公募 REITs 的底层资产，只有对所投资 REITs 产品的底层资产充分了解，才可以做到游刃有余。投资者可以优先选择行业属性景气度向上、具有区位优势、现金流稳定的资产，例如符合产业发展趋势的新基建、环保、物流等，以及顺应具有产业集聚效应的产业园区等；也可以进行实地考察通过一手信息观察项目运行的稳定性。投资者也需要关注项目的可扩募资源是否丰富，公募 REITs 上市后，可以通过不断购入新的底层资产，增强基金的收益与想象空间，这点也是筛选项目的重要标准。

其次，要选择实力强劲、知名度较高的发起人，从源头上保障项目质量和现金流的稳定。

最后，基金管理人方面，优先选择股东背景雄厚、集团联动优势显著的基金公司，这样可以全方位对底层资产进行管理和支持，更好地履行基金公司主动管理职责。

基础设施公募 REITs 制度设计中，就投资人范围而言，不仅有银行、信托、券商、基金等机构投资人，也有公众投资人。按照证监会关于《公开募集基础设施证券投资基金指引》）的规定，发行的基础设施公募 REITs 基金总规模中，扣除发行人需自持（或关联方持有）不低于 20% 的比例外，剩余部分向机构投资人发售不低于 70%，向公众投资人发售约 30%，同时规定基金投资人不得少于 1000 人。监管机构是希望个人投资者参与公募 REITs 投资，分享国家发展的红利。虽然 REITs 向个人投资者发售的比例并不高，建议投资者保持关注，在充分考虑自身风险偏好与投资需求的基础上，参与公募 REITs 的认购。

第八章

案例与实操

通过对我国 9 个公募 REITs 案例的实践情况展开分析，试图把脉我国 REITs 市场发展现状和成果，对每个案例进行点评，对比其与发达市场产品的异同，为今后我国 REITs 发展提供一些思路。

案例一

浙商证券沪杭甬杭徽高速封闭式基础设施证券投资基金

一　基金架构

（一）交易结构图

本基金通过基础设施资产支持证券与项目公司特殊目的载体穿透取得基础设施项目的所有权。浙商证券沪杭甬高速 REITs 的管理人为浙江浙商证券资产管理有限公司，托管人为招商银行股份有限公司，浙江沪杭甬杭徽高速公路，杭州市交通投资集团，杭州市临安区交通投资，杭州余杭交通集团有限公司均为基础设施项目原始权益人，其中沪杭甬公司为主要原始权益人。本基金基础设施类型为收费公路。本基金基础资产项目类型为收费公路。

该基础设施基金的整体交易架构如图 8 –1 所示。

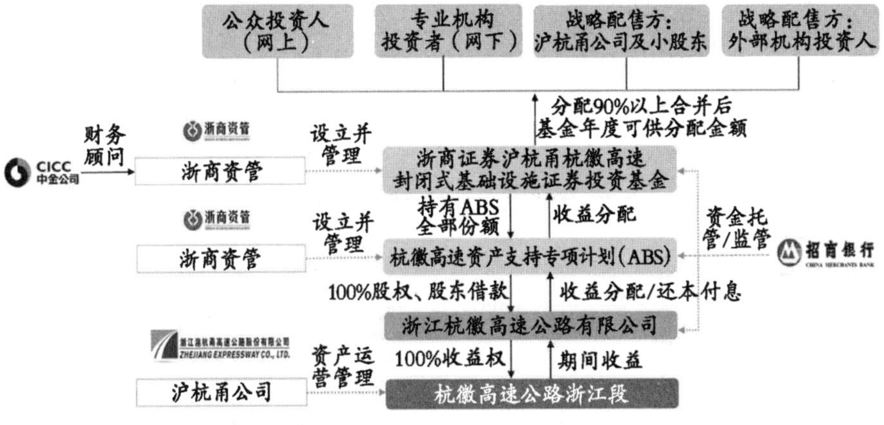

资料来源：招募说明书、新华基金

图 8 –1　浙商证券沪杭甬高速 REITs 整体框架

（二）资产支持证券概况

浙商证券沪杭甬杭徽高速封闭式基础设施证券投资基金的资产支持证券基本情况如表 8 –1。

表8－1　资产支持证券基本情况

专项计划名称	杭徽高速资产支持专项计划
专项计划规模	资产支持证券的目标募集规模不低于41.35亿元
专项计划管理人	浙江浙商证券资产管理有限公司
专项计划托管人	招商银行杭州分行
专项计划基础资产	/
评级	无评级
专项计划期限	资产支持证券的预期到期日为2031年12月31日。但资产支持证券可根据标准条款第20.2款的约定提前终止。经资产支持证券持有人大会决议，资产支持证券可能提前或延后终止

资料来源：招募说明书、新华基金

（三）底层资产基本情况

基础设施项目资产范围为杭徽高速公路浙江段及其相关构筑物资产组的收费权，其中杭徽高速公路（浙江段）包含三段，分别为杭徽高速公路昌化至昱岭关段、杭徽高速公路汪家埠至昌化段和杭徽高速公路留下至汪家埠段。基础设施项目的主要收入来源于高速公路通行费收入。

表8－2　基础设施项目基本情况一

杭徽高速公路（浙江段）昌昱段	
项目（资产）名称	杭徽高速公路（浙江段）昌昱段
所在地	杭州市临安区
产权证书号	临国用（2008）第04726号
起止地点	起自临安区昌化镇，终于浙皖两省交界昱岭关
建设内容和规模	高速公路，36.537公里
用地性质	公路用地
开竣工时间	于2002年9月29日开工，至2004年12月25日完工
决算总投资	98 718.10万元
运营开始时间	2004年12月26日
特许经营年限	浙江省人民政府批复收费期限为25年，从2004年12月26日至2029年12月25日

资料来源：招募说明书、新华基金

表 8－3 基础设施项目基本情况二

杭徽高速公路（浙江段）汪昌段	
项目（资产）名称	杭徽高速公路（浙江段）汪昌段
所在地	杭州市临安区
产权证书号	临国用（2010）第 05464 号
起止地点	起自临安区汪家埠，终于临安区昌化镇
建设内容和规模	高速公路 67.41 公里
用地性质	公路用地
开竣工时间	于 2004 年 12 月 1 日开工，至 2006 年 12 月 23 日完工
决算总投资	285 690.01 万元
运营开始时间	2006 年 12 月 26 日
特许经营年限	浙江省人民政府批复收费期限为 25 年，从 2006 年 12 月 26 日至 2031 年 12 月 25 日

资料来源：招募说明书、新华基金

表 8－4 基础设施项目基本情况三

杭徽高速公路（浙江段）留汪段	
项目（资产）名称	杭徽高速公路（浙江段）留汪段
所在地	杭州市余杭区
产权证书号	杭余国用（2013）第 116－62 号、杭余国用（2013）第 116－949 号、杭余国用（2013）第 119－18 号、杭余国用（2013）第 120－16 号、杭余国用（2013）第 120－17 号、杭余国用（2013）第 120－19 号、杭余国用（2013）第 120－20 号、杭余国用（2013）第 120－61 号、杭余国用（2013）第 120－950 号、杭余国用（2014）第 119－987 号
起止地点	起自杭州市留下镇境内的杭州绕城高速，终于余杭区与临安区交界的汪家埠
建设内容和规模	高速公路 18.298 公里
用地性质	公路用地
开竣工时间	于 2004 年 9 月 1 日开工，至 2006 年 12 月 22 日完工
决算总投资	143 071.14 万元
运营开始时间	2006 年 12 月 26 日
特许经营年限	浙江省人民政府批复收费期限为 25 年，从 2006 年 12 月 26 日至 2031 年 12 月 25 日

资料来源：招募说明书、新华基金

二　财务状况

（一）财务信息

浙江杭徽高速公路有限公司（以下简称杭徽公司）营业收入主要由高速公路收费和租赁业务收入构成。2018—2020 年末，杭徽公司的总资产分别为 319 849. 20 万元、305 438. 10万元和 289 572. 05 万元，2018—2020 年，杭徽公司资产规模有所下降，主要由于杭徽公司减少负债所致。

2018—2020 年末，杭徽公司的总负债分别为 104 247. 96 万元、80 619. 35万元和 64 166. 89 万元，杭徽公司负债规模持续下降。

表 8－5　项目公司财务信息表　（万元）

项目	2020 年末	2019 年末	2018 年末
流动资产合计	18 779. 29	5 430. 10	2 413. 37
非流动资产合计	270 792. 76	300 008. 00	317 435. 84
资产总计	289 572. 05	305 438. 10	319 849. 21
流动负债合计	61 988. 79	80 199. 06	103 665. 77
非流动负债合计	2 178. 10	420. 30	582. 20
负债合计	64 166. 89	80 619. 36	104 247. 97
所有者权益合计	225 405. 16	224 818. 74	215 601. 24
负债和所有者权益总计	289 572. 05	305 438. 10	319 849. 21

资料来源：招募说明书、新华基金

（二）现金流测算分析及展望

基础设施资产营业收入预测表。

表 8－6 项目公路通行费收益预测

年份	日平均收益（元）	日增长率	年收益（万元）	年增长率
2021	1 814 300	42.7%	66 222	42.3%
2022	1 961 137	8.1%	71 582	8.1%
2023	2 229 448	13.7%	81 375	13.7%
2024	2 404 781	7.9%	88 015	8.2%
2025	2 571 069	6.9%	93 844	6.6%
2026	2 736 615	6.4%	99 886	6.4%
2027	2 898 632	5.9%	105 800	5.9%
2028	2 904 210	0.2%	106 294	0.5%
2029	3 051 079	5.1%	111 364	4.8%
2030	2 693 116	－11.7%	98 299	－11.7%
2031	2 789 410	3.6%	100 140	1.9%
合计			1 022 821	

资料来源：招募说明书、新华基金

杭徽高速公路（浙江段）是国家高速公路网 G56 杭瑞高速的重要组成部分，也是浙江省公路网规划“两纵两横十八连三绕三通道”的一连。杭徽高速公路（浙江段）是连接黄山和杭州两大著名旅游胜地的交通要道，也是连接皖、浙、闽、赣的主干道之一，为安徽南部、杭州西部连接沿海、沿江经济带增加了一条便捷通道，对于促进杭徽高速公路（浙江段）沿线及西部地区与经济发达的沿海、沿江地区的经济社会交流和资源共享具有重要意义。杭徽高速公路（浙江段）沿线地区经济发展状况良好、旅游资源丰富。依靠优良的地理位置，杭徽高速公路（浙江段）未来的车流量和通行费收入将保持良好增长。

案例二

华安张江光大园封闭式基础设施证券投资基金

一 基金架构

（一）交易结构图

华安张江光大园 REITs 的管理人为华安基金管理有限公司，托管人为招商银行股份有限公司，原始权益人为上海安恬投资有限公司的股东上海光全投资中心（有限合伙）和光控安石（北京）投资管理有限公司。本基金基础设施类型为产业园。

该基础设施基金的整体交易架构如图 8－2 所示。

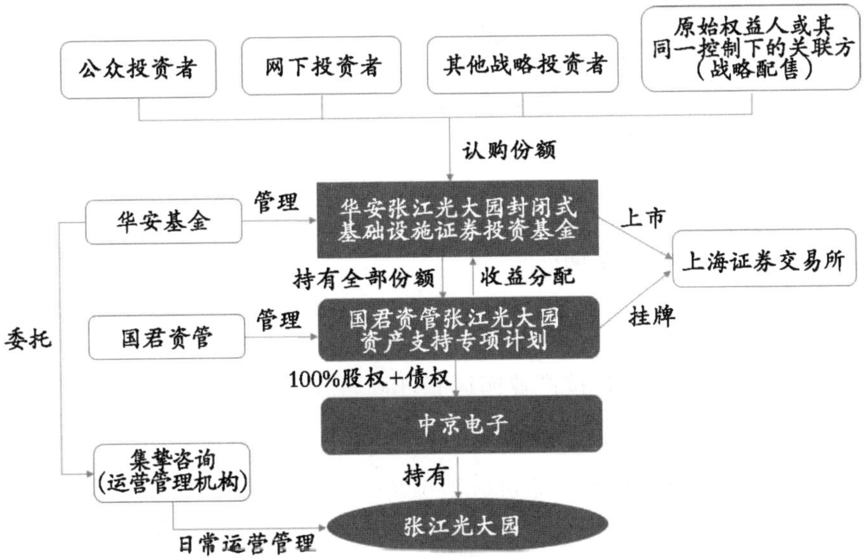

资料来源：招募说明书、新华基金

图 8－2　华安张江光大园 REITs 整体交易架构

（二）资产支持证券概况

华安张江光大园封闭式基础设施证券投资基金的资产支持证券基本情

况如表8－7。

表8－7　资产支持证券基本情况

专项计划名称	国君资管张江光大园资产支持专项计划
专项计划规模	/
专项计划管理人	上海国泰君安证券资产管理有限公司
专项计划托管人	招商银行上海分行
专项计划基础资产	通过安恬投资、中京电子所持有的，位于中国（上海）自由贸易试验区盛夏路500弄1－7号的张江光大园（包括物业资产的房屋所有权及其占用范围内的国有土地使用权
评级	无评级
专项计划期限	专项计划期限为20年，自专项计划设立日至满20年之对日的前10个工作日，并在专项计划存续期间可由资产支持证券持有人大会决议进行延期

资料来源：招募说明书、新华基金

（三）底层资产基本情况

基础设施项目张江光大园地处中国（上海）自由贸易试验区盛夏路500弄，位于国家级高科技产业园区张江高科技园区核心地带。园区总建筑面50 947.31平方米。截至2020年末，张江光大园共有267个可用车位，其中地库机械车位100个，非机械车位99个，地面非机械停车位68个。根据张江光大园项目的建设用地规划许可，项目用地性质为工业－M1。张江光大园分为1－6号项目工程及7号项目工程，合同开工时间分别为2011年1月28日和2015年8月1日，并于2014年2月14日及2016年12月23日分别取得1－6号项目工程及7号项目工程的竣工验证备案证明文件。张江光大园2017年末平均出租率为96.29%，2018年末平均出租率为74.13%，2019年末平均出租率为97.39%。其中2018年因主动调整租户结构，导致出租率略有下降。

张江光大园凭借良好的区域优势、产业配套及交通便利，吸引了包括集成电路、先进制造业、在线经济、金融科技及产业服务配套等符合国家重大战略、宏观调控及产业政策、发展规划的行业内优质企业入驻。

二 财务状况

（一）财务信息

表 8-8 基础设施项目的主要财务指标 （万元）

项目	2020 年	2019 年	2018 年	2017 年
总资产	56 647. 21	54 621. 35	53 792. 00	52 960. 43
流动资产	17 830. 40	13 569. 75	10 504. 45	7 439. 13
总负债	32 626. 55	30 936. 47	28 492. 64	29 325. 39
流动负债	6 650. 11	3 960. 03	3 492. 64	4 025. 39
所有者权益	24 020. 66	23 684. 88	25 299. 36	23 635. 04
营业收入	8 243. 87	7 391. 51	8 074. 18	7 079. 20
营业成本	3 577. 06	3 011. 32	3 494. 56	3 098. 41
利润总额	931. 20	-1 427. 79	2 220. 63	1 449. 17
净利润	335. 78	-1 614. 48	1 664. 32	1 172. 97
经营活动产生的现金流量净额	6 633. 23	2 743. 22	4 850. 93	5 430. 80
资产负债率	57. 60%	56. 64%	52. 97%	55. 37%

资料来源：招募说明书、新华基金

资本结构方面，张江光大园的持有方中京电子资产规模稳步提升。2017—2019 年其资产规模分别为 52 960. 43 万元、53 792. 00 万元和 54 621. 35万元；同期，中京电子所有者权益分别为 23 635. 04 万元、25 299. 36万元和 23 684. 88 万元，受未分配利润波动影响，中京电子所有者权益亦呈现波动态势。截至2020年末，中京电子总资为56 647.21万元，所有者权益为24 020.66万元。

截至2020年12月末，中京电子其他应收款合计15 540.92万元，主要是与安恬投资的往来款，用于支付安恬投资的银行借款本息。

财务杠杆方面，2017—2019年中京电子资产负债率分别为55.37%、52.97%和56.64%，呈略微波动态势。截至2020年末，中京电子总负债为32 626.55万元，资产负债率为57.60%。其中，其他应付款4 473.23万元，主要为关联方往来款和租户的押金、保证金。

（二）现金流测算分析及展望

表8-9　基础设施资产营业收入预测表　（元）

项目	2021年度预测数	2022年度预测数
经营性物业租赁收入	69 789 539.72	69 038 253.08
物业管理费收入	9 371 902.51	9 388 392.24
停车费收入	1 629 511.93	1 629 511.93
其他收入	3 789 947.36	3 892 275.93
合计	84 580 901.52	83 948 433.18

资料来源：招募说明书、新华基金

案例三

中金普洛斯仓储物流封闭式基础设施证券投资基金

一 基金架构

（一）交易结构图

中金普洛斯仓储物流 REITs 在基金合同生效后首次投资的基础设施资产支持证券为“中金—普洛斯仓储物流基础设施资产支持专项计划基础设施资产支持证券”，并将通过持有该资产支持证券全部份额，进而持有 7 处基础设施资产所属的 6 家项目公司的全部股权和对该等项目公司的全部股东债权。该基金通过资产支持专项计划受让项目公司股权前，上述项目公司均由注册在香港的普洛斯中国间接全资持有，其中广州设管普洛斯为广州保税普洛斯的全资子公司，其余项目公司均为外商独资企业。基金管理人为中金基金管理有限公司，基金托管人为兴业银行股份有限公司，基础设施项目原始权益人为普洛斯中国控股有限公司（GLP China Holdings Limited）。该基础设施项目类型为仓储物流。

该基金的整体交易架构如图 8 – 3 所示。

（二）资产支持证券概况

中金—普洛斯仓储物流基础设施资产支持专项计划基础设施资产支持证券按《专项计划认购协议》确定的金额按 100 元面值由管理人中国国际金融股份有限公司发行，拟发售总额为 56. 18 亿元，最终发售份额以中国证监会关于准予基础设施基金注册的批文为准。该证券期限自专项计划成立之日起 50 年，但可根据合格的专项计划决定的要求延期或提前终止并不参与信用评级。

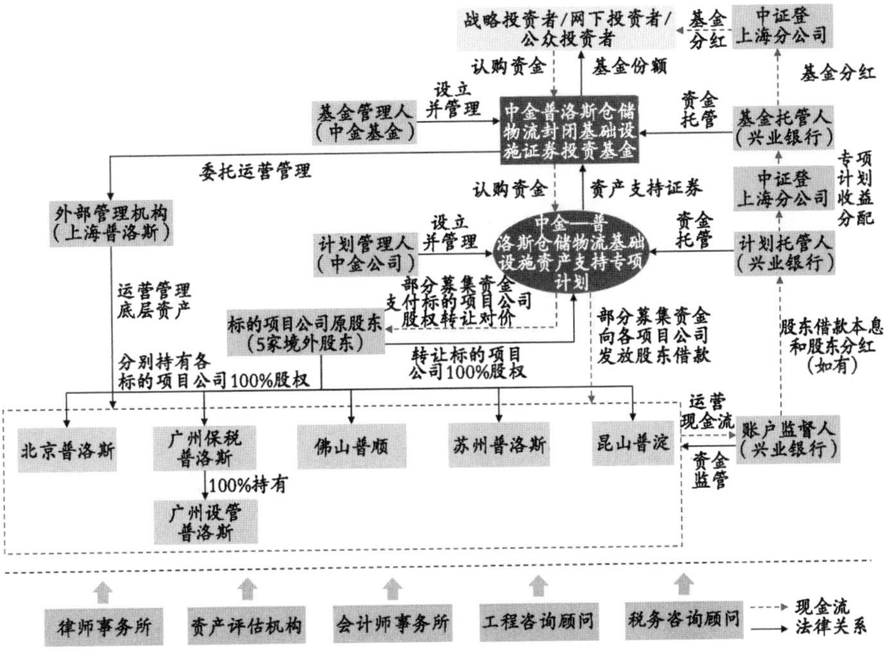

资料来源：招募说明书、新华基金

图 8－3　中金普洛斯仓储物流 REITs 交易架构图

（三）底层资产基本情况

目标基础设施资产由 7 个仓储物流园组成，分布于京津冀、长三角、大湾区三大城市群，建筑面积合计约 704 988 平方米。截至 2020 年 12 月 31 日，目标基础设施资产合计平均出租率约 98.72%，合同租金及管理费平均约 40.04 元/月/平方米。根据戴德梁行出具的初始评估报告，7 个目标基础设施资产估值合计 53.46 亿元，平均估值单价 7 583 元/平方米。

目标基础设施资产概况如图 8－4 所示。

目标基础设施资产位于北京市，广东省广州市、佛山市以及江苏省苏州市、昆山市的核心集散地，交通便利，周围工业厂房、物流仓库群聚，产业聚集度高。

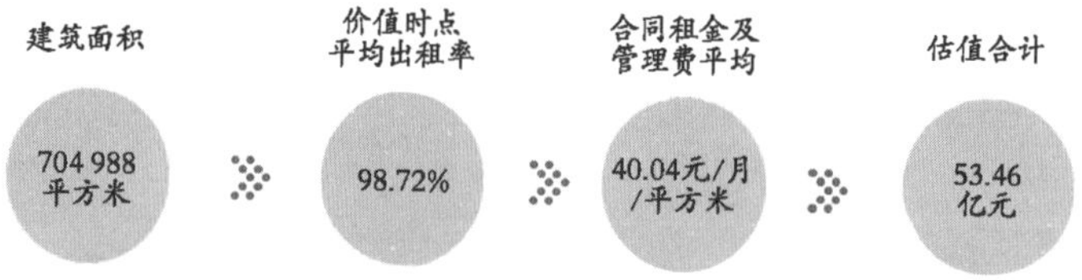

标的仓储基础设施概述

区域	项目个数	总建筑面积（平方米）	资产估值（亿元）	2020年度房屋租赁收入（亿元）	2020年度调整后运营净收益（亿元）
北京区域	2	176 137	21.26	1.27	1.03
长三角区域	2	270 549	15.43	0.81	0.59
大湾区	3	258 302	16.77	1.03	0.82
合计	7	704 988	53.46	3.11	2.44

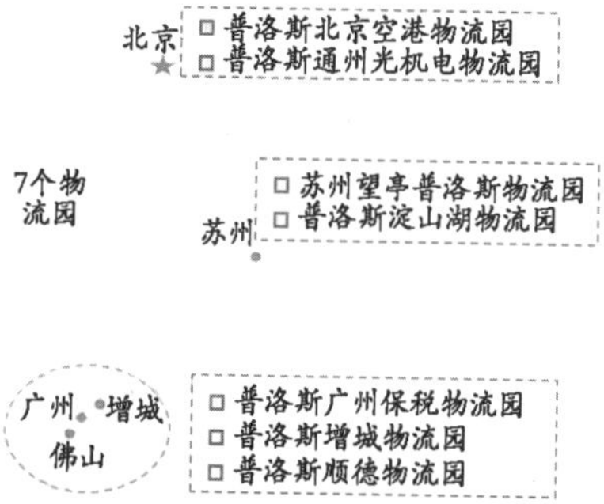

资料来源：招募说明书、新华基金

图 8－4　中金普洛斯仓储物流 REITs 基础设施资产概况

目标基础设施资产的经营高度市场化，收入来源分散，主要租户包括京东、美团、德邦物流、上海医药、捷豹路虎等。截至 2020 年 12 月 31 日，拥有 53 个租户，按合同租金及管理费金额占比计算，前十大租户占比 58.32%，关联租户占比 5.70%。

租约期限分布方面，按合同租金及管理费金额占比计算，2021 年至 2023 年到期租约占比分别为 32.44%、29.46%、23.75%；租户行业分布方面，运输业占比 44.83%，商业与专业服务业占比 30.47%，软件与服务业占比 7.80%。

目标基础设施资产的租约情况如图 8－5 所示。

根据戴德梁行出具的初始评估报告，7 个目标基础设施资产估值合计 53.46 亿元，平均估值单价 7 583 元/平方米。目标基础设施资产估值及涉及的重要参数如表 8－10 所示。

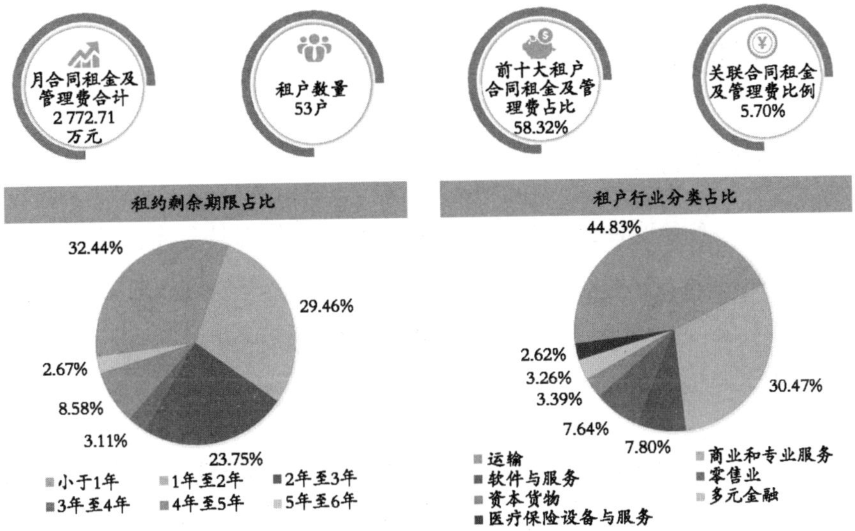

资料来源：招募说明书、新华基金

注：计算时按照四舍五入原则，保留小数点后两位

图8-5　目标基础设施资产的租约情况

表8-10　基础设施资产估值及涉及的重要参数

序号	项目名称	项目所在地	建筑面积（m^2）	可租赁面积（m^2）	2020年末出租率	收益法折现率假设	2020年12月31日估值（万元）	估值单价（元/m^2）
1	普洛斯北京空港物流园	北京市顺义区	130 540	128 061	96.85%	7.50%	163 700	12 540
2	普洛斯通州光机电物流园	北京市通州区	45 597	40 530	100.00%	7.75%	48 900	10 724
3	普洛斯广州保税物流园	广东省广州市	44 201	43 895	100.00%	8.00%	20 100	4 547
4	普洛斯增城物流园	广东省广州市	109 093	112 757	100.00%	7.75%	88 900	8 149
5	普洛斯顺德物流园	广东省佛山市	105 008	106 737	100.00%	8.50%	58 700	5 590
6	苏州望亭普洛斯物流园	江苏省苏州市	92 148	94 434	100.00%	8.25%	50 900	5 524
7	普洛斯淀山湖物流园	江苏省昆山市	178 401	181 223	97.24%	8.00%	103 400	5 796
合计			704 988	707 637	98.72%	-	534 600	7 583

资料来源：招募说明书、新华基金

二 财务状况

（一）财务信息

近三年，6个项目公司合并口径资产总额总体保持稳定。2018年末、2019年末和2020年末，6个项目公司合并口径资产总额分别为18.81亿元、19.48亿元和19.57亿元，报告期内6个项目公司合并总资产规模整体呈现上升趋势，具体如表8－11。

表8－11 6个项目公司合并财务报表资产情况（元）

项目	2020年12月31日		2019年12月31日		2018年12月31日	
	金额	占比	金额	占比	金额	占比
流动资产合计	748 087 064.44	38.23%	669 984 367.37	34.39%	522 607 177.20	27.79%
非流动资产合计	1 208 517 091.70	61.77%	1 277 941 996.11	65.61%	1 358 054 349.22	72.21%
资产总计	1 956 604 156.14	100.00%	1 947 926 363.48	100.00%	1 880 661 526.42	100.00%

资料来源：招募说明书、新华基金

6个项目公司2018年末、2019年末和2020年末合并口径负债规模分别为4.34亿元、3.91亿元和5.96亿元，2020年末负债规模提升主要由于其他应付款大幅增加所致。

表8－12 6个项目公司模拟合并财务报表负债情况（元）

项目	2020年12月31日		2019年12月31日		2018年12月31日	
	金额	占比	金额	占比	金额	占比
流动负债合计	357 248 727.06	59.93%	149 522 434.58	38.28%	370 022 701.10	85.19%
非流动负债合计	238 823 590.50	40.07%	241 124 949.25	61.72%	64 326 561.79	14.81%
负债合计	596 072 317.56	100.00%	390 647 383.83	100.00%	434 349 262.89	100.00%

资料来源：招募说明书、新华基金

6 个项目公司 2018 至 2020 年度合并口径营业收入分别为 3.08 亿元、3.32 亿元和 3.29 亿元。其中房产租赁收入为主要收入，报告期内房产租赁收入分别为 2.86 亿元、3.12 亿元和 3.11 亿元。

2019 年公司营业收入相比上年同期增加 2 336.24 万元，同比增加 7.58%。其中房产租赁收入增长 2 622.53 万元，房产租赁收入的增加系主要原因。

6 个项目公司 2018—2020 年度合并口径毛利率分别为 57.17%、61.31%和 60.94%。

毛利率较 2018 年略有提升，主要系公司营业收入增幅大于营业成本增幅。

6 个项目公司 2018 年度、2019 年度及 2020 年度合并口径经营活动现金流入总额分别为 3.31 亿元、3.47 亿元和 3.40 亿元，经营活动产生的现金流量净额分别为 1.92 亿元、2.00 亿元和 1.90 亿元。报告期内，经营活动现金流入总额与营业收入变动趋势以及经营活动产生的现金流量净额与净利润变动趋势基本保持一致。2020 年度经营活动产生的现金流量净额较 2019 年减少 985.67 万元，主要由于 2020 年度存在部分面积换租，换租安排包含免租期所致。盈利情况分析如表 8－13。

表 8－13　6 个项目公司模拟合并财务报表利润情况　（元）

项目	2020 年度/2020 年末	2019 年度/2019 年末	2018 年度/2018 年末
营业收入	328 731 433.56	331 642 391.51	308 279 998.25
营业成本	128 388 172.92	128 321 770.65	132 025 360.36
毛利率	60.94%	61.31%	57.17%
净利润	121 270 942.65	110 966 716.12	91 011 013.51
净资产收益率	8.91%	7.13%	6.29%
总资产收益率	6.20%	5.70%	4.84%

资料来源：招募说明书、新华基金

（二）现金流测算分析及展望

根据《基金可供分配金额测算报告》，本基金2021年、2022年预测可供分配金额分别为2.50亿元、2.52亿元，假设基金发行规模56.18亿元，并按照预测可供分配金额的100%向投资者分配，2021年、2022年预测现金流分派率分别为4.45%、4.48%。

表8－14　模拟合并利润表　（元）

项目	2021年预测	2022年预测
营业收入	378 182 995.17	381 758 945.59
减：营业成本	－291 013 227.45	－291 377 765.88

资料来源：招募说明书、新华基金

根据目标基础设施资产未来两年净租金情况计算的未来2年净租金回报率如表8－15。

表8－15　未来两年净租金回报率　（元）

项目	2021年预测	2022年预测
净租金1	275 958 485.42	294 364 559.20
初始评估基准日目标基础设施资产估值	5 346 000 000.00	
净租金回报率2	5.16%	5.51%

资料来源：招募说明书、新华基金

案例四

东吴—苏州工业园区产业园封闭式基础设施证券投资基金

一 基金架构

（一）交易结构图

东吴—苏州工业园区产业园 REITs 的管理人为东吴基金管理有限公司，托管人为招商银行股份有限公司，基础设施项目原始权益人为苏州工业园区科技发展公司（以下简称“科技公司”）和苏州工业园区建屋产业公司（以下简称“建屋产业公司”），原始权益人的控股股东、实际控制人、发起人为兆润控股。该基础设施项目类型为产业园。

该基金的整体交易架构如图 8－6 所示。

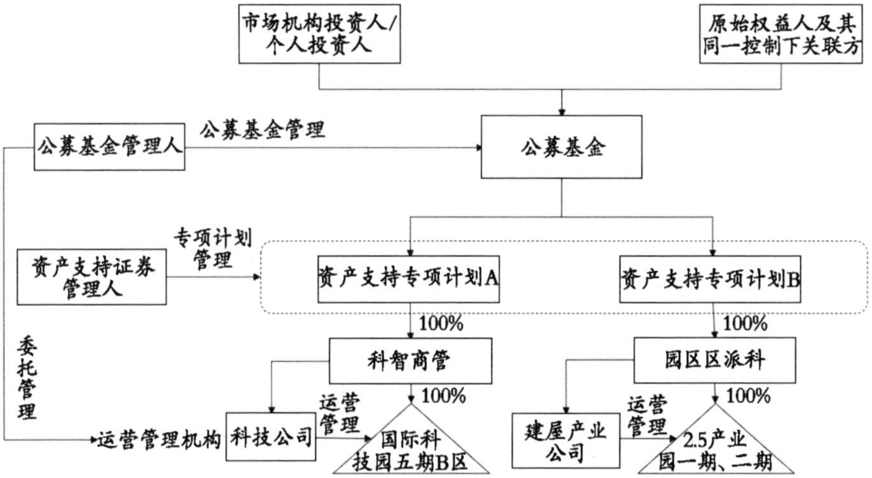

资料来源：招募说明书、新华基金

图 8－6　东吴—苏州工业园区产业园 REITs 交易架构

（二）资产支持证券概况

东吴—苏州工业园区产业园 REITs 按东吴—苏州国际科技园五期资产

支持专项计划和东吴—苏州新建元 2.5 产业园资产支持专项计划。由资产支持证券管理人东吴证券股份有限公司按 100 元面值发行。

（三）底层资产基本情况

该基金的基础设施项目为国际科技园五期 B 区和 2.5 产业园一期、二期项目，均位于苏州市苏州工业园区。

国际科技园五期 B 区项目共有 21 幢研发物业和 2 幢配套物业，总建筑面积为 330 206.28 平方米，其中地上部分建筑面积 282 438.76 平方米，地下建筑面积 47 767.52 平方米，配有 1 441 个地下车位，总可出租面积为 271 223.25 平方米。截至 2020 年末，已出租面积为 243 666.23 平方米。入池项目的收入主要为租金收入、物业费收入及停车费收入。项目公司为苏州工业园区科智商业管理有限公司，由科技公司全资持有。

2.5 产业园一期、二期项目委托建屋产业公司进行运营，2.5 产业园一期、二期项目共有 19 幢研发物业，总建筑面积约 230 923.94 平方米，其中地上部分建筑面积 180 423.08 平方米，地下建筑面积 50 500.86 平方米，总可出租面积约153 957.06平方米，截至 2020 年末已出租面积约 107 696.10平方米。2.5 产业园一期、二期入池项目的收入主要为租金收入、物业费收入及停车费收入，项目委托建屋产业公司进行运营。项目公司为苏州工业园区艾派科项目管理有限公司，由建屋产业公司全资持有。

科智商管所持有的国际科技园五期 B 区项目于 2020 年 12 月 31 日的资产评估值为 183 000 万元，与 2020 年 6 月 30 日资产划转基准日资产账面价值合计 98 301 万元对比，评估增值率约 86.16%。

园区艾派科所持有的 2.5 产业园一期、二期项目于 2020 年 12 月 31 日的资产评估值为 152 000 万元，与 2020 年 6 月 30 日资产划转基准日资产账面价值合计 86 354 万元对比，评估增值率约 76.02%，具体见表 8－16。

表 8-16　资产评估　（万元）

	资产评估值	资产账面价值	评估增值率
国际科技园五期 B 区项目	183 000	98 301	86.16%
2.5 产业园一期、二期项目	152 000	86 354	76.02%

资料来源：招募说明书、新华基金

二　财务状况

（一）财务信息

科智商管最近三年主要财务指标如表 8-17 所示。

表 8-17　科智商管最近三年主要财务指标　（万元）

项目	2020 年末	2019 年末	2018 年末
资产总计	188 463.18	100 074.54	103 082.12
负债合计	119 379.08	18 798.45	18 967.08
所有者权益合计	69 084.09	81 276.09	84 115.03
营业收入	11 862.43	14 518.39	14 356.85
营业成本	4 399.57	5 389.24	5 476.24
营业利润	87 595.62	5 411.02	5 706.22
净利润	65 726.92	4 231.32	4 358.99
资产负债率（%）	63.34	18.78	18.40
流动比率（倍）	0.06	0.11	0.20
速动比率（倍）	0.06	0.11	0.20

资料来源：招募说明书、新华基金

1. 资产和负债情况

其中，由于 2018—2020 年末投资性房地产分别为 102 283.22 万元、

99 628. 65万元及183 000. 00 万元，2020 年末同比增长幅度较大，主要原因为2018 年末及2019 年末国际科技园五期 B 区项目由科技公司持有且以成本法计量，经过资产重组后国际科技园五期 B 区项目由科技公司持有，计量方式由成本法计量转变为公允价值计量，导致投资性房地产科目出现较大增长。

此外，2018 年末及2019 年末科智商管无其他应收款，2020 年末其他应收款增加为1 185. 63万元，主要为租户换签阶段，科智商管委托科技公司进行代收的租金及物业费收入。

2018—2020 年末，科智商管负债总计分别为18 967. 08 万元、18 798. 45万元和119 379. 08万元。2018—2020 年末，资产负债率分别为18. 40%、18. 78%和63. 34%。

其中，2018—2020 年末其他应付款分别为3 941. 08万元、3 975. 30万元及97 070. 18万元，2020 年末同比增长幅度较大，主要原因为资产划转到科智商管后，科智商管应偿还苏州工业园区国有资本投资运营控股有限公司（以下简称“园区投控”）37 300 万元的债务及科技公司57 170 万元的债务共计94 470 万元，后续将通过由资产支持证券管理人（代表专项计划）发放的股东借款进行置换。

2. 收入及盈利水平

2018—2020 年度，科智商管营业收入分别为14 356. 85 万元、14 518. 39万元和11 862. 43万元，2020 年营业收入下降主要由于受疫情影响，国际科技园五期 B 区项目于2020 年2—4 月实行“一免两减半”的租金减免政策，即2 月份租金全免，3 月份及4 月份租金减半。2018—2020 年度，科智商管净利润分别为4 358. 99万元、4 231. 32万元和65 726. 92万元。

2018 年度及2019 年度科智商管的净利润为考虑了财务费用、资产折旧及摊销的影响。其中，2018 年度及2019 年度资产折旧及摊销分别为2 654. 57万元及2 654. 57 万元，支付借款利息产生的财务费用分别为

153.13万元及684.92万元。

从短期偿债能力指标来看，2018年末至2020年末，科智商管流动比率分别为0.20、0.11和0.06，速动比率分别为0.20、0.11和0.06。由于公司所处产业园行业的特性，因此科智商管流动比率与速动比率相对较低。

从长期偿债能力指标来看，2018年末至2020年末，科智商管资产负债率分别为18.40%、18.78%和63.34%。

园区艾派科最近三年主要财务指标如表8－18。

表8－18　园区艾派科最近三年主要财务指标　（万元）

项目	2020年末	2019年末	2018年末
资产总计	156 993.40	90 196.69	92 665.33
负债合计	106 802.20	35 068.26	51 460.54
所有者权益合计	50 191.20	55 128.43	41 204.79
营业总收入	6 606.97	8 070.86	6 612.84
营业总成本	2 779.48	3 436.38	2 889.94
营业利润	66 252.09	642.36	－418.4
净利润	50 058.45	696.55	－23.15
资产负债率（%）	68.03	38.88	55.53
流动比率（倍）	0.06	0.05	0.05
速动比率（倍）	0.06	0.05	0.05

资料来源：招募说明书、新华基金

1. 资产和负债情况

2018—2020年末，园区艾派科总资产分别为92 665.33万元、90 196.69万元和156 993.40万元。

其中，2018—2020年末投资性房地产分别为76 921.28万元、

75 271. 39万元及152 000. 00万元，2018—2020 年末同比增长幅度较大，主要原因为园区艾派科所持有的2. 5 产业园一期、二期项目在资产重组阶段，计量方式由成本法计量转变为公允价值计量。

此外，2018 年末及 2019 年末园区艾派科无其他应收款，2020 年末其他应受款增加为 2 106. 58 万元，主要为租户换签阶段，园区艾派科委托建屋产业公司进行代收的租金收入。

2018—2020 年末，园区艾派科负债总计分别为 51 460. 54 万元、35 068. 26万元和106 802. 20万元。近三年末，园区艾派科资产负债率分别为 55. 53%、38. 88% 和 68. 03%。

其中，2018—2020 年末其他应付款分别为3 941. 08万元、3 975. 30万元及97 070. 18万元，2020 年末同比增长幅度较大，主要原因为资产划转到建屋产业公司后，建屋产业公司应偿还新建元产业 43 600 万元债务及建屋产业公司 42 600 万元的债务共计 86 200 万元，后续将通过由资产支持证券管理人（代表专项计划）发放的股东借款进行置换。

2. 收入及盈利水平

2018—2020 年度，艾派科营业收入分别为 6 612. 84 万元、8 070. 86 万元和 6 606. 97 万元，2020 年现金流下降主要是由于项目于 2. 5 产业园一期、二期项目 2020 年 2—4 月实行“一免两减半”的租金减免政策，基本保持稳定。2018—2020 年度，园区艾派科净利润分别为 - 23. 15 万元、696. 55 万元和 50 058. 45 万元。

2018 年度及 2019 年度园区艾派科净利润较低的主要原因为受财务费用、资产折旧及摊销的影响。其中，2018 年度及 2019 年度资产折旧及摊销分别为 2 247. 83 万元及 2 244. 86 万元；支付借款利息产生的财务费用分别为 2 273. 40 万元及 2 031. 92 万元（具体为向中国工商银行及国家开发银行支付借款利息）；由于不动产信托投资基金投资人派息率主要受经营性净现金流影响，已分析了 2018—2020 年 2. 5 产业园一期、二期项目经营性净现金流，园区艾派科所持有的 2. 5 产业园一期、二期项目 2018—2020 年的经营性净现金流分别为 8 620 万元、8 981 万元及 6 135 万元，不考虑疫情影响进行减免的情况下，经营性净现金流较为稳定。

2020 年度园区艾派科净利润增长幅度较大，具体原因为园区艾派科所持有的 2. 5 产业园一期、二期项目在资产重组阶段，计量方式由成本法计量转变为公允价值计量，产生公允价值变动收益 65 645. 54 万元。

从短期偿债能力指标来看，2018—2020 年末，公司流动比率分别为 0. 05、0. 05 及 0. 06，速动比率分别为 0. 05、0. 05 及 0. 06。由于公司所处产业园行业的特性，因此公司流动比率与速动比率相对较低。

（二）现金流测算分析及展望

2021 年 5—12 月及 2022 年国际科技园五期 B 区项目可用于分配的净现金流测算结果如表 8 – 19，该基金已完成资产尽职调查，相关的数据已经过普华永道中天会计师事务所（特殊普通合伙）审阅确认。

表 8 – 19　国际科技园五期 B 区项目现金流预测　（万元）

	2021 年 5—12 月	2022 年 1—12 月
现金流入（合计）	9 870	14 803
现金流出（合计）	3 910	5 780
项目公司层面可供分派金额	5 959	9 022
国际科技园五期 B 区项目评估值	183 000	
国际科技园五期 B 区项目资本化率（年化运营净收入/估值）	4. 88%	4. 93%

资料来源：招募说明书、新华基金

2021 年 5—12 月及 2022 年 2. 5 产业园一期、二期项目可用于分配的净现金流测算结果如表 8 – 20，本基金项目已完成资产尽职调查，相关的数据已经过普华永道中天会计师事务所（特殊普通合伙）审阅确认。

表 8－20　2.5 产业园一期、二期项目现金流预测　　（万元）

	2021 年 5—12 月	2022 年 1—12 月
现金流入（合计）	6 379	9 838
现金流出（合计）	1 891	2 903
项目公司层面可供分派金额	4 488	6 935
2.5 产业园一期、二期项目评估值	152 000	
2.5 产业园一期、二期项目资本化率（年化运营净收入/估值）	4.43%	4.56%

资料来源：招募说明书、新华基金

合计净现金流测算结果如表 8－21。

表 8－21　两项目合计现金流预测　　（万元）

	2021 年 5—12 月	2022 年 1—12 月
现金流入（合计）	16 249	24 641
现金流出（合计）	5 801	8 683
项目公司层面可供分派金额	10 448	15 958
合计评估值	335 000	
资本化率（年化运营净收入/估值）	4.68%	4.76%
（减）产品费用合计	463	706
其他现金流调整项	－58	37
可派息金额	10 043	15 215
拟募集基金总额	335 000	
年化派息率（可派息金额/拟募集基金总额）	4.5%	4.54%

资料来源：招募说明书、新华基金

案例五

富国首创水务封闭式基础设施证券投资基金

二　基金架构

（一）交易结构图

富国首创水务 REITs 的基金管理人为富国基金管理有限公司，基金托管人为招商银行股份有限公司，基础设施项目原始权益人为北京首创股份有限公司。该基础设施项目类型为市政设施。基金的整体交易架构如图 8－7所示。

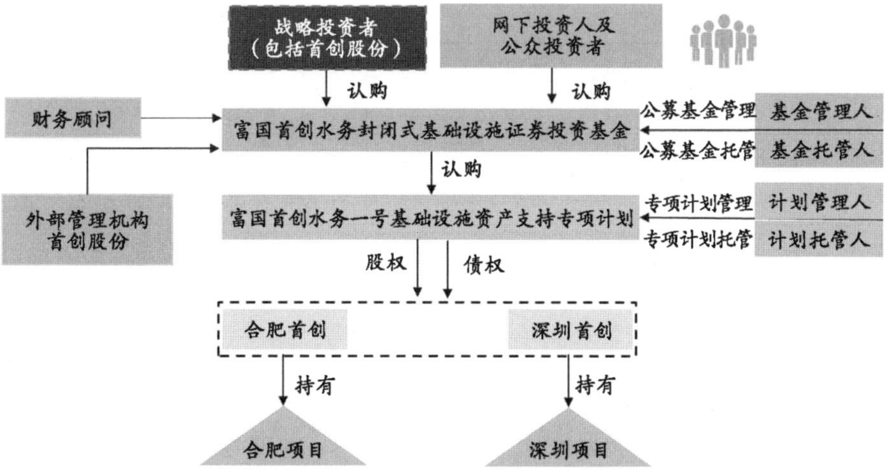

资料来源：招募说明书、新华基金

图 8－7　富国首创水务 REITs 交易架构图

（二）资产支持证券概况

无。

（三）底层资产基本情况

该基金存续期内按照基金合同的约定主要投资于城镇污水处理类型的

基础设施资产支持证券，穿透取得基础设施项目。基础设施项目分为深圳项目及合肥项目，包括深圳市福永、松岗、公明水质净化厂 BOT 特许经营项目及合肥市十五里河污水处理厂 PPP 项目 2 个子项目。

1. 深圳项目

深圳项目位于广东省深圳市，属于污水处理类市政基础设施项目，为采用 BOT 模式（Build – Operate – Transfer，即建设—运营—移交模式）的特许经营项目，由首创股份全资设立的深圳首创负责投资建设，包含福永水质净化厂、松岗水质净化厂、公明水质净化厂的特许经营权。其中，福永水质净化厂设计规模为 12.5 万吨/日；松岗水质净化厂设计规模为 15 万吨/日；公明水质净化厂设计规模为 10 万吨/日。深圳项目分为一期 BOT 模式建设和针对一期建设成果的提标改造。

表 8 – 22　深圳项目详细信息

<table>
<tr><th colspan="3">子项目 1：深圳项目</th></tr>
<tr><td>子项目（资产）名称</td><td colspan="2">深圳市福永、松岗、公明水质净化厂</td></tr>
<tr><td>所处行业</td><td colspan="2">水务行业，其具体子行业为污水处理行业</td></tr>
<tr><td>所在地</td><td colspan="2">广东省深圳市宝安区、光明区</td></tr>
<tr><td rowspan="3">项目具体地址</td><td>福永水质净化厂</td><td>深圳市宝安区福海街道办新和村福永水质净化厂</td></tr>
<tr><td>松岗水质净化厂</td><td>深圳市宝安区燕罗街道办洋涌河南岸燕川大桥与洋涌闸之间松岗水质净化厂</td></tr>
<tr><td>公明水质净化厂</td><td>深圳市光明区玉塘街道玉律社区公明水质净化厂</td></tr>
<tr><td>建设内容和规模</td><td colspan="2">福永水质净化厂及提标改造工程，设计规模为 12.5 万吨/日，松岗水质净化厂及提标改造工程，设计规模为 15 万吨/日，公明水质净化厂及提标改造工程，设计规模为 10 万吨/日</td></tr>
</table>

（续表）

用地性质	深圳首创无需持有土地使用权或办理相关手续，深圳项目用地由深圳市人民政府行政划拨给市水务局，土地使用权归市水务局所有，根据《特许经营协议》的约定：由市水务局在特许经营期内将各水质净化厂厂区当期设施用地无偿交与项目公司使用。因此，深圳首创有权依据其签署的《特许经营协议》而使用深圳市水务局向其提供的土地。就用地性质，根据深圳项目已经取得的《深圳市建设项目选址意见书》，福永水质净化厂项目土地用途为“雨水、污水处理用地”、公明水厂项目土地用途为“雨水、污水处理用地”、松岗水厂项目土地用途为“雨水、污水处理用地”	
决算总投资（如有）	暂未全部完成决算	
特许经营（或 PPP）年限	项目	特许经营期限
	福永水质净化厂	2009 年 2 月 10 日—2031 年 2 月 9 日
	公明水质净化厂	2011 年 12 月 20 日—2033 年 12 月 19 日
	松岗水质净化厂	2009 年 2 月 10 日—2031 年 2 月 9 日
产品或服务内容	提供污水处理及相关服务	
收入来源	深圳首创根据《特许经营协议》《特许经营项目补充协议》《深圳市福永污水处理厂（一期）提标改造补充协议》《深圳市公明污水处理厂（一期）提标改造补充协议》《深圳市松岗水质净化厂（一期）提标改造补充协议》支付的污水处理服务费，以及《垃圾渗滤液达标处理委托合同》收取的垃圾渗滤液处理服务费	

资料来源：招募说明书、新华基金

2. 合肥项目

合肥项目位于安徽省合肥市，属于污水处理类市政基础设施项目。合肥项目为采用 TOT + BOT 模式的 PPP（政府和社会资本合作）项目，由首创股份独资设立的合肥首创负责投资建设。合肥项目共分为四期：一期项目设计规模为 5 万吨/日；二期项目设计规模为 5 万吨/日；三期项目设计规模为 10 万吨/日；四期项目设计规模为 10 万吨/日。

表 8－23　合肥项目详细信息

子项目 2：合肥项目	
子项目（资产）名称	合肥市十五里河污水处理厂 PPP 项目
所处行业	水务行业，其具体子行业为污水处理行业
所在地（明确到县区级）	安徽省合肥市包河区
项目具体地址	西至天津路规划红线，北至大圩路规划中心线，东至山东路规划红线，南至济南路规划中心线
建设内容和规模	一期项目设计规模为 5 万吨/日，二期项目设计规模为 5 万吨/日，三期项目设计规模为 10 万吨/日，四期项目设计规模为 10 万吨/日
用地性质	合肥首创通过出让方式取得不动产权证［皖（2021）合肥市不动产权第 11062053 号］及不动产权证［皖（2019）合不动产权第 0000078 号］，用地性质为公用设施用地（污水处理厂）
决算总投资（如有）	由于合肥项目一至三期为 TOT 模式，因原建设单位未移交决算报告等相关资料，且经前往档案馆查询亦未能获取相关资料；四期为 BOT 模式，于 2020 年 11 月 16 日完成竣工验收备案工作，决算报告目前暂未完成。根据《资产转让协议》合肥项目一至三期 TOT 模式转让对价 62 131.08 万元。综上，预计合肥项目的一期至四期项目投资规模约为 100 646 万元
特许经营（或 PPP）年限	特许经营期为 2018 年 9 月 30 日—2047 年 9 月 29 日
产品或服务内容	提供污水处理及相关服务
收入来源	合肥首创根据《特许权协议》《合肥市十五里河污水处理厂 PPP 项目污水处理服务协议》以及《十五里河污水处理厂中水泵站运营管理服务协议》收取的污水处理服务费及中水处理服务费，以及根据《合肥市十五里河污水处理厂污泥高干度脱水设施运营服务协议》收取的污泥处置服务费

资料来源：招募说明书、新华基金

二 财务状况

（一）财务信息

本部分内容所涉及的财务数据均来源于致同会计师事务所出具的标准无保留意见的致同审字（2021）第110A001552号的《深圳首创水务有限责任公司和合肥十五里河首创水务有限责任公司2018年度、2019年度、2020年度模拟汇总专项审计报告》。

1. 资产负债表

表8－24　按项目汇总口径的模拟资产负债表　（元）

项目	2020年12月31日	2019年12月31日	2018年12月31日
流动资产合计	217 744 735. 16	138 679 600. 48	132 551 657. 23
非流动资产合计	1 703 707 976. 23	1 643 788 815. 04	440 867 796. 58
资产总计	1 921 452 711. 39	1 782 468 415. 52	573 419 453. 81
流动负债合计	1 075 365 158. 45	409 917 034. 81	138 088 142. 47
非流动负债合计	77 692 592. 81	733 522 143. 19	189 313 762. 56
负债合计	1 153 057 751. 26	1 143 439 178. 00	327 401 905. 03
所有者权益合计	768 394 960. 13	639 029 237. 52	246 017 548. 78
负债和所有者权益总计	1 921 452 711. 39	1 782 468 415. 52	573 419 453. 81

资料来源：招募说明书、新华基金

2. 利润表

表 8－25　按项目汇总口径的模拟利润表　（元）

项目	2020 年度	2019 年度	2018 年度
一、营业收入	272 300 026. 58	199 268 661. 49	96 312 213. 01
减：营业成本	173 517 227. 91	134 385 737. 68	73 733 049. 34
税金及附加	2 255 959. 83	3 439 308. 83	2 297 706. 77
销售费用	-	-	-
管理费用	7 204 280. 69	6 771 418. 29	5 682 693. 92
研发费用	-	-	-
财务费用	37 929 370. 93	31 155 831. 25	13 954 725. 33
其中：利息费用	36 389 471. 06	30 516 864. 95	14 086 657. 84
利息收入	1 178 495. 39	1 813 547. 95	1 536 670. 84
加：其他收益	2 144 221. 86	11 147 624. 24	12 233 219. 05
投资收益（损失以“－”号填列）	-	-	-
其中：对联营企业和合营企业的投资收益	-	-	-
以摊余成本计量的金融资产终止确认收益（损失以“－”号填列）	-	-	-
净敞口套期收益（损失以“－”号填列）	-	-	-
公允价值变动收益（损失以“－”号填列）	-	-	-
信用减值损失（损失以“－”号填列）	－4 625. 63	－18 553. 20	－22 868. 87
资产减值损失（损失以“－”号填列）	-	-	-
资产处置收益（损失以“－”号填列）	-	-	-
二、营业利润（亏损以“－”号填列）	53 532 783. 45	34 645 436. 48	12 854 387. 83
加：营业外收入	3 137. 87	4 902. 91	-
减：营业外支出	-	1 717 519. 84	-
三、利润总额（亏损总额以“－”号填列）	53 535 921. 32	32 932 819. 55	12 854 387. 83
减：所得税费用	13 710 144. 79	6 494 354. 79	2 902 114. 65
四、净利润（净亏损以“－”号填列）	39 825 776. 53	26 438 464. 76	9 952 273. 18
五、其他综合收益的税后净额	-	-	-
六、综合收益总额	39 825 776. 53	26 438 464. 76	9 952 273. 18

资料来源：招募说明书、新华基金

3. 现金流量表

表 8 - 26　按项目汇总口径的模拟现金流量表　（元）

项目	2020 年度	2019 年度	2018 年度
一、经营活动产生的现金流量：			
销售商品、提供劳务收到的现金	287 043 595. 28	216 639 761. 23	104 679 004. 86
收到的税费返还	1 805 499. 28	12 228 391. 06	10 959 490. 67
收到其他与经营活动有关的现金	666 496. 15	537 701. 66	317 256. 58
经营活动现金流入小计	289 515 590. 71	229 405 853. 95	115 955 752. 11
购买商品、接受劳务支付的现金	73 947 994. 18	71 116 601. 61	37 404 304. 77
支付给职工以及为职工支付的现金	18 212 488. 89	14 593 926. 92	10 789 934. 01
支付的各项税费	14 633 162. 64	20 187 499. 96	15 796 495. 31
支付其他与经营活动有关的现金	2 898 979. 79	4 253 633. 89	2 196 414. 47
经营活动现金流出小计	109 692 625. 50	110 151 662. 38	66 187 148. 56
经营活动产生的现金流量净额	179 822 965. 21	119 254 191. 57	49 768 603. 55
二、投资活动产生的现金流量：			
收回投资收到的现金	-	-	-
取得投资收益收到的现金	-	-	-
处置固定资产、无形资产和其他长期资产收回的现金净额	-	-	-
处置子公司及其他营业单位收到的现金净额	-	-	-
收到其他与投资活动有关的现金	12 430. 62	191 526. 47	401 529. 53
投资活动现金流入小计	12 430. 62	191 526. 47	401 529. 53
购置固定资产、无形资产和其他长期资产支付的现金	187 378 216. 03	410 421 175. 16	2 266 309. 92
投资支付的现金	-	-	-
取得子公司及其他营业单位支付的现金净额	-	-	-

（续表）

支付其他与投资活动有关的现金	–	–	–
投资活动现金流出小计	187 378 216.03	410 421 175.16	2 266 309.92
投资活动产生的现金流量净额	–187 365 785.41	–410 229 648.69	–1 864 780.39
三、筹资活动产生的现金流量：			
吸收投资收到的现金	111 606 200.00	–	–
取得借款收到的现金	859 977 900.00	716 944 100.00	10 000 000.00
收到其他与筹资活动有关的现金	–	83 407 793.93	14 721 185.42
筹资活动现金流入小计	971 584 100.00	800 351 893.93	24 721 185.42
偿还债务支付的现金	850 590 000.00	448 660 000.00	42 750 000.00
分配股利、利润或偿付利息支付的现金	66 555 796.91	50 110 581.91	29 378 090.87
支付其他与筹资活动有关的现金	46 923 507.96	10 117 157.00	9 888.42
筹资活动现金流出小计	964 069 304.87	508 887 738.91	72 137 979.29
筹资活动产生的现金流量净额	7 514 795.13	291 464 155.02	–47 416 793.87
四、汇率变动对现金及现金等价物的影响	–	–	–
五、现金及现金等价物净增加额	–28 025.07	488 697.90	487 029.29
加：期初现金及现金等价物余额	991 127.19	502 429.29	15 400.00
六、期末现金及现金等价物余额	963 102.12	991 127.19	502 429.29

资料来源：招募说明书、新华基金

（二）现金流测算分析及展望

该项目由致同对本项目未来运营情况出具《富国首创水务封闭式基础设施证券投资基金2021年度、2022年度可供分配金额测算审核报告》，基础设施资产未来两年净现金流分派率及内部收益率预测情况如表8－27。

表 8-27　未来两年现金预测情况　（亿元）

指标（深圳项目及合肥项目合并数据）	2021 年	2022 年
预计营业收入	2.95	3
预计年度经营性净现金流	2.2	1.82
预计年度可分配现金流（公募基金层面）	1.6	1.68
预计发行规模	18.36	
预计净现金流分派率	8.71%	9.13%

资料来源：招募说明书、新华基金

基于假设条件测算，本基金存续期内全周期内部收益率预测值约为 6%。

深圳项目的污水处理量及污水处理单价预计将在未来三年持续保持平稳；由于合肥项目四期投入运营，实际结算污水处理量预计将持续提升，直至达到设计产能，预计污水处理服务费单价将维持当前水平。首创股份作为本项目的运营管理机构，为实现本项目的运营计划，从工艺运营优化管理、成本控制、设备维护管理与大修管理、环境保护等多维度制定了详细的措施，针对运营过程中可能出现的异常问题与特殊情况制定了完善的应对预案，而有效应对相关情况并将结合项目未来实际运营情况，不断完善运营方案。

案例六

博时招商蛇口产业园封闭式基础设施证券投资基金

一 基金架构

（一）交易结构图

博时招商蛇口产业园 REITs 的管理人为博时基金，托管人为招商银行股份有限公司，基础设施项目原始权益人为招商局蛇口工业区控股股份有限公司。本基金基础设施项目类型是产业园。SPV 吸收合并前，该基础设施基金的整体交易架构如图 8－8、图 8－9 所示。

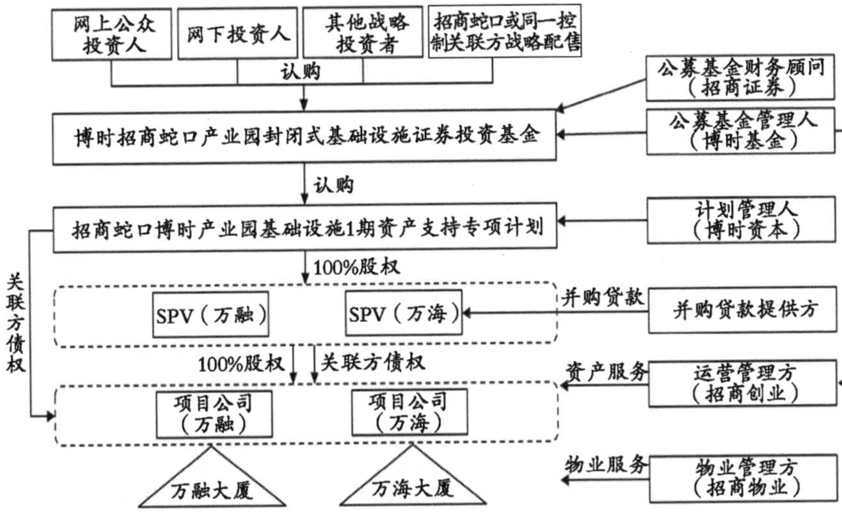

资料来源：招募说明书、新华基金

图 8－8　基础设施基金整体交易架构（SPV 公司吸收合并前）

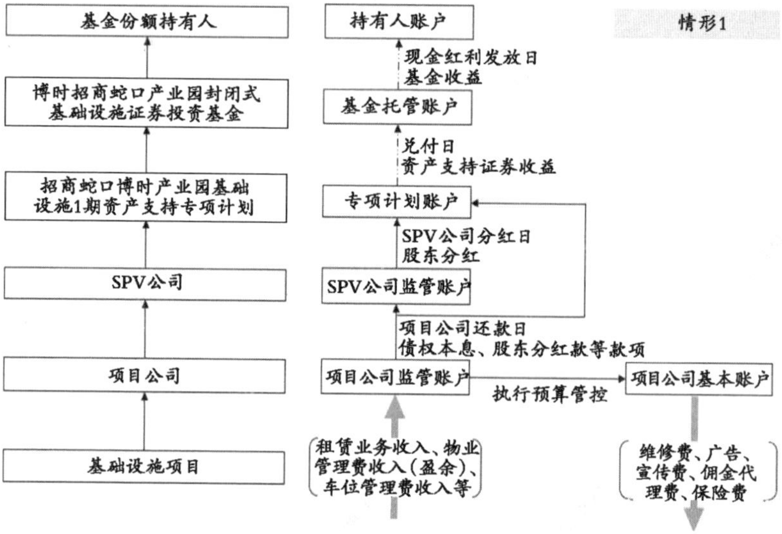

资料来源：招募说明书、新华基金

图 8－9　账户流转结构图（SPV 公司吸收合并前）

SPV 吸收合并完成后，其整体架构如图 8－10、图 8－11 所示。

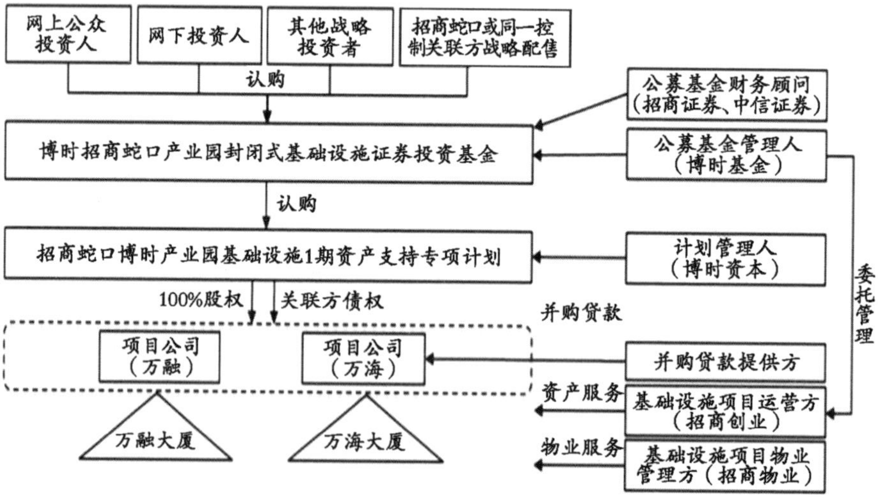

资料来源：招募说明书、新华基金

图 8－10　基础设施基金整体架构（SPV 公司吸收合并后）

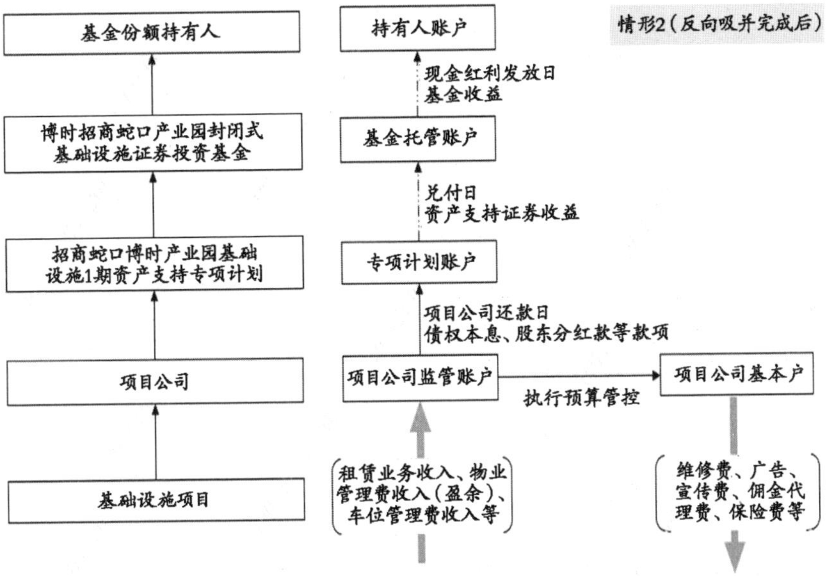

资料来源：招募说明书、新华基金

图 8－11　账户流转结构图（SPV 公司吸收合并后）

（二）资产支持证券概况

博时招商蛇口产业园封闭式基础设施证券投资基金的资产支持证券基本情况如表 8－28。

表 8－28　资产支持证券基本情况

专项计划名称	招商蛇口博时产业园基础设施 1 期资产支持专项计划
专项计划规模	资产支持证券目标发售规模根据本基金的询价发行结果，以资产支持证券管理人和公募基金管理人届时共同出具的书面确认函中确认的金额为准
专项计划管理人	博时资本管理有限公司
专项计划托管人	招商银行股份有限公司深圳分行

（续表）

专项计划基础资产	由招商蛇口合法持有的项目公司（万海）100%的股权和其他附属权益及衍生权益以及项目公司（万融）100%的股权和其他附属权益及衍生权益
评级	无评级
专项计划期限	资产支持证券的预期到期日为2062年9月29日，资产支持证券的预期到期日可经资产支持证券持有人大会决议延长。资产支持证券可根据专项计划文件的约定提前终止。

资料来源：招募说明书、新华基金

（三）底层资产基本情况

该基金拟初始投资的基础设施项目位于蛇口工业区的蛇口网谷产业园。

网谷系产业园是招商蛇口产业园板块下的旗舰产品，网谷系产业园共有10个项目，总建筑面积超过100万平方米，分布于广东深圳、江苏南京、山东青岛、湖北武汉等多个核心城市，而位于深圳市南山区的蛇口网谷尤为优质。深圳蛇口网谷的前身蛇口工业区是中国第一个外向型经济开发区和工业园区，蛇口网谷通过将原先工业厂房转变为科技研发、创新创业的基地，实现了产业升级，促进了单位面积产值的大幅度增长。蛇口网谷规模由最初的3万平方米增加至目前的42万平方米，每平米产值由2 000元增长至10万元，年总产值达到400亿元；引进客户约450家，吸纳就业人口超过30 000人。蛇口网谷产业升级效果显著，先后共培育了17家上市公司及新三板企业（广和通、芯海科技、科脉等）。蛇口网谷的产业升级，带动了整个蛇口片区的城市更新和配套服务升级，实现了蛇口再造。

该基金在蛇口网谷产业园中从运营成熟、出租率稳定、规模适度的角度出发，选择了最为优质的万融大厦和万海大厦优质资产装入，具体项目概况如下：

表 8－29　万融大厦基本情况

万融大厦	
子项目（资产）名称	万融大厦
所在地（明确到县区级）	深圳市南山区蛇口网谷产业园
产权证书号	粤（2020）深圳市不动产权第 0252616 号
资产四至范围	北侧：工业五路 西侧：中集天达及万维大厦 东侧：南海大道 南侧：工业四路
建设内容和规模	土地面积：17 243. 53 平方米 建筑面积：41 707. 23 平方米 用途：工业、商业、食堂
用地性质	工业用地
土地使用年限及剩余年限	土地使用期限 50 年，从 2012 年 7 月 17 日至 2062 年 7 月 16 日
开竣工时间	开工时间：2012 年 9 月 竣工时间：2014 年 1 月
可租赁面积及车位	可租赁面积：41 610. 68 平方米 车位数量：322 个
交通情况	毗邻主干道南海大道，距地铁一号线水湾站及海上世界站直线距离约 500 米，步行约 10 分钟；毗邻在建地铁 12 号线工业六路站（预计 2022—2023 年开通），直线距离约 400 米内，步行约 4 分钟
评估价值	人民币：1 035 000 000 元 （基于 2020 年 12 月 31 日时点）

资料来源：招募说明书、新华基金

表 8－30　万海大厦基本情况

万海大厦	
子项目（资产）名称	万海大厦
所在地（明确到县区级）	深圳市南山区蛇口网谷产业园
产权证书号	粤（2020）深圳市不动产权第 0251900 号 粤（2020）深圳市不动产权第 0251901 号 粤（2020）深圳市不动产权第 0251902 号
资产四至范围	北侧：TCL 科技大厦 西侧：规划一路 东侧：南海大道 南侧：工业五路
建设内容和规模	土地面积：18 241. 21 平方米 建筑面积：1 栋 20 308. 3 平方米、2 栋 12 065. 17 平方米、3 栋 21 219. 37 平方米，合计 53 592. 84 平方米 用途：1 栋：工业、商业；2 栋：工业、商业；3 栋：工业、食堂、配套
用地性质	工业用地
土地使用期限及剩余年限	土地使用期限 50 年，从 2012 年 9 月 30 日至 2062 年 9 月 29 日
开竣工时间	开工时间：2013 年 3 月 竣工时间：2014 年 7 月
可租赁面积及车位	可租赁面积：52 646. 25 平方米 车位数量：335 个
交通情况	毗邻主干道南海大道，距地铁一号线水湾站及海上世界站直线距离约 500 米，步行约 10 分钟；毗邻在建地铁 12 号线工业六路站（预计 2022—2023 年开通），直线距离均在 150 米内，步行约 3 分钟
评估价值	人民币：1 493 000 000 元 （基于 2020 年 12 月 31 日时点）

资料来源：招募说明书、新华基金

二 财务状况

（一）财务信息

2018—2020 年末，项目公司（万融）资产总额分别为 22 717.06 万元、21 671.86 万元及 22 236.84 万元，2018 年末及 2019 年末，资产规模略有下降趋势，主要是投资性房地产减少所致。2020 年末，项目公司（万融）资产规模较 2019 年末略有上升，主要是流动资产大幅上升所致。

表 8－31　项目公司（万融）资产构成情况　（万元）

科目	2020 年末		2019 年末		2018 年末	
	数额	占比	数额	占比	数额	占比
流动资产合计	1 544.12	6.94%	23.02	0.11%	47.12	0.21%
非流动资产合计	20 692.72	93.06%	21 648.84	99.89%	22 669.94	99.79%
资产总计	22 236.84	100.00%	21 671.86	100.00%	22 717.06	100.00%

资料来源：招募说明书、新华基金

2018—2020 年末，项目公司（万融）负债总额分别为12 108.68万元、1 108.52万元及1 299.51万元，总负债规模呈现先下降后上升的趋势，其中 2020 年末负债总额较 2019 年末上升 17.23%；2019 年末负债总额较 2018 年末下降 90.85%，主要是银行借款到期所致。从负债构成来看，2018 年末、2019 年末及 2020 年末，项目公司（万融）负债均由流动负债构成。

表 8－32　项目公司（万融）负债构成情况　（万元）

科目	2020 年末		2019 年末		2018 年末	
	数额	占比	数额	占比	数额	占比
流动负债合计	1 299.51	100.00%	1 108.52	100.00%	12 108.68	100.00%
非流动负债合计	–	–	–	–	–	–
负债合计	1 299.51	100.00%	1 108.52	100.00%	12 108.68	100.00%

资料来源：招募说明书、新华基金

2018—2020 年末，项目公司（万海）资产总额分别为 25 963. 17 万元、24 924. 61 万元及 26 275. 25 万元，2018 年末及 2019 年末，资产规模略有下降趋势，主要是投资性房地产减少所致。2020 年末，资产规模略有回升，是因流动资产增加幅度超过投资性房地产减少幅度所致。

表 8－33　项目公司（万海）资产构成情况　（万元）

科目	2020 年末		2019 年末		2018 年末	
	数额	占比	数额	占比	数额	占比
流动资产合计	3 026. 67	11. 52%	601. 11	2. 41%	543. 17	2. 09%
非流动资产合计	23 248. 58	88. 48%	24 323. 50	97. 59%	25 420. 00	97. 91%
资产总计	26 275. 25	100. 00%	24 924. 61	100. 00%	25 963. 17	100. 00%

资料来源：招募说明书、新华基金

2018—2020 年末，项目公司（万海）负债总额分别为 5 900. 56 万元、1 472. 90 万元及 2 199. 56 万元，总负债规模有所下降。从负债构成来看，2018 年末、2019 年末及 2020 年末，项目公司（万海）负债均由流动负债构成。

表 8－34　项目公司（万海）负债构成情况　（万元）

科目	2020 年末		2019 年末		2018 年末	
	数额	占比	数额	占比	数额	占比
流动负债合计	2 199. 56	100. 00%	1 472. 90	100. 00%	5 900. 56	100. 00%
非流动负债合计	–	–	–	–	–	–
负债合计	2 199. 56	100. 00%	1 472. 90	100. 00%	5 900. 56	100. 00%

资料来源：招募说明书、新华基金

项目公司的盈利能力及偿债能力如表 8－35。

表 8-35　项目公司（万融）主要财务指标　（万元）

项目	2020 年末/2020 年度	2019 年末/2019 年度	2018 年末/2018 年度
资产负债率	5.84%	5.12%	53.30%
流动比率（倍）	1.19	0.02	0.00
毛利率	63.71%	63.02%	64.66%
净利率	44.95%	43.46%	37.68%
平均净资产收益率 * 2	10.65%	13.58%	18.38%

资料来源：招募说明书、新华基金

（二）现金流测算分析及展望

基础设施基金的现金流测算情况如表 8-36。

表 8-36　现金流测算概况　（万元）

	2021 年度	2022 年度
	预测数	预测数
营业总收入	14 235.89	14 531.76
营业总成本	5 105.74	5 133.93
利润总额	9 130.16	9 397.83
净利润	9 110.83	9 377.93
综合收益总额	9 110.83	9 377.93

资料来源：招募说明书、新华基金

基础设施项目地处深圳粤港澳大湾区，享受国家产业支持政策，深圳领先的科技创新环境，创造良好产业经营的条件及企业成长性保障。基金管理人将采取积极租赁政策的多元化服务体系，为租户创造良好的从租环境和产业体系。强化综合风险管控能力，强化资产管理和核心运营能力，为投资者制定最佳共赢方案。

案例七

中航首钢生物质封闭式基础设施证券投资基金

二 基金架构

（一）交易结构图

中航首钢生物质 REITs 的管理人为中航基金管理有限公司，托管人为招商银行股份有限公司，原始权益人为首钢环境产业有限公司。该基金基础设施类型为垃圾处理及生物质发电。

该基础设施基金的整体交易架构如图 8－12 所示。

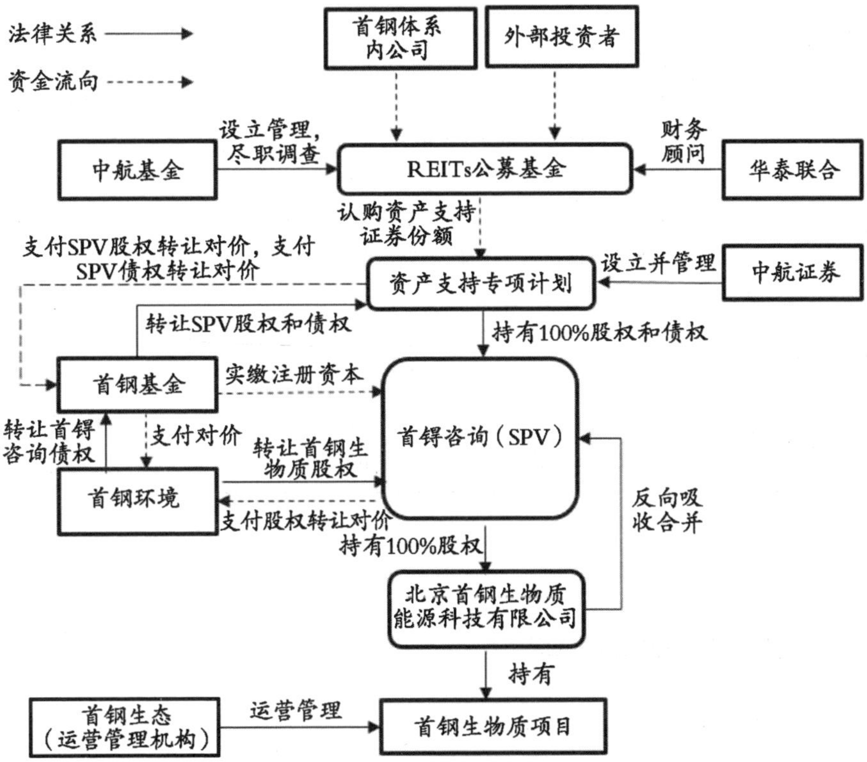

资料来源：招募说明书、新华基金

图 8－12　中航首钢生物质 REITs 整体框架

（二）资产支持证券概况

中航首钢生物质封闭式基础设施证券投资基金的资产支持证券基本情况如表8－37。

表8－37　资产支持证券基本情况

专项计划名称	中航—华泰—首钢生物质基础设施资产支持专项计划
专项计划规模	/
专项计划管理人	中航证券有限公司
专项计划托管人	招商银行北京分行
专项计划基础资产	（1）资产支持证券原始权益人所持有的SPV（北京首锝管理咨询有限责任公司）100%的股权（SPV由资产支持证券原始权益人全资设立，并自首钢环境受让取得项目公司100%股权） （2）资产支持证券原始权益人基于《项目公司股权转让协议》《债权债务确认协议》《债权转让协议》自首钢环境取得的对SPV享有的债权
评级	无评级
专项计划期限	资产支持证券期限自专项计划设立起21年，但资产支持证券可根据《标准条款》的约定提前终止

资料来源：招募说明书、新华基金

（三）底层资产基本情况

首钢生物质项目包括生物质能源项目、残渣暂存场项目、餐厨项目。

1. 生物质能源项目

生物质能源项目，日焚烧生活垃圾3 000吨，总建筑面积69 933.43平方米，包括焚烧厂房、汽机及主控厂房、沼气发电厂房、污泥脱水间等。

生物质能源项目已取得北京市国土资源局门头沟分局于2016年4月6日签发的京门国土划字〔2016〕05号《国有建设用地划拨决定书》，该决定书同意将坐落于门头沟区潭柘寺镇、总面积216553平方米的宗地划拨至首钢生物质，宗地用途为公共设施用地。

首钢生物质现持有门头沟国土分局于2020年10月29日核发的编号为京〔2020〕门不动产权第0011946号的《不动产权证书》。

表8-38　基础设施项目基本情况

土地使用权人	北京首钢生物质能源科技有限公司
共有情况	单独所有
坐落	门头沟区鲁坨路1号院10号1层101等［27］套
不动产单元号	110109 101001 GB00197 F00060001 等［27］个
权利类型	国有建设用地使用权/房屋所有权
权利性质	划拨
用途	公共设施用地/地磅房，生活服务楼，渗沥液高盐水处理厂房，焚烧厂房，原水处理及综合泵房，沼气发电厂，燃气表间，高盐水厂房，门房，汽机及主控厂房，换热首站
面积	共有宗地面积216 552.76平方米/房屋建筑面积70 093.79平方米
使用期限	/
附记	本宗土地只限用于建设北京首钢生物质能源项目

资料来源：招募说明书、新华基金

根据已取得的不动产权证及相关查询结果，截至2021年4月20日，生物质能源项目、残渣暂存场项目房屋不存在抵押、查封。

2. 餐厨项目

餐厨项目，总建筑面积6 044.44平方米，餐厨垃圾设计处理能力100

吨/天。项目分为收运系统和处理系统两部分。建设内容包括综合水处理车间、餐厨垃圾预处理车间，建设规模5 934.17平方米。

餐厨项目已取得门头沟国土分局于2018年1月18日签发的京门国土划字〔2018〕01号《国有建设用地划拨决定书》，该决定书同意将坐落于门头沟区潭柘寺镇鲁家滩村的宗地划拨至首钢生物质，宗地用途为公共设施用地，宗地总面积10917.43平方米，其中划拨宗地面积为10917.43平方米。

首钢生物质现持有北京市规划和国土资源管理委员会于2018年3月19日核发的编号为京〔2018〕门不动产权第0000003号的《不动产权证书》，证载主要内容如下。

表8－39　基础设施项目基本情况

土地使用权人	北京首钢生物质能源科技有限公司
共有情况	/
坐落	门头沟区潭柘寺镇鲁家滩村
不动产单元号	110109101001GB00843W00000000
权利类型	国有建设用地使用权
权利性质	划拨
用途	公共设施用地
面积	10 917.43平方米
使用期限	/
权利其他状况	本宗土地只限用于建设北京首钢餐厨垃圾收运处一体化项目

资料来源：招募说明书、新华基金

3. 残渣暂存场项目

残渣暂存场项目，总建筑面积160.36平方米（以规划部门最终审定为准），总库容128万立方米，设计残渣填埋能力700吨/日、渗沥液处理能力35吨/日。建设内容包括渗沥液检查井，渗沥液调节池，药剂储坑，储罐、除臭系统基础，地下水收集提升井，渗沥液收集提升井，渗沥液处理车间等。

残渣暂存场项目已取得门头沟国土分局于2016年10月9日签发的京门国土划字〔2016〕13号《国有建设用地划拨决定书》，门头沟国土分局同意将坐落于门头沟区潭柘寺镇鲁家滩村的宗地划拨至首钢生物质，宗地用途为公共设施用地，宗地总面积106 790.45平方米，其中划拨宗地面积为104 219.68平方米。划拨土地只限用于建设北京首钢鲁家山残渣暂存场项目。

首钢生物质现持有门头沟国土分局于2016年11月11日核发的编号为京〔2016〕门头沟区不动产权第0000030的《不动产权证书》。

表8-40　基础设施项目基本情况

土地使用权人	北京首钢生物质能源科技有限公司
共有情况	/
坐落	门头沟区潭柘寺镇鲁家滩村
不动产单元号	110109101001GB00829W00000000
权利类型	国有建设用地使用权
权利性质	划拨
用途	公共设施用地
面积	104 219.68平方米
使用期限	/
附记	本宗土地只限用于建设北京首钢鲁家山残渣暂存场项目

资料来源：招募说明书、新华基金

二 财务状况

（一）财务信息

截至2020年末、2019年末及2018年末，首钢生物质流动资产分别为4.40亿元、4.60亿元及3.77亿元，占资产总额的比例分别为34.95%、33.93%及27.51%。

表8-41 项目公司资产情况 （万元）

项目	2020年末		2019年末		2018年末	
	金额	占比	金额	占比	金额	占比
流动资产合计	44 007.71	34.95%	45 987.92	33.93%	37 682.50	27.51%
非流动资产合计	81 902.64	65.05%	89 567.11	66.07%	99 313.27	72.49%
资产总计	125 910.35	100.00%	135 555.03	100.00%	136 995.77	100.00%

资料来源：招募说明书、新华基金

截至2020年末、2019年末及2018年末，首钢生物质负债总额分别为1.44亿元、2.83亿元及3.46亿元，负债主要以流动负债为主，总体呈下降趋势。

表8-42 项目公司负债情况

项目	2020年末		2019年末		2018年末	
	金额	占比	金额	占比	金额	占比
流动负债合计	14 420.93	99.97%	28 329.34	99.96%	34 635.19	99.98%
非流动负债合计	4.89	0.03%	10.55	0.04%	7.64	0.02%
负债总计	14 425.82	100.00%	28 339.89	100.00%	34 642.83	100.00%

资料来源：招募说明书、新华基金

（二）现金流测算分析及展望

表 8－43　基础设施资产营业收入预测表　　（元）

	2021 年 5 月 1 日至 2021 年 12 月 31 日止期间	2022 年度
生活垃圾处置及发电	239 248 293. 42	358 872 440. 13
餐厨垃圾收运及处置	24 187 694. 94	36 281 542. 41
合计	263 435 988. 36	395 153 982. 54

资料来源：招募说明书、新华基金

基础设施项目位于北京市门头沟区，是北京市实现垃圾“资源化、减量化、无害化”利用的重要基础设施工程。基础设施项目拥有生活垃圾焚烧设施和餐厨垃圾收运处设施，未来仍将是以生活垃圾焚烧发电为主，餐厨垃圾的生化处理为辅的运营方式，生活垃圾焚烧设施可以协同处理餐厨垃圾收运处设施产生的废渣、废液，为餐厨收运处设施提供运行所需要的水、电、汽等能源介质，餐厨收运处设施产生的沼气可以作为生活垃圾焚烧设施的辅助燃料，在工艺上形成优势互补，互为协同。

案例八

平安广州交投广河高速公路封闭式基础设施证券投资基金

一 基金架构

（一）交易结构图

平安广州交投广河高速公路 REITs 的管理人为平安基金管理有限公司，托管人为中国工商银行股份有限公司，基础设施项目原始权益人为广州交通投资集团有限公司。该基础设施项目类型为收费公路。

该基金的整体交易架构如图 8－13 所示。

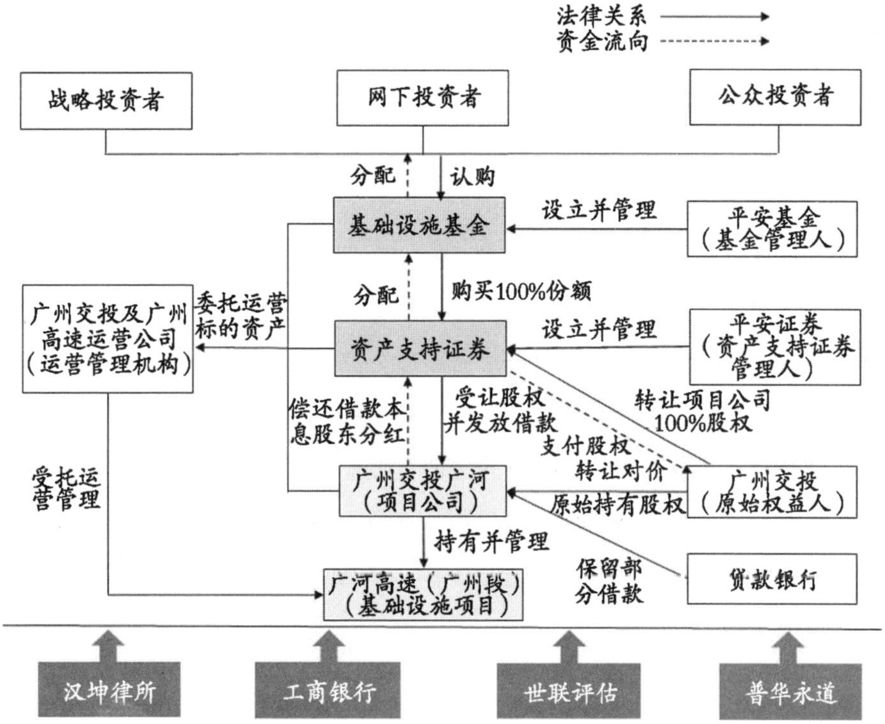

图 8－13　平安广州交投广河高速公路 REITs 交易架构

（二）资产支持证券概况

平安广州交投广河高速公路基础设施资产支持专项计划资产支持证券根据《资产支持证券认购协议》和《标准条款》的约定按100元面值由管理人平安证券股份有限公司发行。

（三）底层资产基本情况

广河高速（广州段）是广东省境内连接广州市、惠州市与河源市的广州至河源高速公路的广州段，属于基础设施补短板行业中的收费公路基础设施；位于粤港澳大湾区，属于优先支持的重点区域。该高速全长70.754公里，投资批准概算69.81亿元，于2011年12月30日开通，由项目公司100%持有。

底层资产基本信息如表8－44。

深圳市世联资产房地产土地评估有限公司2021年4月25日对该资产出具了《平安证券股份有限公司和平安基金管理有限公司拟申请试点发行基础设施REITs涉及的广州交投广河高速公路有限公司广州至河源高速公路（广州段）特许经营权所在资产组价值项目资产评估报告》。经评估，在评估基准日和资产评估报告所列之假设成立的条件下，经采用收益法评估，广河高速（广州段）特许经营权所在资产组在评估基准日的账面价值为543 341.67万元，评估价值为967 416.02万元，增值额为424 074.35万元，增值率为78.05%。

表 8-44 广州至河源高速公路（广州段）项目详细信息

项目基本情况	项目名称	广州至河源高速公路（广州段）项目
	所在地	起于广州市天河区龙洞春岗立交，对接华南快速干线（三期），与华南快速干线（二期）相交，路线呈东西走向，穿越广州市天河区、白云区、黄埔区（萝岗）、增城区，终于增城区九龙江与广河高速公路惠州段相接
	行业	高速公路
	建设规模	项目新建双向六车道高速公路，路线全长 70.754 公里，全线设春岗、八斗、九龙、中新、二龙、腊圃、黄岭香、正果、梳脑河（预留）互通立交共 9 处。
	建设内容	广河高速（广州段）的特许经营权及基于特许经营权而投资建设和拥有的广河高速（广州段）资产。
	用地性质	高速公路用地
	开工时间	2008 年 4 月先行工程开工，2008 年 9 月全线开工
	交工时间	2011 年 12 月 17 日
	竣工日期	2015 年 12 月 29 日
	竣工决算	693 372.27 万元
	收入来源	广河高速通行费收入等高速公路运营收入
	所有权人	广州交投广河高速公路有限公司

资料来源：招募说明书、新华基金

二 财务状况

（一）财务信息

广河高速（广州段）经备考审计后近两年的经营状况如表 8-45。

表8－45　最近两年资产负债表　（万元）

科目	2020年12月31日	2019年12月31日
货币资金	474.69	1 667.89
应收账款	1 846.69	1 566.08
预付账款	6.58	14.1
其他应收款	153.44	83.72
流动资产合计	2 481.40	3 331.79
无形资产	544 370.30	566 321.54
非流动资产合计	544 370.30	566 321.54
资产总计	546 851.69	569 653.33
应付账款	2 958.48	3 984.63
预收账款	–	4.34
应付职工薪酬	–	5.11
其他应付款	397.2	437.5
应交税费	154.34	
一年内到期的非流动负债	13 238.26	20 000.00
流动负债合计	16 748.28	24 431.58
长期借款	349 340.74	362 579.00
非流动负债合计	349 340.74	362 579.00
负债总计	366 089.02	387 010.58
净资产合计	180 762.67	182 642.75
负债及净资产总计	546 851.69	569 653.33

资料来源：招募说明书、新华基金

表 8 - 46　最近两年利润表　　(万元)

项目	2020 年	2019 年
一、营业收入	54 299. 26	70 207. 02
减：营业成本	28 956. 42	31 016. 93
税金及附加	328. 29	339. 9
管理费用	624. 45	1 193. 98
财务费用—净额	17 048. 01	17 626. 87
其中：利息支出	17 050. 03	17 628. 53
二、营业利润	7 342. 07	20 029. 35
加：营业外收入	331. 31	77. 37
减：营业外支出	93. 31	108. 93
三、利润总额	7 580. 08	19 997. 79
减：所得税费用	1 895. 02	4 999. 45
四、净利润	5 685. 06	14 998. 34
五、其他综合收益的税后净额	-	-
六、综合收益总额	5 685. 06	14 998. 34

资料来源：招募说明书、新华基金

公司的资产构成为货币资金、应收款项、预付款项、其他应收款及无形资产，非流动资产占比 99% 以上，主要为无形资产，截至 2020 年末，无形资产占总资产的比重达 99. 55%。公司的负债主要构成为应付账款、其他应付款、一年内到期的非流动负债和长期借款，其中一年内到期的非流动负债和长期借款为广河高速（广州段）建设时的银团贷款以及为完成重组承接前述建设期银团贷款而新借入的银行贷款，截至 2020 年末，合计占负债总额的比例为 99. 04%。

（二）现金流测算分析及展望

基础设施基金 2021 年 6 月 1 日至 12 月 31 日及 2022 年度预测合并现金流量表如表 8 - 47。

表 8－47　预测合并现金流量表　（万元）

项目	2022 年度	2021 年 6—12 月
	预测数	预测数
一、经营活动产生的现金流量		
销售商品、提供劳务收到的现金	84 857.71	47 668.13
经营活动现金流入小计	84 857.71	47 668.13
购买商品、接受劳务支付的现金	－14 568.96	－8 174.90
支付的各项税费	－1 854.02	－963.7
支付其他与经营活动有关的现金	－668.6	－816.44
经营活动现金流出小计	－17 091.58	－9 955.03
经营活动产生的现金流量净额	67 766.13	37 713.10
二、投资活动产生的现金流量		
购建固定资产、无形资产和其他长期资产所支付的现金	－	－948.1
收购基础设施项目公司股权所支付的现金净额	－	－582 666.87
其中：收购基础设施项目所支付的现金	－	－604 427.02
收购项目公司取得的现金	－	21 760.15
投资活动现金流出小计	－	－583 614.97
投资活动使用的现金流量净额	－	－583 614.97
三、筹资活动产生的现金流量		
发行基金份额收到的现金	－	867 416.02
筹资活动现金流入小计	－	867 416.02
偿还债务支付的现金	－200	－262 779.00
偿付利息支付的现金	－4 400.93	－4 137.75
向基金份额持有人分配支付的现金	－53 000.00	－
筹资活动现金流出小计	－57 600.93	－266 916.75
筹资活动产生/（使用）的现金流量净额	－57 600.93	600 499.27
四、现金净增加额	10 165.20	54 597.40
加：期初/年初现金余额	54 597.40	－
五、期末/年末现金余额	64 762.60	54 597.40

资料来源：招募说明书、新华基金

广河高速（广州段）已通车运营多年，项目实际车流量符合预期。伴随着国家粤港澳大湾区发展规划的实施，项目所处区域交通网络、产业规划将不断完善，同时项目运营工作拟将由具备丰富高速公路运营经验的广州交投及其子公司承担，项目运营服务质量将得到充分保障。

案例九

红土创新盐田港仓储物流封闭式基础设施证券投资基金

一 基金架构

（一）交易结构图

红土创新盐田港仓储物流 REITs 的管理人为红土创新基金管理有限公司，托管人为招商银行股份有限公司，基础设施项目原始权益人为深圳市盐田港集团有限公司。该基础设施项目类型为仓储物流。

SPV 吸收合并前，该基础设施基金的整体交易架构如图 8－14 所示。

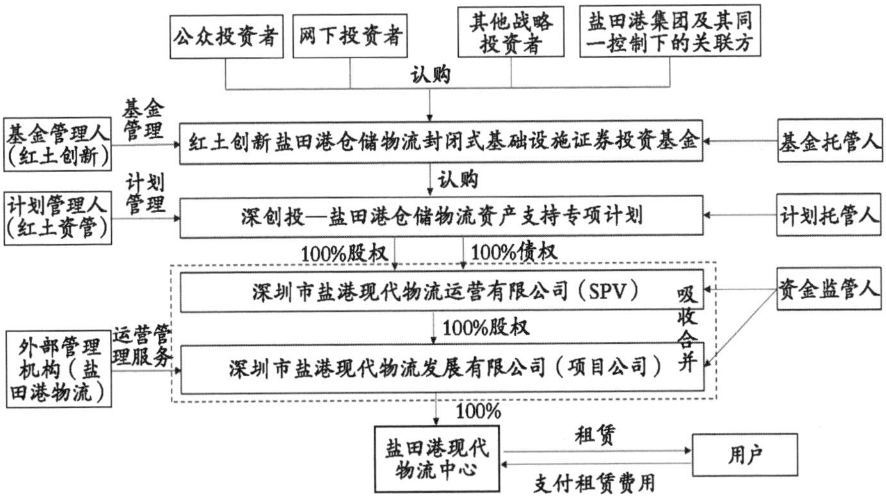

图 8－14　红土创新盐田港仓储物流 REITs 交易架构（SPV 吸收合并前）

交易安排示意图如图 8－15。

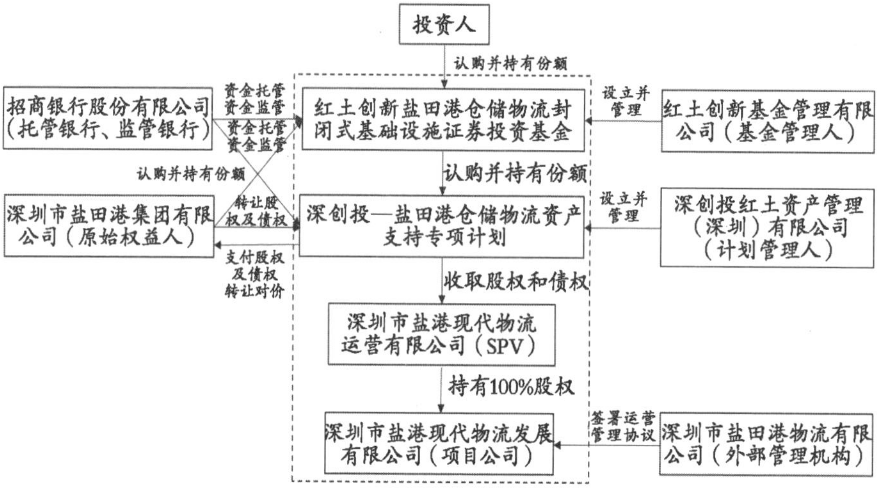

图 8 – 15　红土创新盐田港仓储物流 **REITs** 交易安排（**SPV** 吸收合并前）

SPV 吸收合并完成后，其整体架构如图 8 – 16 所示。

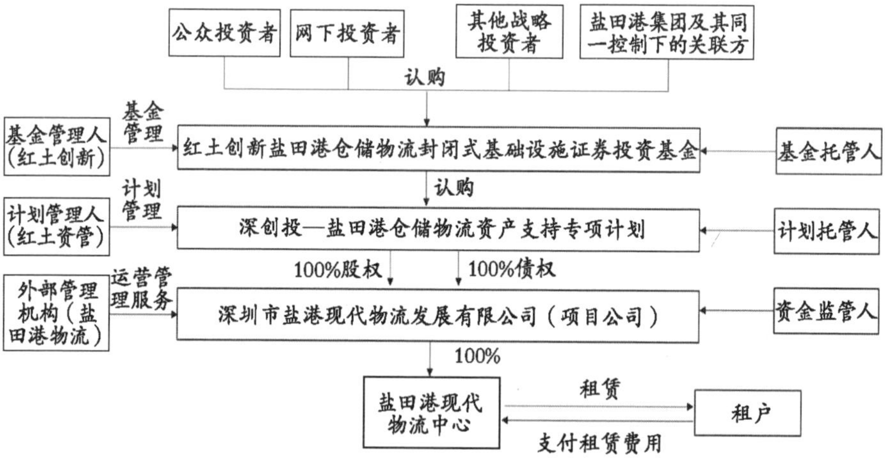

图 8 – 16　红土创新盐田港仓储物流 **REITs** 交易架构（**SPV** 吸收合并后）

交易安排示意图如图 8－17。

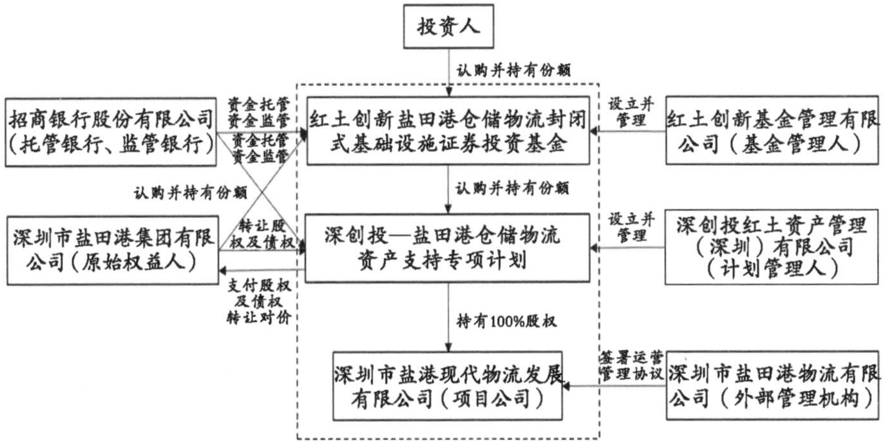

图 8－17　红土创新盐田港仓储物流 REITs 交易安排（SPV 吸收合并后）

（二）资产支持证券概况

红土创新盐田港仓储物流封闭式基础设施证券投资基金的资产支持证券基本情况如表 8－48。

表 8－48　资产支持证券基本情况

专项计划名称	深创投—盐田港仓储物流资产支持专项计划
专项计划规模	按照公募基金询价得出的发行总价金额确认基础设施支持证券发行规模
专项计划管理人	深创投红土资产管理（深圳）有限公司
专项计划托管人	招商银行股份有限公司深圳分行
专项计划基础资产	SPV 及/或项目公司的股权及债权
评级	无评级
专项计划期限	自专项计划设立日（含该日）起至专项计划终止日 2057 年 6 月 29 日，但可根据合格的专项计划决定的要求延期或提前终止。为免疑问，如公募基金存续期限延长的，除届时基金管理人（代表公募基金的利益）另有决议外，专项计划期限亦自动顺延至公募基金存续期限终止日

资料来源：招募说明书、新华基金

（三）底层资产基本情况

该基金初始投资的基础设施项目为现代物流中心项目，位于深圳市盐田区盐田综合保税区北片区，邻近盐田港码头，交通便捷，属于仓储物流行业。该项目底层资产为共计约11.9万平方米的国有建设用地使用权及地上建筑面积共计约32.0万平方米的房屋（含附属设施设备），可租赁面积约26.6万平方米；具体包括4座仓库、1栋综合办公楼、1座气瓶站以及站出区盘道和行车道，各仓库通过连廊和行车道相互连通，均为高标准多层坡道库。

深圳市戴德梁行土地房地产评估有限公司出具了编号为戴德梁行评报字（2021/BJ/F3）第0018号《红土创新盐田港仓储物流封闭式基础设施证券投资基金中国广东省深圳市盐田区盐田港保税物流园北片区现代物流中心一期A区A仓库、B区B1及B2仓库、综合办公楼、气瓶站及二期B区B3仓库项目》，认为该项目于2021年3月31日之市场价值为人民币1 705 000 000元（大写人民币壹拾柒亿零伍佰万元整），市场价值单价5 321元/平方米。明细如下：

表8－49　估价结果

用途	建筑面积（平方米）	收益法（元）（权重100%）	市场价值（元）	市场单价（元/平方米）
仓储	320 446.22	1 705 000 000	1 705 000 000	5 321

资料来源：招募说明书、新华基金

二　财务状况

（一）财务信息

由于项目公司系新设项目公司，无对外借款，整体资产负债率较低，仅1.47%，截至2020年12月31日，项目公司整体债务负担很轻，流动资产对流动负债的覆盖情况也比较好，整体债务风险很低。项目公司的资产与负债构成如表8－50。

表 8－50　公司的资产与负债结构　（元）

	2020 年 12 月 31 日		2019 年 12 月 31 日	
资产构成	金额	占比	金额	占比
银行存款	720 236. 05	0. 07%		
应收账款	26 961 497. 64	2. 66%	17 848 112. 03	1. 82%
其他应收款	7 610 588. 00	0. 75%	–	
流动资产合计	35 292 321. 69	3. 49%	17 848 112. 03	1. 82%
投资性房地产	976 599 327. 49	96. 51%	962 815 755. 65	98. 18%
非流动资产合计	976 599 327. 49	96. 51%	962 815 755. 65	98. 18%
资产总计	1 011 891 649. 18	100. 00%	980 663 867. 68	100. 00%
	2020 年 12 月 31 日		2019 年 12 月 31 日	
负债构成	金额	占比	金额	占比
应付账款	520 601. 00	3. 50%	–	–
应交税费	6 168 567. 30	41. 52%	–	–
预收账款	–	–	64 240. 20	0. 70%
其他应付款	8 166 753. 00	54. 97%	9 125 614. 00	99. 30%
流动负债合计	14 855 921. 30	100. 00%	9 189 854. 20	100. 00%
负债总计	14 855 921. 30	100. 00%	9 189 854. 20	100. 00%

资料来源：招募说明书、新华基金

项目公司的盈利能力及偿债能力如表 8－51。

表 8－51　盈利与偿债能力指标

	2020 年度	2019 年度
毛利率	66. 13%	75. 18%
净利率	33. 42%	40. 33%
资产负债率	1. 47%	0. 94%
流动比率	2. 38	1. 94

资料来源：招募说明书、新华基金

（二）现金流测算分析及展望

基础设施基金的现金流测算情况如表 8－52。

表 8－52　现金流测算概况

（元）

项目	2021 年 7 月 1 日（预计基金成立日）至 2021 年 12 月 31 日止期间	2022 年度
营业收入	54 392 279. 80	109 644 198. 90
期/年末现金余额	46 500 821. 96	98 898 208. 62
可供分配金额	38 140 408. 85	81 036 624. 44
投资人净现金流分派率	4. 47%	4. 75%

资料来源：招募说明书、新华基金

预测合并利润表如表 8－53。

表 8－53　预测合并利润表

（元）

	2021 年 7 月 1 日（预计基金成立日）至 2021 年 12 月 31 日止期间	2022 年度
一、收入		
营业收入	54 392 279. 80	109 644 198. 90
利息收入	40 688. 22	254 448. 30
二、费用		
营业成本	25 711 883. 41	51 589 412. 95
管理费用	1 314 711. 12	2 625 451. 43
税金及附加	6 846 449. 57	13 712 958. 51
管理人报酬	2 578 520. 55	5 168 686. 36

资料来源：招募说明书、新华基金

该基金的现代物流中心项目作为高标准物流仓储基础设施，身处粤港澳大湾区核心城市深圳市，背靠世界罕见的天然良港盐田港，承载着盐田港港区庞大的货物仓储物流需求。因此，现代物流中心项目未来预期将保持良好的租金及出租率水平，资产价值具备潜在成长性。未来，基金管理人将采取完善的租户管理机制和积极的招商租赁政策，采用提前为到期面积规划租赁方案、积极进行租户账期管理、合理规划项目日常性及非日常性维修维护等计划，对标的项目进行积极资产管理、综合风险管控，为投资者谋求最优的价值增长方案。

附件一

公募REITs项目实操意向书示例

——本意向书基于某产业园项目为例

一　公募 REITs 方案设计

为进一步深化创新原始权益人的投融资机制，有效扩充权益融资路径，降低资产负债率，响应国家鼓励大型国有企业积极盘活存量资产、实现投资滚动发展，经深入研究，建议原始权益人以本公司优质园区资产为底层资产发起设立基础设施公募 REITs 投资基金（以下简称公募 REITs）。现就相关情况汇报如下：

（一）公募 REITs 简介

国内的公募 REITs 即基础设施不动产投资基金，是指依法向社会投资者公开募集资金形成基金财产，基金通过认购基础设施资产支持证券持有基础设施项目，由基金管理人主动管理运营上述基础设施项目，并将产生的绝大部分收益分配给投资者的标准化金融产品。

2020 年 4 月 30 日，中国证监会与国家发改委联合发布通知，在基础设施领域推动 REITs 的试点工作，开启国内公募 REITs 发展的第一步。REITs 作为金融服务实体经济、构建多层次资本市场体系的重要途径，对推动经济去杠杆、防范化解系统性金融风险、促进金融与不动产良性循环、提升滚动发展能力具有重要的意义。首批 9 只公募 REITs 已经于 2021 年 6 月 21 日在沪深交易所挂牌上市，公司所处的基础设施产业园区行业，也是本次基础设施 REITs 优先试点的重点行业之一。

基础设施 REITs 产品具有三个典型的特征：①属于权益类产品，募集资金不计入负债科目，可以有效降低资产负债率；②募集资金无还本付息压力，投资人主要通过投资期间分红和二级市场获得收益；③资金久期长，基金设置期限不短于底层资产使用年限的到期期限。与之对应，对底层资产也有三个具体的要求：①合规性，满足固定资产投资的各项合规要求；②成熟性，原则上资产运营期限不少于 3 年；③盈利性，底层资产未来 3 年平均每年可供分配现金流/资产发行估值不低于 4%。

（二）公募 REITs 交易结构

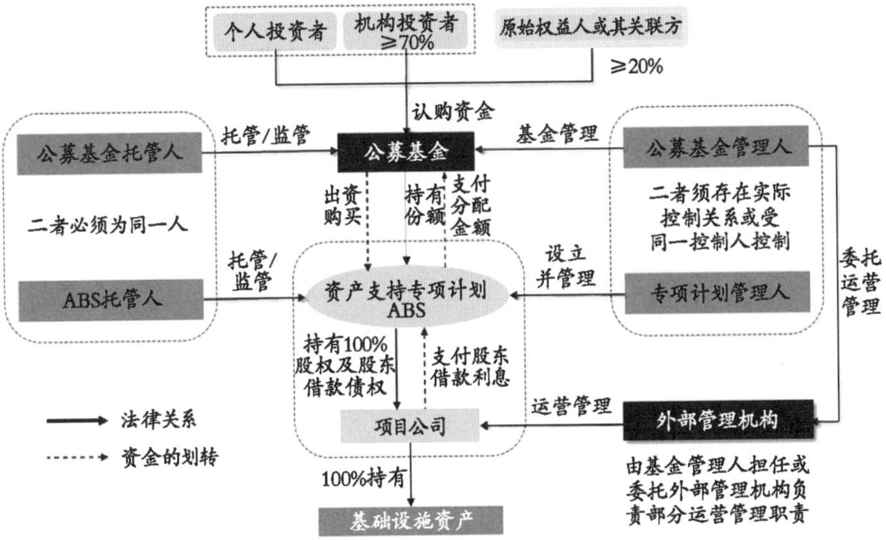

资料来源：新华基金

附件图 1　公募 REITs 交易结构

根据《公开募集基础设施证券投资基金指引（试行）》第二条规定：基金通过资产支持证券和项目公司等载体取得基础设施项目完全所有权或经营权利。若发起人 REITs 资产和其他资产处于混同状态，需将与 REITs 底层资产无关的资产、债务、设备、人员进行剥离，以达到资产风险隔离的目的。REITs 基金通过 ABS 持有项目公司 100% 股权间接取得拟入池资产完全所有权或经营权利。

基础设施 REITs 设立后，原始权益人需要向公募基金转让项目公司的股权及债权，取得现金对价，同时还需要认购不低于 20% 的公募基金份额，其余份额向战略投资人配售、向网下合格投资人和网上公众投资人公开发售。基金管理人委托公司或其指定方继续负责运营管理基础设施资产，公募基金通过100%持有的资产支持专项计划份额间接持有项目公司100%的股权。

（三）公募REITs交易安排

为达到资产分离、构建特定项目公司的目的，需要对底层资产进行重组，常用的重组设立项目公司的主要方式有三种：存续分立、出资新设、资产划转。

1. 存续分立

存续分立是指在原企业基础上分设新的主体，分立后被分立企业仍存续经营，不改变企业名称和法人地位，同时分立企业作为另一个独立法人而存在。存续分立后，分立企业的股份由被分立企业的股东持有。

2. 出资新设

出资新设是指以企业现有股权或资产作为出资，参与新设立企业，即以股权或资产认购新设企业注册资本，股权或资产的价值与认购注册资本之差计入新设企业资本公积。

3. 资产划转

资产划转是指受同一股东100%直接控制的企业之间，按账面净值无偿划转股权或资产，即从一个主体划转至另一个主体。无偿划转是国有企业资产重组的一种常用手段，是一种特殊的国有产权的流转方式。

（四）资产重组的税种

资产重组涉及税种有五个：土地增值税、增值税及附加、契税、印花税和企业所得税，具体对比如下。

附件表 1　项目公司重组涉及的税费分析表

路线	存续分立		出资新设		资产划转	
	是否征收	依据	是否征收	依据	是否征收	依据
土地增值税	否	根据财税〔2021〕21号文《关于继续实施企业改制重组有关土地增值税政策的公告》，企业分设为两个或两个以上与原企业投资主体相同的企业，对原企业将房地产转移、变更到分立后的企业，暂不征土地增值税	否	根据财税〔2021〕21号文第4条规定：单位、个人在改制重组时以房地产作价入股进行投资，对其将房地产转移、变更到被投资的企业，暂不征土地增值税	否	重庆市地方税务局公告2014年第9号《关于土地增值税若干政策执行问题的公告》规定：县级以上人民政府或国有资产管理部门批准，按照国家国有产权无偿划转管理的相关规定，国有企业、事业单位、国家机关等之间无偿划转房地产，不征收土地增值税。有偿划转则应当缴纳土地增值税
增值税及附加	否	财税〔2016〕36号文《财政部　国家税务总局关于全面推开营业税改征增值税试点的通知》附件二中规定，在资产重组过程中，通过合并、分立、出售、置换等方式，将全部或者部分实物资产以及与其相关联的债权、负债和劳动力一并转让给其他单位和个人，其中涉及的不动产、土地使用权转让行为，不征收增值税	是	未见特殊豁免	原则上需要交纳，案例中可沟通豁免	如将资产、负债、人员一并打包转入，则同样适用财税〔2016〕36号文附件二中的规定。单独划转资产税法上视同销售，需要交纳
契税	否	根据财税〔2021〕17号文《关于继续执行企业　事业单位改制重组有关契税政策的公告》的规定，公司分立为两个或两个以上与原公司投资主体相同的公司，对分立后公司承受原公司土地、房屋权属，免征契税	是	未见特殊豁免	否	同一投资主体内部所属企业之间土地、房屋权属的划转，包括母公司与其全资子公司之间，同一公司所属全资子公司之间，同一自然人与其设立的个人独资企业、一人有限公司之间土地、房屋权属的划转，免征契税

（续表）

路线	存续分立		出资新设		资产划转	
	是否征收	依据	是否征收	依据	是否征收	依据
印花税	是（可申请豁免）	根据《中华人民共和国印花税暂行条例》及施行细则的规定，以及财税〔2003〕183号文《财政部　国家税务总局关于企业改制过程中有关印花税政策的通知》规定，以合并或分立方式成立的新企业，其新启用的资金账簿记载的资金，凡原已贴花的部分可不再贴花，未贴花的部分和以后新增加的资金按规定贴花。《企业改制有关印花税的通知》	是	未见特殊豁免	是	未见特殊豁免
企业所得税	是	分立后项目公司不能满足12个月不转让所取得股权的要求，故无法适用特殊性税务处理方式。按照经评估的基础资产的公允价值减去计税基础的差额作为应纳税所得额（计税基础＝初始成本－税法认可的累计折旧或摊销）	年内可抵扣	根据财税〔2014〕116号文《财政部　国家税务总局关于非货币性资产投资企业所得税政策问题的通知》第1条规定：居民企业（以下简称企业）以非货币性资产对外投资确认的非货币性资产转让所得，可在不超过5年期限内，分期均匀计入相应年度的应纳税所得额，按规定计算缴纳企业所得税	是	分立后项目公司不能满足12个月不转让所取得股权的要求，故无法适用特殊性税务处理方式。按照经评估的基础资产的公允价值减去计税基础的差额作为应纳税所得额（计税基础＝初始成本－税法认可的累计折旧或摊销）
对比	分立重组方式总体税负会低于以其他方式剥离基础资产的税负		非货币出资增值税可在接受投资方作进项抵扣、出售资产应缴纳的所得税可以在5年内递延缴纳		资产转方式土地增值税及增值税是否缴纳应结合资产划转形式判断，同时需与税务机关沟通后确认	

资料来源：新华基金整理

二 项目推进需要重点关注事项

（一）筛选合规、优质基础设施资产

1. 监管审查标准

根据《关于推进基础设施领域不动产投资信托基金（REITs）试点相关工作的通知》《关于做好基础设施领域不动产投资信托基金（REITs）试点项目申报工作的通知》《关于做好第一批基础设施 REITs 试点项目申报工作的通知》与《公开募集基础设施证券投资基金指引（试行）》等政策法规，试点阶段基础设施公募 REITs 项目入池标的资产标准，见下表。公司可根据相关要求筛选合适的基础设施资产作为拟入池标的资产，以稳步推进 REITs 试点项目相关工作。

附件表 2　入池资产筛选标准

筛选标准	具体要求	本项目情况	是否
区域	第一批试点主要考虑位于京津冀、雄安新区、长江经济带、粤港澳大湾区、长江三角洲、海南等国家重大战略区域范围内的项目，或位于国务院批准设立的国家级新区、国家级经济技术开发区范围内的项目，目前试点区域已经全面放开，上述重点区域项目会重点优先推进		
资产类型	鼓励国家战略性新兴产业集群、高科技产业园、特色产业园等开展试点。项目应满足以下条件： ①位于国家发展改革委确定的战略性新兴产业集群，或《中国开发区审核公告目录（2018 年版）》确定的开发区范围内 ②业态为研发、创新设计及中试平台，工业厂房，创业孵化器和产业加速器，产业发展服务平台等园区基础设施 ③项目用地性质为非商业、非住宅用地		

（续表）

筛选标准	具体要求	本项目情况	是否
项目条件	①基础设施项目权属清晰、资产范围明确，发起人（原始权益人）依法合规拥有项目所有权、特许经营权或运营收费权，相关股东已协商一致同意转让 ②发起人持有或运营的同类资产数量较多、运营管理经验丰富，发行基础设施 REITs 产品后可使用同类资产进行扩募 ③发起人享有完全所有权或经营权利，不存在重大经济或法律纠纷且不存在他项权利设定，基础设施基金成立后能够解除他项权利的除外 ④拟发售基金总额（含原始权益人及相关方自留份额）原则上应大于 10 亿元。打包项目按照全部打包项目发售基金总额计算 ⑤申报项目原则上运营时间不少于 3 年。对运营模式成熟、现金流状况优良的基础设施项目，运营时间可适当放宽，但应提供项目已进入成熟稳定运营期的证明材料 ⑥现金流持续稳定且来源合理分散，投资回报良好，近 3 年内总体保持盈利或经营性净现金流为正。预计未来 3 年净现金流分派率（预计年度可分配现金流/目标不动产评估净值）原则上不低于 4% ⑦基础设施运营管理机构具备丰富的同类项目运营管理经验，配备充足的运营管理人员，公司治理与财务状况良好，具有持续经营能力 ⑧发起人、基金管理人、基础设施运营管理机构近 3 年在投资建设、生产运营、金融监管、工商、税务等方面无重大违法违规记录，项目运营期间未出现安全、质量、环保等方面的重大问题 ⑨回收资金应主要用于新的基础设施项目建设（比例原则上不低于 80%）；拟新投资的基础设施项目应真实存在，且前期工作相对成熟；发起人（原始权益人）应以项目资本金方式将回收资金用于新的基础设施项目建设。申报项目应提供回收资金用途情况的真实性证明材料或承诺函		

资料来源：新华基金

2. 基础设施资产筛选要点

目前公募 REITs 还处于试点阶段，监管机构从稳妥推进和审慎试点角度考虑，对原始权益人即资产的原持有方的要求还比较高。从首批 9 只 REITs 来看，原始权益人的实际控制人均为超大型的央企、地方国企或细分行业龙头民企；从原始权益人持有的同类资产规模来看，要求首次拟发行资产的估值不低于人民币 10 亿元，未来可扩募的同类资产的估值不低于本次发行规模的 2 倍，所以原始权益人参与 REITs 试点的门槛还是较高的。

抛开原始权益人自身的背景，基础设施资产的筛选需要重点从以下三个方面进行。①行业要求：基础设施资产所在行业属于新基建、交通、能源、仓储物流、环境保护、信息网络、园区开发、保障性住房、自然文化遗产及国家 AAAAA 级旅游景区等九大领域。②合规要求：资产相关的投资手续合法合规，包括权属清晰，资产范围明确并依照规定完成相应的权属登记，经营资质合法有效，基础设施资产已通过竣工验收，工程建设质量及安全标准符合相关要求，已按规定履行审批、核准、备案、登记等手续。③收益性要求：要求基础设施资产成熟且有稳定的现金流，原则上运营已经满 3 年，未来 3 年的年平均派息收益率不低于 4%。

（二）项目发行后的运营安排

目前法规要求公募基金管理人主动运营管理底层资产，并要求公募基金管理人有一定的运营管理能力且配备相应的专业人员，公募基金管理人可以将部分运营管理职能委托给外部第三方或者原始权益人进行管理，但是公募基金管理人应该承担的职责不因委托管理而免除。

从实操角度来看，现阶段公募基金管理人单独运营管理基础设施资产的难度较大，短期内形成对仓储物流或者产业园等不动产项目的独立运营管理能力尚且具备一定的可能性，因为管理门槛相对偏低，但是对于污水处理、高速公路等项目，公募基金管理人形成独立的运营管理能力难度较大，性价比也不高，因此还需要依靠原始权益人自身的运营管理能力。

从首批9只REITs来看，公募基金管理人大多采用委托原始权益人或其关联方继续担任资产的外部管理机构，短期内也会是大多数REITs项目采用的运营模式。预计随着公募基金管理人运营管理能力的不断提升，后期不排除市场上会诞生具备优质资产运营管理能力的基金管理人或独立外部第三方。

（三）国企职工安置

为搭建公募REITs交易结构，公司将拟入池资产剥离至新设立项目公司，项目公司作为特殊载体持有基础设施资产所有权，外部管理机构根据相关委托管理协议对原所属资产进行运营管理，并按约定收取相应运营服务报酬。项目公司层面建议仅保留执行董事兼法人、财务总监及业务人员1名，其余人员仍保留公司体制内，不涉及国企员工身份转换。整体过程涉及人与资产分离，原有人员继续保留存续公司，不涉及职工安置问题。

（四）募集资金用途

公募REITs申报时要求原始权益人明确公募REITs回收资金的具体用途和投资金额。推行基础设施公募REITs的目的之一是盘活存量资产、形成投资良性循环，监管层鼓励将回收资金用于国家重大战略区域范围内的重大战略项目，以及新的基础设施和公用事业项目建设，目前公司主业发展皆属于上述方向，后期可根据公司实际需求确定具体募投项目，可优先选择前期工作成熟的基础设施补短板项目和新型基础设施项目，尽早发挥募集资金效益，有利于募投项目获得审批。

募集资金也可以用于偿还与底层资产相关的银行贷款，但原则上偿还债务的金额占比不能过高，还是鼓励募集资金尽量用于新项目的投资建设。

三 交易步骤

公募 REITs 整体实施步骤依次为：设立公募基金认购资产支持专项计划全部份额，资产支持专项计划受让项目公司股权，最终形成“公募基金—资产支持专项计划—项目公司—基础设施资产”的产品结构。

（一）设立公募基金

由基金管理人向证监会申请注册 × × 产业园基础设施 REITs 基金（暂定名），取得注册文件后，由基金管理人和财务顾问进行公开发售，其中原始权益人或同一控制人下主体需参与本次基础设施基金份额战略配售，配售份额不少于 20%。

（二）设立资产支持专项计划

由资产专项计划管理人设立 × × 产业园基础设施资产支持专项计划。公募基金募集成功后，由公募基金作为唯一投资人认购 × × 产业园基础设施资产支持专项证券全部份额，专项计划成立。

（三）收购项目公司股权

专项计划成立后，通过与原始权益人签订《股权转让协议》，以协商的价格收购项目公司全部股权及债权，收购价格原则上不低于本次国资转让的评估价格，同时参考市场化评估机构的估值结果，最终以公开询价的方式确定转让价格。

（四）存续期基础设施日常运营管理

公募基金存续期间，基金管理人代表投资人，可以聘请原始权益人或其指定主体作为外部管理机构，也可以考虑由基金管理人成立专门的运营管理公司或团队或聘请外部第三方作为运营机构，负责基础设施日常运营维护、制定或落实基础设施项目运营策略等，基金管理人、项目公司与外部管理机构共同签订《委托运营管理服务协议》，明确各方的权责利关系、费用收取、协议终止情形和程序等事项。

四 基础设施公募 REITs 对公司发展意义

（一）助力投资滚动发展的需要

以发行公募 REITs 产品的方式，将持有底层资产的项目公司部分股权盘活变现，以权益融资的方式获取增量资金，从而持续带动公司核心业务滚动发展；同时也有助于公司优化资源配置，构建适应战略发展需求的资产结构。

（二）打造资本运作平台的需要

推动公募 REITs 发行有助于公司打造多元化资本运作平台，通过项目建立并维护资金渠道、项目渠道、监管关系等，为持续资本运作奠定基础。公司后续也可借助公募 REITs 的扩募机制，将其他培育成熟的资产陆续置入公募 REITs，持续盘活存量资产。

（三）提升财务表现的需要

发行公募 REITs 产品募集资金可用于偿还项目公司现有带息负债，从而提升公司整体现金流和利润表现，减少银行贷款还本压力。同时，降低公司整体带息负债规模和资产负债率，有利于构建合理的资本结构，提高整体融资灵活性。

（四）树立品牌形象的需要

基于首批公募 REITs 实践，监管层将重点支持核心国家级产业园发行公募 REITs 产品，招商蛇口产业园、苏州工业园、上海张江产业园已完成发行公募 REITs。公司若能作为本省首个成功发行公募 REITs 的产业园，将显著提升品牌知名度，有助于公司核心业务的发展。

（五）通过 REITs 上市平台打通从 Pre-REITs 到 REITs 的投融资一、二级联动平台

基础设施行业由于投资规模大、投资回报相对偏低且投资回收期长，导致项目建设的资金来源主要为公司自有资金和外部银行贷款，社会资本方以纯权益方式参与的动力不足，但是公募 REITs 产品的推出，为社会资本的退出提供了可行的路径。尤其公司 REITs 产品若能成功发行，项目层面的建设资金来源将不再依靠传统的银行贷款，权益性的 Pre-REITs 基金成为一个新的募资思路。

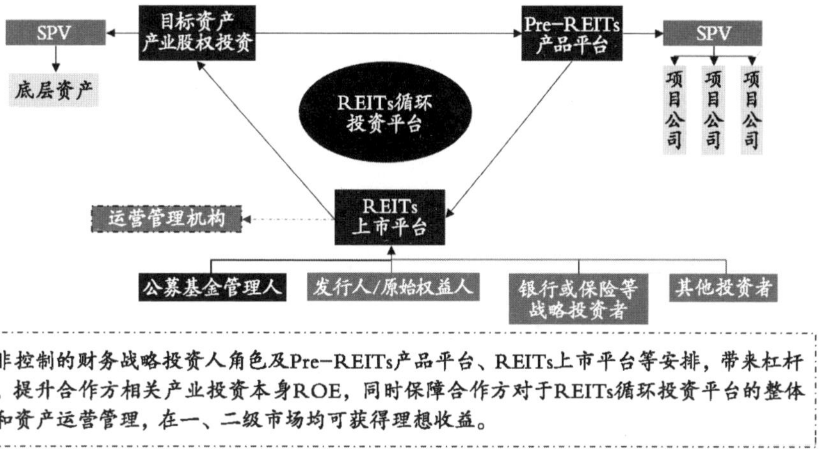

资料来源：新华基金

附件图 2　REITs 平台运行模式示意图

通过 Pre-REITs + 公募 REITs 产品链条设计，打造公司自有的 REITs 投融资平台，能够有效地盘活存量资产、拓宽资金来源、提高资本使用效率，实现“建设—运营—退出—再投资”的投融资生态圈。

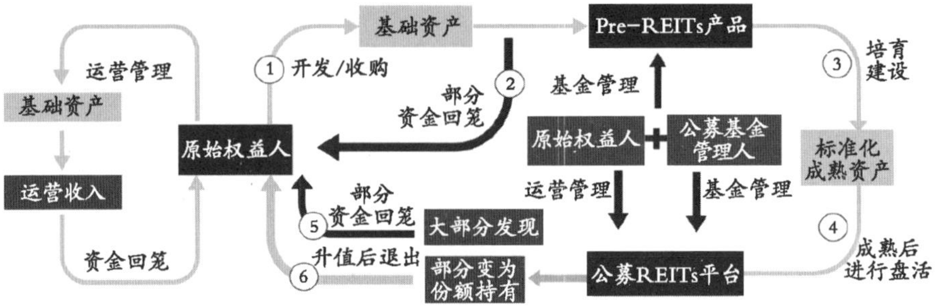

资料来源：新华基金

附件图 3　REITs 平台运行模式示意图

实践中，新加坡凯德集团的“私募基金 + 公募 REITs”的一、二级联动资本运作平台模式已经提供了非常成功的经验和案例，后续也会成为国内不动产或基础设施投资领域的一个重要投融资模式。

附件二

公募基金管理公司 REITs团队搭建建议

公募 REITs 业务在国内开展已经一年有余，首批 9 只 REITs 上市之后，优异的二级市场表现也印证了试点工作的成功，越来越多的公募基金管理公司开始摩拳擦掌，筹备公募 REITs 业务。前期已经深度参与的机构也陆续扩充团队，加大项目储备，尚未展业的机构开始酝酿搭建 REITs 团队，期望在市场分一杯羹。

但是对于如何搭建 REITs 团队，如何开展 REITs 业务，笔者结合自己在证券公司股权投行业务、企业内部资本运作业务、公募基金 REITs 创新业务、证券公司资产证券化业务四个阶段的从业经验，谈谈自己的一些理解和认知。

二 境内外公募 REITs 的业务流程与定位的差异

美国、新加坡、中国香港等境外 REITs 的上市流程非常接近 IPO 的流程，上市流程主要依托投资银行团队，历经资产重组、上市审核、定价发行等环节，挂牌上市后进入持续运营环节，中介机构大多参与业务流程的前半程，后半程的运营、基金分红、上市公司信息披露等主要还是由原资产持有方单独设立的 REITs 管理人承担，因此业务性质与传统股权投行业务类似，中介机构的参与感主要体现在承销保荐上。

但是国内的公募 REITs，无论是业务定位还是推进流程，都与境外存在显著的差异，与境外公募 REITs 业务相比，国内 REITs 的管理人同时承担了投行承销和基金管理人的双重角色。主要体现在以下几点：

其一，国内的 REITs 管理人并没有参照 REITs 上市模式，由原资产持有方（原始权益人）单独设立 REITs 管理公司担任 REITs 管理人，而是由传统的公募基金管理公司担任管理人，而国内公募基金管理公司的传统业务主要为货币、债券以及股票的投资和交易，除个别头部公募基金管理公司曾短暂地通过设立子公司的方式试水一级市场的股权投资业务和非标债权投资业务以外，绝大部分的公募基金管理公司并不具备足够的基础设施项目投资和运营经验。

当然，国内 REITs 业务环节中引入公募基金作为载体，更多地受限于 REITs 产品相关的上位法缺失，在当前的法律法规框架下，引入公募基金管理人，实现 REITs 的公开发行，已经是监管上的重大创新，通过公募基金 + ABS 的架构间接实现资产的上市，亦是夹缝中的创新之举。虽然公募基金管理公司目前欠缺相关的运营和管理能力，但是通过优秀人才的引入以及与优质原始权益人的合作和运营管理经验借鉴，相关不足也可以得到弥补。

其二，国内的 REITs 管理人的管理职能涉及投资管理和资产运营管理的双重职能。投资管理主要是代表公募基金的投资人，受托管理投资人的资金，选择最优的资产，给投资人创造最优的回报，该部分职能目前体现得并不明显，主要是因为目前的业务流程是先有资产再有投资人，资产通过审核后再发行上市，公募基金管理人某种程度上是代表资产去选择投资人，即通过定价、询价、战略配售、网下配售来选择最优的投资人，而不是代表投资人去选择资产。这和传统的公募投资业务有非常大的区别，传统的公募投资业务大部分都是先制定投资策略，然后募集资金，基金发行成功后，基金经理在投资策略的框架下建仓购买资产，形成投资组合，而公募 REITs 业务则是先有投资组合再有资金。公募 REITs 管理人的另一个任务就是资产的运营管理，具体可以包括两部分：第一是资产组合的管理，如现有的资产表现不好，可能需要尽快处置减少损失，如果潜在的有更优质的资产，能够增加投资人收益的，需要考虑通过扩募方式进行收购，与传统公募投资组合管理类似；第二就是业务的运营管理，包括基础设施项目的招商、运营、财务管理、成本管控、维保维修等，公募基金管理人既可以独立进行，也可以委托原始权益人进行，该部分职能与传统的公募基金管理业务大相径庭，因此首批项目包括后续项目可能大多数都会采用委托原始权益人运营的方式，而非直接承担运营管理的职能，公募基金管理人更多地承担起监督考核的角色。

二 公募基金管理公司在 REITs 业务中的机遇和挑战

国内的基础设施市场庞大，潜在的资产规模高达数万亿级别，创造性地为公募基金管理行业提供了一个新的资产赛道。封闭式的管理模式，单只基金的管理规模高达数十亿且存续规模相对稳定，产品通过二级市场交易，不存在传统公募产品的赎回压力，而且基金存续期限也长达几十年，可以持续稳定地为基金管理人贡献管理报酬，因此，REITs 业务无疑是公募基金管理公司面临的一个重大机遇。

但是，复杂的交易架构下，还包含着项目获取、项目筛选、项目运营管理等一系列对公募基金管理人而言相对陌生的业务范畴，机遇之外也面临更多的挑战。仅从前期业务开展的角度来讲，最迫切的挑战包括：

（一）公募基金管理人直接承揽项目的局限性

传统的公募基金管理公司的业务范畴决定了公司包括管理层的资源与人脉优势主要体现在监管沟通资源、机构投资人资源、销售渠道资源、合作金融机构关系网等方面，但缺乏直接面对资产端企业客户的资源。

由于潜在的基础设施公募 REITs 的目标客户均为大型的基建类央企和地方国企，目标客户的业务范围主要在传统的基建施工、产业园、交通物流、水务处理等领域，这些客户由于业务的传统性，要么没有上市或者上市后股价整体表现并不突出，公募基金管理人与上述目标客户的业务交集更多地体现在债券业务的投资认购上，但是持仓规模和比例并不足以让公募基金管理人与客户产生较大的业务黏性和合作忠诚度，其沟通更多的是通过承销商包括证券公司或银行间接沟通，因此公募基金管理公司单独承揽目标客户的难度非常大，尤其非国资背景或行业头部的公募基金管理人，单独承揽的难度更大。业内也有部分公募基金管理人布局了全职的承揽和营销人员，但是单独承揽的效果并不突出，而且短期性价比较低。

（二）对偏投行化业务理解的局限性

由于国内公募 REITs 业务的特殊性，其兼具投行业务和投资业务的双重属性，也导致部分公募基金管理人在业务开展的“度”上很难把握好火候，尤其作为公募基金管理公司 REITs 业务的分管负责人，大多数的业务背景无非传统的投资背景或基金销售背景，投行背景的偏少，存在对业务理解的局限性。如果从投行角度开展 REITs 业务，应更注重广度，把当前可能和未来可能的客户都储备起来，优先推进质量优的项目，培育潜在的未来优的项目，这是典型的投行文化；但是从投资角度开展 REITs 业务，就会更注重深度，包括深度的行业研究分析、深度的客户信用分析、深度的违约风险分析、深度的投资逻辑分析。从传统的公募基金的投资视角去看待潜在的合作项目，作为权益产品配置，都缺乏足够的成长性，预期的“股价”很难有大幅的上涨；作为固收产品配置，则需要严格的履行信用研究分析，对本息的兑付和久期的管理就会有更高的要求。有可能会出现一个尴尬的局面：能拿下的项目过不了信评，能过信评的项目公司又很难获取，非头部机构会更为明显。

因此，业务开展过程中，如何平衡好投行业务的广度和投资业务的深度的关系，非常微妙，特别是公募基金管理公司，行业固有的股权与固收的投研思路和框架烙印已经比较深刻，要另辟蹊径找到一条全新的项目评估和可行性分析思路，并同时把握好业务开展的积极性和业务的风险性。

三　公募基金管理公司如何搭建 REITs 业务和决策体系

由于公募 REITs 基础资产既有股权的属性又有固收的属性，业务兼具投行业务和投资业务的双重属性，我们前期把公募 REITs 业务也形容为“另类固收 +”业务，也就表明其投资决策体系并不能简单地沿用公募基金传统的股票和债券的投资决策体系，也不能沿用券商或者是基金子公司的 ABS 投行业务决策体系，针对公募 REITs 业务组建单独的业务和决策流程非常有必要。

首批试点项目中，部分公募基金管理人单独建立了公募 REITs 投资委员会，引入了集体投票的决策体系，多人委员会的建立肯定是有科学性的，但是委员会如何有效和高效地运作，兼顾推进业务和规避风险是需要斟酌的。建议委员会的组成应该至少包括以下背景的专业人员：

①覆盖基础资产所在行业的股票研究员，可以由公募基金管理公司的研究总监担任，针对不同类型资产指定不同行业的研究员，就基础资产所在行业的现状和发展前景给出判断意见；②覆盖原始权益人所在行业或所在区域的信评人员，同样由研究总监根据具体的基础资产类型，指定对口的研究员给出参考意见；③基础资产相关背景的投资人员，各家拟开展 REITs 业务的公募基金管理公司都招聘了相关背景的投资人员，该委员需

要就资产估值的合理性、运营表现及后期增值潜力等给出评估意见；④基础资产相关背景的运营人员，可以是财务背景也可以是招商运营背景，该委员需要就资产的财务稳健性、运营质量、后期运营提升潜力等给出评估意见；⑤基础资产相关的投行或类 REITs 背景的人员，该委员需要从基础资产的资产重组难度、税务筹划难度、行业审批难度、底层资产的合规性等方面做出判断；⑥公司风控合规等中后台人员，从合规性和风控角度就项目的可行性和可操作性给出判断；⑦外部专家顾问，可以引入行业内的资深研究人员、投资人员、运营人员，或者原始权益人方的业务人员以专家顾问身份参与项目的评估。

投资委员会人员的来源可以尽量沿用公募基金管理公司投研团队或基金子公司或其券商母公司资产证券化与投行业务条线的人员，在业务开展之初，避免布局过多的专职人员，导致人力成本过高。

在投资决策的体系上，可以把传统的投资业务和投行业务流程做一个有效的整合，公募投资端可以采用“项目可行性分析—项目入库—立项决策—投资委员会决策”的四步法流程：项目可行性分析主要基于业务团队的判断，对项目是否具备跟踪价值及跟踪的可行性进行内部判断，需要结合公司自身的承揽能力、与标的客户合作关系的紧密度、竞争对手的渗透度、项目自身的价值进行判断；项目入库是在项目具备可行性分析，并且已经建立起较好的客户关系，初步达成合作意向后，对项目进行筛选和重要度排序，形成入库名单和负责人跟踪机制；立项决策则是项目进入实操阶段，需要以公司名义与客户签订相关的合作协议，并且需要协助客户进行国家发改委申报材料的起草与申报阶段，此时需要对项目进行正式的立项评估；投资委员会决策则是在项目初步通过国家发改委的审核，拟向中国证监会推荐前，就基金合同关键条款、估值定价区间、运营管理考核激励办法等与原始权益人达成一致性意见后，履行公司层面的最高决策，即投资委员会审议程序。

四 公募基金管理公司如何搭建 REITs 业务团队

由于公募 REITs 业务具有投行与投资的双重业务属性，同时监管规则对公司具备基础设施背景相关的投资和运营人员也有必备人数要求，建议公募基金管理人在开展 REITs 业务之初，应该以产业背景（投资和运营）和投行背景（股权投行和资产证券化）人员为主，团队核心骨干最好具备一定的复合背景，或者是产业加投行的正副搭档角色。在项目推进的早期，产业背景人员的工作重点放在潜在项目线索挖掘、已发掘项目的价值判断上，投行背景人员的工作重点以项目承揽、客户关系对接为重点，相互配合；项目推进过程中，投行背景团队成员需要牵头做好客户、律师、会计师、评估机构等参与方的统筹协调工作，推进企业的内部审批、国资审批、相关政府机关的沟通工作，牵头做好资产的重组方案的设计、申报材料的准备、审批过程的推进等；项目审批完成进入发行阶段时，双方团队应该协同工作，投行背景人员牵头公司销售部门做好定价和销售工作，产业背景人员则应该从专业角度配合做好项目投资价值的发掘、潜在投资人的路演沟通等工作；项目完成发行进入运营阶段后，则由产业背景的团队成员担任基金经理，做好投资和运营的工作，投行背景人员辅助做好信息披露、投资者沟通等资本市场工作。整个项目推进过程中，产业背景和投行背景团队的角色各有轻重，不同阶段各有侧重，但是密切的配合至关重要。

在组织架构上，可以考虑以基础设施 REITs 投资部作为一级部门，下设投资运营管理部和资本市场部的二级部门或岗位进行团队搭建，也可以考虑不设二级部门，直接采用“大部门 + 专职岗位”的架构设置。至于传统投行业务中的承揽岗位和销售岗位，建议短期内可以让现有人员兼职开展，如需要单独布局，人数也尽量精简，主要有以下考虑：短期内业务还处于试点阶段，客户的定位比较高，呈现承揽难、销售易的局面，客户更多依靠平台资源或股东资源，单人和单团队承揽的效果未必好，但是可以布局有一定业务背景的协同人员，重要的是对接好内部股东单位或外部合作单位的潜在合作资源，因此承揽人员的定位应该是内部协同承揽，而非独立外部承揽，销售岗短期内则完全可以依靠传统的公募基金销售人员，不需要单独设立。

五 公募基金管理公司布局公募 REITs 业务的建议

由于公募 REITs 业务目前仍处于试点阶段，业务短期内呈现“获取优质客户难”“吸引优秀人才难”和“业务盈亏平衡难”的特点，对非头部机构更为明显，当然头部机构之间的竞争也异常激烈；但从长期来看，肯定是值得重点投入的创新业务，因此眼下公募基金管理公司需要从以下几点来判断是否值得去投入和布局该项业务：①公司是否具备获取优质客户和项目的能力，股东方是否直接具备产业背景或产业项目资源可以内部协作，投行业务上是否能与有足够大客户储备资源和大项目承揽能力的券商股东协同承揽；②公司的薪酬体系是否具备足够的市场竞争力，能否提供市场化的激励机制，在当前 REITs 从业人员相对稀缺的情况下能否吸引人才；③公司的收入和盈利结构是否可以容忍 REITs 业务短期内入不敷出的局面，公司管理层是否具备足够的耐心和容忍度在结果不可预测的情况下持续地投入精力和财力去推动该项业务。

结合首批 9 只公募 REITs 管理人的公司背景，大多也具备了上述的资源禀赋，但展望后续业务发展前景，笔者认为最终还是会回归投资和资产管理业务的本质，REITs 业务的投行业务属性会逐渐弱化，投资业务属性会逐步增强，REITs 基金管理人的职责要回归到传统的投资与研究上，包括对资产内在价值的研究分析、对外部管理机构的运营能力的判断分析、回归到传统的投研路径，即通过研究驱动投资、投资带动运营管理、运营管理推动资产价值提升，从而给投资人贡献优异的投资回报。

后记

《唤醒沉睡的资产：公募 REITs 实操指南》系统阐释我国公募基金开展 REITs 业务运营之道，对 REITs 基金进行全方位的剖释，是大类资产配置金融创新的工具书，也为我国解决地方政府融资难、企业降低杠杆率开辟新途径提供一些初步思路、供借鉴参考。

全球来看，REITs 市场规模可达万亿，目前世界上已有 44 个国家和地区推出 REITs 产品，但大部分创设于本世纪初，整体历史不长。截至 2021 年上半年，全球公募 REITs 市值约 2.2 万亿美元（其中美国是主体市场）。从各国家和地区公募 REITs 市值对当地股市总市值的角度来看，REITs 市值占股市总市值最高的国家是新加坡，达到 15.8%，澳大利亚、美国、英国的占比分别是 6.2%、3.1%、2.5%，日本、法国、加拿大等国家的该比例在 2% 左右。国内对于 REITs 的呼声已经持续了 10 多年，2014 年资产证券化备案制开始，证券行业在当时的 ABS 的政策框架下，开展了广泛的类 REITs 证券化项目。而公募 REITs，在 2020 年 5 月随着政策逐渐落地呼之欲出，2021 年将是载入史册的公募 REITs 启航元年！

对国家而言，公募 REITs 可能不仅成为深入推进供给侧改革和经济高质量发展的助推剂，而且作为基础设施服务供给侧改革的重要抓手，更为中央金融改革战略实施提供新思路；对企业而言，公募 REITs 有利于企业降低负债率优化财务数据，尤其持有存量优质资产的企业，包括城投、基础设施、物流行业、电站和电网、IDC 等，可以通过 REITs 引入更长期的资本金；对机构而言，公募 REITs 有助于吸引各类社会资本，包括境外资金，通过 REITs 参与到国内建设中；对普通投资者而言，公募 REITs 投资于具有稳定现金流的基础设施，并由专业的机构进行管理，将大部分的收益分配给投资者，使中小投资人有机会参与大规模的不动产投资，这是我国将不动产和资本市场进行有效结合的重要金融创新。

我们相信这一领域将蓬勃发展，并希望致力于为此领域的研究夯实力量。本书可以帮助普通投资者系统了解公募 REITs 的产品属性，不打无准备之仗，对重资产高分红高杠杆类型企业如何拥抱这一制度红利也提供了一种实现路径。

撰写此书的另一意义在于，本书是目前市面上首家公募基金结合亲身实践感悟、难点痛点而撰写的一本带“温度”的用心之作，与过往类 REITs为主的书籍有一定的区别，具备一定稀缺性。但是鉴于公募 REITs 是刚刚起步的权益类金融资产，与偏债性的类 REITs 有所区别，且运行机制、存续期及退出机制等有所不同。所以，有些思考是我们尝试性、开拓性地研究探索。由于作者水平有限，诸多不足之处在所难免，敬请指正！不论怎样，我们的初衷是希望为中国推进公募 REITs 的发展提供一定理论及现实指引。

此书对于公募 REITs 的研究只是一个起点不是终点。公募 REITs 的顺利发展，最重要的一点是对于运营、监管的安排和要求非常高，需要培养专业的资产运营机构管理。我们作为公募基金，坚持实践中出真知，从实务出发，积极探寻我国公募基金开展 REITs 业务的运营之道，同时深入研究，尽力追求研究视角和方法的独特性，从 REITs 的发展历史、基本理论、架构设计、定价评估、前沿课题、实务运营和风险管理等方面进行了系统全面的研究，由浅入深，一步一步地深度探索公募 REITs 的奥秘，希望对于我国推进公募 REITs 的发展、化解地方债难题，保持经济持续健康发展有所裨益。

最后，本书的完成首先要致谢翟晨曦、于春玲等领导的大力支持，翟总在业内号称“债券女王”，对资产证券化有独到、高屋建瓴的见解；于总曾任国开行资金局局长、中再资产的掌舵者，现任新华基金总经理。二位领导正努力践行国家新时代使命，带领新华基金 REITs 业务逐步发展壮大。其次，由衷感谢新华投研团队的甄茂生、徐咸辉、林亮宏、邓扬义、郝鑫泓、白鑫等同志们提供数据支持和整理，他们严谨的治学态度和辛勤付出令人难忘。此外，特别感谢诸多业内的上市公司领导，如中国铁建、光环新网、易华录、首创股份等高管以及金融界、资产证券化领域的顶级专家高坚先生、林华先生、洪浩先生等对此书给予了深切关怀和大力支持！

古人云：“寄蜉蝣于天地，渺沧海之一粟”，本书或许只是公募 REITs 研究领域中一朵微不足道的小小浪花，但我们必当以智修身，以德治心，拳拳服膺，未敢懈怠，退而守思、望而远拓！坚信我国公募 REITs 必将迎来星辰大海！

张霖

2021 年 10 月于新华基金公司

44911877@ qq. com